# *Die Küsse des Highlanders*

Die amerikanische Originalausgabe erschien 2007 unter dem Titel
*Knight's Treasure* bei Warner Forever, New York.

Besuchen Sie uns im Internet:
*www.weltbild.de*

Die Autorin

Amanda Scott stammt aus einer alten Juristen-Dynastie und ist in Kalifornien aufgewachsen. Die studierte Historikerin mit Schwerpunkt in englischer Geschichte hat einige Jahre als Lehrerin gearbeitet, bevor ihr Ehemann sie zum Schreiben brachte. Seither hat Amanda Scott jedes ihrer Manuskripte verkauft und mittlerweile weit über 40 Titel veröffentlicht. Ihre Romane stehen auf den Bestsellerlisten und haben zahlreiche Auszeichnungen gewonnen. Die Autorin lebt mit ihrer Familie in Kalifornien.

Weltbild Taschenbuch

*Amanda Scott*

# *Die Küsse des Highlanders*

*Der Macleod-Clan 4*

Aus dem Amerikanischen von Carola Kasperek

Weltbild

Das Werk wurde vermittelt durch die Literarische Agentur
Thomas Schlück GmbH, 30827 Garbsen.
Übersetzung: Carola Kasperek
Redaktion: Carmen Dollhäubl
Umschlaggestaltung: zeichenpool, München
Umschlagmotiv: Shutterstock (© Rafa Irusta; Nic Neish; briedis)
Satz: Lydia Kühn
Druck und Bindung: CPI Moravia Books s.r.o., Pohorelice
Printed in the EU
ISBN 978-3-86800-265-2

2012 2011 2010 2009
Die letzte Jahreszahl gibt die aktuelle Lizenzausgabe an.

*Für Nancy und Charles Williams*
*Aus zahllosen Gründen und in großer Zuneigung*

# Südschottland

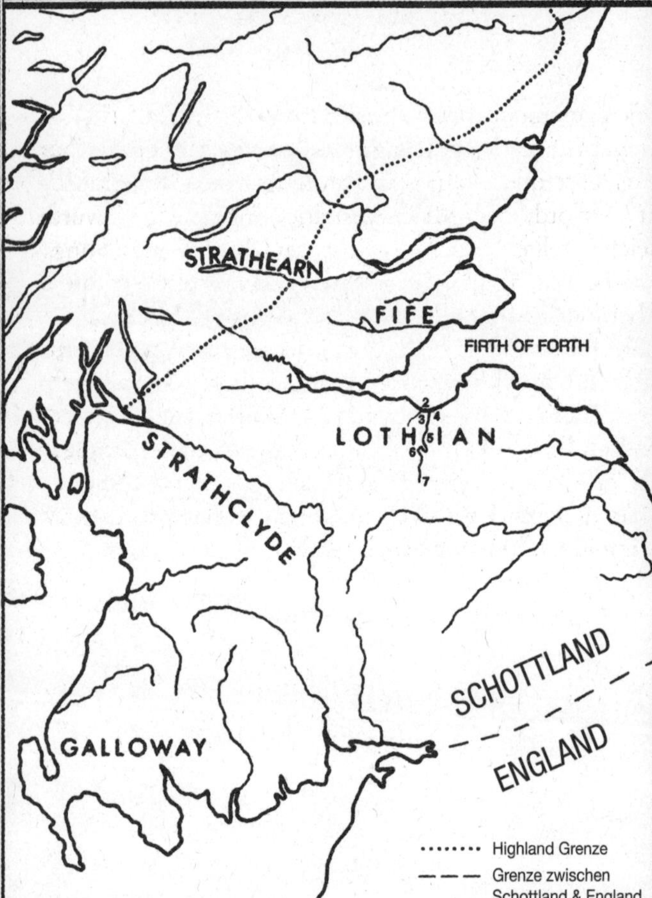


1 Stirling
2 Hafen von Leith
3 Edinburgh
4 Lestalric Castle
5 Hawthornden Castle
6 Roslin Castle
7 Edgelaw

# *Anmerkung der Autorin*

Diejenigen unter Ihnen, die sich für britische Adelstitel interessieren, bitte ich zu beachten, dass im vierzehnten Jahrhundert Sir Robert of Lestalric als Baron zwar von Rangniedrigeren mit »Mylord« oder »Lord Lestalric« angesprochen wurde, für Gleichgestellte jedoch schlicht Sir Robert beziehungsweise Lestalric war. Gegenüber Dritten bezeichneten sie ihn als Sir Robert of Lestalric oder Sir Robert Logan of Lestalric.

Der Grund dafür ist, dass zu jener Zeit Sir Roberts Status als Ritter ihn von den übrigen Adeligen (d. h. Landbesitzern, die in erster Linie Barone waren) unterschied. Im Laufe der Jahrhunderte entwickelten sich die Namensregeln dahingehend, dass ein Baron Lestalric allgemein als Lord Lestalric oder »Mylord« bezeichnet und von seinen Standesgenossen zwanglos mit »Lestalric« angeredet wird.

# *Prolog*

*Zwei Meilen nordöstlich von Edinburgh, März 1371*

Ich hoffe, die vier Jahre, in denen du fort warst, haben dich zur Vernunft gebracht«, sagte Ian Logan, zweiter Baron Lestalric, in strengem Ton zu seinem jüngeren Sohn.

Breitbeinig, die kräftigen Arme vor der Brust verschränkt, stand Sir Ian vor dem riesigen Kamin in der großen Halle von Lestalric Castle. Die Seidenschuhe, das tiefrote Wams über den ebenfalls seidenen Beinlingen und der Goldschmuck zeugten von seinem Reichtum, und seine in Falten gelegte Stirn verriet seine Skepsis.

In der Nähe auf dem Podium stand sein Erbe William, ein Ebenbild seines Vaters, mit der gleichen stolzen Haltung und vornehmen Kleidung und von ebenso stämmiger Gestalt. Auch er blickte missbilligend auf den dritten Mann im Raum und sagte: »Hoffentlich bist du jetzt wenigstens so schlau und verrätst uns das verdammte Geheimnis, das du mit dir herumschleppst, seit du fortgegangen bist, Robbie.«

»Ob schlau oder nicht, du wirst es uns verraten, und zwar auf der Stelle!«, wetterte der Baron. »Ich befehle es dir!«

Der jüngere Sohn des Barons, Sir Robert, war noch keine achtzehn, etwas über einsachtzig groß und durchtrainiert. Er war erst zwei Stunden zuvor vom Schlachtfeld heimgekehrt, auf dem er sich seine Sporen verdient hatte. Er wurde zornig, als er sich derart angegriffen sah, ließ es sich jedoch nicht anmerken. Er wollte endlich seine große Liebe heiraten, und dazu brauchte er die Unterstützung seines Vaters. Dennoch konnte er nicht tun, was Sir Ian von ihm verlangte.

Die drei Männer waren sich sehr ähnlich, allesamt dunkelhaarig und mit haselnussbraunen Augen. Rob war lediglich größer, hatte breitere Schultern und schmalere Hüften als die beiden anderen. Obgleich nur ein schmaler Streifen von mit Binsen bestreutem Fußboden zwischen ihnen lag, trennte sie doch ein Zeitraum von vier Jahren sowie Dutzende von Auseinandersetzungen.

Jetzt, da er in seinen von der Reise verschmutzten Hosen und den schlammigen Stiefeln vor ihnen stand, erschien es Rob, der sich mit den beiden Männern nie wirklich gut verstanden hatte, als wären sie meilenweit voneinander entfernt. Geistesabwesend rieb er den schlichten goldenen Ring an seinem linken kleinen Finger, während er sich eine Antwort überlegte.

»Also?«, hakte Sir Ian nach. »Ich habe dir eine klare Frage gestellt, die jeder *loyale* Mann in unserer Familie auf Anhieb beantworten würde.«

Erneut spürte Rob, wie der Zorn in ihm hochstieg, doch er zwang sich zur Ruhe: »Ihr wisst, dass ich loyal bin, Mylord, und müsstet Euch eigentlich denken können, dass ich nicht antworten kann.«

»Ich habe es Euch ja gesagt, Vater«, mischte sich Will ein. »Robert war erst dreizehn, als er uns verließ, und was er mir damals an den Kopf geworfen hat, spielt jetzt keine Rolle mehr. Warum hätte Großvater ihm mehr verraten sollen als uns? Großvater hat selbst gesagt, dass er Rob nichts Wichtiges erzählt hat.«

»Schweig, Will!«, befahl Sir Ian, ohne Rob aus den Augen zu lassen. »Ich habe dir doch gesagt, dass der Steward bald zum König der Schotten gekrönt wird, oder etwa nicht, Junge?«, wandte er sich erneut an seinen jüngeren Sohn.

»Doch«, erwiderte Rob. »Aber ich weiß nicht, was das mit mir zu tun hat, bis auf die Tatsache, dass wir wahrscheinlich alle zusammen zur Krönung in der Abtei Scone reisen werden.«

»Und zu diesem feierlichen Anlass hast du uns wirklich nichts mitzuteilen?«

»Nein, Sir. Was sollte ich über die Krönung des Königs wissen?«

»Hat dein Großvater dir denn gar nichts Interessantes erzählt?«

»Ich habe viel Interessantes von ihm erfahren«, gab Rob zu. »Meistens jedoch sprach er von den alten Zeiten hier auf Lestalric, als er und seine Gefährten sich in Höhlen versteckten und die englischen Eindringlinge hinters Licht führten, indem sie ihren Nachschub raubten und dergleichen. Aber diese Geschichten kennt Ihr und William doch auch, oder nicht?«

Mit einem Blick auf seinen Bruder, der ihn noch immer mit finsterer Miene musterte, fügte Rob hinzu: »Für meine frechen Bemerkungen damals entschuldige ich mich, Will. Aber du hast mich schließlich auch gereizt. Jedenfalls hat Großvater dir die alten Geschichten doch auch erzählt, nicht wahr?«

»Ja, aber du weißt genau, dass wir hier nicht über irgendwelche Possen mit den verdammten Engländern reden. Seit nunmehr fast vierzig Jahren – seit der Zeit, von der Großvater sprach – haben sie sich von Schottland ferngehalten, bis auf einen kurzen Überfall vor zwanzig Jahren, als sich die Unsrigen beinahe ihren König Edward geschnappt hätten. Aber uns geht es um Familiengeheimnisse. Was weißt du darüber?«

Rob schüttelte den Kopf. »Wenn es Familiengeheimnisse gäbe, würdet wohl eher ihr, unser Vater als Erbe des Titels und danach du, davon erfahren. Mich würde bestimmt niemand einweihen. Und vergiss nicht, dass unser Großvater zwei Monate, nachdem er mich nach Dunclathy geschickt hatte, starb.«

»Also hat er dir weder etwas von seinem Vater und seinem Onkel erzählt, die beide mit Robert the Bruce befreundet waren, noch davon, was die beiden Männer für Bruce getan haben?«, erkundigte sich der Baron.

Rob runzelte die Stirn. »Ich weiß, dass sowohl mein Urgroßvater, Sir Robert Logan, dessen Namen ich trage, als auch sein Bruder, Sir Walter, nach dem unser Großvater benannt war, nach Bruces Tod den guten Sir James Douglas und Sir William Sinclair begleiteten, um nach dem Willen ihres Herrn dessen Herz ins Heilige Land zu bringen.«

»Genau. Und deshalb führen wir, ebenso wie die Douglas, auch ein Herz in unserem Wappen«, warf Sir Ian ein. »Aber was weißt du sonst noch über sie?«

»Ich weiß, dass unsere beiden Vorfahren zusammen mit Sir James und Sinclair in Spanien getötet wurden, und dass Sir William Keith und weitere Überlebende ihre Leichname und Bruces Herz wieder nach Hause holten. Was ich nicht weiß, ist, was das alles mit Eurer Frage zu tun hat.«

Sir Ians Augen wurden schmal, und er starrte Rob eindringlich an, doch der hielt dem Blick gleichmütig stand. In den vergangenen vier Jahren hatte er noch ganz andere Blicke ertragen müssen.

»Du weißt also gar nichts«, stellte Sir Ian schließlich mit einem tiefen Seufzer fest. »Das ist schade, weil ich dir sonst nämlich entgegengekommen wäre. Ich habe gehört, du möchtest Lady Ellen Douglas heiraten. Man hat mir sogar berichtet, dass du es gewagt hast, vor einem Jahr mit ihr darüber zu reden, als du dich für einen Tag ganz in der Nähe bei den Douglas auf Tantallon aufhieltest, ohne einen Abstecher zu deinem Vater zu machen.«

»Ihr wisst doch, dass es nicht ging«, entgegnete Rob mit gepresster Stimme. »Ich ritt damals in Sir Edward Robisons Gefolge, als er die Douglas aufsuchte, um sich mit ihnen über die immer dreister werdenden Übergriffe der englischen Grenzräuber zu beraten.«

»Es ist wirklich jammerschade, dass du uns nichts mitzuteilen hast«, bemerkte William mit offensichtlich geheucheltem Bedauern.

Rob schwieg. Es fiel ihm schwer, sein aufbrausendes Temperament im Zaum zu halten, und er fragte sich, ob die anderen wohl hören konnten, wie sein Herz vor Aufregung pochte.

»Also?«, fuhr ihn sein Vater an. »Willst du das Mädchen oder nicht?«

»Das weißt du doch«, erwiderte Rob. »Und außerdem ...«

»Ein appetitliches Ding ist Ellen ja«, bemerkte William leichthin.

»Halt den Mund!«, fuhr Rob ihn an. »Vergiss nicht, dass du von einer Dame sprichst, und dass du jetzt nicht mehr einen Kopf größer und einige Kilo schwerer bist als ich.«

»Mit einem Jüngelchen wie dir werde ich immer noch fertig.«

Rob bedachte ihn mit einem wütenden Blick. Was auch immer Will während seiner Ausbildung beim Earl of Douglas gelernt haben mochte, dachte er, höfliches Benehmen gehörte jedenfalls nicht dazu. Sein Bruder hatte sich offensichtlich keinen Deut verändert seit der Zeit, als sie fünfzehn und dreizehn Jahre alt waren. Damals hatte William ihn bei jeder Gelegenheit schikaniert und ihn sogar als Weichling verspottet, als Rob über den Tod seiner Mutter geweint hatte. Wie hatte er Will damals gehasst!

Andererseits musste Rob zugeben, dass ihm selbst der Orden alles beigebracht hatte, was er im Leben brauchte, bis auf das eine: Selbstbeherrschung. Sir Edward Robison, sein Ausbilder auf Dunclathy, hätte ein Wörtchen zu der Art und Weise zu sagen gehabt, wie Rob vor vier Jahren auf Wills Hänseleien reagiert hatte. Doch Sir Edward wusste nichts davon, und wenn es nach Rob ging, würde er es auch nie erfahren. Ebenso wenig wie Hugo oder Michael. Seine beiden besten Freunde sparten nicht mit guten Ratschlägen, äußerten aber auch Kritik, wenn sie es für angebracht hielten.

Während sich sein Sohn um Selbstbeherrschung bemühte, sagte Sir Ian: »Ich glaube, du solltest dir das Mädchen aus dem Kopf schlagen.«

Auf Williams Gesicht trat ein selbstzufriedener Ausdruck, den Rob sehr beunruhigend fand.

»Da du der Dame nichts weiter zu bieten hast als deine

schönen neuen Sporen«, fuhr sein Vater fort, »soll sie lieber unseren Will heiraten.«

»Sie will ihn aber nicht!«, platzte Rob heraus.

William lachte. »Sie wird nicht gefragt. Ich bin der Erbe von Lestalric und nicht du, und sie ist Lady Ellen Douglas, die Tochter des mächtigsten Mannes von Schottland.«

Rob öffnete den Mund, klappte ihn jedoch gleich wieder zu.

»Will hat recht«, sagte der Baron. »Und wenn du sonst nichts für uns hast, bin ich schwer enttäuscht von dir und werde mir deinetwegen keine Mühe mehr geben.«

Rob, der es seinem Vater am liebsten mit gleicher Münze heimgezahlt hätte, biss fest die Zähne zusammen.

Noch immer grinsend sagte Will: »Du hast das Mädchen in deinem Leben doch höchstens dreimal getroffen. Wenn du glaubst, sie würde einen frischgebackenen Ritter nehmen, wenn sie stattdessen das ganze Lestalric-Erbe haben kann, dann bist du noch immer derselbe Hohlkopf wie mit dreizehn, Robbie. Und selbst wenn sie dich haben wollte, wünscht sich ihr Vater bestimmt eine bessere Partie für sie, und sie muss ihm gehorchen. Aber das alles spielt ohnehin keine Rolle mehr, denn Ellen hat meinen Antrag bereits angenommen.«

Rob blickte seinen Vater an, doch Sir Ian zuckte nur mit den Schultern.

»Sagt, Mylord«, erwiderte Rob mit äußerster Beherrschung. »Wenn ich Euch etwas über dieses Geheimnis hätte erzählen können, das mein Großvater mir angeblich verraten hat, was hättet Ihr dann gemacht? Da Will ja bereits erfolgreich um Lady Ellens Hand angehalten hat …«

»Ach was!«, entgegnete sein Vater. »Wenn du dir das Mädchen verdient hättest, dann hätte ich Douglas überredet, es dir zu geben. Ein Mann muss tun, was die politische Klugheit erfordert, Junge. Will weiß das genau, und wenn du es noch nicht gelernt hast, dann war deine ganze großartige Ausbildung für die Katz.«

»Wenn ich Euch also das Geheimnis hätte verraten können,

so hättet Ihr es an Douglas weitergegeben, im Tausch gegen die Hand seiner Tochter für mich oder Will. Ist es so? Oder hättet Ihr es vielleicht Will erzählen lassen, damit er Eindruck schinden und Lady Ellen hätte für sich gewinnen können?«

Mit geblähter Brust, die Arme in die Hüften gestemmt, reckte Sir Ian das Kinn und erwiderte: »Und wenn schon! Jedenfalls hätte ich das Geheimnis zum größtmöglichen Nutzen der Logans verwendet. Mit den richtigen Informationen hätte ich euch beiden eine Douglas-Braut verschafft. Als einflussreichster Nachfahre des guten Sir James hat Douglas eindeutig das Recht, jedes Geheimnis deines Großvaters zu erfahren.«

»Dann tut es mir leid, dass ich ihm nichts mitzuteilen habe«, antwortete Rob mit steifem Nicken und wandte sich ab.

»Und wo willst du jetzt hin, wenn ich fragen darf?«, erkundigte sich Sir Ian.

Rob drehte sich noch einmal um. »Ich sage Euch Lebewohl, Mylord. Denn ich komme niemals wieder.«

»Na gut, dann eben nicht«, gab Sir Ian zurück. »Aber sei dir im Klaren darüber, dass du dann in Zukunft auch nichts mehr von mir zu erwarten hast!«

Rob, der seinen Zorn jetzt kaum noch zügeln konnte, entgegnete: »Ich erwarte auch nichts! Da ich für Euch doch eine solche Enttäuschung bin, solltet Ihr froh darüber sein, dass ich gehe!«

»Das bin ich auch!«, brüllte Sir Ian.

Rob blickte nicht zurück, als er von Lestalric fortritt, doch der Gedanke an den erbitterten Streit und das Gefühl, verraten worden zu sein, ließen ihn nicht los. Umso mehr, als ihm klar wurde, dass das erste Geheimnis, das sein Großvater ihm verraten hatte, nichts mit Lestalric zu tun hatte. Das zweite allerdings sehr wohl.

Der Schlüssel zu diesem Geheimnis befand sich in der Burg. Doch nun, da er geschworen hatte, niemals zurückzukehren, würde er das Rätsel vielleicht nie lösen.

Wahrscheinlich ging es sowieso bloß um eine Art Familienschatz, auf den dann sein Vater oder Will Anspruch erheben würden. Doch eines stand fest: Obwohl er verzweifelt versucht hatte, sich zu beherrschen, hatte sein verwünschter Jähzorn ihn wieder einmal ins Unglück gestürzt. Er musste unbedingt lernen, sich unterzuordnen, ganz gleich, wohin ihn sein Weg führte.

Bei diesem Gedanken wusste er plötzlich, wohin er sich wenden würde. Denn während er sich bei seinem Vater und Bruder niemals richtig heimisch gefühlt hatte, hatte ihn eine andere Familie stets mit offenen Armen empfangen.

# 1

*Stirling Castle, April 1380*

Der Earl of Fife, Erbvogt von Stirling Castle und dritter Sohn des Königs der Schotten, saß hinter dem großen Schreibtisch in seinem Audienzzimmer und betrachtete mit strengem Blick den jungen Mann, der vor ihm stand. Fife besaß eine gute Menschenkenntnis, und dieser Jüngling trat in Gegenwart des Earls selbstbewusster auf als die meisten anderen Männer. Fifes beeindruckende Persönlichkeit und seine stetig wachsende Macht schüchterten viele ein – und das zu Recht.

»Wer hat Euch zu mir geschickt?«

»Ich bin aus eigenem Entschluss gekommen, Mylord«, erwiderte der Besucher. »Weil ich davon überzeugt bin, dass wir uns gegenseitig von Nutzen sein können. Man hat mir erzählt, dass Ihr der rechtmäßige Erbe des Throns von Schottland seid, Euch jedoch einem geringeren Mann unterordnen müsst.«

»Es ist wahr, dass ich bei Weitem geeigneter wäre, dieses Land zu regieren, als mein Bruder Carrick«, stimmte Fife ihm zu. »Doch Robert the Bruce hat seinerzeit nun einmal festgelegt, dass der älteste Sohn der Thronfolger wird.«

»Aber das schottische Parlament kann diese Bestimmung doch ändern, oder nicht?«

»Ja, wenn man es dazu bewegen könnte.«

»Ich habe mir auch sagen lassen, dass Ihr ein frommer Mann und Anhänger der Römischen Kirche seid.«

»Das ist wahr«, antwortete Fife.

»Könntet Ihr das Parlament nicht leichter umstimmen, wenn der Papst Euren Anspruch auf den Thron unterstützen würde?«

»Ja, gewiss, doch was würde Seine Heiligkeit als Gegenleistung fordern?«

»Wir sind auf der Suche nach Informationen über den Tod meines Vetters. Er war der Sohn des Bruders meines verstorbenen Vaters und verschwand bei dem Versuch, der Römischen Kirche einen Gegenstand von einigem Wert wiederzubeschaffen. Seine Männer sind davon überzeugt, dass er durch die Hand gewisser schottischer Adeliger starb.«

»Wie war der Name dieses Vetters?«

»Waldron von Edgelaw, Mylord.«

Fife beugte sich vor. »Und diese schottischen Adeligen, kennt Ihr ihre Namen?«

»Es sind die Sinclairs, Mylord, die mütterlicherseits ebenfalls mit Waldron verwandt sind.«

»Ich habe Gerüchte über seinen Tod vernommen«, sagte Fife. »Aber meine Gewährsmänner haben mir berichtet, dass er in einem fairen Kampf gefallen sei. Erzählt mir mehr darüber, was er gesucht hat und warum Ihr der Meinung seid, die Sinclairs hätten etwas mit seinem Tod zu schaffen.«

»Zunächst möchte ich Euch versichern, wie dankbar sich Seine Heiligkeit für Eure Hilfe erweisen würde. Eine hohe Belohnung und die Gunst des Papstes wären Euch gewiss.«

»Dann muss es um etwas sehr Wertvolles gehen«, erwiderte Fife. »Was ist es?«

Sein Besucher nickte. »Man hat mich schon vor Eurem Scharfsinn gewarnt, Mylord. Wonach Waldron suchte, war in der Tat von immensem Wert. Und es gehörte der Heiligen Kirche.«

»Gewiss. Ich würde es ihr auch treulich übergeben«, versicherte Fife. »Aber was ist es denn nun?«

»Ein Schatz, Mylord, den die Tempelritter vor fast einhundert Jahren der Kirche geraubt haben. Diejenigen, die mich geschickt haben, glauben, dass er sich heute in der Obhut der Sinclairs befindet. Bei ihnen hält sich auch eine Frau auf, die während der letzten zwei Wochen seines Lebens bei meinem Vetter war. Ihr Name ist Adela Macleod, und sie wird in Kürze heiraten und ins Hochland ziehen.«

Fife überlegte. Schließlich sagte er nachdenklich: »Sir William Sinclair war einer der Männer, die versuchten, Bruces Herz ins Heilige Land zu bringen.«

»Ja, Sir, und ein Templer war er obendrein.«

»Mag sein. Doch Ihr seid schon der Zweite, der mir in letzter Zeit von einem verborgenen Schatz erzählt hat. Ich muss darüber nachdenken. Kommt morgen wieder, dann reden wir weiter.«

*Roslin Castle, Donnerstag, 10. Mai 1380*

»Lächle, Adela. Wir Bräute müssen doch glücklich aussehen an unserem Hochzeitstag!«

Lady Adela Macleod wandte sich zu ihrer jüngeren Schwester Sorcha um, die tatsächlich über das ganze Gesicht strahlte. Doch so sehr Adela sich auch bemühte, sie brachte nur ein mattes Lächeln zustande.

Sie hoffte, dass ihre Hochzeit diesmal – im Unterschied zum ersten Versuch, Ardelve zu heiraten – reibungslos verlaufen würde. Gewiss würden die vorzüglich ausgebildeten Wachen auf Roslin Castle dafür sorgen, dass nicht noch einmal ein Drama wie bei ihrer ersten Trauung geschah. Dennoch wurde für ihren Geschmack viel zu viel Aufhebens um die Feier gemacht, und es würde im Lauf des Tages noch schlimmer werden. Nervös fingerte sie an der goldenen Halskette herum, die ihre Mutter ihr in dem Jahr, bevor sie starb, geschenkt hatte.

Sorcha strich ihrer Schwester eine lange, glatte, honigblonde Haarsträhne aus dem Gesicht, die Adela nach vorn auf das fest geschnürte Mieder ihres goldenen Samtgewandes gefallen war. Adela ließ es still und fügsam geschehen. Sorchas bernsteinfarbenes Haar war unter einem perlenbesetzten Haarnetz und dem schlichten schulterlangen blauen Schleier verborgen, den sie zu ihrem ebenfalls blauen Seidenkleid trug.

Ganz ohne Aufwand ging es nun einmal nicht, sagte sich Adela. Zum einen gab es heute zwei Brautpaare statt eines, und da die Gastgeberin darüber hinaus eine mächtige Gräfin war, wurde mit besonders viel Prunk und Pomp gefeiert. Außerdem hatten Adelas jüngere Schwester und der Lieblingsneffe der Gräfin sich bereits vor vierzehn Tagen zu Mann und Frau erklärt. Da war es kein Wunder, dass sowohl die treusorgende Tante als auch der Vater der Braut auf einer Doppelhochzeit bestanden hatten, bei der beide Verbindungen den kirchlichen Segen erhalten sollten.

Selbst Adelas Vater, Macleod von Glenelg, hatte bei den Hochzeitsvorbereitungen nur wenig mitzureden gehabt. Zu Hause im Hochland war sein Wort Gesetz, doch hier gab er zu allem sein Einverständnis. Er hatte nämlich selbst die Absicht zu heiraten, und zwar eine wohlhabende Witwe, die sieben Meilen entfernt in Edinburgh ein Haus besaß. Dort in der Stadt residierte zurzeit der königliche Hof, und Adela wusste, dass ihr Vater alles vermeiden würde, was ihn ins Gerede bringen oder seine eigenen Heiratspläne gefährden konnte.

Im Grunde war ihr von Anfang an klar gewesen, dass ihre Hochzeit diesmal prächtiger ausfallen würde als beim vorherigen Versuch wenige Wochen nach dem Tod des ersten Lords der Inseln. Doch die Wirklichkeit übertraf ihre Erwartungen bei Weitem. Ihre Gastgeberin Isabella, Gräfin von Strathearn und Caithness, und der Rest der einflussreichen Familie Sinclair hatten keine Kosten und Mühen gescheut.

Dafür war Adela überaus dankbar, obwohl es sie nicht gestört hatte, dass ihre erste Hochzeit sehr schlicht gewesen war. Sie bedauerte nur, dass es ihr jetzt nicht gelang, sich mehr auf ihre Vermählung zu freuen.

Während sie zusammen mit Macleod und ihren engeren Verwandten am Eingang zur Kapelle wartete und die kleine, aber illustre Schar der Hochzeitsgäste, die eng gedrängt in der kleinen Kirche saßen, allmählich zur Ruhe kam, überlegte Adela, warum das alles sie so kalt ließ. Denn im Grunde genommen war alles wie beim ersten Mal, abgesehen von der Tatsache, dass sich in der großen Halle der Burg noch viele weitere Freunde und Verwandte eingefunden hatten, die nicht mehr in die Kapelle passten. Und natürlich waren diesmal auch Sorcha und ihr Bräutigam Sir Hugo Robison dabei.

Selbst Adelas zukünftiger Gemahl war derselbe: Ardelve, ein freundlicher, großherziger Mann, der sie gern hatte und keine übermäßigen Ansprüche an sie stellen würde.

Das Einzige, worum er sie bisher gebeten hatte, war, dass sie seinem großen Haushalt in Kintail, nicht weit entfernt von ihrer Heimat Chalamine, vorstehen sollte. Auf diese Aufgabe hatte sie sich gefreut, nachdem sie sich beinahe zehn Jahre lang damit abgemüht hatte, ihre eigene anstrengende Familie zu versorgen.

Sorcha fand, Ardelve wäre zu alt und wichtigtuerisch, um einen guten Ehemann abzugeben, doch Adela mochte ihn. Gewiss, er war beinahe so alt wie ihr Vater, bereits zweimal verwitwet und hatte einen Sohn, der älter war als sie. Doch seine Kinder hatten gegen die Verbindung nichts einzuwenden gehabt, und seine Cousine Lady Clendenen, die reiche Witwe, die Macleod zu heiraten gedachte, stand jetzt mit einem wohlwollenden Lächeln in der ersten Reihe und wartete auf den Beginn der Trauung.

Adela konnte also davon ausgehen, dass ihre Ehe mit Ardelve durchaus glücklich werden würde. Was, so fragte sie sich, war dann nur mit ihr los? Warum fühlte sie überhaupt nichts?

Normalerweise war Adela tiefer Empfindungen fähig und auch in der Lage, sie auszudrücken. Sonst hätte sie es gar nicht geschafft, in einer Burg mitsamt Dienstboten, einer aufsässigen Schwester wie Sorcha und ihrem aufbrausenden Vater den Haushalt zu führen. Selbst ihre jüngste Schwester, die verträumte Sidony, beanspruchte ein gewisses Maß an Aufmerksamkeit. Doch jetzt …

Sie war so in Gedanken versunken, dass sie zusammenfuhr

und vor Schreck fast aufgeschrien hätte, als Sorcha sacht ihren Arm berührte.

Sorchas Lächeln wich einem besorgten Stirnrunzeln.

»Kneif dir mal fest in die Wangen«, sagte sie. »Du bist ja kreidebleich. Stimmt etwas nicht? Tut dir die Schulter noch weh?«

»Nein, die ist ausgeheilt«, antwortete Adela und versuchte, nicht auf den Schmerz zu achten, der von einer Verletzung vor vierzehn Tagen herrührte. »Mir geht es gut.«

»Du siehst aber nicht so aus«, erwiderte Sorcha gewohnt freimütig.

»Lass gut sein, Mädchen«, sagte Sir Hugo und legte ihr eine Hand auf die Schulter.

Nicht einmal der große, gut aussehende, herrische Hugo konnte ihre Schwester gegen ihren Willen zum Schweigen bringen, dachte Adela.

»Ihr denkt bestimmt an das letzte Mal, Lady Adela«, sagte Hugo lächelnd. »Aber heute wird kein Überfall unsere Feier stören. Das verspreche ich Euch.«

Da er für die Sicherheit auf Roslin Castle verantwortlich war, konnte sie sich auf sein Wort verlassen. Sie setzte ebenfalls ein höfliches Lächeln auf und erwiderte: »Davor habe ich auch keine Angst.« Sie konnte ihm ja schlecht verraten, dass sie überhaupt nichts empfand, sondern sich wie in einem Traum vorkam, in dem sich vier Unbekannte anschickten, vor den Altar zu treten.

Jetzt wirkte Hugos Miene beinahe so besorgt wie Sorchas. Adela fiel auf, dass er den Griff um die Schulter ihrer Schwester noch ein wenig verstärkte, als ahnte er, dass sie etwas bemerken wollte.

Erstaunlicherweise schwieg Sorcha.

Da sagte Hugo leise: »Seid nicht beunruhigt darüber, dass Ihr jetzt keine Freude empfindet, Mädchen. Das ist ganz normal. Eine ähnliche Reaktion habe ich schon bei tapferen Männern erlebt, die gerade eine Schlacht hinter sich und eine weitere vor sich hatten. Wahrscheinlich fühlt Ihr Euch im Augenblick genauso.«

»Macht Euch bitte keine Sorgen um mich, Sir«, sagte Adela. »Was mir passiert ist, kann man nicht mit einer Schlacht vergleichen. Schließlich wurde ich nicht verwundet. Ich kann mir auch nicht vorstellen, dass er mir etwas angetan hätte.«

Hugos Miene verriet seine Skepsis, doch er antwortete nur: »Ich glaube, der Pfeifer ist jetzt bereit.«

Macleod, der wortlos neben Adela gestanden hatte, fügte hinzu: »Ja, Mädchen, und du weißt ja, wir kommen direkt hinter den Brautjungfern. Also Kopf hoch! Du siehst gut aus, auch wenn du nicht die Glücksfarbe Blau trägst.«

Adela atmete einmal tief durch und erwiderte mit erzwungener Ruhe: »Bitte, Sir, erzählt mir nicht, dass Blau mehr Glück bringt als Goldgelb. Ich kann es nämlich nicht mehr hören. Beim letzten Mal habe ich Rücksicht auf Euren Aberglauben genommen. Ich habe sogar darauf verzichtet, an einem Freitag dem Dreizehnten zu heiraten. Und denkt nur daran, was mir diese Vorsichtsmaßnahmen genützt haben.«

»Ja, schon, aber wenn du kein Blau getragen hättest, wäre es vielleicht noch schlimmer gekommen. Ist ja jetzt auch egal«, fügte er hastig hinzu. »Das Kleid steht dir jedenfalls gut. Es bringt die grünen Sprenkel in deinen Augen zur Geltung und lässt dein Haar wie eine Flut von goldenem Honig erscheinen.«

Adela schob die Vorstellung von klebrigem Honig, der ihr über den Rücken rann, beiseite und sagte sich, dass ihr Vater nur selten Komplimente machte und deshalb keine Übung darin hatte.

Sie schrak aus ihren Gedanken auf, als Macleod ihr seinen Arm bot und die Brautjungfern sich in Bewegung setzten. Zwischen den Reihen der Gäste hindurch, die sich links und rechts von ihren Bänken erhoben, schritten sie durch den schmalen Gang auf den Altar zu. Folgsam legte Adela ihrem Vater die Hand auf den Unterarm und wartete.

Bei ihrer ersten Hochzeit hatten ihre Schwestern Sorcha

und Sidony als Brautjungfern fungiert, doch dieses Mal übernahmen vier Frauen diese Aufgabe, von denen sie drei kaum kannte.

Die blonde, blauäugige Sidony, die in ihrem blassrosa Kleid an der Spitze ging, strahlte heitere Schönheit aus. Hinter ihr kamen Sir Hugos jüngere Schwestern in Lavendelblau und Hellgrün. Den Abschluss bildete ihre Cousine, eine weitere Nichte der Gräfin Isabella, in einem strohgelben Kleid. Alle drei waren erst am Tag zuvor eingetroffen.

Sorcha und Sir Hugo waren bereits rechtmäßig verheiratet. Sie hatten von dem uralten schottischen Recht Gebrauch gemacht, wonach sich ein Paar selbst zu Mann und Frau erklären kann. Sorcha hatte gar nicht eingesehen, warum sie noch einmal heiraten sollten, aber die Gräfin Isabella bestand darauf, dass Sorcha und Hugo in aller Form von Isabellas Hauskaplan getraut wurden. Aus diesem Grund traten die beiden Paare gemeinsam vor den Altar.

Die vier Brautjungfern postierten sich zu beiden Seiten auf den flachen Stufen, die zum Altar führten, wo Ardelve und der Kaplan bereits warteten, als Adela und ihr Vater durch den Gang auf sie zuschritten. Ihnen folgten Sorcha und Sir Hugo, begleitet von den Klängen des Dudelsacks.

Obgleich nur wenige Jahre jünger als Macleod, machte Ardelve mit seinem gestutzten Bart und dem graumelierten Haar einen ansehnlicheren, würdevolleren Eindruck. Zu diesem besonderen Anlass trug er einen mit einer weißen Feder geschmückten hohen Hut und ein Gewand aus schwarzem, mit Zobel besetztem Samt über zweifarbigen Beinlingen und dazu modische Schnabelschuhe.

Stolz und aufrecht stand er neben Isabellas Kaplan und blickte seiner Braut entgegen. Als ihre Blicke sich trafen, lächelte er.

Adela antwortete mit dem gleichen automatischen Lächeln wie zuvor bei Hugo, wandte den Blick jedoch nicht ab. So brauchte sie wenigstens keinen der übrigen Anwesenden anzusehen. Zum Lächeln und Winken fehlte ihr die Energie; sie wollte die Trauung und das anschließende Fest nur so schnell wie möglich hinter sich bringen.

Als sie an Macleods Arm, den Blick unverwandt auf Ardelves lächelndes Gesicht gerichtet, den halben Weg bis zum Altar zurückgelegt hatte, nahm sie plötzlich aus dem Augenwinkel eine Bewegung zu ihrer Rechten wahr. Gleichzeitig hörte sie ein leises Klirren, als wäre etwas auf die Steinfliesen der Kapelle gefallen.

Sie drehte den Kopf und blickte geradewegs in die jadegrünen Augen eines der attraktivsten Männer, die sie je gesehen hatte.

Er besaß fein gemeißelte Züge, glänzendes kastanienbraunes Haar, das sich an den Spitzen kräuselte, dazu breite Schultern, eine schmale Taille und muskulöse, wohlgeformte Beine. Seine körperlichen Vorzüge kamen in dem gut geschnittenen waldgrünen Samtwams und den Beinlingen aus glatter gelber Seite vorzüglich zur Geltung. An seiner Mütze steckte eine geschwungene, leuchtend gelbe Feder.

Er wollte sich gerade bücken, um etwas vom Boden aufzuheben, erstarrte jedoch mitten in der Bewegung, als ihn Adelas Blick traf. Ganz langsam und ohne die Augen von ihr zu wenden, richtete er sich auf.

Seine auffallenden grünen Augen funkelten, und er zwinkerte ihr dreist zu.

Empört löste sie den Blick von dem Fremden und richtete ihn erneut auf Ardelve, der sie noch immer gelassen anlächelte. Danach ließ sie sich nicht mehr ablenken.

Die Musik verstummte, als Adela und ihr Vater an den beiden flachen Stufen anlangten, die zu den Betschemeln für die beiden Brautpaare führten.

»Wer übergibt diese Jungfrau dem anwesenden Mann?«, fragte der Priester.

»Das tue ich – ihr Vater, Macleod von Glenelg«, antwortete Macleod deutlich vernehmbar.

Auf ein Zeichen des Priesters hin ließ Adela den Arm ihres Vaters los, stieg die Stufen hinauf und stellte sich neben Ardelve. Sorcha und Hugo folgten ihr und nahmen ihre Plätze links von Adela ein. Alle vier standen dem Altar zugewandt.

Isabellas Kaplan trat vor die Festgemeinde hin und sprach nach kurzem Schweigen: »Lasst mich zunächst die Frage stellen, ob einer unter Euch einen Grund wüsste, der gegen die Vermählung von Baron Ardelve und Lady Adela Macleod spricht. Wenn dem so ist, soll er jetzt sprechen oder für immer schweigen.«

Adela schloss die Augen, denn genau an dieser Stelle war beim ersten Mal die Zeremonie unterbrochen worden.

Doch heute ließ sich, bis auf ein leises Füßescharren, nichts vernehmen.

Da es sich im Fall von Sorcha und Sir Hugo nur um die Absegnung einer bereits bestehenden Verbindung handelte, stellte der Priester die Frage für sie nicht. Erfreut bemerkte Adela, wie überglücklich die beiden wirkten.

Seit Hugo sich und Sorcha zu Mann und Frau erklärt hatte, waren Adela und ihre Schwester einander erst einmal begegnet. Denn das junge Paar war unmittelbar darauf nach Hawthornden Castle geritten, das eine Meile nördlich des Tals von Roslin lag. Drei Tage nach der Erklärung hatten Adela, Sidony, ihre ältere Schwester Isobel und die Gräfin den beiden einen Besuch abgestattet. Danach hatten sich die beiden Schwestern erst heute Morgen wieder getroffen.

Isobel, die mit Sir Michael Sinclair verheiratet und somit die Schwiegertochter der Gräfin war, befand sich mit ihrem Mann und seiner Mutter unter den anwesenden Gästen. Adelas übrige drei Schwestern hatten es nicht mehr rechtzeitig zur Hochzeit nach Roslin geschafft.

Als Adela ihren Namen hörte, wandte sie ihre Aufmerksamkeit wieder der Zeremonie zu und sprach mit ruhiger, klarer Stimme die erforderlichen Worte. Glücklicherweise war die Trauung kurz, und in der darauf folgenden Hochzeitsmesse würde sie die Antworten der Gemeinde auswendig und ohne nachzudenken hersagen können.

Schließlich erklärte der Priester sie vor dem Angesicht Gottes zu Mann und Frau. Darauf nahm Ardelve Adelas Hand und ließ sie bis zur Kommunion nicht mehr los.

Als die Messe zu Ende ging, hoffte Adela, niemand würde sie nach ihren Eindrücken fragen, denn Trauung und Gottesdienst waren an ihr vorübergerauscht, ohne dass sie viel davon wahrgenommen hätte.

Isabella ließ den Brautpaaren keine Zeit, sich zu besinnen, sondern scheuchte sie eilig in die große Halle, wo sie die Hochzeitsgäste begrüßen sollten. Schon von Weitem vernahmen sie Musik und Gelächter, denn das Fest hatte bereits begonnen, und die Musikanten auf der Galerie spielten muntere Weisen. Als der Brautzug eintraf, verstummte die Melodie, und Isabellas Kammerherr trat vor.

»Mylords, Myladys und alle, die in diesem Raum versammelt sind«, begann er mit weithin vernehmbarer Stimme. »Bitte erhebt Euch und entbietet Lord und Lady Ardelve sowie Sir Hugo und Lady Robison Euren Gruß!«

Inmitten der Jubelrufe und der wieder einsetzenden Musik bemerkte Adela, dass man zu beiden Seiten des Podiums, auf dem sich die hohe Tafel befand, für die Gäste zwei lange Tische aufgebaut hatte, die sich fast über die gesamte Länge der Halle erstreckten. In der Mitte zwischen den hufeisenförmig angeordneten Tischen war Raum für die verschiedenen Darbietungen, die Isabella für das Fest geplant hatte.

Während sie mit den anderen zwischen den langen Tischen hindurch zur hohen Tafel schritten, neigte sich Ardelve zu Adela hinüber und flüsterte ihr ins Ohr: »Bevor das Fest beginnt, würde ich gern unter vier Augen mit Euch sprechen, Mylady. Wenn es Euch recht ist, können wir mit Isabellas Erlaubnis in ihre Kemenate gehen.«

»Wie Ihr wünscht, Mylord«, erwiderte sie und hoffte, sie hätte nicht bereits etwas getan, was sein Missfallen erregt hatte.

Dabei dachte sie an den Zwischenfall mit dem grünäugigen Mann. Doch sie verwarf den Gedanken sofort wieder. Ardelve hatte sich noch nie besitzergreifend oder eifersüchtig gezeigt.

Sie überquerten das gedrängt volle Podium und gingen auf die Tür zu, die sich an der Wand dahinter befand. Dabei kamen sie an der hohen Tafel vorüber, die sich in Kürze unter der Last der goldenen und silbernen Platten mit Speisen, der Krüge voller Whisky und Wein sowie der Pokale und Holzteller der Gäste biegen würde.

Ein Page der Sinclairs hielt ihnen die Tür zur Kemenate auf.

Mit einem Nicken befahl Ardelve dem Jungen, die Tür hinter ihnen zu schließen, dann sagte er ohne Einleitung zu Adela: »Üblicherweise erwähnt man das Aussehen einer Dame lediglich, um ihr Komplimente zu machen, meine Liebe. Aber die ganze Aufregung scheint Euch ermüdet zu haben. Wenn Ihr möchtet, verabschieden wir uns auf der Stelle und ziehen uns in unser Schlafgemach zurück.«

»Das ist sehr freundlich von Euch, Sir, doch es wäre unhöflich, ja sogar ausgesprochen undankbar von uns, jetzt zu gehen, nachdem sich Gräfin Isabella unseretwegen solche Mühe gemacht hat.«

»Ach was!«, entgegnete er. »Alles, was Isabella tut, tut sie für sich selbst oder für Roslin. Ehrlich gesagt, bin ich selbst müde. Aber wenn es Euch wirklich gut geht …«

»Ja, wirklich, Sir«, erwiderte Adela. »Ich bin nur ein klein wenig erschöpft.«

Da blickte er sie forschend an und sagte: »Wenn es Euch beruhigt, so seid versichert, dass Ihr weder heute Nacht noch sonst jemals etwas von mir zu befürchten habt. Falls Ihr noch etwas Zeit braucht, um Euch an Eure ehelichen Pflichten zu gewöhnen, habe ich dafür Verständnis. Ich habe es nicht eilig, Adela, und würde es durchaus verstehen, wenn Ihr Euren Mann unter etwas ruhigeren Umständen näher kennenlernen wollt. Versteht Ihr, was ich meine, Mädchen?«

»Ja, Sir«, antwortete sie und spürte, wie sie errötete. »Meine

Schwester Isobel hat mir erklärt, worin meine diesbezügliche Aufgabe besteht. Es ist sehr freundlich von Euch, aber ich wünsche mir Kinder und habe nichts dagegen einzuwenden, meine ehelichen Pflichten zu erfüllen, wann immer es Euch gefällt. Wenn Ihr allerdings nicht mehr bleiben möchtet, braucht Ihr es nur zu sagen.«

Er tätschelte ihr die Hand. »Ich bin zufrieden«, sagte er. »Mein Haushalt benötigt dringend weibliche Fürsorge und ich auch. Da Ihr so rücksichtsvoll seid, freue ich mich noch mehr auf die gemeinsamen Jahre, die vor uns liegen. Allerdings habt Ihr mich zu Recht daran erinnert, wie viel Mühe sich alle hier mit unserer Hochzeitsfeier gegeben haben.«

»Ich kann es auch kaum noch erwarten, ins friedliche Hochland zurückzukehren, Sir.«

Als er erneut lächelte, dachte sie, wie charmant er jetzt wirkte, und schenkte ihm das erste echte Lächeln an diesem Tag. Es kümmerte sie nicht, dass Sorcha der Meinung war, ihre Schwester habe einen Fehler begangen. Schließlich hatte Sorcha mit Hugo einen Mann geheiratet, bei dem stets alles nach seinem Kopf gehen musste.

Da Sorcha ähnlich geartet war, konnte sich Adela gut vorstellen, dass zwischen ihnen nicht selten die Fetzen flogen. Mit Ardelve dagegen würde das Leben friedlich und behaglich verlaufen.

Er berührte ihre Schulter, und als sie sich zur Tür wandte, ließ er seine Hand beiläufig über ihren Rücken bis an eine Stelle unterhalb ihrer Taille gleiten. Auf dem Rückweg zu der lärmenden Festgesellschaft dachte Adela verwundert, wie beruhigend die Berührung seiner Hand war. An der hohen Tafel angelangt, nahmen sie ihre Plätze neben Hugo und Sorcha ein, die hinter ihren Stühlen an den Ehrenplätzen standen. Während sie ihre Augen über die ihr zunächst sitzenden Gäste schweifen ließ, beglückwünschte sich Adela, dass sie Ardelve zum Mann bekommen hatte.

Die Mehrzahl der Gäste auf dem Podium gehörte zur

Familie Sinclair. Dem Wunsch der Gräfin Isabella entsprechend, hatten sie eine ungewöhnliche Sitzordnung eingenommen. Während gewöhnlich die Männer auf der – von der unteren Halle aus gesehen – linken Seite und die Frauen auf der rechten Seite der Tafel saßen, nahmen heute die beiden Brautpaare die mittleren Plätze ein. Die übrigen Ehrengäste hatten zu beiden Seiten Aufstellung genommen.

Daher stand Isabella rechts von Ardelve, und auf ihrer anderen Seite war Henry Sinclair, ihr ältester Sohn und Besitzer von Roslin.

Henry trug auch den norwegischen Titel »Fürst von Orkney«, den er über die Familie seiner Mutter geerbt hatte. Da in Schottland sogar Angehörige der königlichen Familie – ja, selbst der Thronerbe – lediglich als Grafen tituliert wurden, blickten die Adeligen hier scheel auf jemanden, der den Titel »Fürst« für sich beanspruchte. In Schottland galt Henry daher lediglich als »Graf von Orkney«.

Neben Henry standen Macleod und seine zukünftige Ehefrau, Lady Clendenen. Dann kam ein freier Platz. Bei der Lady, die sich zu ihrem Verdruss dem fünfzigsten Lebensjahr näherte und nach eigenen Angaben mit allen bedeutenden Familien in Schottland verwandt war, handelte es sich um eine mollige, ansehnliche Person mit glatter, heller Haut, haselnussbraunem Haar und einnehmenden Zügen. Sie hatte lebhaft funkelnde braune Augen, war jedoch – wie sie selbst oft bedauernd feststellte – ein wenig klein geraten. Selbst Adela, die nur etwas über einen Meter fünfzig maß, überragte sie noch. Neben dem mehr als ein Meter achtzig großen Henry wirkte Lady Clendenen geradezu winzig.

Sorcha stand links von Adela, dann folgten Sir Hugo, Isobel, Sir Michael Sinclair und schließlich Sir Hugos Schwester und sein Vater, Sir Edward Robison. Der Platz neben ihm war leer. Die Ehrengäste an der hohen Tafel saßen mit Blick in die untere Halle, wo die übrigen Gäste an den beiden langen Tischen untergebracht waren.

Nachdem der Kaplan der Gräfin das Tischgebet gesprochen hatte, nahmen alle geräuschvoll ihre Plätze ein. Begleitet vom Spiel der Dudelsackpfeifer trat der Vorschneider ein, und die Pagen eilten geschäftig mit Krügen voller Wein, Ale und Whisky hin und her.

Adela saß schweigend da und antwortete nur, wenn sie angesprochen wurde. Kurz darauf erblickte sie den attraktiven jungen Mann, der ihr schon in der Kapelle aufgefallen war.

Er unterhielt sich mit einer von Sir Hugos Schwestern, der älteren, wie Adela annahm. Doch da die beiden Mädchen etwa gleich groß waren und sehr ähnliche Kleider trugen, war sie sich nicht sicher.

Sie blickte zu Hugo hinüber und war nicht überrascht festzustellen, dass er das Pärchen mit gerunzelter Stirn beobachtete. Bestimmt war er ein äußerst pflichtbewusster Bruder und würde später ein Wörtchen mit seiner bedauernswerten Schwester zu reden haben. Adela seufzte. Sich vorzustellen, dass ihre Schwestern einmal angenommen hatten, sie würde Hugo heiraten!

Lächelnd drehte sie sich zu Ardelve um und rückte dabei ein wenig zur Seite, damit der Page ihren Weinpokal füllen konnte. Als der Junge zurücktrat, griff sie nach dem Pokal, zog jedoch ihre Hand eilig wieder zurück. Ihr war eingefallen, dass noch keine Trinksprüche ausgebracht worden waren.

Ardelve sagte: »Nehmt ruhig einen Schluck, Mädchen. Das wird keinen stören. Der Vorschneider hat schon seine Messer gezückt, aber es wird eine Weile dauern, bis den Zeremonien Genüge getan ist. Deshalb würde ich Euch empfehlen, ein Stück Brot zum Wein zu essen.«

Ein anderer Page, der in der Nähe stand, hielt ihr eilfertig einen Korb mit Brötchen hin.

Dankbar nahm sich Adela eines, brach ein Stückchen ab und steckte es sich in den Mund, bevor sie von ihrem Wein kostete. Es war bestimmt ein vorzüglicher Claret, doch ihr Geschmack erschien ihr heute ebenso abgestumpft wie ihre übrigen Sinne.

Auch Ardelve nippte an seinem Wein, und nachdem der erste Gang feierlich präsentiert worden war, konnte Adela auf ihrem Platz zwischen Sorcha und Ardelve endlich in Ruhe essen. Pausenlos schleppten die Pagen Speisen und Getränke herbei, die Spielleute musizierten, und die Halle war von fröhlichem Stimmengewirr erfüllt. Da sie selten mehr als einen halben Becher Wein trank, stieg Adela der Claret rasch zu Kopf, und ihre Anspannung begann sich zu lösen.

Links von ihr führte Sorcha ein ungebührlich angeregtes Gespräch mit Hugo. Adela hatte bemerkt, dass die beiden miteinander über jedes erdenkliche Thema sprachen – ein Benehmen, das sie nicht gutheißen konnte. Ihrer Ansicht nach sollten zumindest die Damen mehr Wert auf Zurückhaltung legen. Aber sie hatte es schon lange aufgegeben, das Sorcha zu predigen. Adela konnte nur hoffen, dass ihre ungebärdige Schwester nichts tun würde, weswegen die Gräfin ihre ungewöhnliche Sitzordnung bedauern müsste.

»Wo ist Sidony?«, fragte sie, als Sorcha sich ihr zuwandte. »Seit wir hereingekommen sind, habe ich sie nicht mehr gesehen.«

»Ich möchte wetten, sie ist nach oben gegangen, um nach unserem neuen Neffen zu schauen«, erwiderte Sorcha breit lächelnd. Damit meinte sie Isobels und Michaels erstgeborenes Kind, das nun zwei Wochen alt war. »Sie verbringt mehr Zeit mit ihm als irgendjemand sonst, und außerdem ist Isobel auffallend gelassen. Würde ihr Kind allein oben in ihrer Kammer liegen, dann wäre sie jetzt schon ganz zappelig.« Nach diesen Worten bat Sorcha einen vorbeigehenden Pagen, ihr Wein nachzuschenken.

»Hugo hätte um den Wein bitten sollen, Liebes«, sagte Adela.

»Er redet gerade mit seiner Schwester Kate«, erwiderte Sorcha.

Das Mädchen, das mit dem gut aussehenden Fremden geflirtet hatte, saß nun neben Hugo. Während sich die Gäste zur

Linken angeregt unterhielten, hatte Hugo seine Schwester Kate mit strengem Blick ins Gebet genommen.

Kate wirkte verärgert; zu Recht, wie Adela fand. Sie selbst hatte Hugo einmal eine Schüssel mit Weihwasser über den Kopf geschüttet, weil ihr seine Belehrungen auf die Nerven gingen. Ausgerechnet er, der keinen Flirt ausließ, schimpfte wegen einer kleinen Tändelei mit seiner Schwester.

Nicht nur Adelas Schwestern waren davon ausgegangen, dass sie Sir Hugo heiraten würde. Sie hatte es sogar selbst erwogen, worüber sie sich jetzt wunderte. Sie mochte ihn sehr, denn er sah gut aus, war charmant und ein hervorragender Schwertkämpfer. Aber er hatte auch die fatale Neigung, andere herumzukommandieren, und darauf konnte Adela gut verzichten. Sorcha verstand es wesentlich besser, mit ihm umzugehen, als Adela es jemals gekonnt hätte.

Ardelve passte zu ihr. Mit ihm würde sie nicht weit von ihrem früheren Zuhause entfernt leben und jederzeit alte Freunde und ihre Familie besuchen können. Und außerdem war er wohlhabend genug, um ihr alle Annehmlichkeiten bieten zu können. Und er erteilte ihr nie Befehle.

Gerade starrte er in seinen Pokal, als überlegte er, ob er ihn noch einmal füllen lassen sollte. Doch als er ihren Blick bemerkte, wandte er sich ihr zu und sagte: »Ich glaube, der Wein hier ist verdorben. Aber was macht das schon? Ihr seid so schön, und ich kann mich glücklich schätzen, dass …«

Zu ihrem Schrecken wurden seine Züge plötzlich starr. Nur seine Lippen öffneten und schlossen sich, als wollte er den letzten Satz noch beenden. Gleichzeitig griff er sich mit der rechten Hand an die Brust. Als Adela erkannte, dass Ardelve verzweifelt nach Luft schnappte, kippte er bereits seitlich gegen Isabella.

Mit einem Aufschrei versuchte die Gräfin, ihn zu stützen, doch vergeblich – er rutschte vom Stuhl und brach auf dem Fußboden zusammen.

Adela starrte ihn entsetzt an.

»Meine Güte, ich habe gar nicht gemerkt, dass er so viel getrunken hat!«, rief Sorcha.

»Hat er auch nicht«, erwiderte Hugo, sprang auf und war mit einem Schritt bei Ardelve.

»Dreh dich um, meine liebe Adela«, sagte die Gräfin mit fester Stimme. »Und bitte beruhige dich, damit du kein Aufsehen erregst. Ich bin sicher, du brauchst dir keine Sorgen zu machen.«

»Seine Augen sind geöffnet, aber er scheint mich nicht zu sehen«, entgegnete Adela, ohne den Blick von Ardelve zu wenden.

Hugo kniete noch immer neben ihm und untersuchte ihn kurz. Dann blickte er auf und sagte leise: »Es tut mir leid, Mädchen, aber ich fürchte, er ist von uns gegangen.«

Adela keuchte; die Tränen schossen ihr in die Augen.

Auf ein Zeichen von Isabella hin stimmten die Spielleute eine fröhliche Melodie an. Gleich darauf kamen drei Jongleure hereingerannt, gefolgt von einigen Salto schlagenden Akrobaten.

Wie Adela feststellte, verfolgten fast alle Gäste den Einzug der Gaukler – bis auf einen.

Der Mann mit den grünen Augen blickte sie an.

# 2

Das weiße Leinentischtuch reichte bis auf den Boden. Daher konnten die Gäste in der untere Halle nicht sehen, was hinter der Tafel auf dem Podium vor sich ging. Dennoch war Adela davon überzeugt, dass der Fremde alles mitbekommen hatte. Und dann hatten es vielleicht auch andere gesehen.

Mit Bangen bemerkte sie, dass der Fremde aufstand. Hoffentlich kam er nicht herüber! Eilig wandte sie die Augen ab. Ein Page und einer von Hugos Gefolgsmännern knieten jetzt neben Ardelve. Der schlanke, muskulöse Soldat kam Adela vage bekannt vor, doch sie achtete nicht weiter auf ihn, sondern starrte auf den Mann am Boden, der für kurze Zeit ihr Ehemann gewesen war.

Inmitten des mühsam beherrschten Chaos wirkte Ardelve seltsam friedlich.

Die Diener gehorchten dem Befehl ihrer Herrin und servierten Wein und Speisen, als wäre nichts geschehen.

Unten in der Halle setzten die Jongleure und Akrobaten zum Klang der Musik ihre Vorstellung fort, und die Leute applaudierten ihnen lachend.

Rechts von Adela plauderte Isabella mit Fürst Henry, als hätte sich Ardelve nur für einige Minuten entschuldigt. Doch der lag noch immer genau so da, wie er hingestürzt war.

In diesem Augenblick schaute Hugos Gefolgsmann zu Adela hoch, und sie überlegte erneut kurz, woher sie ihn kannte. Doch schon berührte der Mann Hugos Arm und sagte etwas zu ihm.

Hugo warf Adela einen raschen Blick zu, dann wandte er sich an seine Frau: »Sorcha, vielleicht solltest du und Adela …«

»Nein, Hugo«, unterbrach ihn Isabella, wobei sie so tat, als spräche sie zu Adela. »Sie können nicht beide zugleich gehen. Und Isobel auch nicht. Zunächst einmal solltet ihr drei Männer Ardelve unauffällig in meine Kemenate schaffen.«

»Aber die Lady sollte nicht hier bleiben, Madam«, widersprach Hugo. Seine Verwandtschaft mit den Sinclairs und seine langjährige Treue gegenüber der Familie gaben ihm das Recht dazu. »Das kann man nicht von ihr verlangen. Und sie soll auch nicht allein bei … ihm in der Kemenate bleiben, während wir überlegen, was zu tun ist.«

»Da stimme ich Euch zu«, sagte Isabella und gab Lady Clendenen unauffällig ein Zeichen, worauf diese sich sofort lächelnd neben den Stuhl der Gräfin stellte. Dabei wich sie geschickt Hugo und seinen beiden am Boden hockenden Helfern aus.

Selbst im Stehen war die Lady nur wenige Zentimeter größer, dafür aber um einiges fülliger als die gertenschlanke Isabella. Mit heiterer Miene, doch einem besorgten Unterton in der Stimme fragte Lady Clendenen: »Womit kann ich Euch helfen, Madam?« Dabei blickte sie kurz zu Adela hinüber.

»Bringt Lady Ardelve in ihre Kammer hinauf, Ealga«, antwortete Isabella. »Wenn Ihr über die Nordwesttreppe dort drüben geht, wird es so aussehen, als wolltet Ihr lediglich zum Aborttturm. Solange Ihr Euch unauffällig verhaltet, werden alle glauben, dass Ardelve nur zu viel getrunken hat, wenn sie sehen, wie Hugo, Einar und Ivor ihn in meine Kemenate tragen.«

Der Name Einar kam Adela ebenfalls bekannt vor, doch sie dachte nicht mehr an Hugos Gefolgsmann, als sie Lady Clendenen sagen hörte: »Aber wenn Adela nicht wiederkommt …«

»Die meisten werden den Zwischenfall sofort wieder vergessen, und einige werden annehmen, dass das Brautpaar sich einfach heimlich davongestohlen hat. Von den Gästen war kaum einer jemals in meiner Kemenate. Daher wissen sie auch nicht, dass nur diese eine Tür dorthin führt.«

»Stimmt. Die Kemenate wurde erst kürzlich angebaut, nicht wahr?«

Adela achtete nicht mehr auf die Worte der beiden Frauen, sondern sah zu, wie die Männer sich anschickten, Ardelve fortzutragen. Als daher Lady Clendenen sie auf die Schulter tippte, wäre sie vor Schreck fast von ihrem Stuhl aufgesprungen.

»Verzeih mir, meine Liebe, dass ich nach diesem tragischen Vorfall gelächelt habe«, sagte die Lady zu Adela. »Aber die Gäste unten in der Halle dürfen nichts merken. Denn sonst kämen sofort alle angerannt, sei es aus Sorge oder aus Neugier. So tragen sie Ardelve einfach hinaus, als wäre er betrunken, und das Fest kann weitergehen.«

Adela nickte, dankbar dafür, dass sie sich endlich entfernen durfte. Als sie aufstand, fragte Sorcha leise: »Möchtest du, dass ich mitkomme?«

Adela blickte sie an. »Die Gräfin hat gesagt …«

»Wenn du es willst, komme ich mit. Ganz egal, was irgendjemand sagt«, entgegnete Sorcha bestimmt.

»Nein, sie hat schon recht«, antwortete Adela. »Wir würden nur Aufsehen erregen, und das möchte ich nicht.«

»Also gut. Dann komme ich eben nach, sobald ich kann.«

»Lächle ihr zu, Adela«, ermahnte Lady Clendenen sie leise.

Adela zwang sich zu einem matten Lächeln, bevor sie gemeinsam mit der Lady den Männern folgte, die Ardelve aufgehoben hatten und in die Kemenate trugen.

»Sieh mich an, meine Liebe, oder schau zu Boden«, riet Lady Clendenen ihr, als sie an den übrigen Ehrengästen vorüberkamen.

»Vielen Dank für Eure freundliche Hilfe, Madam«, murmelte Adela.

»Ach, meine Liebe, du brauchst mir gegenüber doch nicht so förmlich zu sein. Sobald dein Vater und ich heiraten, sind wir verwandt, und ich betrachte dich schon jetzt als meine Tochter.«

»Danke«, wiederholte Adela und zwang sich, den Blick auf

den Boden zu richten. Zu gern hätte sie sich davon überzeugt, ob der attraktive Fremde sie noch immer beobachtete oder ob er schon gegangen war.

Sie näherten sich dem Ende des Podiums, da bemerkte Adela aus dem Augenwinkel, wie Lady Clendenen jemanden mit eindringlichen Gesten fortscheuchte. Adela hob den Blick und sah, wie sich ein großer, breitschultriger Mann in einem waldgrünen Samtwams und gelben Beinlingen entfernte.

Er blickte über die Schulter zurück und hielt inne, als er Adela entdeckte.

»Du darfst mit niemandem sprechen«, mahnte Lady Clendenen, legte eine kleine, aber feste Hand unter Adelas Ellbogen und dirigierte sie eilig vom Podium herunter zu einem nahe gelegenen Türbogen.

»Kennt Ihr diesen Mann, Madam?«, fragte Adela. Sie hielt es für unnötig zu erklären, wen sie meinte. »Ich muss gestehen, ich weiß nicht, wer er ist. Ich habe ihn nur kurz in der Kapelle gesehen und später noch einmal, als er sich mit Sir Hugos Schwester Kate unterhielt.«

»Aber sicher«, erwiderte Lady Clendenen mit strahlendem Lächeln. »Das ist doch der Chevalier Etienne de Gredin, ein Verwandter von mir. Er ist ein entfernter Vetter mütterlicherseits, musst du wissen, und zugleich mit dem Herzog von Anjou verwandt. De Gredin ist manchmal ein wenig aufdringlich, aber auch sehr charmant und amüsant.«

»Er ist also Franzose?«

Lady Clendenen zuckte die Achseln. »Die meisten von uns haben französisches Blut in den Adern, nicht wahr? Etiennes Familie kam allerdings schon mit Wilhelm dem Eroberer herüber, ebenso wie die Sinclairs und meine Familie. Sein verstorbener Vater war Gesandter in Frankreich, und ich bin sicher, Etienne hat dort ebenso viele Verwandte wie hier. Er fährt regelmäßig hinüber. Aber das tun schließlich viele wohlgeborene junge Männer, denen ein Schiff zur Verfügung steht, nicht wahr? Er wagte es, sich uns zu nähern, weil er dich kennenlernen möchte. Natürlich weiß er nicht, dass Ardelve tot ist, doch gerade jetzt kann ich nicht zulassen, dass er dich belästigt.«

»Danke. Ich möchte auch mit niemandem sprechen«, erwiderte Adela.

»Ich werde ihn dir ein andermal vorstellen«, fuhr Lady Clendenen fort und fügte hinzu, indem sie Adela direkt anblickte: »Ich hoffe, du wirst nicht übermäßig lange trauern, meine Liebe. Ardelve würde das nicht wollen. Nicht bei einem so schönen jungen Mädchen wie dir. Du darfst deine Reize wirklich nicht verstecken«, setzte sie hinzu, bevor die verdutzte Adela antworten konnte. »Eine Frau in deinem Alter ist nur dann respektabel, wenn sie einen Ehemann aufzuweisen hat. Aber reden wir nicht mehr davon. Achte am besten gar nicht auf mein Geplapper.«

Adela hätte sowieso nicht gewusst, was sie auf diese taktlosen Bemerkungen erwidern sollte, ohne selbst taktlos zu sein.

»Einen merkwürdigen Tod hat Ardelve gefunden«, fuhr die Lady fort, während sie das Treppenhaus betraten, das sich in den dicken Mauern in der Nordwestecke der Halle befand. »Aber vielleicht hätte er es ja so gewollt.«

Sie bedeutete Adela, ihr auf der Treppe vorauszugehen und redete dabei ununterbrochen weiter: »Es war jedenfalls ein leichterer Tod, als er meinem ersten Mann vergönnt war. Der Arme wurde im Kampf verwundet, und es dauerte Monate, bis er starb. Da war Ardelve besser dran, finde ich. Du wirst mir wahrscheinlich nicht zustimmen, aber du musst ja auch noch völlig durcheinander sein. Wenn du wieder klar denken kannst, unterhalten wir uns weiter. Jetzt rede ich einfach vor mich hin, damit keiner auf die Idee kommt, uns aufzuhalten.«

Adela erhob keine Einwände, obwohl ihnen bis auf eine eilig knicksende Dienstmagd niemand begegnete. Schließlich erreichten sie die Schlafkammer, die Adela seit ihrer Ankunft auf Roslin allein bewohnt hatte. Als sie die Tür öffnete, fiel ihr Blick sogleich auf das Feuer, das im Kamin prasselte. Sie nahm an, ein Diener oder das Mädchen hätten es entzündet; daher erschrak sie heftig, als sich plötzlich ein Mann, der vor dem Bett stand, umdrehte.

Mit einer tiefen Verbeugung sagte er: »Bitte vergebt mir, Lady Ardelve. Ich wusste ja nicht …«

Lady Clendenen legte Adela eine Hand auf die Schulter und schob sie ins Zimmer. »Meine Güte, Angus! Du hättest uns fast zu Tode erschreckt. Ich hatte ganz vergessen, dass du alles für deinen Herrn und seine Lady vorbereiten wolltest.«

»Jawohl, Lady Clendenen. Aber das Fest hat ja gerade erst …«

»Angus, es ist etwas Furchtbares geschehen«, unterbrach ihn die Lady und berichtete ihm rasch, was vorgefallen war.

»Der Herr ist tot?«, fragte der Mann ungläubig. »Aber vorhin war doch noch alles in Ordnung mit ihm. Sonst hätte ich es bestimmt gemerkt, wo ich ihn doch schon seit dreißig Jahren bediene.«

»Wie auch immer, Ardelve ist jedenfalls tot, und wir müssen uns um die junge Lady kümmern«, entgegnete Lady Clendenen.

»Ja, gewiss, Mylady«, erwiderte Angus. »Doch meine erste Pflicht gilt jetzt meinem Herrn.«

»Du kannst auch gleich zu ihm gehen. Aber die Gäste in der unteren Halle dürfen nichts merken. Die meisten glauben wahrscheinlich, Ardelve hätte zu viel getrunken.«

»Verzeiht, Mylady, aber es sind Verwandte meines Herrn hier. Einige von ihnen werden es sicher übel nehmen, wenn Ihr es ihnen verschweigt.«

»Jeder, der es wissen muss, wird es erfahren«, erwiderte Lady Clendenen. »Doch von seiner engeren Familie haben es aufgrund der kurzfristigen Einladung nur wenige geschafft zu kommen.«

»Ja, es ging wirklich alles sehr schnell. Wir werden ihn natürlich nach Hause bringen«, fügte Angus hinzu.

»Das kannst du regeln, wie du möchtest«, sagte sie. »Ich

weiß, dass du dafür sorgen wirst, dass alles seine Schicklichkeit hat.«

Adela schauderte es bei dem Gedanken, dass man von ihr erwarten könnte, den Leichnam ihres Gatten auf seinem langen Weg zum Loch Alsh zu begleiten. »Und wie … wie wird das vor sich gehen?«, fragte sie.

Angus war schon zur Tür hinaus, doch Lady Clendenen erwiderte munter: »Am besten überlässt du alles Angus, meine Liebe. Ich bin zwar nicht deine Mutter, aber du tätest trotzdem gut daran, auf meinen Rat zu hören.«

»Ich bin Euch sehr dankbar, Madam. Ihr kennt Euch mit einer derartigen Situation bestimmt viel besser aus als ich.« Als sie Lady Clendenens erstaunten Blick bemerkte, verzog Adela peinlich berührt das Gesicht. »Verzeiht mir«, sagte sie, »das hätte ich nicht …«

»Schon gut«, erwiderte die Lady mit einem leisen Lachen. »Mir gegenüber kannst du ruhig reden, wie dir der Schnabel gewachsen ist. Das tue ich schließlich auch.«

»Aber ich sollte nicht …«

»Du brauchst dich nicht zu entschuldigen. Aber gestatte mir ebenfalls ein offenes Wort«, sagte Lady Clendenen. »Es beunruhigt mich, wie bleich du bist, mein Kind. Selbstverständlich weiß ich über deine schreckliche Entführung vor einigen Wochen Bescheid, und ich befürchte, dass du dich nach diesem zweiten tragischen Zwischenfall auf Ardelves Burg vergraben wirst. Das darf nicht sein.«

»Aber es ist meine Pflicht, ihn nach Hause zu geleiten und an seinem Begräbnis teilzunehmen.«

»Davon würde ich abraten«, erwiderte die Lady. »Doch jetzt solltest du dir erst einmal Gesicht und Hände waschen. Dann fühlst du dich bestimmt gleich besser. Heißes Wasser gibt es wahrscheinlich noch nicht, aber in dem Krug dort auf dem Waschtisch ist bestimmt kaltes. Setz dich auf den Stuhl dort am Kamin, dann hole ich dir ein feuchtes Tuch. Trotz des Feuers ist es kühl hier drin.«

Widerstandslos gehorchte Adela den Anweisungen der Lady. Erst als die Wärme ihr in die Glieder drang, bemerkte sie, dass ihre Hände und Füße eiskalt waren. Schweigend wärmte sie sich am Feuer und bedankte sich nur kurz, als Lady Clendenen ihr ein feuchtes Tuch reichte.

Mit den Worten: »Hiermit kannst du dich abtrocknen«, legte sie Adela ein kleines Handtuch in den Schoß; dann ging sie zum Fenster und zog die Vorhänge auf. »Huch, wo ist denn die Sonne geblieben?«, rief sie. »Als wir heute Morgen kamen, war der Himmel doch noch klar.«

Adela senkte das feuchte Tuch, mit dem sie sich das Gesicht abgewischt hatte. Vor dem Fenster zogen weiße Schwaden vorüber. »Wie dicht ist der Nebel denn?«

»So dicht, dass Isabella mehr Logiergäste haben wird, als sie dachte.«

»Das macht ihr nichts aus«, erwiderte Adela. »Aber Hugo wird sich ärgern. Denn wenn der Nebel zu dick wird, muss er die Wachen von der Burgmauer abziehen und sie im Tal postieren, damit sie die Zugangswege zur Burg bewachen.«

Lady Clendenen zuckte die Achseln. »Hier in der Gegend habe ich schon so dichten Nebel erlebt, dass man selbst am Tag die Hand kaum vor den Augen sehen konnte. Das ist an jedem Fluss so, aber hier, wo der Esk den Burgfelsen an drei Seiten umfließt, ist es besonders schlimm. Die Männer werden feststellen, dass die Sicht im Wald besser ist.«

Adela presste sich das feuchte Tuch gegen die Stirn. Trotz der Kühle im Zimmer fühlte es sich angenehm an. Und da ihre Gefährtin eine Zeit lang schweigend aus dem Fenster blickte, war es für Adela fast, als wäre sie endlich für einen Moment allein.

Als sie hörte, wie die Lady zum Kamin hinüberging, ließ Adela das Tuch sinken.

»Ist dir jetzt nach Reden zumute?«, fragte Lady Clendenen, während sie das Tuch zum Waschtisch zurückbrachte. »Ich glaube, wir sollten es nicht länger aufschieben. Schließlich geht es um deine Zukunft, meine Liebe, und ich möchte nicht, dass du sie dir verbaust.«

Adela hatte nicht die geringste Lust, sich noch mehr gute Ratschläge anzuhören. Doch über ihre Gefühle wollte sie der Lady gegenüber auch nicht sprechen, da sie noch immer nicht das Geringste empfand. Natürlich war Ardelves Tod ein Schock für sie gewesen, den sie jedoch erstaunlich rasch überwunden hatte.

Doch das durfte sie seiner Cousine gegenüber nicht erwähnen, auch wenn diese sie sehr mochte. Schließlich war es auch für Lady Clendenen ein Verlust, und sie würde sicher kein Verständnis für eine so gefühllose Braut haben. Da sie also nicht wusste, was sie sagen sollte, schwieg Adela.

Die Lady zog sich einen zweiten Stuhl heran, ließ sich auf dem Polster nieder und starrte in die Flammen. Schließlich sagte sie: »Ich weiß, die Ereignisse haben sich derart überschlagen, dass dir kaum Zeit zum Nachdenken blieb. Dennoch wird man dich nach deinen Plänen fragen. Daher solltest du dir lieber etwas überlegen, meine Liebe. Weißt du, ob Ardelve irgendwelche Vorkehrungen getroffen hat, oder was er in einem solchen Fall von dir erwartet hätte? Selbstverständlich konnte er nicht damit rechnen, dass ihm gerade heute so etwas zustoßen würde«, fügte sie mit bedauernder Miene hinzu. »Aber er war ein vernünftiger Mann und hat, soweit ich weiß, für dein Wohlergehen vorgesorgt.«

»Über diese Dinge weiß ich nichts«, musste Adela zugeben. »Das hat er, wie es üblich ist, mit meinem Vater ausgemacht.«

»Nun ja, sie haben mir etwas davon erzählt«, erwiderte die Lady. »Zum Beispiel, was deinen Unterhalt betrifft ...«

In diesem Augenblick klopfte es zweimal scharf an die Tür, und gleich darauf stürzte Lady Sidony Macleod mit raschelnden rosa Seidenröcken ins Zimmer und rief: »Ich habe es gerade gehört, Adela! Sie sagten, du wärest ...«

Sie brach erschrocken ab und machte einen hastigen Knicks

vor Lady Clendenen, bevor sie fortfuhr: »Verzeiht, Mylady. Ich wollte nicht stören, aber ich habe gerade erfahren, was geschehen ist, und dachte, Adela wäre ganz allein. Ich hätte es besser wissen müssen, mein Liebes«, fügte sie hinzu, während sie ihre Schwester umarmte. »Wie kann ich dir helfen?«

»Setz dich zu uns«, sagte Adela. Sie wusste, dass Sidony gekränkt gewesen wäre, wenn sie sie fortgeschickt hätte. »Von wem hast du es erfahren?«

»Ich habe mich um Isobels Baby gekümmert, doch dann kam das Kindermädchen zurück und sagte, ich solle hinuntergehen«, antwortete Sidony und nahm sich ebenfalls einen Stuhl. »Das tat ich auch, doch als ich hörte, was geschehen war, kam ich gleich hierher. Isobel sagt, sie und Sorcha kommen so bald wie möglich nach. Anscheinend fangen die Leute an, Fragen zu stellen. Ich weiß sowieso nicht, wie sie Ardelves Tod auf die Dauer geheim halten wollen.«

Adela unterdrückte einen Seufzer. So sehr sie ihre Schwestern liebte und Lady Clendenen respektierte, sehnte sie sich doch danach, allein zu sein.

Mit einem betretenen Blick auf Lady Clendenen sagte Sidony: »Ich habe Euer Gespräch unterbrochen, aber ich hoffe, Ihr schickt mich nicht fort.«

»Nein, gewiss nicht, meine Liebe«, beschwichtigte die Lady sie. »Vielleicht kannst du mir helfen, Adela zu überreden, dass sie nicht sofort ins Hochland zurückkehrt.«

»Warum sollte sie das tun?«

»Ich muss natürlich Ardelve begleiten«, erwiderte Adela. »Er wird zu Hause beigesetzt, und sein Zuhause ist jetzt schließlich auch das meine.«

»Tatsächlich?«, fragte Sidony mit gerunzelter Stirn. »Musst du wirklich gehen?«

»Gewiss. Er ist – war – doch mein Mann.«

»Was das angeht«, sagte Lady Clendenen, »so frage ich mich, ob es wirklich stimmt. Verzeih mir meine Offenheit, Adela, aber ich habe gesehen, wie du und Ardelve in die Kemenate gegangen seid, bevor ihr an der Tafel Platz genommen habt. Dort drin wart ihr doch allein, oder?«

»Ganz und gar allein, Madam. Warum?«

»Hat er … ich meine, habt ihr beide … Ach je, jetzt sage ich es einfach. Könnte es sein, dass ihr beide dort die Ehe vollzogen habt?«

»In Gräfin Isabellas *Kemenate?«* Sie schrie die Worte förmlich.

Lady Clendenens Lippen zuckten leicht. »Offensichtlich also nicht.«

Sidony blickte zwischen den beiden hin und her. »Das würde sich in der Kemenate der Gräfin doch keiner wagen, wenn draußen in der Halle die halbe Welt sitzt, Madam.«

»Ich musste danach fragen«, erwiderte Lady Clendenen. »Wir sprachen doch vorhin über Vereinbarungen, und vielleicht machst du dir ja Sorgen wegen deines Unterhalts, Adela. Aber ich kann dir versichern, dass eine Annullierung der Ehe keine Auswirkungen darauf haben wird.«

»Annullierung?« Adela starrte sie an. »Das geht nicht. Was würden die Leute sagen?«

»Nichts, wenn sie hören, dass ich die Idee befürworte«, antwortete Lady Clendenen. »Ardelve hat für den Fall vorgesorgt, dass er stirbt, bevor ihr ein gemeinsames Kind hättet. Niemand von uns weiß, wann sein letztes Stündchen schlägt, Adela, und er wollte, dass du gut versorgt bist. Kennst du seinen Sohn Fergus?«

»Ich habe ihn nur einmal getroffen. Er ist etwa ein Jahr älter als ich.«

»Ja, und er will dieses Jahr ebenfalls heiraten«, fuhr Lady Clendenen fort. »Da geht es nicht an, dass du bei ihm und seiner jungen Frau lebst. Ich bin sicher, ihr wäret beide sehr rücksichtsvoll, aber dennoch wärst du immer eine Fremde in seinem Haus.«

»Ich kann doch wieder nach Chalamine ziehen«, erwiderte Adela.

»Möchtest du, nachdem du schon verheiratet warst, wirklich wieder im Haus deines Vaters leben?«

»Käme das nicht aufs Gleiche heraus, Adela?«, fragte Sidony mit leiser Stimme. »Vergebt mir, Lady Clendenen, aber Sorcha hat gesagt, Ihr wolltet Vater nicht heiraten, wenn Ihr die Führung des Haushalts mit seinen Töchtern teilen müsstet.«

»Hier geht es nicht um mich«, entgegnete die Lady, die Sidony die Bemerkung offensichtlich nicht übel nahm. »Aber du bist fünfundzwanzig, Adela, eine erwachsene Frau. Und du warst nur eine Stunde lang verheiratet! Du brauchst deine Ehe nicht annullieren zu lassen, wenn du nicht willst, aber ich werde dir sagen, wohin es führt, wenn du dir mit dem Geld, das Ardelve dir hinterlassen hat, nicht einen gebührenden Platz im schottischen Adel verschaffst. Willst du wirklich dein Leben in Abhängigkeit von deinem Vater oder deinem Stiefsohn verplempern?«

»Ihr könnt doch nicht erwarten, Madam, dass ich Ardelve so einfach vergesse, als hätte er mir nichts bedeutet. Das werde ich nicht tun.«

»Das sollst du auch gar nicht. Aber genauso unpassend wäre es, wenn du dich in deinem Kummer vergraben würdest – nach einer arrangierten Ehe, die noch dazu nur eine Stunde gedauert hat.«

Adela schnappte empört nach Luft. Doch bevor sie etwas erwidern konnte, ging erneut die Tür auf, und Sorcha kam mit Isobel herein. Sie legten Kissen auf den Boden und ließen sich darauf nieder. Dann berichteten sie aufgeregt, dass sich die Kunde von Ardelves Ableben schließlich doch wie ein Lauffeuer unter der Festgesellschaft verbreitet hatte.

»Da war so ein Kerl, der doch tatsächlich gesagt hat, Adela stünde unter einem schrecklichen Fluch«, fügte Sorcha entrüstet hinzu.

»Unverschämtheit!«, rief Sidony. »Wer nimmt sich denn so etwas heraus?«

»Irgendein arroganter Höfling«, sagte Isobel. »Er sagte,

Adelas Entführung und die heutige Tragödie beweisen, dass Gott nicht will, dass Adela jemals heiratet.«

Sie sprachen noch eine Weile über die Reaktionen der Gäste, dann wandte sich Sorcha an ihre Schwester: »Du sagst ja gar nichts, Adela. Ardelves Tod war natürlich ein schwerer Schlag für dich, aber das ist es doch nicht allein. Was hast du?«

Adela schüttelte nur den Kopf, doch Lady Clendenen erklärte: »Ich fürchte, es liegt daran, dass ich ihr meine Meinung gesagt habe, bevor ihr kamt.«

Als die anderen sie entgeistert anblickten, fügte sie lächelnd hinzu: »Es war nichts Schlimmes, das versichere ich euch. Ich habe Adela nur klargemacht, dass sie sich ihre nächsten Schritte jetzt gut überlegen muss.«

Nachdem die Lady erläutert hatte, worum es ging, berieten sich die vier Frauen, während Adela stumm dabeisaß. Eifrig erörterten ihre Schwestern Adelas Zukunftsaussichten, wobei sie sich zunächst einig waren, dass diese trüb aussahen.

»Aber wenn sie jetzt tatsächlich über ihr eigenes Geld verfügt ...«, begann Sorcha schließlich gedankenvoll.

»Ja, das macht die Sache natürlich einfacher«, sagte Isobel. »Und du kannst auf jeden Fall hier bei Michael und mir auf Roslin bleiben, Adela.«

»Ich bin sicher, du könntest auch bei Sorcha und Hugo auf Hawthornden wohnen, wenn du willst«, fügte Sidony etwas übereifrig hinzu.

»Dazu muss ich etwas sagen«, meldete sich Sorcha zu Wort und biss sich auf die Unterlippe. »Ich weiß nicht, ob wir noch lange auf Hawthornden bleiben werden. Sir Edward will, dass Hugo mit Donald von den Inseln geht, wenn dieser nach Hause zurückkehrt. Und dann werde ich meinen Mann natürlich begleiten. Zuvor muss ich noch ein paar Sachen von Chalamine holen, und Sir Edward hat vorgeschlagen, dass wir auf dem Rückweg auf Dunclathy nach dem Rechten sehen. Daher werden wir wohl fast den ganzen Frühling und Sommer unterwegs sein.«

»Aber Adela könnte doch auch auf Hawthornden bleiben, wenn ihr nicht da seid, oder?«, fragte Sidony.

»Ich glaube schon, wenn sie das will. Ich werde Hugo fragen.«

»Sie hat doch noch andere Möglichkeiten«, wandte Lady Clendenen ein. »Abgesehen von einer großzügigen finanziellen Versorgung hat Ardelve ihr ein Haus in Stirling vermacht, in dem sie bis an ihr Lebensende wohnen kann. Oder sie bleibt bei mir in Edinburgh, wenn sie möchte. Ich würde mich über ihre Gesellschaft freuen.«

»Vielen Dank, Mylady«, erwiderte Adela, »aber …«

»Bitte, sag nicht Nein!«, fiel ihr Isobel ins Wort, und bald besprachen alle wieder Adelas Zukunft, als wäre sie gar nicht anwesend.

Nach einer Weile hörte Adela nicht mehr zu, sondern starrte in die Flammen, bis Sidony unvermittelt fragte: »Was willst *du* eigentlich, Adela?«

Vermutlich zum ersten Mal in ihrem Leben sagte Adela ohne zu zögern, was sie dachte: »Ich will, dass ihr alle geht und mich allein lasst.«

Sidony riss die Augen auf. »Aber …«

»Ich will weder in Edinburgh noch in Stirling oder in irgendeiner anderen Stadt leben. Und ich will mich euch auch nicht aufdrängen, weder dir, Isobel, noch dir, Sorcha. Ich werde meine Pflicht gegenüber Ardelve erfüllen und dann nach Hause zurückkehren. Doch jetzt wünsche ich mir nichts als Ruhe und Frieden. Also geht jetzt und lasst mich allein!«

Ihre Besucherinnen folgten Adelas Wunsch, und gleich darauf schloss sich die Tür hinter ihnen.

Zunächst war Adela froh darüber, doch bald begannen Gedanken und Gefühle sie zu plagen. Es erging ihr wie schon so oft: Sie wusste, dass es ungerecht war, dennoch nahm sie es Ardelve übel, dass er gestorben war. So, wie sie es bei deren Tod auch ihrer Mutter und ihrer verstorbenen Schwester Mariota übelgenommen hatte.

Eine innere Stimme riet ihr, ihr Herz an nichts und niemandem zu hängen. Das Schicksal war unberechenbar, und sie konnte es ebenso wenig beeinflussen wie jeder andere. Immer deutlicher meldete sich diese Stimme zu Wort, bis Adela sich fragte, ob sie wohl verrückt wurde.

Warum hatte sie die Frauen mit so harschen Worten fortgeschickt? Was sollten sie nur von ihr denken?

Für einen Augenblick hatte Adelas eiserne Selbstbeherrschung versagt, und es war genau so, wie sie immer befürchtet hatte. Sie mochte gar nicht daran denken, was geschähe, wenn sie sich nicht wieder in den Griff bekam.

Vielleicht brauchte sie einfach nur ein wenig Ruhe. Ohne sich auszukleiden, legte sie sich aufs Bett und war im Nu eingeschlafen.

Ein Albtraum ließ sie aufschrecken. Sie konnte sich nicht mehr an Einzelheiten erinnern, sondern wusste nur noch, dass sie wie schon so oft das Gefühl gehabt hatte, ersticken zu müssen. Seit ihrer Entführung wurde sie von Albträumen heimgesucht, doch dieses Mal hatte sich im Schlaf ihre Kette enger um den Hals gezogen. Das erklärte das Gefühl wenigstens, sagte sie sich.

Im Zimmer war es dunkel, das Feuer im Kamin beinahe erloschen. Sie wusste nicht, wie lange sie geschlafen hatte. Bestimmt würden ihre Schwestern bald zurückkommen. Bei diesem Gedanken erhob sie sich, erleichterte sich auf dem Nachttopf, nahm dann das lavendelblaue Cape, das Isobel ihr gegeben hatte, vom Haken und legte es sich um.

Vorsichtig öffnete sie die Tür und spähte hinaus. Dort war niemand zu sehen. Rasch eilte sie die gewundene Treppe hinauf, die zum Wehrgang führte.

In der Hoffnung, dass der Nebel sich noch nicht gelichtet hatte und die Wachen alle an den Zufahrtswegen zur Burg standen, öffnete sie leise die Tür und trat hinaus auf den Wehrgang.

Als die Tür mit einem leisen metallischen Klicken hinter ihr ins Schloss fiel, war ihr, als hätte sie die ganze Welt hinter sich gelassen. Angesichts der in unheimlicher Finsternis liegenden, nebelumhüllten Zinnen verließ sie das unangenehme Gefühl, das sie seit Ardelves Tod beherrscht hatte – ständig von wohlmeinenden Leuten umgeben zu sein, die an ihr herumnörgelten und ihr teils gute, teils törichte Ratschläge erteilten.

Adela war selbst überrascht, als sie urplötzlich von so heftigem Schluchzen geschüttelt wurde, dass sie sich gegen die tröstlich massive Steinmauer lehnen musste. Nach einer Weile beruhigte sie sich wieder und wischte sich die Tränen mit dem Ärmel ab. Hier würde sie niemand finden, sagte sie sich. Sie konnte einfach die Stille genießen.

Die kühle, klamme Luft streifte ihre Wangen, doch Adela fand es erfrischend, zumal das Samtcape sie warm umhüllte und seine zobelbesetzte Kapuze ihr Haar vor der Feuchtigkeit schützte. Besorgt dachte sie an die Zukunft.

Zwar hatte sie erklärt, sie wolle ihre Pflicht als Witwe erfüllen, doch in Wahrheit hatte sie nicht die geringste Lust, Ardelves Leichenzug den ganzen Weg ins Hochland zu begleiten. Eine solche Reise konnte vierzehn Tage dauern, und obwohl es noch kühl war, war es fraglich, ob eine Leiche sich so lange frisch halten würde.

Ein kratzendes Geräusch schreckte sie aus ihren Gedanken auf. Es hörte sich an, als scharrte ein Stiefel an der Mauer entlang.

»Wer ist da?«

Eine tiefe fremde Stimme antwortete: »Habt keine Angst, Mylady. Ihr habt nichts zu befürchten.«

# 3

Die tiefe körperlose Stimme klang wohlerzogen, beruhigend, ja sogar sinnlich. Dennoch wurde Adelas Anspannung noch stärker. »Aber wer seid Ihr?«, fragte sie noch einmal.

»Nur ein Mann, der es betrüblich findet, wenn eine junge Dame weint, Mylady. Kann ich Euch denn gar nicht helfen?«

»Nein, Sir«, erwiderte sie und schämte sich, weil er sie weinen gehört hatte.

»Wollt Ihr mir nicht verraten, warum Ihr so traurig seid, Lady Adela?«

»Ach, Ihr wisst, wer ich bin?« Die Sache wurde immer peinlicher. Sie spürte, wie ihre Wangen trotz der Kälte vor Verlegenheit brannten, weil der Unbekannte Zeuge ihres für sie untypischen und gänzlich undamenhaften Gefühlsausbruches geworden war.

»Ich erkenne Eure Stimme wieder«, erklärte er und setzte hinzu: »Wenn man bedenkt, was geschehen ist, habt Ihr allen Grund zum Weinen. Zweifellos handelte es sich in Eurem Fall nicht um die übliche arrangierte Ehe, da Ihr so sehr über Euren Verlust trauert, dass Ihr Euch hier verkriecht.«

Ihr kam ein Verdacht, wer der Fremde sein könnte, denn abgesehen von Ardelve hatte sich an diesem Tag nur ein Mann für sie interessiert. Doch hier auf Roslin spazierten die Gäste bestimmt nicht allein durch die Burg und schon gar nicht bis hinauf auf den Wehrgang.

»Bitte, Sir, nennt mir Euren Namen«, bat sie.

»Mein Name tut nichts zur Sache. Betrachtet mich einfach weiterhin als eine freundliche Stimme aus dem Dunkeln.«

»Seid Ihr ein Freund der Familie Sinclair?«

»Ja, ein guter Freund sogar.«

»Ich frage nur, weil Fremde normalerweise nicht allein hier heraufkommen.«

»Das kann ich mir denken«, erwiderte er. »Doch heute Abend rechnen wohl nicht einmal die übervorsichtigen Sinclairs damit, dass sich ein Feind auf ihre Zinnen schleichen könnte. Hugo Robison ist bekannt dafür, dass er diese Burg gut bewachen lässt.«

»Sir Michael Sinclair aber auch«, sagte Adela, die wusste, dass Michael in Abwesenheit seines Bruders Henry Herr auf Roslin war.

»Ja, aber Ihr schweift vom Thema ab, Mylady. Ich habe gehört, dass Ihr Euren Gatten kaum kanntet. Trauert Ihr so sehr um ihn, oder gibt es noch einen anderen Grund?«

»Ehrlich gesagt weiß ich gar nicht, warum ich weine«, gestand sie. In dem darauf folgenden Schweigen versuchte sie, sich über ihre Gedanken und Gefühle klar zu werden. Dann fuhr sie fort: »Wahrscheinlich weine ich gerade eben, weil ich *nicht* um Ardelve trauern kann.«

»Das verstehe ich nicht«, sagte er. »Wenn Ihr weint, weil Ihr nicht um ihn weinen könnt, um wen weint Ihr dann?«

»So wie Ihr es sagt, klingt es wie ein Rätsel«, erwiderte Adela. »In Wirklichkeit ist es ganz einfach. Wisst Ihr, heute Morgen habe ich überhaupt nichts empfunden. Das ist sonderbar, weil eine Frau an ihrem Hochzeitstag doch glücklich sein sollte, meint Ihr nicht auch?«

»Wart Ihr denn traurig?«

»Ich fühlte gar nichts.«

»Und warum?«

»Ach, Sir, das weiß ich nicht. Und ich weiß auch nicht, warum ich mich überhaupt mit Euch unterhalte, wo ich doch nicht einmal hier oben sein sollte. Stattdessen erzähle ich Euch Dinge, die ich normalerweise niemandem verraten würde. Wenn ich hier etwas sehen könnte, hätte ich mich wahrscheinlich gar nicht auf dieses merkwürdige Gespräch eingelassen, sondern wäre auf der Stelle weggelaufen.«

»Ihr könnt selbstverständlich in Eure Kammer zurückkehren, wenn Ihr es wünscht«, sagte er in demselben beruhigenden Ton. Seine Stimme übte eine eigenartige Wirkung auf Adela aus. Es war, als berührte sie etwas tief in ihrem Inneren, sodass sich Wärme in ihrem Körper ausbreitete. Es war ein ungewohntes, aber nicht unangenehmes Gefühl, und sie wollte nicht, dass es aufhörte.

»Zumindest schickt Ihr mich nicht weg«, erwiderte sie. »Die meisten Männer, die ich kenne, würden verlangen, dass ich sofort in meine Kammer gehe und die Tür hinter mir verriegele. Und sie würden mit mir schimpfen, weil ich hier mit Euch rede, als wären wir miteinander bekannt.«

»Ihr habt nicht das Geringste von mir zu befürchten«, entgegnete er.

»Das sagt Ihr, aber ich bezweifle, ob Sir Hugo das auch so sehen würde.«

»Wie Hugo die Sache sieht, ist mir herzlich gleichgültig.«

Sie war sich jetzt beinahe sicher, um wen es sich handelte. Es belustigte sie, dass der Fremde es wagte, Hugo die Stirn zu bieten, und sie antwortete: »Das würdet Ihr ihm wohl kaum ins Gesicht sagen.«

»Mag sein«, stimmte er ihr zu, und sie hörte ein Lächeln in seiner Stimme.

Nach einer kurzen Pause fuhr er fort: »Ich weiß natürlich von Eurer Entführung. Das muss ein schreckliches Erlebnis gewesen sein.«

»Angenehm war es nicht«, erwiderte sie. »Ich wurde damals, bei meiner ersten Hochzeit, förmlich von der Kirchentreppe weg entführt. Der Priester hatte gerade gefragt, ob jemand gegen die Trauung Einspruch erheben wolle, da kamen vier Reiter aus dem nahen Wald geprescht. Wir dachten alle, es wären verspätete Hochzeitsgäste, doch dann sahen wir, dass sie Masken trugen. Sie ritten bis dicht an die Stufen, und ihr Anführer …«

»Waldron von Edgelaw.«

»Ja. Er kam auf mich zugeritten. Ich dachte, er hätte eine Nachricht für mich, daher trat ich einen Schritt vor. Da riss er mich aufs Pferd und stürmte mit mir davon.«

»Entsetzlich«, murmelte der Fremde.

»Ja, schon, aber er hat mir nichts getan. Und ich glaube, das hatte er auch nie vor.«

»Ich bin sicher, Ihr kanntet ihn besser als ich, Mylady.«

Ein scharfer Klang in seiner Stimme ließ sie erstarren. »Ich weiß nur, dass ich nichts Schlimmes von ihm zu befürchten hatte«, erwiderte sie und verdrängte die Erinnerung daran, wie sehr sie sich vor allem zu Anfang vor Waldron gefürchtet hatte.

»Ich kann mich nicht erinnern, ob ich jemals den Grund für Eure Entführung gehört habe«, fuhr die Stimme fort. »Hat er Euch eine Erklärung für sein ungeheuerliches Verhalten gegeben?«

»Er sagte, es sei aus Rache geschehen, für ein Unrecht, das man ihm und der Kirche angetan habe«, antwortete sie. »Aber ich muss gestehen, ich habe es nie richtig verstanden. Und ich möchte auch nicht darüber sprechen. Wenn Ihr also bitte …«

»Verzeiht«, sagte er zögernd. »Ich hätte Euch nicht derart persönliche Fragen stellen dürfen. Es ist einer meiner Fehler, dass ich meine Neugier nicht zügeln kann, wenn mich etwas, oder jemand, interessiert.«

Auch diese Bemerkung belustigte Adela und sie antwortete: »Ihr solltet meine Schwester Isobel kennenlernen, Sir. Gegen die ihre ist Eure Neugier gar nichts. Sie hat mich so lange ausgefragt, bis mir fast der Kragen geplatzt wäre.«

Gleich darauf hätte sie ihre Worte am liebsten ungesagt gemacht. Mit seinem angenehmen Geplauder hatte der Fremde ihr das Geständnis entlockt, dass sie Isobel gegenüber so unfreundlich gewesen war wie zu keinem sonst auf Roslin.

Als er erwiderte: »Es müssen schlimme Erinnerungen sein«, kam ihr plötzlich wieder alles Mögliche in den Sinn, und sie sagte knapp: »Ich habe gesehen, wie er einen Mann gehängt hat.«

Die Bemerkung war ihr unwillkürlich entschlüpft. Wenn sie jemand zuvor nach der Entführung gefragt hatte, hatte sie sich an nichts erinnern können, doch dieser Mann schien eine geradezu diabolische Macht zu haben, sie zum Sprechen zu bringen. Und nun konnte sie ihre Worte nicht mehr zurücknehmen. In der eintretenden Stille krampfte sich ihr Magen zusammen.

Er schwieg so lange, bis sie die Spannung kaum noch aushielt. Doch sie konnte ihn unmöglich fragen, was er sich dabei dachte. Eine solche Bemerkung hätte sie sich höchstens einem unbotmäßigen Dienstboten oder früher ihren jüngeren Schwestern gegenüber erlauben können. Meistens waren es Sorcha oder Isobel gewesen, die Adela wegen ihrer dummen Streiche ausschelten musste.

Gerade als Adela meinte, die Spannung nicht länger ertragen zu können, sagte der Fremde: »Das muss ein schrecklicher Anblick gewesen sein. Warum hat er es getan?«

Darüber hatte sie noch nie nachgedacht. Überhaupt hatte sie das schlimme Erlebnis so gut es ging verdrängt. Doch jetzt sagte sie ohne zu zögern: »Um den Mann zu bestrafen. Aber zugleich wollte er mir Angst machen. Ich sollte wissen, wozu er fähig war, damit ich ihm blind gehorchte.«

»Manche Männer stützen ihre Macht auf Angst und Schrecken. Waldron war ein Schurke, und Ihr habt vermutlich recht, was ihn betrifft«, sagte er. »Was hatte der Bestrafte denn verbrochen?«

Adela schauderte. Ihr war, als herrschte auch in ihrem Kopf dichter Nebel.

Ihr Gefährte schwieg geduldig, doch diesmal empfand sie das Schweigen nicht als tröstlich, da ihr verstörende Bilder durch den Kopf gingen. Schließlich nahm sie sich zusammen und antwortete: »Er … er sagte, er würde mir helfen. Ich brauchte nur …« Sie tat einen zitternden Atemzug, doch der Fremde schwieg noch immer. Da platzte sie endlich heraus: »Ich sollte ihn zuerst küssen. Er war grässlich.«

»Dann hatte er es verdient, zu hängen«, erwiderte der Fremde mit Bestimmtheit. »Die Erinnerung an solch einen Wurm braucht Euch nicht länger zu quälen, Mylady. Dieser Mann war um nichts besser als der Entführer, und beide haben sie ihr Schicksal redlich verdient.«

»Was wisst Ihr denn über Waldrons Schicksal?«, fragte sie, denn sie wusste, dass nur wenige die Wahrheit kannten.

Obwohl er nicht gleich antwortete, spürte sie instinktiv, dass er überrascht war. Doch als er schließlich sprach, war seine Stimme so ruhig wie zuvor: »Ich nehme an, ich weiß nicht mehr als die meisten anderen. Nämlich dass er seit Eurer Rettung verschwunden und vermutlich tot ist. Hugo und die Brüder Sinclair sind fähige Männer.«

Adela antwortete nicht. Sie hätte ihm immer weiter zuhören können, schon seiner Stimme wegen, die so sanft und einschmeichelnd war. Ihm hätte sie alles erzählen können. Bei diesem Gedanken hörte sie im Geist plötzlich Hugos und Sorchas Stimmen. Sie erinnerten Adela daran, wie dumm es war, sich einem Menschen anzuvertrauen, den sie nicht sehen konnte und am nächsten Tag nicht wiedererkennen würde.

Doch seine Stimme hätte sie überall erkannt. Außerdem war sie sich fast sicher, um wen es sich handelte – aber eben doch nicht sicher genug, um ihren Verdacht laut auszusprechen, noch nicht. Eines jedoch musste sie in diesem Gespräch noch klarstellen.

»Ihr habt unrecht, was meinen Entführer angeht«, sagte sie. »Er war nicht böse in dem Sinn, wie Ihr und die anderen es darstellt. Gewiss, er hat schreckliche Dinge getan, doch er war eben ein Mensch mit festen Überzeugungen, die völlig anders waren als unsere.«

»Ihr erinnert Euch mit mehr Freundlichkeit an ihn, als er es verdient hat«, entgegnete der Fremde.

Er sprach noch immer ganz gelassen, und doch lag jetzt ein Unterton in seiner Stimme, der ihr riet, das Thema nicht weiter zu verfolgen. Und dennoch – niemand kannte Waldron von

Edgelaws Gedanken und Überzeugungen so gut wie sie, und ihrer Meinung nach war ihre Einstellung dazu nicht nur ein Ausdruck von Freundlichkeit.

»In mancherlei Hinsicht war er freundlich zu mir, Sir. Er sagte, ich könne gut zuhören, und ich bin sicher, er glaubte selbst fest an das, was er mir erzählte.«

»Meint Ihr, er brauchte jemanden, der ihm zuhört?«

»Ja, vielleicht.«

»Also brauchte er Euch.«

Genau so hatte sie es auch empfunden. »Vielleicht sollte ich das glauben«, sagte sie nach kurzem Nachdenken. »Doch dann ließ er mich einfach frei, als wäre ich ihm nicht einmal als Geisel etwas wert.«

»Wolltet Ihr ihm denn etwas wert sein?«

»Nein!«

Darauf erwiderte er nichts, doch seine Skepsis war beinahe mit Händen zu greifen.

»Er war grässlich! Er war …«

»Böse?«

Ärgerlich presste sie die Lippen zusammen und zog scharf die Luft durch die Nase ein.

Dann atmete sie langsam und beherrscht wieder aus und sagte: »Ihr dreht mir das Wort im Mund um, Sir. Das ist nicht sehr nett.«

»Kann sein«, erwiderte er gleichmütig. »Wir können ein andermal weiter darüber reden, wenn Ihr wollt. Ihr friert doch bestimmt.«

Mit seiner Antwort hatte er ihr den Wind aus den Segeln genommen, und sie sagte nur: »Ich habe gar nicht darauf geachtet. Aber mir ist wirklich kühl, und ich kann sowieso nicht länger bleiben. Ich war froh über ein paar freie Minuten, doch mittlerweile sucht man bestimmt schon nach mir.«

»Glaubt Ihr?«, fragte er. »Wahrscheinlich gehen alle davon aus, dass Ihr um diese Zeit bereits fest schlaft.«

»Ist es schon so spät? Das war mir nicht bewusst.«

»Das späte Abendessen wurde bereits vor über einer Stunde serviert«, antwortete er. »Als ich ging, waren die Gaukelspiele noch in vollem Gang, doch die Damen haben sich wahrscheinlich inzwischen zurückgezogen. Von der Kapelle wird es wohl bald zur Nokturn läuten.«

»Mitternacht! Ach herrje, ich wusste nicht, dass ich so lange geschlafen habe.«

»Seid doch froh darüber. Die Ruhe hat Euch bestimmt gut getan.«

»Ja schon, aber jetzt muss ich gehen. Morgen ist ein anstrengender Tag. Wahrscheinlich werden mich alle wieder mit ihren Fragen bedrängen, was ich als Nächstes tun will. Um das durchzustehen, muss ich ausgeruht sein.«

»Wer wagt es, Euch zu bedrängen?«

Ärgerlich biss sie sich auf die Lippen, weil sie schon wieder laut gedacht hatte. Und das in Gegenwart eines Mannes, der ihr noch nicht einmal seinen Namen verraten wollte.

Da er, wie sie mittlerweile wusste, stets schweigend auf ihre Antwort wartete, sagte sie: »Ich darf mich nicht beklagen. Schließlich tun sie es nur, weil sie sich Sorgen um mich machen. Sie haben Angst, ich könnte einen folgenschweren Fehler begehen.«

»Trotzdem ist es noch viel zu früh, Euch zu einer Entscheidung zu drängen«, erwiderte er. »Sagt Ihnen einfach, sie sollen gehen und Euch in Ruhe lassen.«

»Sagt Ihr so etwas, wenn Euch jemand mit unerwünschten Ratschlägen plagt, Sir?«

»Nicht immer«, gab er zu. »Aber sofern ich dem Betreffenden nicht zu Loyalität oder besonderem Respekt verpflichtet bin, kann es durchaus vorkommen.«

Sie seufzte. »Es muss herrlich sein, Leuten, die einen wie die Stechfliegen umschwirren, einfach die Meinung zu sagen. Aber ich kann es leider nicht.«

»Ich dachte, die Macleod-Schwestern nähmen kein Blatt vor den Mund«, sagte er.

»Das gilt wohl eher für Isobel und Sorcha und nicht für die übrigen fünf«, erwiderte sie lakonisch.

»Aber lammfromm kommen mir die anderen auch nicht gerade vor.«

»Ich halte mich nicht für lammfromm«, entgegnete Adela. »Ich versuche nur, taktvoll zu sein, solange man mich nicht allzu sehr reizt. Heute habe ich sie zum Beispiel alle aus dem Zimmer geschickt, weil ich todmüde war und mir der Schock über Ardelves Tod noch immer in den Knochen saß. Allerdings habe ich mich über meine unwirsche Reaktion wahrscheinlich am meisten gewundert.«

»Und, sind sie gegangen?«

»Ja.«

»Na also.«

Adela hielt es für das Beste, ihm jetzt Gute Nacht zu sagen, bevor sie noch mehr ausplauderte oder womöglich jemand auf den Wehrgang kam. Es wäre nicht gut, wenn man sie allein mit dem Fremden hier oben fände – obwohl er das wahrscheinlich zu vermeiden wüsste, indem er sich im Nebel praktisch unsichtbar machte.

»Wollt Ihr hier oben bleiben?«, fragte sie schließlich.

»Das wäre wohl das Beste, nicht wahr?«

»Ich wüsste gern, wer Ihr seid.«

»Das freut mich«, erwiderte er. »Und es freut mich auch, dass wir uns so gut unterhalten haben. Ich bewundere Euch für Euren Mut.«

»Ich bin nicht mutig, Sir. Ich habe nur getan, was ich musste. Mittlerweile bin ich zwar davon überzeugt, dass Waldron von Edgelaw mir nichts angetan hätte, doch während der Entführung und noch eine ganze Weile danach hatte ich, offen gestanden, schreckliche Angst.«

»Aber Mut besteht doch genau darin, Mylady, oder etwa nicht?«

»Worin?«

»Dass man tut, was zu tun ist, auch wenn man sich fürchtet.

Es ist bewundernswert, wenn jemand auch unter schwierigen Umständen einen klaren Kopf behält. Und dass Ihr Euch Gedanken über die Bedürfnisse und Beweggründe anderer macht, beweist nur, dass Ihr ein netter Mensch seid. Ich würde Euch gern besser kennenlernen und Freundschaft mit Euch schließen.«

Adela stand vollkommen still und hielt den Atem an, bis sie ein Stechen in der Brust verspürte. Sie überlegte, ob schon einmal jemand so etwas zu ihr gesagt hatte. Für unfreundlich oder feige hielt man sie wohl nicht, doch ausdrücklich gelobt hatte ihren Charakter auch noch niemand, jedenfalls nicht so wie dieser Mann.

Es hatte sie auch noch nie jemand um ihre Freundschaft gebeten. Gewiss, zu Hause hatte sie Freunde, doch nur wenige ihres Alters und keinen, dem sie ihre Gedanken hätte anvertrauen können wie dem Fremden in dieser überaus seltsamen Nacht. Sie wusste nicht, was sie ihm antworten sollte.

Plötzlich jedoch kamen ihr die Worte wie von selbst: »Das würde ich auch gern, aber wie könnte ich einen Mann zum Freund haben, dessen Namen ich nicht einmal kenne?«

»Das ist wirklich nicht leicht, aber Ihr werdet es schon schaffen. Doch jetzt solltet Ihr so vernünftig sein wie immer und zu Bett gehen.«

»Ja, da habt Ihr wohl recht.« Doch sie konnte sich noch immer nicht losreißen.

»Wir werden uns wiedersehen. Das verspreche ich Euch«, sagte er. »Bis dahin stehe ich zu Eurer Verfügung, wann immer Ihr einen Freund nötig habt.«

»Das ist ein merkwürdiges Angebot, da ich doch gar nicht wüsste, an wen ich mich wenden soll, Sir.«

»Ihr braucht bloß zu sagen, dass Ihr einen Freund braucht, Mädchen.«

Seine Worte waren rätselhaft, doch sie klangen tröstlich für jemanden, der für gewöhnlich nichts als Kritik, Nörgelei und unerwünschte Ratschläge zu hören bekam.

Leise, um das Gefühl tiefen Friedens nicht zu zerstören, das seine Gegenwart in ihr bewirkt hatte, sagte Adela: »Gute Nacht, Sir.«

»Schlaft wohl, meine Freundin«, murmelte er.

Sie tastete sich zurück zur Tür und öffnete sie vorsichtig, beinahe darauf gefasst, dass jemand dahinter stehen und sie fragen würde, was zum Teufel sie hier zu suchen hätte. Welche Folgen das für sie hätte, hing natürlich davon ab, um wen es sich handelte. Das Schlimmste, was ihr widerfahren konnte, war eine Strafpredigt. Als verheirateter Frau käme es eigentlich nur ihrem Ehemann zu, sie zu schelten.

Wieder seufzte Adela. Jetzt, da Ardelve tot war, würden alle möglichen Leute versuchen, sie zu gängeln. Am besten kehrte sie also still und heimlich in ihre Kammer zurück.

Im Treppenhaus lauschte sie, hörte jedoch nichts.

Da sie diese Treppe noch nie benutzt hatte, wusste sie nicht, wie viele Zugänge es gab. Doch vermutlich waren es mehr als einer, und der Mann vom Wehrgang kannte sie bestimmt alle.

Insgeheim war sie davon überzeugt, dass es sich bei ihm um den gutaussehenden Fremden handelte, der sich für sie interessiert hatte – Lady Clendenens entfernten Verwandten Etienne de Gredin.

Adela fragte sich, warum sie ihn nicht darauf angesprochen hatte. Über alles andere, was ihr in den Kopf kam, hatte sie doch so ungezwungen mit ihm reden können. Doch dass sie ahnte, wer er war, hatte sie ihm nicht verraten.

Ihr fiel ein, dass Lady Clendenen erzählt hatte, ihr Vetter käme aus Frankreich. Doch der Mann im Nebel hatte wie ein gebildeter Schotte gesprochen. Allerdings stammte er nicht aus dem Hochland, oder er hatte zumindest die meiste Zeit woanders verbracht. Eigentlich hatte Lady Clendenen nichts davon erwähnt, dass seine Muttersprache Französisch oder er selbst Franzose wäre. Sie hatte nur gesagt, seine Vorfahren stammten aus Frankreich.

Adela drückte die Tür zu ihrer Kammer auf und stellte fest,

dass sowohl einige Kohlepfannen als auch ein kleines Feuer im Kamin Wärme verbreiteten.

Die adrette rothaarige Dienstmagd, die auf Roslin für Adelas Wohlergehen sorgte, sprang von ihrem Stuhl beim Kamin auf. »Ach, Mylady«, rief sie, »ich dachte, Ihr wäret zum Abortturm gegangen. Aber Ihr seid so lange fortgeblieben!«

»Ja, Kenna, aber jetzt bin ich ja wieder da«, erwiderte Adela ruhig.

»Ich habe immer mal wieder hereingeschaut, ob Ihr etwas zu essen oder sonst etwas wünschtet.«

»Ich möchte nur schlafen, aber trotzdem vielen Dank.«

»Ich habe Euer Nachthemd herausgelegt, und im Krug ist warmes Wasser.«

Während Adela sich zum Schlafengehen fertig machte, dachte sie an den Mann auf den Zinnen. Sie war gespannter darauf, Lady Clendenens Vetter kennenzulernen, als es einer jungen Witwe anstand.

Der Mann auf den Zinnen öffnete die Tür zum Treppenhaus und lauschte, bis ihre leisen Schritte verklangen und sie die sichere Schlafkammer erreicht hatte. Bei all den Wachtposten in und außerhalb der Burg drohte ihr ohnehin keine Gefahr, und auch wenn sie es nicht wissen konnte, würde ihr Ausflug auf den Wehrgang nicht gänzlich verborgen bleiben.

Wenn es sich herumsprach, dass sie mitten in der Nacht durch die Burg irrte, würde man sich noch mehr Sorgen um ihren seelischen Zustand machen, der durch die Ereignisse der letzten Zeit ohnehin schon gelitten hatte. Allerdings würde sie bestimmt rascher über die Schicksalsschläge hinwegkommen, wenn all die wohlmeinenden Frauen sie in Ruhe ließen.

Er hatte schon gewusst, dass Adela eine Schönheit war, doch ihr Anblick in dem eng anliegenden samtenen Hochzeitskleid mit ihrem honiggoldenen Haar, das ihr in dichten Wellen über den Rücken fiel, hatte ihm förmlich die Sprache verschlagen. Ihre weichen, vollen Brüste drängten sich gegen den edlen goldfarbenen Stoff und schienen nur auf die Berührung durch eine zärtliche Männerhand zu warten. Die Erinnerung daran erregte ihn noch immer.

In der Halle hatte er sie derart fasziniert angestarrt, dass einer seiner Männer ihm geraten hatte, den Mund zuzumachen, damit keine Fliege hineinkam. Das hatte ihn ziemlich unsanft in die Wirklichkeit zurückgeholt, wie er sich mit einigem Unbehagen erinnerte.

Die Schönheit der Macleod-Schwestern war allgemein bekannt, doch wann immer die Leute auf Roslin von ihnen sprachen, erwähnten sie vor allem die schöne Lady Isobel, die mit Sir Michael Sinclair verheiratet war, und außerdem Hugos Frau, Lady Sorcha. Sie war ebenso hübsch wie Isobel und reckte ihr Kinn stets keck in die Luft, wenn sie etwas tun sollte, wozu sie keine Lust hatte.

Manchmal sprach man auch von der jüngsten Schwester, Lady Sidony, die stiller und daher unauffälliger als die anderen war. Sidony war in allem das Gegenteil ihrer Schwester Sorcha, der sie stets die Führung überlassen hatte.

Wenn er hätte wählen können, dann hätte er sich für Hugos Lady Sorcha entschieden, doch er konnte nicht leugnen, dass auch Lady Adela ihm bereits im letzten Sommer bei der Einsetzung des Fürsten Henry von Orkney ins Auge gefallen war. Inmitten des allgemeinen Durcheinanders hatte sie Ruhe und Gelassenheit bewahrt – außer einmal, als sie Hugo eine Schale mit Weihwasser über den Kopf geschüttet hatte. Michael hatte ihm den Zwischenfall in allen Einzelheiten geschildert.

Mit dieser grandiosen Tat, die er nur zu gern miterlebt hätte, hatte sie ihn für sich eingenommen. Endlich einmal hatte jemand dem unverschämten Hugo einen Dämpfer verpasst. Das nächste Mal war er ihr begegnet, kurz nachdem ihr Entführer sie freigelassen hatte. Da war sie verletzt, zerlumpt und vollkommen durcheinander gewesen. Jetzt dagegen …

Er schloss leise die Tür und lehnte sich kopfschüttelnd an die Brustwehr. Wie närrisch von ihm, überhaupt an sie zu denken – oder, genau genommen, an irgendeine dieser Damen. Solche Frauen waren nichts für ihn, landlos, wie er war. Landbesitz wurde ererbt, als Belohnung vom König verliehen oder durch Heirat erworben. Doch sein Vater hatte ihm nichts hinterlassen, die regierende königliche Familie raubte eher Land, als welches zu verschenken, und um eine gute Partie zu machen, musste ein Mann erst einmal Besitz vorweisen.

Er hatte einer Frau nichts zu bieten als seine ritterlichen Künste und die Sicherheit, dass er in den vergangenen neun Jahren gelernt hatte, sein überschäumendes Temperament im Zaum zu halten – fast immer jedenfalls. Vor neun Jahren war er als einfacher Ritter in den Dienst der Sinclairs und Hugos getreten und hatte seither zufrieden in den Tag hinein gelebt, ohne sich Gedanken um seine Zukunft zu machen. Doch jetzt …

Die Hände auf die feuchte Brustwehr gelegt, stand er noch lange in der undurchdringlichen Dunkelheit, lauschte auf das Brausen des Flusses tief unter ihm und gab sich seinen Gedanken und Erinnerungen hin. Schließlich bemerkte er, dass sein schwerer Umhang vom Nebel schon völlig durchnässt war. Da stieß Sir Robert Logan einen tiefen Seufzer aus, dachte noch ein letztes Mal daran, wie alles hätte sein können, und ging schlafen.

# 4

Adela erwachte von leisen Schritten in ihrer Schlafkammer, gefolgt von dem vertrauten Schrappen der Kaminschaufel. Als sie die Bettvorhänge zur Seite schob und hinausblickte, sah sie Kenna, die vor dem Kamin kniete und mithilfe von Zunder versuchte, das fast erloschene Feuer wieder zu entfachen.

Als sie Adela bemerkte, sagte sie: »Guten Morgen, Mylady. Ich hoffe, Ihr seid nicht böse, weil ich so spät dran bin. Aber weil Ihr so lange auf wart, dachte ich, ich lasse Euch noch ein bisschen schlafen. Aber dann sagte die Gräfin, Ihr solltet aufstehen und die Kondolenzbesucher empfangen.«

»Ich komme schon«, sagte Adela und schlug die Bettdecke zurück. Seine Pflicht musste man erfüllen, ob man wollte oder nicht. Außerdem hatte sie die Erfahrung gemacht, dass man die Vorschläge der Gräfin eher als Befehle betrachten sollte.

Sie fühlte sich ausgeruht und hatte endlich einmal keinen dieser Albträume gehabt, die sie seit der Entführung heimsuchten. Es hatte begonnen, als Adela Waldrons Gefangene war. Doch dass sie auch jetzt, da sie auf Roslin in Sicherheit war, weiter anhielten, war ihr unverständlich.

Roslin Castle war eine der stärksten Festungen im ganzen Land, mit einer hohen Mauer und festen Toren. Praktisch uneinnehmbar lag die Burg auf einem hohen Felsen in einer Biegung der steilen Schlucht, die sich der reißende Fluss gegraben hatte.

Der North Esk umfloss beinahe den gesamten, nach Süden ausgerichteten Burgfelsen. Lediglich eine beängstigend schmale Landbrücke verband ihn mit den ausgedehnten finsteren Wäldern im Norden. Von dort aus führte ein schmaler Karrenpfad hinunter zum Westufer des Flusses und weiter nach

Edinburgh im Norden und zum Eingang des Tals von Roslin im Süden. Durch eine Furt unterhalb der Burg gelangte man zu einer höher gelegenen und besser befestigten Landstraße, die dem Bergkamm im Osten folgte.

Hier war sie jedenfalls sicher, sagte sich Adela noch einmal. Rasch erledigte sie ihre Morgentoilette in dem kühlen Zimmer, bevor sie mit Kennas Hilfe ein schlichtes, aber ansprechendes Kleid aus weicher moosgrüner Wolle anlegte.

»Heute braucht Ihr eine anständige Kopfbedeckung«, sagte Kenna, während sie Adela die Haare bürstete.

Der Meinung war Adela auch. Isabella und Lady Clendenen erwarteten von ihr, dass sie sich wie eine verheiratete – oder genauer gesagt verwitwete – Dame benahm, daher konnte sie ihr Haar nicht wie sonst nur mit einem kurzen Schleier bedecken.

»Flechte es einfach, Kenna«, sagte sie. »Aber bürste es mir zuerst aus der Stirn. Ich werde das schlichte weiße Haarnetz und den dazu passenden Seidenschleier tragen, den Lady Isobel mir gegeben hat.«

Der Großteil ihrer Garderobe hier auf Roslin stammte aus dem Fundus ihrer freigiebigen Schwester Isobel, denn als ihr Entführer sie aus dem Hochland verschleppt hatte, trug Adela nichts am Leib als ein Leinenhemd und darüber das blaue Hochzeitskleid, in dem sie Ardelve das erste Mal hatte heiraten wollen. Dank der Gräfin Isabella und deren Schneiderin besaß Adela jetzt das neue Hochzeitsgewand aus goldfarbenem Samt und ein weiteres Kleid aus rotbrauner Seide, das am Saum, an seinem tiefen Ausschnitt und den Ärmeln mit einer Borte aus bunten Stickereien verziert war.

Während sie zehn Minuten später zum Frühstück in die große Halle eilte, rief sie sich noch einmal ihren Entschluss ins Gedächtnis, unter allen Umständen höflich zu bleiben. Sie zögerte auf der Schwelle, als sie sah, dass Isabella, Lady Clendenen, Isobel, Sorcha und Sidony noch plaudernd an der hohen Tafel saßen.

Zweifellos erörterten sie gerade, was Adela tun und lassen sollte. Sie hatten sie offenbar noch gar nicht bemerkt. Um sich zu beruhigen, atmete Adela einmal tief durch und ging dann mit leisen Schritten zu ihnen hinüber.

Bis auf zwei Diener, die soeben die letzten Tische in der unteren Halle abbauten, waren keine Männer anwesend. Doch gerade, als sie das Podium erreichte, kam ihr Vater von der Treppe, die zum Haupteingang ein halbes Stockwerk tiefer führte, in die Halle.

»Warte mal, Mädchen! Ich will mit dir reden!«, rief er mit seiner lauten, polternden Stimme, die das Gespräch an der Tafel verstummen ließ.

»Ja, Sir«, antwortete Adela, die sich bewusst war, dass aller Augen auf sie gerichtet waren und sämtliche Frauen die Ohren spitzten, um mitzubekommen, was er ihr zu sagen hatte.

Macleod war ein großer kräftiger Mann mit einer dröhnenden Stimme und einem unberechenbaren Temperament. Doch jetzt legte er ihr lächelnd die Hand auf die Schulter und sagte: »Ich freue mich, dass du heruntergekommen bist. Du darfst dich nicht in deiner Kammer vergraben.«

»Das hatte ich auch nicht vor, Sir«, erwiderte sie mit erzwungener Ruhe, als ihr klar wurde, dass er mit Lady Clendenen über sie gesprochen hatte. »Ich kenne meine Pflichten, Vater«, fügte sie hinzu.

»Ja, das stimmt«, nickte er. »Das ist eine deiner bewundernswertesten Eigenschaften. Ich kann mich darauf verlassen, dass du weißt, was du zu tun hast.«

»Das hoffe ich, Sir. Obwohl ich mir in der momentanen Situation noch nicht sicher bin, was es ist. Aber vielleicht möchtet Ihr mir ja einen Rat geben.«

Als er nervös zur hohen Tafel hinüberblickte, wusste sie genau, was nun kommen würde. Sie unterdrückte einen Seufzer, als sich ihre Vermutung bestätigte.

»Weißt du, Mädchen«, begann ihr Vater, »du solltest hier auf Roslin bleiben, bei deinen Schwestern und … anderen

Leuten, denen du vertrauen kannst und die nur dein Bestes wollen.«

»Glaubt Ihr nicht, Sir, Ardelves Familie könnte es missbilligen, wenn ich seinen Leichnam nicht nach Hause geleite? Das erwarten sie doch bestimmt von mir.«

»Ach was, die wissen ja noch nicht einmal, dass der Mann tot ist, da werden sie gar nichts von dir erwarten.«

Wie schon so oft beherrschte sich Adela, um ihren Vater nicht zu reizen. »Sie werden bald von seinem Tod erfahren«, sagte sie. »Derartige Nachrichten kommen schneller voran als ein Leichenzug. Werden sie dann nicht wollen, dass ich den Sarg begleite?«

»In diesem Fall wird sich Ealga – ich meine, Lady Clendenen – um die Sache kümmern.« Abermals blickte er zur hohen Tafel hinüber. »Sie wird Fergus eine Botschaft schicken, die besagt, dass sie dich gebeten hat, bei ihr zu bleiben.«

Wie gewöhnlich war Adela versucht, um des lieben Friedens willen nachzugeben. Doch wenn sie sich jemals gegen die anderen behaupten wollte, durfte sie jetzt nicht klein beigeben. Egal, ob ihre Entscheidung nun richtig oder falsch war, sie musste selbst über ihr Leben bestimmen, sonst würde sie das bisschen Freiheit, das sie hatte, auch noch verlieren.

So wie die Dinge lagen, konnte sie die übrigen Anwesenden auch gleich mit einbeziehen. Daher antwortete sie so laut, dass es auch auf dem Podium zu hören war: »Ich bin Lady Clendenen dankbar für ihre Einladung, Vater, ebenso sehr wie euch allen für eure Ratschläge. Dennoch werde ich tun, was ich für richtig halte.«

Macleod runzelte die Stirn. »Hältst du das für klug, Mädchen? Du solltest das Angebot der Lady nicht ausschlagen.«

Adela beschloss, ihr schwerstes Geschütz aufzufahren: »Ich bin eine verheiratete Frau Sir, eine Witwe, und verfüge über eigene Mittel – bald jedenfalls. Dann kann ich auch meine eigenen Entscheidungen treffen.«

»Mittel? Was für Mittel?«

»Lady Clendenen sagte, Ardelve habe mir Geld hinterlassen, damit ich unabhängig bin. Und Ihr wart mit dieser Regelung einverstanden, oder etwa nicht?«

Sein Stirnrunzeln wurde noch stärker. »Sie hätte dir das nicht erzählen sollen.«

»Um Himmels willen, stimmt es etwa nicht?«

»Doch, schon, aber du bist doch nur ein Mädchen, Adela. Wie kommst du darauf, du könntest unabhängig sein? Wie stellst du dir ein solches Leben vor? Ich werde dein Vermögen für dich verwalten, mein Kind. Aber falls du deinem eigenen Vater nicht vertraust und lieber am Loch Alsh leben möchtest, was ja dein gutes Recht ist, dann wird sich bestimmt dieser Fergus um deine Finanzen kümmern.«

Sie straffte die Schultern, sah ihm in die Augen und erwiderte nun wieder mit gedämpfter Stimme: »Es gibt niemanden, bei dem meine Angelegenheiten besser aufgehoben wären als bei Euch, Sir. Ich weiß doch, wie sorgsam Ihr mit Geld umgeht.«

»Ja, gewiss«, erwiderte er schon ein wenig besänftigt, und seine Miene hellte sich auf. »Aber wenn du nicht auf Chalamine leben möchtest …« Er machte eine vielsagende Pause.

»Ich bin sicher, dass ich zu Hause willkommen wäre, obwohl Lady Clendenen ja gesagt hat, sie würde Euch nicht heiraten, bevor nicht alle Eure Töchter unter der Haube sind. Damit meinte sie insbesondere mich, wie Ihr wisst«, fügte Adela noch leiser hinzu. »Sie weiß genau, dass Sidony sich niemals in Haushaltsangelegenheiten einmischen würde.«

»Ja, das stimmt«, erwiderte Macleod. »Dieses Mädchen könnte keine Entscheidung treffen, selbst wenn ihr Leben davon abhinge.«

»Ich verstehe Lady Clendenens Bedenken ja«, fuhr Adela nun beinahe im Flüsterton fort. »Ich will ihr nicht hineinreden, aber ich kann nicht dafür garantieren, dass ich nicht doch ab und an einen Vorschlag mache. Schließlich habe ich jahrelang den Haushalt nach meinen – und Euren – Vorstellungen geführt.«

»Ach ja, zwei Frauen unter einem Dach können eine Plage sein«, erwiderte Macleod schaudernd. »Ich weiß noch, wie es mit meiner und deiner Mutter war. Bis dein Onkel deine Großmutter zu sich auf die Insel Lewis holte, war es grauenvoll! Deine Mutter war ein recht sanftes Mädchen, doch meine hatte Haare auf den Zähnen.«

Adela schoss das Blut in die Wangen, da nun jeder mitbekommen hatte, worüber sie redeten. Mit deutlich vernehmbarer Stimme sagte sie: »Lady Clendenen hat ganz gewiss keine Haare auf den Zähnen, Sir. Sie möchte lediglich in ihrem eigenen Haushalt das Sagen haben. Doch versucht bitte, auch mich zu verstehen. Ich nehme gern jeden guten Rat an, doch nachdem ich so lange einen Haushalt geführt habe, möchte ich nicht werden wie …«

Sie zögerte, aus Angst, ihre Worte könnten ihren Vater erzürnen. Doch zu ihrer Überraschung lächelte er.

»Du willst nicht werden wie deine Tante Euphemia«, sagte er unumwunden. »Meine Güte, Mädchen, das würdest du nie schaffen, selbst wenn du wolltest.«

»Doch, ich glaube schon«, entgegnete Adela. »Denkt doch nur an die Zeit, als Tante Euphemia bei uns lebte, Sir. Sie traute sich kaum den Mund aufzumachen, weil sie fürchtete, Ihr könntet wütend werden und sie vor die Tür setzen. Obwohl Ihr als ihr Bruder so etwas doch niemals getan hättet. Dabei hatte sie mit der Haushaltsführung gar nichts im Sinn. Ich jedoch schon. Ich würde ersticken, wenn ich immer nur still und unterwürfig sein müsste.«

»Aber Frauen *sollten* still und unterwürfig sein«, erwiderte Macleod.

»Das mag ja für einige gelten«, ließ sich die Stimme der Gräfin Isabella vernehmen. »Aber Gott sei Dank sind die meisten Edelfrauen, die ich kenne, nicht so.«

Adela hatte ganz vergessen, dass die anderen Frauen noch

immer interessiert lauschten. Jetzt dachte sie mit Schrecken daran, was Lady Clendenen von ihr denken mochte. Wie sollte sie ihr jemals wieder unter die Augen treten?

Macleod dagegen hatte, wie zu erwarten war, keinen Gedanken an die Frauen auf dem Podium verschwendet. Angesichts der Unterbrechung drehte er sich mit gerunzelter Stirn um. Doch als er sah, um wen es sich handelte, verneigte er sich hastig.

»Guten Morgen, Madam«, begrüßte er die Gräfin höflich. »Eine Dame Eures Ranges unterwirft sich selbstverständlich keinem außer ihrem König. Ich hoffe allerdings, dass Ihr meinem Mädchen keine Flausen in den Kopf setzt, damit sie womöglich noch gegen Autoritätspersonen aufbegehrt.«

»Unsere Adela ist viel zu vernünftig, um sich echter Autorität zu widersetzen, mein lieber Macleod«, erwiderte Isabella. »Aber verschiebt Euer Gespräch doch, bis sie gefrühstückt hat. Gestern hat sie kaum einen Bissen gegessen, sie muss halb verhungert sein.«

Als er zögerte, fügte sie mit einem vielsagenden Blick hinzu: »Außerdem sind wir alle Eurer Meinung und werden Euch helfen, Adela zu überzeugen. Und bei uns am Tisch habt Ihr beide es auch bequemer«, fügte sie abschließend hinzu.

»Du wirst tun, was man von dir verlangt, Adela«, flüsterte Macleod und legte seiner Tochter eine Hand auf die Schulter, als wollte er sie zum Tisch dirigieren. In normaler Lautstärke dankte er der Gräfin.

Adela blieb nichts anderes übrig als zu gehorchen. Als sie sich umdrehte, fiel ihr Blick auf Lady Clendenen. Augenzwinkernd und mit einem warmherzigen Lächeln blickte sie Adela an, als hätte sie ihre Worte gar nicht gehört oder zumindest übergangen.

Adela stieß einen Seufzer der Erleichterung aus. Hoffentlich hatte sie die Lady nicht beleidigt. Lady Clendenen war immer freundlich zu ihr gewesen. Vielleicht empfand sie ja wirklich mütterliche Gefühle für Adela. Ein wenig unsicher spielte

Adela mit der goldenen Kette, die sie fast ständig trug, während sie sich zu den übrigen an der hohen Tafel gesellte.

Eine Weile hörte sie zu, ohne sich an der Unterhaltung zu beteiligen. Als zwei Pagen eilfertig angelaufen kamen, schickte Isabella einen von ihnen in die Küche, um warmes Essen für Adela zu holen. Der andere brachte aus der Vorratskammer Ale für Macleod herbei. Während Adela aß, berieten die anderen Damen über ihre Zukunft. Dabei schienen sie nicht immer einer Meinung zu sein.

»Du wärst ja dumm, wenn du freiwillig den ganzen Weg zum Loch Alsh auf dich nehmen würdest«, sagte Sorcha. »Und noch dazu mit einer Leiche!«

»Bitte, Sorcha, sei nicht so abscheulich!«, protestierte Sidony. »Das muss doch alles schrecklich für sie sein. Obwohl ich selbst auch nicht gern mit einem Toten reisen würde«, gestand sie schaudernd. »Das hast du doch nicht wirklich vor, Adela, oder?«

Adela, die sich von der Frage ihrer jüngeren Schwester überrumpelt fühlte, antwortete: »Pflichterfüllung ist oft unangenehm, aber notwendig, Sidony.«

»Nimm doch etwas Ale, meine Liebe«, sagte Isabella. »Ivor steht mit dem Krug hinter dir.«

»Danke, Madam«, erwiderte Adela, nickte dem Pagen zu und rückte ein wenig beiseite, damit er ihren Becher füllen konnte. Sie trank nicht gern Ale zum Frühstück, aber es war leichter, sich zu fügen, als mit Isabella zu diskutieren.

Obwohl Adela ihrem Vater versichert hatte, wie dankbar sie für Ratschläge wäre, ließ sie das Gespräch an sich vorbeirauschen, bis Lady Clendenen sagte: »Witwe zu sein ist schlimm für eine junge Frau und nichts für schwache Nerven. Ich war vierzig, als der arme Clendenen starb, und danach war mein Leben zunächst sehr trist.«

Unwillkürlich horchte Adela auf.

»Die Leute warnten mich, dass es einen Skandal geben würde, wenn ich allein in Clendenen House bliebe. Die meisten rieten mir, aus Pflichtgefühl meinem Gatten gegenüber zu einem Verwandten zu ziehen. Das heißt, ich hätte bei meinem Bruder oder meinem Vetter Ardelve leben müssen. Beide wohnten jedoch weit außerhalb der Stadt; als mir daher eine Freundin anbot, bei ihr und ihrem Mann in North Berwick zu leben, willigte ich ein. Doch nachdem ich einen unerträglich einsamen Monat dort verbracht hatte, nahm ich die Einladung einiger Freunde an, sie auf ein Fest in Linlithgow zu begleiten.«

»Ein Fest? Tatsächlich?«, fragte Sidony lächelnd.

»Ja, und ich würde dasselbe wieder tun«, erwiderte Lady Clendenen. »Hier im Tiefland halten viele die Trauerzeit ein, die die Römische Kirche vorschreibt. Doch im Hochland und an der Grenze sind die Leute eher der Meinung, man sollte sein Leben genießen, solange es geht. Meine Freunde aus North Berwick gehörten aber leider zur ersten Sorte von Menschen.«

»Daher die Einsamkeit«, bemerkte Sorcha lakonisch.

»Genau. Ich finde jedenfalls, unsere Zeit auf Erden ist zu kurz, um sie mit Trauern zu vergeuden. Als daher der König einen Monat später von Stirling nach Edinburgh zog, lehnte ich alle weiteren Einladungen ab, schlug die Ermahnungen meiner Freunde in den Wind und kehrte nach Clendenen House zurück. Von da an verlief mein Leben wesentlich abwechslungsreicher und heiterer.«

»Ich habe auch nie etwas vom langen Trauern gehalten«, sagte Macleod. »Doch unter dem Dach von Freunden seid Ihr sicher, und außerdem wart Ihr älter und weiser als mein Mädchen hier. Gott sei Dank besitzt Adela kein eigenes Haus, in das sie zurückkehren könnte.«

Lady Clendenen zwinkerte Adela zu, die leise fragte: »Gehört mir denn nicht ein Haus in Stirling, Sir?«

Ein rascher Blick auf Lady Clendenen verriet ihr, dass diese Macleod schuldbewusst anblickte. Doch der schien es nicht zu bemerken, denn er funkelte Adela wütend an.

»Wer hat dir das erzählt?«, wollte er wissen. Im gleichen

Augenblick schien ihm die Antwort klar zu werden, denn er warf der Lady einen wütenden Blick zu.

»Ja, ich war es«, gestand diese, ohne seinem Blick auszuweichen. »Ich fand, sie sollte es wissen.« Adela widmete sich wieder ihrem Frühstück, während Macleod seinem Unmut Luft machte. Die Lady antwortete ihm ganz ruhig, Isabella lächelte, und bald mischten sich auch Sorcha und Isobel in die Auseinandersetzung ein. Die beiden Schwestern waren ebenfalls der Meinung, dass es falsch gewesen war, das Haus in Stirling zu erwähnen, doch Adela war froh, dass Lady Clendenen ihr davon erzählt hatte. Sie fragte sich, was ihr Vater sonst noch mit Ardelve vereinbart hatte.

Außerdem hätte sie gern gewusst, was ihr Gesprächspartner vom Wehrgang von der Debatte halten würde. Plötzlich wünschte sie, sie könnte ihm alles erzählen. Denn sie war sicher, er würde ihr helfen, die richtige Entscheidung zu treffen.

Je länger sie dort saß und mit einem Ohr dem Streitgespräch darüber lauschte, was sie tun oder lassen sollte, desto größer wurde ihre Gewissheit, dass sie keine Lust hatte, zum Loch Alsh oder nach Chalamine zurückzugehen, wenn es nicht sein musste. Gewiss, seine Pflicht musste man erfüllen, doch da alle am Tisch so sehr davon überzeugt waren, dass sie Ardelves Leichnam nicht zu begleiten brauchte, hätte er selbst es wahrscheinlich auch so gesehen.

Ardelve hatte begriffen, dass sie ihre eigenen Gefühle und Ansichten hatte, und schien das auch zu respektieren. Er würde wohl schwerlich erwarten, dass eine Witwe einen verwesenden Leichnam zu einem Haus begleitete, in dem sie nie zuvor gewesen war, und einen Stiefsohn um Obdach bitten sollte, den sie erst einmal gesehen hatte.

In diesem Augenblick betrat Sir Hugo mit einigen seiner Männer von der Haupttreppe aus die Halle. Erstaunt darüber, dass noch so viele bei Tisch saßen, blieb er stehen, um die Anwesenden zu begrüßen.

»Hat sich der Nebel gelichtet?«, erkundigte sich Isabella.

»Nein, Madam. Im Tal ist er noch immer sehr dicht. Trotzdem wollen Sir Edward und die meisten der noch anwesenden Gäste nach dem Mittagessen abreisen. Ich gebe jeder Gruppe zwei von unseren Burschen mit, damit sie ihnen den Weg zeigen.«

»Eine gute Idee. Danke, Hugo«, sagte Isabella.

Er nickte, sah kurz Adela an und lächelte Sorcha zu, bevor er mit seinen Männern zum nordwestlichen Treppenhaus ging.

Sein Anblick erinnerte Adela daran, dass Sidony ihr vorgeschlagen hatte, auf Hawthornden Castle zu bleiben. Dort würde sie in Ruhe nachdenken können.

Hawthornden lag eine Meile von Roslin entfernt. Adela konnte sich nicht mehr gut an Hugos Burg erinnern, da sie erst einmal zusammen mit Isobel, Sidony und der Gräfin dort gewesen war, um Sorcha einen Brautbesuch abzustatten. Bei dieser Gelegenheit hatte sie wenig von der Burg gesehen, doch sie wusste noch, dass das Bauwerk auf einem hohen, kahlen Felsen über dem Fluss Esk thronte. Bis Hugo mit Sorcha eingezogen war, hatten nur Hugos Männer dort gewohnt. Dennoch wirkte die Burg recht behaglich.

Adela fragte sich, ob Sorcha mit ihrem Mann schon über die Angelegenheit gesprochen hatte. Doch jetzt war nicht der richtige Zeitpunkt, um sie danach zu fragen. Das würde warten müssen, bis sie unter sich waren.

Andererseits bot sich jetzt die Gelegenheit, selbst mit Hugo zu reden.

Adela wartete noch einige Minuten, dann entschuldigte sie sich kurz entschlossen.

»Ich gehe mit dir nach oben«, sagte Isobel und erhob sich ebenfalls von ihrem Platz.

»Ich komme auch mit«, meldete sich Sorcha.

Obwohl Adela sich um eine ausdruckslose Miene bemühte, schien Isabella ihr etwas angemerkt zu haben. »Sorcha, Sidony, lauft noch nicht fort! Ich möchte euch einen Stoff zeigen, der gestern aus Paris eingetroffen ist. Kommt mit mir, er liegt in der Kemenate.«

Adela atmete erleichtert auf.

»Gehen wir dir so sehr auf die Nerven?«, fragte Isobel, als sie zusammen das Podium verließen.

Schuldbewusst schüttelte Adela den Kopf. »Ich weiß ja, dass ihr es alle gut meint«, sagte sie. »Ich bin es nur nicht gewöhnt, ständig unter so vielen Menschen zu sein. Ich kann gar nicht mehr klar denken.«

»Du meinst, du bist nicht daran gewöhnt, dass dir so viele Leute vorschreiben, was du zu tun hast.«

»Ja, genau«, erwiderte sie. »Außerdem ist so viel geschehen, dass ich Zeit brauche, um über alles nachzudenken und eine Entscheidung zu treffen.«

»Das verstehe ich«, antwortete Isobel und lächelte. »Ich habe nie auf jemanden gehört, bis ich Michael traf. Auf ihn höre ich, weil er auch auf mich hört. Das hat Vater nie getan.«

Adela blickte sie streng an. »Soll das heißen, du hast Hector niemals gehorcht?«

»Das würdest du mir sowieso nicht glauben«, erwiderte Isobel lachend. »Der Mann unserer Schwester wird nicht umsonst Hector der Grimmige genannt. Aber er und Cristina passen gut zusammen. Das zeigt wieder einmal, wie man sich irren kann. Sie hätte bestimmt nicht gedacht, dass sie mit ihm eine gute Ehe führen würde, aber es ist so.«

»Willst du damit sagen, dass ich wirklich tun soll, was Vater mir sagt?«

Isobel wurde wieder ernst. »Es ist ja nicht nur Vater, Adela. Ich finde auch, dass es nicht klug wäre, gleich ins Hochland zurückzukehren und den neuen Lord Ardelve um seine Gastfreundschaft zu bitten. Wir kennen Fergus kaum, aber Lady Clendenen sagt, er will bald heiraten. Seiner Braut wärst du bestimmt nicht willkommen. Lady Clendenen sagt, sie ist furchtbar hässlich.«

»Das hat Ardelve mir auch erzählt«, erwiderte Adela. »Er

sagte auch, sie sei eine reiche Erbin und somit eine gute Partie für Fergus.«

»Nun ja, die Macleod-Schwestern haben sich auch alle gut verheiratet.«

»Ich glaube langsam, ich bin nicht für die Ehe bestimmt«, sagte Adela, als sie durchs Treppenhaus gingen. »Denk bloß daran, was jedes Mal geschah, wenn ich es versucht habe.«

Isobel verzog das Gesicht. »Aber Adela, du bist doch sonst so vernünftig. Was würdest du sagen, wenn Sidony oder ich so etwas behaupteten?«

»Ich weiß«, antwortete Adela, raffte mit einer Hand ihre Röcke und stützte sich mit der anderen leicht an der Wand ab, während sie die Wendeltreppe hinaufstiegen. »Es ist doch komisch, wie selten man selbst die guten Ratschläge befolgt, die man anderen gibt, nicht wahr?«

Isobel Lachen hallte durchs Treppenhaus. »Hier verlasse ich dich«, sagte sie, als sie den ersten Treppenabsatz erreichten. »Ich will noch zu meinem Kleinen, und dann muss ich bald wieder nach unten gehen. Isabella möchte, dass ich die Gäste verabschiede. Sie lässt dir sagen, du brauchst nicht mit den anderen zu Mittag zu essen, wenn du nicht willst. Das erwartet ohnehin keiner von dir.«

»Dann komme ich auch nicht«, erwiderte Adela dankbar.

»Vielleicht können wir uns heute Nachmittag weiter unterhalten«, schlug Isobel vor. »Ich verspreche dir auch, dir keinen unerwünschten Rat zu geben. Aber wenn du deine Gedanken in einem Gespräch ordnen willst, höre ich dir gern zu.«

Adela dankte ihr, ohne ihr etwas zu versprechen. Dann stieg sie weiter die Treppe hinauf, an ihrer eigenen Kammer vorbei bis zum nächsten Stock. Dort befand sich die kleine Kammer, die Hugo benutzte, wenn er sich auf Roslin aufhielt. Ihr gegenüber lag noch ein weiterer Raum, darüber war nur noch der Wehrgang.

Als Hugo vor seiner Heirat auf Roslin lebte, war der kleine Raum seine Schlafkammer gewesen. Jetzt diente er ihm als eine

Art Arbeitszimmer, und da er in diese Richtung gegangen und nicht wiedergekommen war, hoffte Adela, ihn dort anzutreffen.

In diesem Teil des Treppenhauses war es für gewöhnlich dunkel, doch jetzt fiel von oben fahlgraues Licht herein, woraus Adela schloss, dass die Tür zum Wehrgang offen stand. Auf dem Weg zu Hugos Kammer hörte Adela plötzlich Männerstimmen. Sie hallten seltsam verzerrt durchs Treppenhaus, dennoch erkannte sie sofort Hugos Stimme.

Zuerst konnte sie nichts verstehen, doch nachdem sie die Treppe noch ein wenig höher hinaufgestiegen war, hörte sie ihn plötzlich klar und deutlich: »… ermordet, und zwar nicht nur Sir Ian, sondern auch Will.«

Jemand gab eine gemurmelte Antwort, und Adela dämmerte, dass es kein günstiger Zeitpunkt wäre, Hugo anzusprechen. In diesem Augenblick sagte der andere Mann mit einem starken Grenzland-Akzent: »Dann müssen wir wohl auch Einar Logan sterben lassen.«

»Das fürchte ich fast.« Hugos Stimme klang schon viel näher.

# 5

Entsetzt stand Adela da und traute ihren Ohren kaum. Ihr fiel der Mann wieder ein, der sich gemeinsam mit Hugo um den sterbenden Ardelve gekümmert hatte. Sie hatte ihn vollkommen vergessen, doch jetzt konnte sie sich auch erinnern, wer er war: Einar Logan gehörte zu den Männern, die sie aus der Gewalt ihres Entführers befreit hatten. Abgesehen von Hugo und Sorcha hatte er sogar am meisten für sie getan.

Damals hatte sie ihn nur kurz gesehen, bevor ihn Waldrons Pfeil niederstreckte. Später jedoch hatte sie mehrfach seinen Namen gehört und erfahren, dass Einar als Hauptmann Hugos Heerschar befehligte.

Glücklicherweise hatte sein Kettenhemd ihn vor ernsthaften Verletzungen durch den Pfeilschuss bewahrt, doch sie selbst war an jenem Tag ebenfalls verwundet worden. Als es ihr dann wieder besser ging, hatten Ardelve, Macleod und die Gräfin schon Adelas zweite Hochzeit geplant.

Da sie nicht mehr an die schrecklichen Vorfälle zurückdenken mochte und darüber hinaus von den Hochzeitsvorbereitungen in Anspruch genommen wurde, vergaß sie Einar Logan. Mit Bedauern stellte sie fest, dass sie ihm noch nicht einmal für seine Hilfe gedankt hatte. Sie durfte auf keinen Fall zulassen, dass ihm etwas zustieß.

Sie hätte gern mehr erfahren, doch da fiel die Tür im obersten Stockwerk zu, und die Stimmen verstummten. Am liebsten wäre sie hinaufgerannt, hätte die Tür aufgerissen und Hugo zur Rede gestellt. Wie konnte er nur einen Mann verraten, der sein Hauptmann und treuester Gefolgsmann war? Einar Logan sterben lassen – also wirklich!

Doch eine vertraute innere Stimme riet ihr, sich zurückzuhalten. Zum einen wäre Hugo bestimmt nicht begeistert, wenn sie ihn derart überfiel. Er würde vermutlich sagen, die Sache ginge sie nichts an, und sich weigern, mit ihr über Einar Logan zu reden, zumindest, solange der Fremde dabei war. Außerdem wäre es ausgesprochen unangenehm, wenn einer von Hugos Männern sie beim Lauschen auf der Treppe erwischte.

Sie schlich hinunter in ihre Kammer und legte den Riegel vor, um in Ruhe nachzudenken. Es dauerte nicht lange, da kam ihr eine Idee. Sie warf sich den lavendelfarbenen Umhang über die Schultern und lief eilig nach unten.

Auf dem Weg in die Halle überlegte sie, ob sie Sorcha von dem Vorfall erzählen sollte. Ihre Schwester kannte Einar viel besser als sie selbst, da der Hauptmann sie auf jedem Ritt begleitete.

Allerdings würde Sorcha wollen, dass sie mit Hugo darüber sprachen. Dann gäbe ein Wort das andere, und wer weiß, wohin das führen würde. Adela schauderte es bei dieser Vorstellung, denn derartige Auseinandersetzungen verabscheute sie zutiefst. Daher wäre es wesentlich klüger, Einar zu suchen und ihn direkt zu warnen.

Die Halle war leer, bis auf einige Burschen, die Abfälle zusammen mit den auf dem Boden ausgestreuten Binsen zusammenrechten, bevor sie die Tische für das Mittagessen aufstellten. Adela lief die Treppe zum Haupteingang hinunter. Das riesige Eisengitter stand offen und war an der Wand der Türnische festgebunden. Der Pförtner war weit und breit nicht zu sehen. Ohne Schwierigkeiten öffnete Adela das große Tor und lief die Stufen zum gepflasterten Hof hinunter, wo noch immer feucht und schwer der Nebel lag.

Sie zog ihren Umhang enger um sich und ging hinüber zu den Stallungen, die sich unter dem Laternenturm befanden. Dort rief sie einen Pagen zu sich und fragte nach Einar Logan.

»Ich weiß nicht, wo er ist, Mylady«, antwortete der Junge und kratzte sich den braunen Schopf. »Aber ich kann ihn ja suchen gehen. Soll ich ihn zu Euch hineinschicken, wenn ich ihn finde?«

Ihr Plan war Adela so klar und einfach erschienen. Dabei hatte sie gar nicht daran gedacht, dass Hugos Hauptmann nicht da sein könnte. Doch sie konnte ihn unmöglich zu sich bestellen.

»Das ist nicht nötig«, antwortete sie daher dem hilfsbereiten Pagen. »Ich wollte ihm nur für einen Dienst danken, den er mir geleistet hat. Aber das kann ich auch ein andermal tun.«

Sie entließ den Pagen und kehrte so schnell wie möglich in die Halle zurück. Dabei fürchtete sie, jeden Augenblick Macleod, Hugo oder einer ihrer Schwestern zu begegnen. Im Vorübereilen warf sie einen verstohlenen Blick auf die Tür zu Isabellas Kemenate, bevor sie unbehelligt die Treppe erreichte. Sie wusste nicht, wie viele der Gäste sich noch in der Burg aufhielten, doch gesehen hatte sie nur einige wenige. Vielleicht waren andere noch damit beschäftigt, sich umzuziehen oder die Dienstboten beim Packen zu beaufsichtigen. Zwei fremde Diener, die schwatzend die Treppe herunterkamen, bestärkten Adela in dieser Annahme.

Als sie ihre Kammer betrat, fand sie Kenna vor, die soeben die Bettdecke glatt strich. Die Magd hatte bereits ein munter flackerndes Feuer im Kamin entfacht.

»Lady Isobel hat mich geschickt, Mylady. Ich soll Euch fragen, ob Ihr mit der Lady und dem Kleinen zu Mittag essen möchtet«, sagte Kenna, als Adela sich die Hände am Feuer wärmte.

»Sag ihr vielen Dank, aber ich möchte lieber ruhen. Bis zum Abendessen bekomme ich bestimmt keinen Hunger.«

»Ich werde es ausrichten«, erwiderte Kenna und ging zur Tür.

»Warte mal einen Augenblick«, hielt Adela sie auf. »Kennst du Einar Logan?«

»Ja, sicher«, antwortete Kenna und blickte sie mit großen Augen an. »Er ist mit meinen Brüdern befreundet.«

Adela zögerte einen Augenblick, dann kamen die Worte wie von selbst: »Könntest du ihm sagen, dass ich ihm für seine Hilfe dankbar bin und dass ich mich wenigstens ein bisschen dafür revanchieren möchte? Ich … ich habe etwas mitangehört, was er wissen sollte, Kenna«, fuhr sie mit gesenkter Stimme fort. »Vielleicht bilde ich mir ja nur etwas ein. Aber sag ihm trotzdem, dass ich ihn sprechen möchte.«

Kenna war näher getreten, um Adelas leise Worte verstehen zu können. Dann ging sie zur Tür und schloss sie nachdrücklich. Mit gerunzelter Stirn sagte sie: »Meint Ihr nicht, Ihr solltet es Sir Hugo sagen, was Ihr gehört habt, Mylady? Er wird bestimmt wissen, was zu tun ist.«

Adela war eine schlechte Lügnerin, doch sie wollte der jungen Dienstmagd unter keinen Umständen mehr verraten oder ihr gestehen, dass sie gerade mit Hugo nicht sprechen konnte, ohne Einar noch mehr in Gefahr zu bringen.

Sie wollte ihr auch nicht erzählen, was sie mitangehört hatte, denn dafür kannte sie Kenna nicht gut genug. In Wahrheit traute sie keinem genug, um mit ihm darüber zu sprechen. Doch Einar musste es unbedingt erfahren.

Also sagte sie: »Ich wäre ja zu Sir Hugo gegangen, aber ich hörte nur zwei Stimmen im Treppenhaus, und als ich nachsehen ging, war niemand mehr da.«

Das schien Adela der Wahrheit nahe genug zu kommen, um ihr Gewissen zu beruhigen.

»Na gut, ich werde Einar ausrichten, dass Ihr mit ihm sprechen wollt. Und wenn ich ihn nicht finde, sage ich meinen Brüdern Bescheid«, erwiderte Kenna. »Ich sage nur, dass Ihr mit Einar reden möchtet«, versicherte sie.

»Ich danke dir«, antwortete Adela, froh über die Verschwiegenheit und Hilfsbereitschaft des Mädchens. »Er hat mir einen Freundschaftsdienst erwiesen, musst du wissen. Und gerade jetzt kann ich Freunde gut gebrauchen. Ich möchte nicht, dass ihm etwas zustößt.«

»Ja, er ist ein netter Kerl, der Einar Logan«, sagte Kenna. »Es gibt zwar größere Männer als ihn, sagen meine Brüder, aber niemanden, der offenbar so gut mit einem Schwert umgehen kann.«

Kennas verträumtes Lächeln brachte Adela auf den Gedanken, ob das Mädchen womöglich Interesse an Einar Logan hatte.

Als Kenna gegangen war, verriegelte Adela die Tür und ruhte, bis es an die Tür klopfte. Das Mittagessen musste schon lange vorüber sein. Das Dämmerlicht, das durch das Fenster drang, ließ vermuten, dass es schon Zeit zum Abendessen sein könnte.

Es klopfte erneut, dann ertönte Sorchas Stimme: »Adela, bist du da drin?« Rasch erhob sich Adela und öffnete die Tür.

»Meine Güte! Warum hast du dich denn eingeschlossen?«, fragte Sorcha.

»Weil anscheinend alle annehmen, ich würde mich so über Gesellschaft freuen, dass sie nach Belieben hier ein- und ausgehen können. Ich wollte mich ein bisschen ausruhen und nachdenken«, erwiderte Adela.

»Bist du böse mit uns?«, wollte Sorcha wissen und fügte hinzu: »Wahrscheinlich sind wir dir mit unseren Ratschlägen auf die Nerven gegangen. Aber ich stimme mit Lady Clendenen überein, dass ...«

»Ich weiß, dass du mit ihr übereinstimmst«, erwiderte Adela gleichmütig. »Das hast du mir schon heute Morgen mitgeteilt, während ich beim Frühstück saß.«

»Ich dachte, du hättest mir gar nicht zugehört.«

»Doch, habe ich. Aber ausgerechnet du solltest doch wissen, dass es ungewohnt für mich ist, wenn so viele Leute sich für mein Tun interessieren. Es ginge ja noch, wenn ihr mit mir darüber reden würdet, anstatt mich nur mit Ratschlägen einzudecken. Zweifellos wird mir als Nächstes auch noch die Gräfin vorschreiben, was ich zu tun habe.«

»Mag sein, aber nicht als Nächstes«, erwiderte Sorcha. »Vater hat mich nämlich geschickt, um dich zu holen. Das Abendessen wird bald serviert, und vorher will Lady Clendenen noch mit dir reden.«

»Aber warum denn?«

»Ich weiß es nicht. Sie tat sehr geheimnisvoll«, antwortete Sorcha.

»Wer wird sonst noch mit uns essen?«

»Nur die Familie. So habe ich es wenigstens gehört. Du brauchst dich also nicht umzuziehen. Wasch dir nur das Gesicht und bürste dir das Haar.«

Adela gehorchte. Sie konnte ja nicht ahnen, dass Lady Clendenen den Begriff »Familie« sehr großzügig auslegte.

Als die beiden Schwestern die Halle betraten, waren – abgesehen von den Dienstboten und Gefolgsleuten, die an den aufgebockten Tischen in der unteren Halle saßen – nur Hugo, Sir Michael und Macleod anwesend. Doch kaum waren Sorcha und Adela beim Podium angelangt, ging die Tür zur Kemenate auf, und Isabella trat heraus, begleitet von Lady Clendenen, Isobel und Sidony.

Hinter Sidony tauchte der schmucke, grünäugige Chevalier de Gredin auf.

Adela blieb wie angewurzelt stehen; das Herz schlug ihr bis zum Hals. »Was will der denn hier?«, flüsterte sie Sorcha zu.

»Ich weiß nicht. Das ist Lady Clendenens Vetter, der Chevalier …«

»Ich weiß, wer er ist«, unterbrach Adela sie. Bei dem Gedanken an ihr Zusammentreffen auf den Zinnen schoss ihr das Blut in die Wangen. »Lady Clendenen hat mir gestern gesagt, er sei ein Verwandter von ihr. Aber er trägt einen französischen Titel.«

»Ich weiß kaum etwas über ihn, weil er mir nicht vorgestellt wurde«, sagte Sorcha. »Ich glaube, er wohnt bei Lady Clendenen in ihrem Haus in Edinburgh. Wahrscheinlich ist er noch hier, weil sie ihn bei dem Nebel nicht ziehen lassen wollte.«

»Wahrscheinlich«, stimmte Adela ihr zu. Sie bemerkte, dass der Chevalier sie auch heute wieder eindringlich musterte.

»Warum starrt er dich so an?«, fragte Sorcha unwillig. »Ich hätte große Lust, Hugo zu bitten, dass er …«

»Nein, lass Hugo damit in Ruhe«, erwiderte Adela. »Hier wird der Chevalier mir schon nicht zu nahe treten.«

Am liebsten hätte sie seinen Blick erwidert, um zu sehen, ob auch er sich noch an ihr Gespräch auf dem Wehrgang erinnerte, aber sie traute sich nicht. Sie hatte ein schlechtes Gewissen, immerhin war sie Witwe.

Die Gelegenheiten, bei denen sie Ardelve begegnet war, hätte sie zwar an einer Hand abzählen können. Dennoch gehörte es sich nicht, kaum vierundzwanzig Stunden nach seinem Tod an einen anderen Mann zu denken. Was für eine Frau war sie nur, dass ihr so etwas überhaupt in den Sinn kam? Vielleicht …

In diesem Augenblick sagte Sorcha leise: »Was ist denn? Du siehst aus, als … Ich weiß nicht, wie ich es sagen soll. Irgendetwas stimmt doch nicht, Adela. Erzähle es mir.«

Adela biss sich auf die Lippe. Von ihren sechs Schwestern war Sorcha am hartnäckigsten. Zwar war Isobel fast ebenso neugierig, doch wenn Sorcha etwas herauskriegen wollte, ließ sie einfach nicht locker. Aber sie war auch diejenige, die am ehesten sagte, was sie dachte, und Adela brauchte jetzt unbedingt einige beruhigende Worte – oder Bestätigung.

»Hältst du es für möglich, dass man durch eine Reihe von schrecklichen Ereignissen verrückt werden kann?«, fragte sie Sorcha.

Ihre anderen Schwestern hätten gesagt, sie solle nicht albern sein. Sorcha hingegen betrachtete sie so lange schweigend, bis Adela ganz unruhig wurde.

»Ist es das?«, fragte Sorcha schließlich. »Warst du deswegen seit deiner Rettung so ernst und schweigsam? Weil du Angst hast, verrückt zu werden?«

Adela schluckte. Im Stillen hatte sie gehofft, ihre Schwester würde ihre Befürchtungen auf der Stelle zerstreuen. »Ich weiß nicht«, antwortete sie. »Manchmal …«

»Verzeiht, dass wir euch unterbrechen, Adela, meine Liebe und auch du, Sorcha.« Mit diesen Worten tauchte Lady Clendenen wie aus heiterem Himmel neben ihnen auf. »Aber die Gräfin Isabella will allmählich zu Abend essen, und bevor wir uns zu Tisch begeben, möchte ich euch beiden noch meinen Vetter vorstellen.«

Adela war noch ganz in Gedanken an das versunken, was sie Sorcha hatte erklären wollen. Daher starrte sie die kleine rundliche Frau einen Augenblick lang ausdruckslos an, bevor sie erwiderte: »Ihr braucht Euch dafür doch nicht zu entschuldigen, Madam.«

»Nein, wirklich nicht«, pflichtete Sorcha ihr bei. »Wir möchten Euren Vetter zu gern kennenlernen.«

»Nicht lieber als er Euch«, mischte sich der schöne junge Mann mit einem deutlichen französischen Akzent ein. Seine Worte wurden von einem gewinnenden Lächeln und einem Augenzwinkern begleitet.

»Schön, dass es euch nichts ausmacht«, sagte Lady Clendenen und fuhr fort: »Darf ich also vorstellen? Der Chevalier de Gredin. Ich weiß wirklich nicht, was ich Gutes über ihn berichten soll, denn seit seiner Ankunft gestern plagt er mich unablässig, dass ich euch miteinander bekannt machen soll.«

Ohne den Blick von Adela zu wenden, verbeugte sich der Gentleman.

»Tatsächlich?«, erwiderte Sorcha. »Dann frage ich mich doch, warum er heute nach dem Mittagessen so schnell verschwunden ist. Ich war fast den ganzen Nachmittag mit Euch zusammen, Madam. Da hättet Ihr genug Gelegenheit gehabt, ihn mir vorzustellen.«

»Ihr habt mich durchschaut, Lady Robison«, sagte der Chevalier grinsend und richtete sich auf. »Ich muss gestehen, ich bin einer Einladung zur Beizjagd gefolgt.«

»Bei dem Nebel?«

»*Mais oui.* Weiter oben am Berg ist der Nebel so licht, dass er einen Habicht nicht mehr stört. Ihr müsst wissen, dass ein Habicht, im Unterschied zu anderen Greifvögeln, auch im Wald hervorragend jagen kann.«

Adela stand schweigend dabei und verglich seine helle Stimme mit der tieferen, festeren und vor allem akzentfreien, die sie in der vergangenen Nacht gehört hatte.

Sie war sich so sicher gewesen, dass sie die Stimme überall wiedererkennen würde, doch jetzt konnte sie keine Ähnlichkeit feststellen.

Aber wenn der Mann auf den Zinnen nicht Etienne de Gredin gewesen war, wer dann? Vielleicht konnte der Chevalier geschickt die Stimme verstellen.

»Habe ich etwas gesagt, das Euch verletzt, Lady Ardelve?«, fragte er freundlich.

Getrieben von einer ungewohnten Neugier fragte Adela: »Gewiss erscheint Euch die Frage unschicklich, Sir, aber die Lady erwähnte, dass Ihr nicht in Frankreich geboren seid. Daher wunderte ich mich über Euren Titel und … Euren Akzent …« Sie zögerte, aus Angst, die Regeln der Höflichkeit verletzt zu haben.

Doch er bedachte sie mit einem strahlenden Lächeln und antwortete: »*Mais non, Madame.* Mein Titel wurde mir als Kind verliehen, als ich mit meinem Vater am französischen Hof weilte. Mein leidiger Akzent dagegen ist eher auf die Gewohnheit und einen kürzlichen Aufenthalt in Paris zurückzuführen. Stört er Euch? Ich muss – wenn auch widerstrebend – gestehen, dass die Damen am Hofe Seiner Gnaden ihn ganz reizend finden. Dass es Euch nicht ebenso ergeht, bedauere ich sehr, denn bei den Macleod-Schwestern mit ihrer weithin gerühmten Schönheit möchte man doch schließlich einen guten Eindruck hinterlassen. Wenn er Euch stört«, fügte er in neckischem Ton hinzu, »dann werde ich mich zwingen, wie ein richtiger Schotte zu reden.«

»Aber Sir, wo bleiben Eure Manieren?«, kam Sorcha Adelas

Antwort zuvor. »Meine Schwester ist seit noch nicht einmal zwei Tagen verwitwet. Wie könnt Ihr da mit ihr flirten?«

Zerknirscht erwiderte er: »Bitte, vergebt mir, Lady Ardelve. Die Vorstellung, meine Gedankenlosigkeit könnte Euch verletzt haben, bekümmert mich zutiefst. Nichts wünsche ich mir mehr, als Euch lächeln zu sehen und Euch meine Freundschaft zu erbieten. Auch Euch wollte ich nicht kränken, Lady Robison. Habe ich Eure Verzeihung für immer verwirkt?«

»Nein, natürlich nicht«, antwortete Adela. Sie hatte sein Freundschaftsangebot sehr wohl zur Kenntnis genommen, dennoch war sie erleichtert, als sie jetzt Hugo kommen sah. Impulsiv fügte sie hinzu: »Jeder Mensch braucht Freunde, Sir. Ich hoffe, wir können Euch zu den unseren zählen.«

»Ganz gewiss, sofern Ihr mir jetzt ein Lächeln schenkt und mir versichert, dass Ihr mir vergeben habt.«

»Seid nicht albern, Sir«, erwiderte Sorcha. »So ein kleiner Fauxpas ist doch nicht unverzeihlich. Ich hoffe jedoch, Ihr bittet meine Schwester nicht aus bloßer Eitelkeit um ein Lächeln.«

»Nein, Mylady. Und wenn Ihr einen Freund braucht, Lady Adela, stehe ich zu Eurer Verfügung.«

Er wollte offensichtlich noch mehr sagen, doch da trat Hugo zu ihnen. Mit einem scharfen Blick auf de Gredin sagte er: »Die Gräfin lässt Euch alle zu Tisch bitten, damit das Essen aufgetragen werden kann.«

»Wo ist Henry?«, fragte Sorcha ihn.

»Mit den anderen zurück nach Edinburgh«, antwortete Hugo. »Seit der König wieder da ist, amüsiert sich Henry bei Hofe viel zu sehr, um lange hier zu bleiben. Aber kommt jetzt, sonst reißt mir meine Tante den Kopf ab.«

Kichernd nahm Sorcha seinen Arm und sagte mit einem kleinen bedauernden Lächeln zu Adela: »Wir sollten jetzt lieber gehen. Wenn du möchtest, unterhalten wir uns morgen weiter.«

»Morgen früh reiten wir zurück nach Hawthornden«,

wandte sich Hugo an Adela. »Ich hoffe, du kommst uns noch einmal besuchen, bevor wir nächste Woche zu den Inseln fahren.«

Sie musste wieder an Einar Logan denken und an das schreckliche Schicksal, das Hugo und der unbekannte Mann ihm zugedacht hatten. Daher brachte sie nur ein kleines zustimmendes Nicken zustande. Glücklicherweise waren sie bereits am Podium angelangt, sodass sie ihm nicht zu antworten brauchte.

Isabella begrüßte sie mit den Worten: »Ich hoffe, du bist gut ausgeruht und hast einen gesunden Appetit, meine liebe Adela.«

»Ja, Madam«, erwiderte sie höflich und setzte sich auf den Platz, den Isabella ihr zuwies. Lady Clendenen nahm an ihrer linken Seite Platz, daneben Sidony. Erleichtert stellte Adela fest, dass Hugo sich neben Sir Michael setzte, dem während Henrys Abwesenheit der Platz an der Seite der Gräfin gebührte.

Neben Hugo saß Macleod und neben diesem de Gredin.

Adela betrachtete den Chevalier nachdenklich. Gewiss hatte er nur mit diesem französischen Akzent gesprochen, um seine Identität zu verbergen. Immerhin hatte er ihr doch seine Freundschaft angeboten, oder etwa nicht? Doch ein leiser Zweifel blieb.

Isabellas Musikanten begleiteten die Mahlzeit mit ihrem Spiel. Doch da keine weiteren Zerstreuungen geplant waren, entschuldigte sich Adela unmittelbar nach dem Abendessen.

Isabella äußerte die Hoffnung, dass Adela sich noch für eine Weile in der Kemenate zu ihr und den übrigen Damen gesellen würde. Doch als Adela ihr dankte und sagte, sie würde lieber sofort zu Bett gehen, erhob sie keine Einwände.

»Geh nur, meine Liebe, und schlaf gut«, sagte Isabella mit einem herzlichen Lächeln.

Beim Hinausgehen bemerkte Adela, dass auch der Chevalier ihr zulächelte. Sie konnte nur hoffen, dass er ihr nicht folgen würde. Sorcha war nicht die Einzige, die eine Unterhaltung zwischen ihrer Schwester und dem Chevalier unschicklich finden würde. Adela selbst sah es genauso, auch wenn sie sich insgeheim eingestehen musste, dass sie das Gespräch auf dem Wehrgang durchaus genossen hatte.

Sie wurde nicht schlau aus de Gredin. Er schien heute Abend locker und entspannt zu sein. Selbst auf Sorchas Tadel hatte er rasch und wortgewandt reagiert. Adela hätte sich durchaus vorstellen können, ihn zum Freund zu haben, doch eine Freundschaft zwischen einem Mann und einer Frau, die nicht miteinander verwandt waren, war praktisch ausgeschlossen. Vielleicht waren sie nach der Heirat zwischen Lady Clendenen und Macleod eng genug miteinander verwandt, um befreundet sein zu können.

Noch immer dachte sie an ihn als an den Mann auf dem Wehrgang, obwohl die beiden Stimmen keine Ähnlichkeit aufwiesen. Er musste es einfach gewesen sein, da kein anderer Mann auf Roslin dafür in Betracht kam. Und auf der Burg hielt er sich mit Sicherheit noch auf; schließlich hatte er gesagt, sie könnte sich jederzeit an ihn wenden.

Auf dem Weg zu ihrer Schlafkammer hoffte Adela, dass ihre Schwestern ihr nicht folgen würden. Normalerweise suchte sie nicht so häufig die Einsamkeit – jedenfalls hatte sie das bis zu ihrer Entführung nicht getan. Doch im Gegensatz zu ihrer Zeit auf Chalamine, wo jeder Besuch eine willkommene Abwechslung darstellte, fand sie es mittlerweile sehr anstrengend, ständig mit Fremden höfliche Konversation machen zu müssen.

Selbst die Gespräche mit ihren Freunden und Verwandten empfand sie als Belastung. Plötzlich musste Adela wieder daran denken, dass sie Sorcha gegenüber ihre Angst, verrückt zu werden, erwähnt hatte. Wenn sich Sorcha noch an das Gespräch erinnerte, das Lady Clendenen und der Chevalier unterbrochen hatten, würde sie ihrer Schwester möglicherweise folgen.

In der Kammer schürte Adela das Feuer und legte noch einige Scheite aus dem Holzkorb nach, um sich die kalten

Hände zu wärmen. Das Wasser in der Waschschüssel war ebenfalls kalt, und Kenna würde erst dann warmes bringen, wenn sie Adela half, sich fürs Zubettgehen fertig zu machen. Adela zog sich einen Stuhl an den Kamin, hielt die Hände ans Feuer und blickte sinnend in die flackernden Flammen.

Der Anblick hatte eine tröstliche und beruhigende Wirkung, und Adela war noch ganz darin versunken, als das Klicken an der Tür sie so plötzlich aufschrecken ließ, dass sie beinahe vom Stuhl gefallen wäre.

Sie hatte Sorcha erwartet, doch es war Kenna.

»Ach je, ist es denn schon Zeit, ins Bett zu gehen?«

»Nein, Mylady.« Kenna schloss sorgfältig die Tür hinter sich; dann kam sie mit ausgestreckter Hand auf Adela zu. »Ich habe eine Botschaft für Euch.«

»Eine Botschaft? Von wem denn?«

»Mein Bruder Tam hat gesagt, ich soll keine Fragen stellen. Also habe ich sie einfach hergebracht.«

»Bitte, erwähnt meinen Schwester gegenüber nichts davon. Vielleicht ist sie ja von Einar Logan, falls du schon mit ihm sprechen konntest.«

»Nein, Mistress. Ich nehme an, er kann genauso wenig lesen und schreiben wie meine Brüder und ich. Als ich fragte, was drinsteht, sagte Tam, das würde mich nichts angehen.«

Adela schüttelte über sich selbst den Kopf. Sie hätte wissen müssen, dass ein Mann in Einars Stellung schwerlich lesen und schreiben konnte. Als sie gleich darauf die Zeilen überflog, war sie froh, dass auch Kenna nicht lesen konnte.

*Ich habe gehört, Ihr braucht einen Freund. Begebt Euch zur Kapelle, zwischen der Komplet und der Nokturn, wenn niemand dort ist. Stellt eine brennende Kerze in den Torbogen, wenn Ihr allein seid. Dann kniet Euch vor den Altar und wartet. Ihr seid dort sicher.*

***

Die Botschaft enthielt keine Unterschrift, doch die brauchte Adela auch nicht. Sie musste von dem Mann auf dem Wehrgang stammen. Er hatte gesagt, sie solle es ihn wissen lassen, wenn sie einen Freund benötigte. Aber wie hatte er von der Botschaft an Einar Logan erfahren? Über Kenna und ihre Brüder? Bestimmt klatschten die Leute auf Roslin genauso gern wie die im Hochland.

Adela fiel wieder ein, was der Chevalier eben über die Freundschaft gesagt hatte. Vielleicht wollte er damit ja nur bestätigen, dass er ihre Botschaft erhalten hatte. Dennoch wollte seine Stimme einfach nicht zu der des Mannes auf dem Wehrgang passen.

Trotz der Möglichkeit, dass er es doch war, und obwohl der Absender der Botschaft ihr versichert hatte, dass ihr in der Kapelle keine Gefahr drohe, zögerte Adela noch. Es war eine Sache, in einer nebligen Nacht auf die Zinnen zu steigen, wenn man sicher sein konnte, dass sich keine Wachen dort aufhielten, doch eine ganz andere, anderthalb Stunden vor Mitternacht über den Hof zur Kapelle zu gehen. Sie war nicht einmal sicher, ob das Kirchlein geöffnet sein würde.

Dass es sich nicht schickte, sich dort mit ihm zu treffen, kümmerte sie nicht. Wenn er sie hätte verraten wollen, hätte er es schon in der vergangenen Nacht tun können. Sie hatte ihm instinktiv vertraut und würde es auch weiterhin tun, bis er ihr einen Grund gab, ihre Einstellung zu ändern. In der Kapelle konnte ihr nichts Schlimmes zustoßen, und außerdem hielt sich immer jemand im Burghof auf. Sie brauchte nur zu rufen.

Andererseits konnte sie auch auf Hugo, Michael oder ihren Vater treffen, die es nicht gutheißen würden, wenn sie sich allein draußen aufhielt.

Zu Kenna sagte sie nur: »Ich werde später zur Kapelle gehen. In letzter Zeit habe ich meine Abendgebete etwas vernachlässigt, möchte aber die Komplet nicht mit meiner Familie zusammen beten. Also werde ich Zwiesprache mit Gott halten, wenn die anderen wieder zurück sind. Würdest du mich bis an den Burghof begleiten und dort auf mich warten?«

»Ja, gewiss, Mylady. Und ich werde auch keinem etwas verraten.«

Adela ärgerte sich über sich selbst, weil sie Kenna etwas davon gesagt hatte. Da hätte sie ihr auch gleich von ihrem heimlichen Stelldichein erzählen können. Sie hätte ihren neuen »Freund« warnen sollen, dass sie sich nicht auf Heimlichtuerei verstand.

»Ich denke, ich werde schon mal Lady Isobels Sachen für die Nacht herauslegen«, überlegte Kenna. »Es wird ihr nichts ausmachen, wenn ich ihr sage, dass Ihr mich später noch braucht, vor allem, wenn Sir Michael, wie so oft, zusammen mit ihr heraufkommt. Aber sagen sollte ich es ihr auf jeden Fall, und ich möchte auch meine Pflichten nicht vernachlässigen.«

»Nein, das sollst du auch nicht«, erwiderte Adela. »Es dauert bestimmt noch zwei Stunden, bis die Kapelle leer ist. Erledige deine Arbeit und komm dann wieder hierher. Ich werde auf dich warten.«

Kenna brauchte weit mehr als zwei Stunden, doch Adela beklagte sich nicht, denn es war ruhig und behaglich in der Kammer. Als das Mädchen endlich kam, sagte es: »Ich bin durch die Küche zur Hintertür gegangen und habe aufgepasst, bis alle die Kapelle verlassen hatten. Wenn wir noch ein bisschen warten, ist bestimmt auch der Priester weg. Und später können wir auf demselben Weg zurückkommen.«

Adela wäre nie auf die Idee gekommen, durch die Küche zu gehen, und sie war dankbar für den Hinweis. Dort würde sie schwerlich jemandem begegnen, der sie wieder auf ihre Kammer schickte.

Zwanzig Minuten später huschten Adela und Kenna durch die Küche. Niemand sah sie, bis auf eine Frau, die den Brotteig für den nächsten Tag knetete, und einen Jungen, der das Feuer in Gang hielt. Der Hof war von Fackeln beleuchtet, doch von der Küchentür bis zum Osteingang der Kapelle war es nicht weit. Adela war sicher, dass sie das Tor in ein oder zwei Minuten erreichen konnte.

»Soll ich hier warten, Mylady?«

»Ja«, erwiderte Adela. Selbst wenn die Magd gesehen hatte, wie er die Kapelle betrat, hätte er bestimmt dafür gesorgt, dass sie ihn nicht erkannte.

Wie beiläufig spazierte Adela zur Kapelle hinüber. Sie hatte beinahe damit gerechnet, dass die Tür abgeschlossen war, und war zugleich erleichtert und ein wenig beunruhigt, als der Riegel sich hochschieben ließ.

Adela trat in den kleinen Vorraum und zog die Tür hinter sich zu. Aus der Kapelle selbst drang schwaches gelbliches Licht. Es stammte von einer Kerze, die im Torbogen brannte. Daneben stand eine Zunderbüchse. Sie fragte sich, ob ihr jemand die Arbeit hatte abnehmen wollen oder ob hier immer eine Kerze brannte.

Jedenfalls wirkte der Ort im warmen Kerzenschimmer sehr einladend. Als sie auf den Altar zuschritt, wurde ihr klar, dass sie mit dem Rücken zum Eingang säße, wenn sie sich auf einen der Betschemel kniete. Sorcha oder Isobel hätten sich nie darauf eingelassen, ihn in dieser Haltung zu erwarten; dafür waren sie viel zu neugierig. Doch Adela würde tun, wie er es wünschte.

Sie brauchte nicht lange zu warten. Plötzlich erlosch die Kerze, und Dunkelheit umfing Adela. Von ihrer Trauung wusste sie, dass die Kapelle keine Fenster besaß und selbst am helllichten Tag von Wachskerzen und Kohlepfannen erleuchtet werden musste.

Seine Stimme war tief und fest und so beruhigend wie in der vergangenen Nacht. »Keine Angst, ich bin es nur«, sagte er.

# 6

Nachdem er die Kerze gelöscht hatte, spürte Rob Adelas Gegenwart wie eine warme Brise in der Kapelle. Er hörte das leise Rascheln ihrer Kleider, als sie auf ihn zukam.

»Was ist denn auf einmal mit Eurem französischen Akzent?«, fragte sie ein wenig pikiert.

Er wusste nicht recht, was er darauf entgegnen sollte.

»Wie Ihr seht, weiß ich jetzt, wer Ihr seid«, setzte sie hinzu.

»Ach ja?«

»Ja, aber macht Euch deshalb keine Gedanken. Zwar habe ich nichts für Geheimnisse und Versteckspiele übrig, doch ich brauche Euren Rat. Deshalb werde ich es Euch für diesmal nicht übel nehmen, dass Ihr mir Eure Identität verschweigt.«

»Tatsächlich?« Während er sich seinen Weg ertastete, fügte er hinzu: »Verzeiht, aber ich bin nicht sicher, ob ich weiß, was Ihr meint, Lady Adela.«

»Wollt Ihr etwa leugnen, dass Ihr einen französischen Akzent vorgetäuscht habt, Sir?«

Er war versucht, es abzustreiten, doch da er sie nur im äußersten Notfall anlügen wollte, sagte er: »Ich gebe zu, dass es mir ab und an sinnvoll erschien, mich eines Akzents zu bedienen.«

»Habe ich es mir doch gedacht!« Ihre Stimme klang schon viel sorgloser.

»Was habt Ihr Euch gedacht?«, fragte er.

»Wer Ihr seid, natürlich. Ich bin nicht dumm, Sir, und außerdem habt Ihr Euch selbst sofort verraten.«

»Ja?«

»Aber das habt Ihr doch bestimmt gemerkt. Allerdings muss ich zugeben, ich wäre nie darauf gekommen, wenn Ihr mich in der Kapelle und später nicht so auffällig angestarrt hättet. Und als Ihr dann heute Abend mit mir geflirtet habt … Nur dass eure Stimme völlig anders klang.«

Bei der Vorstellung, dass ein Mann es gewagt hatte, sie anzustarren und mir ihr zu flirten, ballte er unwillkürlich die Fäuste. Doch dann verscheuchte er den Gedanken und zwang sich, gelassen zu antworten: »Ihr sagtet heute, Ihr brauchtet einen Freund, Mylady, und Ihr würdet Euch Sorgen um einen anderen Mann machen.«

»Das stimmt«, gab sie unumwunden zu. Er hatte beinahe die Frage erwartet, ob er eifersüchtig wäre, doch dann rief er sich selbst zur Ordnung. Nichts an ihrem Verhalten gab Anlass zu dieser Vermutung. Im Grunde genommen hatte sie sehr wenig von sich erzählt und ihm nur zu verstehen gegeben, dass sie ihm vertraute. Er wollte sie schon warnen, dass blindes Vertrauen gefährlich sein konnte, doch angesichts dessen, was ihr zugestoßen war, fürchtete er, er könnte sie mit einer solchen Bemerkung ängstigen.

Er musste unbedingt wissen, wie viel sie mitangehört hatte, daher erkundigte er sich: »Was ist denn geschehen, dass Ihr Euch solche Sorgen um ihn macht?«

»Ich … ich hörte zwei Männer miteinander reden. Sie sagten, sie wollten ihn sterben lassen. Da er mir einen besonderen Dienst erwiesen hat, möchte ich nicht, dass ihm etwas zustößt, aber ich wüsste nicht, wie Ihr ihm helfen könntet. Ihr kennt ihn wahrscheinlich gar nicht.«

»Doch, ich weiß, wer er ist«, erwiderte er und verstrickte sich damit immer weiter in sein Lügengespinst. Doch er musste unbedingt herausbekommen, was sie in Bezug auf Einar Logan vorhatte. »Wer waren die beiden Männer, die Ihr belauscht habt?«

»Das weiß ich nicht«, antwortete sie hastig. »Ich hörte nur zwei Stimmen im Treppenhaus.«

An ihrer Stimme merkte er sofort, dass sie log. Dennoch war es gut zu wissen, dass sie trotz ihrer Abneigung gegen Geheimnisse diejenigen schützte, die ihr nahestanden. Seine Stimme hatte sie vielleicht nicht erkannt, aber Hugos ganz bestimmt.

Ohne sich etwas anmerken zu lassen, fuhr er fort: »Was haben die beiden Männer denn gesagt?«

»Einer sagte, jemand – nein, zwei Männer seien gestorben. Das heißt …« Sie zögerte und versuchte offensichtlich, sich an das Gespräch zu erinnern. Schließlich fügte sie seufzend hinzu: »Ehrlich gesagt bin ich mir nicht sicher. Er sagte, jemand sei gestorben – ein Sir Ian, glaube ich –, aber der einzige Name, den ich kannte, war der von Einar Logan.«

»Was haben sie sonst noch über ihn gesagt?«

»Das war alles. Dann hörte ich, wie eine Tür zufiel, und alles war ruhig.«

»Ihr habt also niemanden gesehen.«

»Nein. Ich traute mich nicht näher heran.«

Also wollte sie ihm nicht verraten, wo genau sie die Männer belauscht hatte. Es war auch nicht nötig, sie danach zu fragen.

»Das war sehr vernünftig«, erwiderte er nur. »War das der Grund, warum Ihr einen Freund brauchtet, oder geht es noch um etwas anderes?«

Sie schwieg so lange, dass er seine Frage schon wiederholen wollte, doch schließlich sagte sie: »Ich sollte Euch nicht mit meinen Angelegenheiten behelligen.«

»Ein Freund ist jemand, der einem immer zuhört.«

Als sie noch immer zögerte, überlegte er, womit er sie verschreckt haben könnte. In der vergangenen Nacht hatte sie ihm doch vertraut und ihm damit eine schwere Verantwortung auferlegt. Er wartete geduldig.

»Es ist nichts Besonderes«, sagte sie schließlich, als spräche sie zu sich selbst. Dann holte sie tief Luft und fuhr fort: »Ich weiß ja, sie meinen es nur gut mit mir, aber alle quälen mich so mit ihren guten Ratschlägen, dass mir der Kopf schwirrt. Ich dachte, es würde helfen, wenn ich mit Euch darüber rede, aber ich habe kein Recht …«

»Macht Euch darüber keine Gedanken. Ich stehe voll und

ganz zu Eurer Verfügung. Einen guten Rat habe ich nicht zu bieten, aber ich kann ausgezeichnet zuhören, falls Ihr reden möchtet.«

»Das würde ich schon gern«, erwiderte sie. »Ich fand es so angenehm, mit Euch zu sprechen. Aber ich kann nicht lange bleiben. Lady Isobels Dienerin Kenna hat mich bis zur Hintertür begleitet und wartet dort auf mich. Ich möchte nicht, dass sie ertappt wird.«

»In diesem Fall würde dem Mädchen bestimmt eine Ausrede einfallen.«

»Dann werde ich es Euch also erzählen. Wisst Ihr, ich dachte, ich müsste Ardelves Leichnam nach Hause geleiten, aber Lady Clendenen hält das für unklug, und meine Schwestern und mein Vater sind derselben Meinung. Ich fürchte jedoch, man könnte es als meine Pflicht betrachten und von mir erwarten, dass ich bei Ardelves Sohn bleibe. Ich habe keine Lust, bei einem Mann zu wohnen, den ich nicht kenne, zumal er nur ein oder zwei Jahre älter ist als ich.«

»Hat Ardelve anderweitig Vorkehrungen für Euch getroffen?«

»Ja, und zwar sehr großzügige, wenn ich Lady Clendenen Glauben schenken darf. Er hat mir genügend Geld für meinen Lebensunterhalt und ein Haus in Stirling hinterlassen.«

»Lady Clendenen ist ja hervorragend informiert«, sagte er nur.

»Ich habe mir schon gedacht, dass Ihr es so sehen würdet. Bestimmt kennt Ihr sie viel besser als ich.«

Ohne auf diese Bemerkung einzugehen, fuhr er fort: »Ich möchte wissen, warum sie ihre Nase in Eure Angelegenheiten steckt.«

»Sie hat gesagt, sie will meinen Vater nicht heiraten, bevor nicht auch noch seine letzte Tochter das Haus verlassen hat. Sie wäre nicht sehr erbaut, wenn ich wieder nach Chalamine zöge.«

»Vielleicht will sie ja nur, dass Ihr glücklich seid.«

»Schon möglich, aber sie hat …« Adela schwieg kurz und fuhr dann fort: »Ich sollte das natürlich nicht ausgerechnet Euch sagen, aber mit Euch zu reden fällt mir so leicht. Also, ich habe Grund zu der Annahme, dass sie bereits einen Ehemann für mich ausgewählt hat. Deshalb will sie wohl auch unbedingt, dass ich bei ihr in Edinburgh bleibe.«

»Ich verstehe.« Er verstand gar nichts, aber junge Mädchen redeten oft so daher, und er wollte das Gespräch nicht abreißen lassen. »Wenn Ihr wirklich meine Meinung hören wollt, dann nehmt Lady Clendenens Einladung an. Mit dem Geld, das Euch Ardelve hinterlassen hat, habt Ihr es nicht nötig, Euch von seinem Sohn unterstützen zu lassen. Das wäre tatsächlich unangenehm. Ihr braucht auch nicht wieder zu heiraten. Ich würde sogar strikt davon abraten, solange Ihr nicht wirklich dazu bereit seid.«

»Ich verstehe, warum Ihr zugunsten von Lady Clendenen sprecht. Jedenfalls glaube ich es«, erwiderte sie. »Deshalb habe ich mir auch überlegt, ob ich mit Euch darüber reden soll.«

»Das müsst Ihr mir aber jetzt erklären«, entgegnete er verdutzt.

»Ich möchte Euch so gern vertrauen«, sagte sie, »und ich bin überzeugt davon, dass Ihr es gut mit mir meint. Aber nichtsdestoweniger habt ihr vorhin mit mir geflirtet und …«

Er musste sich auf die Lippe beißen, um sie nicht zu unterbrechen.

»… und, offen gestanden, verstehe ich nicht, wieso Ihr das unter den gegebenen Umständen tut, zumal wir uns doch kaum kennen.«

Mit erzwungener Ruhe erwiderte er: »Bevor wir uns weiter unterhalten, Mylady, sagt mir jetzt bitte, für wen Ihr mich haltet.«

»Aber …« Diesmal zögerte sie nur ganz kurz, bevor sie erleichtert fortfuhr: »Oh, ich verstehe. Ihr glaubt, ich könnte mich irren. Das hielt ich auch für möglich, bis Ihr mir von den unterschiedlichen Akzenten erzählt habt, die Ihr verwendet.

Bis dahin dachte ich, Ihr wolltet anonym bleiben, um Euch interessant zu machen. Das war dumm von mir, denn schließlich weiß ich ja, dass Euer Vater …«

»Mein Vater?« Unwillkürlich stieß er die Worte hervor.

»Ja, denn Eure Cousine hat mir erzählt …«

»Lady Adela, jetzt sagt mir doch bitte einfach, für wen Ihr mich haltet.«

»Ich bitte um Verzeihung. Ihr müsst ja glauben, ich sei närrisch, weil ich so daherschwatze. Ich versichere Euch, das tue ich nicht oft, aber ich hatte schon Angst, verrückt zu werden. Da seht Ihr, wie offen ich Euch gegenüber bin. Auch etwas, das bei mir nicht häufig vorkommt. Falls ich mich in Bezug auf Eure Identität irre, dann muss ich wirklich den Verstand verloren haben.«

Ihre Stimme zitterte, und er erkannte, dass sie es mit ihrer Befürchtung ernst meinte. Er fühlte sich ganz elend, weil er es zugelassen hatte, dass ihr Gespräch diese Wendung nahm. Er konnte sie zwar nicht sehen, doch ihr Bild stand ihm klar vor Augen.

Sie war klein und schlank und wirkte beinahe zerbrechlich. Und gewiss trug ihr Gesicht auch jetzt diesen ernsten, traurigen Ausdruck, der ihr seit ihrer Entführung zu eigen war.

Ihre Stimme klang so hilflos, dass er sich wünschte, er hätte sie in die Arme schließen und festhalten können. Doch dazu hatte er kein Recht. Also wartete er ruhig darauf, dass sie weitersprach.

»Es tut mir leid«, begann sie mit leiser, verlegener Stimme. »Vermutlich möchte ich den Namen nicht laut aussprechen, weil ich fürchte, mich geirrt zu haben. Aber falls Ihr nicht der Chevalier de Gredin seid, dann weiß ich wirklich nicht, ob ich noch bei vollem Verstand bin.«

Er hätte laut fluchen mögen, doch während seiner Ausbildung hatte er gelernt, nicht voreilig zu sein und eine Situation erst gründlich zu durchdenken.

Bis er wusste, wie er genau vorgehen sollte, konnte er ihr

nicht die ganze Wahrheit sagen. Daher war es sicherer, gar nichts zuzugeben.

»Nun?«, fragte sie ein wenig ungeduldig.

Um Zeit zum Überlegen zu gewinnen, erwiderte er leise: »Ich hoffe, Ihr werdet zu niemandem sonst über diesen Verdacht sprechen.«

»Nein, nein, natürlich nicht!«

Sie klang erleichtert, offensichtlich davon überzeugt, dass sie richtig gelegen hatte, was sein ohnehin schon schlechtes Gewissen nicht gerade beruhigte. Dennoch fuhr er fort: »Der Chevalier de Gredin sollte ganz entschieden nicht mit Euch flirten und auch nicht unter einem Dach mit Euch leben. Wenn Ihr Lady Clendenen das erklärt – obwohl eigentlich keine Erklärung erforderlich sein sollte – wird er sich Euch zuliebe bestimmt ein anderes Quartier suchen. Und um den Leuten keinen Anlass zu unnötigem Gerede zu geben, solltet Ihr, wenn überhaupt, nur in der Öffentlichkeit mit ihm sprechen.«

»Ich … ich verstehe, und ich werde weiteren Begegnungen aus dem Weg gehen«, sagte sie. »Ich bin davon überzeugt, dass Ihr mir nicht alles gesagt habt, aber zumindest weiß ich jetzt, was ich zu tun habe.«

»Ja, tatsächlich?« Hoffentlich hatte sie sich nicht doch entschlossen, den Leichenzug zu begleiten.

»Ich werde dort bleiben, wo ich wirklich erwünscht bin.«

»Da bin ich aber froh«, sagte er aufrichtig.

»Darf ich mich wieder an Euch wenden, wenn ich noch einmal einen Freund brauche?«

»Jederzeit, Mädchen. Wenn es in meiner Macht steht, helfe ich Euch gern.«

»Danke. Und jetzt werde ich gehen, bevor Kenna mich noch suchen kommt«, sagte sie.

»Findet Ihr hinaus?«

»Ich glaube schon. Möchtet Ihr als Erster gehen?«

»Nein, ich bleibe noch ein Weilchen. Ich stehe hier in der

Nähe des Torbogens. Wäre es Euch lieber, wenn ich ein Stückchen weiter weggehe?«

»Nein, bleibt ruhig, wo Ihr seid.«

»Gut«, sagte er und spürte eine heimliche Erregung bei der Vorstellung, dass sie so nahe an ihm vorübergehen würde. Vielleicht war er es ja, der den Verstand verlor.

Adela hatte sich erhoben und in die Richtung gewandt, aus der seine Stimme kam. Doch in der nun einsetzenden Stille wurde sie unsicher.

»Sagt doch etwas«, bat sie. »Ich sehe überhaupt nichts und weiß nicht, wohin ich mich wenden soll.«

»Ich bin hier. Geht einfach in meine Richtung, dann werdet Ihr auf kein Hindernis stoßen.«

»Ich weiß, die Betschemel wurden alle aus dem Weg geräumt.«

»Ich glaube, Ihr habt eine kluge Entscheidung getroffen«, bemerkte er. »Lady Clendenen scheint eine weitläufige Verwandtschaft zu haben, aber …«

»Ich bin noch immer nicht sicher, ob ich bei ihr wohnen will«, entgegnete Adela. Diese Tatsache wollte sie klarstellen, damit er hinterher nicht behaupten konnte, sie hätte ihn angelogen. »Sie will mich mit an den Königshof nehmen, und ich …«

»Ihr wollt doch wohl nicht in dem Haus in Stirling bleiben, das Ardelve Euch hinterlassen hat! Bestimmt hat er es sich nicht so gedacht, dass Ihr dort allein leben sollt – zumindest noch nicht in Eurem Alter.«

»Nein, das habe ich auch nicht vor«, erwiderte sie. »Aber es gibt noch eine andere Möglichkeit.«

»Und welche?« Es klang, als stünde er unmittelbar vor ihr.

»Ich muss noch einige Erkundigungen einziehen, ob es wirklich eine Möglichkeit ist. Dazu muss ich mit Sir Hugo sprechen«, antwortete sie.

»Das solltet Ihr ohnehin tun, Mädchen«, hörte sie ihn sagen.

Im selben Augenblick legte sich eine große Hand auf ihre Schulter.

Sie blieb stehen und hauchte atemlos: »Warum?«

»Ihr müsst ihm erzählen, was Ihr im Treppenhaus gehört habt. Er wird wissen, was zu tun ist. Einar Logan ist der Hauptmann seines Gefolges, und deshalb kann Hugo ihn besser beschützen als sonst jemand. Ihr hättet es ihm sofort erzählen sollen.«

Sie wollte dem Fremden nicht verraten, dass Hugo einer der beiden Männer im Treppenhaus gewesen war, doch dann fiel ihr ein, dass sie Hugo ja sagen konnte, sie wolle sich bei Einar Logan bedanken. Also sagte sie: »Ich werde mit ihm sprechen.«

»Gut«, erwiderte er, ohne die Hand von ihrer Schulter zu nehmen.

Auch sie rührte sich nicht von der Stelle.

»Ihr solltet Männern gegenüber, die Ihr nicht kennt, nicht so vertrauensselig sein, Mädchen«, sagte er schließlich mit sonderbar rauer Stimme.

»Mir kommt es aber so vor, als würde ich Euch kennen«, entgegnete sie. Ihre Worte schienen tief aus ihrer Kehle zu kommen, und sie spürte ein Prickeln am ganzen Körper. Sie fühlte sich lebendiger als seit Wochen, vielleicht sogar lebendiger denn je.

»Das tut Ihr aber nicht«, gab er zurück.

»Ich weiß, es ist seltsam«, fuhr sie fort. »Aber vom ersten Augenblick an, als wir uns auf dem Wehrgang begegnet sind …«

»Aber, Mädchen, das war doch erst gestern Nacht!«

»Tatsächlich? Mir kommt es länger vor. Jedenfalls hatte ich schon da das Gefühl, als würde ich Euch mein ganzes Leben lang kennen.«

»Ach ja?«

Warme Finger berührten zart ihr Gesicht und umfassten ihre Wange. Sie leckte sich über die Lippen, hielt jedoch ganz still.

Es erschien ihr völlig natürlich, als der Fremde ihr Gesicht ein wenig anhob, und sich warme Lippen auf ihren Mund legten. Als seine Hand auf ihrer Schulter sie näher an sich zog, leistete sie daher keinen Widerstand.

Der Druck seines Mundes wurde noch fester, dann ließ er plötzlich nach. Doch der Mann hielt sie nach wie vor in den Armen und sagte leise: »Mir kam es so vor, als würdet Ihr gern in den Arm genommen werden.«

Statt einer Antwort lehnte sie sich noch mehr an ihn und legte den Kopf gegen seine Brust. Dabei bemerkte sie, dass er eine Art Lederwams trug.

Sie reichte ihm gerade bis unter das Kinn. Er war kräftig und seine Brust muskulös. Als er jetzt die Arme noch enger um sie schlang, fühlte sie sich vollkommen sicher.

Sie spürte, wie sein Herz schlug, erst ruhig und gleichmäßig, dann rascher. Für einen Augenblick wurde seine Umarmung fester, dann ließ er sie los, legte ihr die Hände auf die Schultern und sagte barsch: »Ich bin ein rechter Schuft, Mädchen. Da sucht Ihr ein wenig Sicherheit und Normalität, und stattdessen trefft Ihr ausgerechnet mich. Ich fürchte, das werdet Ihr mir niemals verzeihen.«

»Da gibt es nichts zu verzeihen, denn bei Euch bin ich doch sicher, oder etwa nicht?«, erwiderte sie vertrauensvoll. »Euer Flirten vorhin hat mich gestört, weil … Ach, ich weiß auch nicht warum. Es war nun einmal so. Vielleicht weil andere Leute in der Nähe waren, oder weil ich immerhin Ardelves Witwe bin, auch wenn ich ihn kaum kannte.«

Er beschloss widerstrebend, nicht auf ihre Ausführungen über de Gredin einzugehen. »Ja, aber Ihr stammt aus dem Hochland, Mädchen, und meiner Erfahrung nach sind die Leute dort – ebenso wie diejenigen aus dem Grenzland – praktisch veranlagt. Ihrer Ansicht nach sollte man die Toten ruhen lassen, denn das Leben geht weiter.«

»Das stimmt, und wie Ihr es sagt, klingt es sehr vernünftig.«

»Dann lasst mich Euch noch etwas sagen, und hört mir gut zu«, fuhr er in eindringlichem Ton fort. »Ihr seid völlig sicher bei mir, solange niemand etwas von unserer Begegnung erfährt.

Doch die Welt ist ein gefährlicher Ort, wie Ihr ja selbst feststellen musstet. Wenn die falschen Leute herausbekommen, dass wir uns kennen, seid Ihr womöglich in Gefahr.«

»Verschweigt Ihr deswegen Eure Identität?«

Er seufzte. »Zwingt mich nicht, Euch meine Geheimnisse zu verraten, Mädchen. Ich teile sie ohnehin mit niemandem, und außerdem wäre es nicht gut für Euch, wenn Ihr zu viel wüsstet.«

»Ich würde Euch niemals verraten.«

»Freiwillig bestimmt nicht.« Nun war seine Stimme wieder sanft. »Doch Geheimnisse sind gefährlich – einige zumindest. Und daher ist es am besten, wenn man sie für sich behält. Ihr habt selbst gesagt, dass Ihr Heimlichtuerei nicht mögt. Da wäre es doch unrecht von mir, Euch damit zu belasten.«

Plötzlich bereute sie, was sie über Heimlichtuerei gesagt hatte. War sie etwa neugierig? Früher hatte sie sich in dieser Hinsicht ihren Schwestern Sorcha und Isobel überlegen gefühlt, so, als sei deren brennende Neugier ein Verstoß gegen die guten Sitten. Doch jetzt, in Gegenwart dieses Mannes, kam Adela ihre eigene Wissbegier völlig normal vor, und sie war gekränkt, weil er ihr seine Geheimnisse nicht verraten wollte.

Sie hätte gern eine entsprechende Bemerkung gemacht, doch sie hatte plötzlich die Unbefangenheit ihm gegenüber verloren und war wieder so zurückhaltend wie gewöhnlich. Keinesfalls würde sie sich dazu herablassen, sich in seine Angelegenheiten zu mischen. Dass seine Zurückweisung sie verletzte, erschien ihr nebensächlich. Sie wunderte sich vielmehr, warum sie so selbstverständlich davon ausging, er müsste ihr alles erzählen.

Würdevoll sagte sie: »Ich gehe jetzt besser. Kenna wird bestimmt langsam ungeduldig.«

»Gut«, sagte er und drückte ihre Schulter ganz leicht, bevor er sie losließ. »Ich bin froh, dass Ihr nicht ins Hochland zurückkehren wollt.«

»Ich auch«, flüsterte sie. »Gute Nacht.«

Als sie an ihm vorüber zur Tür ging, durch deren Ritzen der Fackelschein vom Hof drang, spürte sie, dass sein Blick auf ihr ruhte. Sie wollte gerade den Riegel hochschieben, da hörte sie noch einmal seine Stimme: »Haltet euch von de Gredin fern, Mädchen.«

Adela antwortete nicht. Sie musste sich beherrschen, sich nicht umzudrehen, um zu sehen, ob sie ihn im schwachen Lichtschimmer erkennen konnte.

Dieses eigenartige Gespräch hatte sie noch mehr verwirrt. Sie war so in Gedanken versunken, dass sie sich erst mitten auf dem Burghof fragte, wie sie ihm aus dem Weg gehen sollte, falls sie bei Lady Clendenen blieb. Selbst wenn er auszog, würden sie einander bei gesellschaftlichen Anlässen, vor allem bei Hofe, begegnen.

Rob stand an der einen Spalt weit geöffneten Kapellentür und sah Adela nach, wie sie über den Burghof zu der wartenden Kenna ging. Er wusste mit ziemlicher Sicherheit, was Adela dachte und verwünschte sich selbst dafür, dass er sie beide – wenn auch unabsichtlich – in diese Lage gebracht hatte.

Im Gegensatz zu Adela hatte er gegen ein paar Geheimnisse noch nie etwas einzuwenden gehabt. Er wusste, dass sein Großvater ihn mehr als einmal – und vermutlich öfter, als Rob es gemerkt hatte – auf die Probe gestellt hatte, bevor er ihm nach und nach seine bedeutenden Geheimnisse anvertraute. Rob erinnerte sich noch an das Gespräch, das sie geführt hatten, nachdem Sir Walter ihn zum ersten Mal ins Vertrauen gezogen hatte.

»Ich habe mir sagen lassen, dass du den Mund halten kannst, wenn es sein muss, Junge«, hatte Sir Walter gesagt. »Also werde ich dir etwas erzählen und dich zugleich um etwas bitten.«

Mit stolzgeschwellter Brust und atemlos vor Spannung hatte der dreizehnjährige Rob darauf gewartet, was sein Großvater ihm mitzuteilen hatte. Doch es war nichts Besonderes, was er zu hören bekam.

»Du bist stark und flink, Junge, genau wie ich früher und mein Vater vor mir. Dein Vater gerät nach der Familie seiner Mutter und war nicht besonders geschickt mit dem Schwert. Doch du zeigst bereits alle Anlagen der Logans. Dein Vater will dich von den Douglas aufziehen lassen, aber ich denke, ich werde dich lieber nach Dunclathy schicken. Dort wirst du dich sehr anstrengen müssen, aber es lohnt sich.«

»Dunclathy?« Davon hatte er noch nie gehört. Dabei hatte er sich so sehr darauf gefreut, beim Earl of Douglas den Schwertkampf zu lernen.

Zwischen seiner Familie und den Douglas bestanden von jeher enge Bande. Sie stammten aus der Zeit, als Robs Urgroßvater, dessen Bruder und Sir Douglas bei dem Versuch, das Herz Robert the Bruces ins Heilige Land zu bringen, ums Leben gekommen waren. Aus demselben Grund waren sie auch mit Sir William Sinclair verbunden.

»Auf Dunclathy lernst du den Schwertkampf und andere ritterliche Künste«, hatte sein Großvater erklärt. »Du willst doch eines Tages ein Ritter werden, oder?«

Das wollte Rob durchaus. Sein Wunsch nach einer ritterlichen Ausbildung war geweckt worden, als er gehört hatte, dass der Earl of Douglas danach strebte, König der Schotten zu werden. Später jedoch entschied der Earl, dass es für seinen Clan besser wäre, wenn er sich mit Robert the Steward – oder Stewart, wie er sich jetzt schrieb – verbündete. Douglas' Aussagen zufolge war Steward ein friedliebender Mann, der den Douglas die Vorherrschaft im Grenzland nicht streitig machen würde. Und so hatte Douglas' Unterstützung dazu beigetragen, dass Steward König Robert II. von Schottland wurde.

Doch es gab noch einen zweiten Grund, der die Familie Douglas in Robs Augen so attraktiv erscheinen ließ. Douglas hatte eine bildschöne Tochter, und obgleich Rob damals erst dreizehn war, träumte er insgeheim von einer Märchenhochzeit mit ihr.

»Ich wollte eigentlich zu den Douglas gehen«, entgegnete er daher beherzt seinem Großvater.

»Nach Dunclathy geschickt zu werden ist die größte Ehre, die du dir vorstellen, kannst, Rob. Tu, was ich dir sage, aber sprich zu niemandem darüber.«

»Ja, Sir«, erwiderte Rob mit einem resignierten Seufzer. Falls sein Vater keinen Einspruch erhob, würde Rob nichts gegen diese Entscheidung unternehmen können. Und das war sehr unwahrscheinlich, denn Sir Ian hatte sich noch nie gegen seinen Vater aufgelehnt.

Doch als sein älterer Bruder Will hörte, dass Rob nicht zu den Douglas gehen sollte, hänselte er ihn so lange, bis der Jüngere ihn wütend anschrie, dass er etwas viel Besseres und Wichtigeres in Aussicht habe, als bei den Douglas zu leben wie der blöde Will. Und außerdem, fügte er hinzu, wusste *er* ein Geheimnis, dass Will niemals erfahren würde.

Daraufhin hatten sich die beiden Brüder wieder einmal geprügelt, bis Sir Ian sie trennte und Sir Walter davon berichtete. Soweit sich Rob erinnern konnte, war es das einzige Mal, dass sein Großvater ihm eine Tracht Prügel verabreicht hatte, und zwar so gründlich, dass Rob es nie vergaß. Diese Lektion würde Rob bis ans Ende seines Lebens im Gedächtnis bleiben.

Während er beobachtete, wie Adela und Kenna miteinander sprachen, fielen ihm noch weitere mühsam erlernte Lektionen ein. Ein Ritter handelte nie unehrenhaft. Ein Ritter betrog niemals. Ein Ritter kümmerte sich stets um Schwache und Menschen in Not und nützte ihre Lage niemals aus.

Was Lady Adela anging, so erkannte Rob, hatte er gegen alle diese Regeln verstoßen. Wenn er das wieder geradebiegen wollte, musste er als Erstes mit Hugo reden.

Auf diese Unterredung freute er sich etwa ebenso sehr wie vermutlich Adela auf ihr Gespräch mit Hugo – nämlich überhaupt nicht.

# 7

Da er Unangenehmes nicht aufzuschieben pflegte, machte sich Rob sogleich auf die Suche nach Hugo. Als er hörte, dass dieser sich in der Kemenate der Gräfin aufhielt, ließ ihm Rob durch Ivor ausrichten, dass er ihn in einer privaten Angelegenheit zu sprechen wünschte.

Der Diener kehrte sogleich in Begleitung von Hugo zurück. Als er Rob sah, zog er die Augenbrauen hoch und fragte: »Was ist los?«

Da Ivor interessiert bei ihnen stehen geblieben war, blickte Rob vielsagend zum nordwestlichen Treppenhaus hinüber, und als Hugo nickte und voranging, folgte er ihm hinauf in Hugos Kammer.

Drinnen zog Rob fest die Tür hinter ihnen zu, bevor er ohne Einleitung sagte: »Ich glaube, es ist an der Zeit.«

Hugo betrachtete ihn belustigt. »Das finde ich auch, obgleich du ja früher anderer Meinung warst. Ist dir schon einmal der Gedanke gekommen, dass du deine Identität vielleicht schwer beweisen kannst, nachdem du dich jahrelang nicht um deine Verwandten und Bekannten gekümmert hast?«

»Nein, warum? So sehr habe ich mich doch nicht verändert. Ich brauche natürlich etwas Vernünftiges anzuziehen und ein oder zwei gute Pferde. Wenn du, Michael, Henry und die Gräfin bezeugen, wer ich bin ...«

»Meine Lady und ich machen uns auf den Weg zu den Inseln, bevor du so weit bist, aber du hast recht. Henrys Wort allein sollte schon genügen. Willst du erst nach Hause reiten?«

»Warum sollte ich? Bevor meine Identität nicht bestätigt ist, würde ich dort nur auf Schwierigkeiten stoßen. Ich habe auch gar keine Ahnung, wer zurzeit dort das Sagen hat. Mein Vater hatte nur einen Bruder, doch der ist lange verstorben, und da uns der größte Teil des Landes zwischen der Abtei Holyrood und dem Hafen von Leith gehört, wird es wohl mehr als einen geben, der, in der Annahme, ich sei tot, Anspruch auf mein Erbe erhebt. Ich möchte zuerst wissen, wer das ist.«

Hugo setzte sich auf die Kante des großen Tisches. »Kannst du dir das nicht denken?«

»Douglas vielleicht, im Namen von Lady Ellen. Aber ich glaube nicht, dass er mich direkt angreifen oder seine Leute auf mein Land setzen würde. Nach Wills Tod hat er vermutlich Ellen abholen und zu sich nach Hermitage oder Tantallon bringen lassen.«

»Ja, er wird bestimmt abwarten, wer sonst noch Ansprüche anmeldet, bevor er etwas unternimmt. Wer sonst noch?«

»Um Himmels willen, Hugo. Ealga Clendenen ist sicher irgendwie mit mir verwandt. Und deshalb könnte jeder aus ihrer Sippe versuchen, Anspruch auf Lestalric zu erheben.«

»Ich dachte eher an jemand Bestimmten«, erwiderte Hugo. »Die Stewarts zum Beispiel. Man nennt sie ja auch deshalb Emporkömmlinge, weil sie außerhalb von Carrick in Galloway praktisch keine Ländereien besitzen.«

»Bis auf Stirling Castle und Edinburgh«, bemerkte Rob lakonisch.

»Das ist königlicher Besitz, der ihnen zusammen mit der Krone zugefallen ist«, erwiderte Hugo. »Der Grund dafür, dass sie es als ihr Eigentum betrachten, ist die noch recht neue Vorstellung, dass der älteste Sohn eines Königs sein Nachfolger sein sollte. Bisher haben ja die schottischen Adeligen ihre Könige gewählt. Seine Gnaden hat mehr Abkömmlinge als Land, und einige seiner Söhne sind entschlossen, ihren Grundbesitz zu vergrößern. Einer von ihnen ist der Earl of Fife. Die Tatsache, dass Lestalric noch nicht einmal zwei Meilen von Edinburgh entfernt ist, macht die Burg so interessant als Sitz für einen Prinzen mit großen Ambitionen. Fife macht kein Hehl daraus, dass er König der Schotten werden will.«

»Die Stewarts haben aber auch kein verbrieftes Recht auf Lestalric.«

»Ich will damit nur sagen, dass du dich auf mächtige Gegner einstellen musst.«

Rob seufzte. »Mein Großvater hat sich darauf verlassen, dass Will und Ellen einen ganzen Stall voll Kinder in die Welt setzen, und er wäre bestimmt enttäuscht, zu erfahren, dass es nicht so gekommen ist. Er hat ebenso wenig damit gerechnet, dass ich alles erbe, wie ich selbst. Wahrscheinlich hätte er es mir übel genommen, dass ich damals von zu Hause weggegangen bin«, fügte Rob mit einer zärtlichen Erinnerung an Sir Walter hinzu.

»Das könnte man ihm auch nicht verdenken, besonders jetzt«, erwiderte Hugo.

»Ja«, gab Rob zu. »Aber ich war jung und zornig und fühlte mich betrogen. Vielleicht wäre alles anders verlaufen, wenn ich mit meinem Vater oder Will besser ausgekommen wäre, aber ich empfand für beide nur wenig Respekt. Ich habe meinen Familiennamen behalten, weil ich stolz auf ihn bin, doch den Rest habe ich weggelassen, damit man mich nicht mit ihnen in Verbindung bringen konnte. Außerdem wäre ich auf diese Weise schwerer zu finden gewesen, wenn sie nach mir gesucht hätten.«

»Und falls sie es nicht getan hätten, hättest du es nie erfahren und dich über ihre Lieblosigkeit nicht zu ärgern brauchen«, bemerkte Hugo scharfsinnig.

»Glaubst du wirklich, dass es mir darum ging?«, fragte Rob.

»Das spielt doch jetzt keine Rolle mehr«, antwortete Hugo. »Vorbei ist vorbei. Doch als ich dir von ihrem Tod berichtet habe, wolltest du trotzdem nichts an deiner Situation ändern.«

»Nun ja, ich hatte mich an das Leben hier gewöhnt. Schließlich wurde ich nicht zum Großgrundbesitzer erzogen. Vielleicht hätte ich mithilfe meiner Beziehungen zu den Sinclairs eine reiche Frau finden können …« Er zuckte die Achseln.

Hugo lächelte. »Und was hat dich umgestimmt?«

Rob warf seinem Gegenüber, der ihn überragte, einen prüfenden Blick zu. »Meinst du, wir könnten uns setzen und miteinander reden wie zivilisierte Menschen? Ich schüre gern das Feuer und lege noch ein paar Scheite auf.«

Mit einer zustimmenden Handbewegung zog sich Hugo einen Stuhl an den Kamin und sah Rob zu, der sich geschickt um das Feuer kümmerte.

Schließlich blickte Rob auf und atmete tief durch. Es war kein Geheimnis, dass vor Adelas Entführung alle Welt angenommen hatte, Hugo würde die Lady heiraten. Doch genauso wenig war es ein Geheimnis, dass Hugo bis über beide Ohren in seine Frau verliebt war. Und dennoch …

»Raus mit der Sprache«, forderte Hugo. »Ich werde dich schon nicht fressen.«

»Wenn ich dessen nur sicher sein könnte«, erwiderte Rob mit einem schiefen Lächeln. »Ich habe gerade mit deiner Schwägerin gesprochen, musst du wissen.«

»Mit Sidony?«

»Stimmt, ich hätte daran denken müssen, dass du mehrere hast. Nein, mit Lady Adela.«

»Ich dachte, die wäre schon vor einer Stunde zu Bett gegangen.«

»Wir trafen uns in der Kapelle.« Als er Hugos Blick sah, fügte Rob eilig hinzu: »Ich beichte dir wohl besser alles von Anfang an. Gestern Abend, als es so neblig war, war ich oben auf den Zinnen, und sie kam auch dorthin. Sie war …« Er schwieg und überlegte kurz, wie er es vermeiden konnte, sie bloßzustellen.

»Sie wollte mit ihrem Kummer allein sein und dachte, in einer solchen Nacht wäre dort oben niemand. Weil ich sie nicht ängstigen wollte, sprach ich ganz ruhig und gelassen mit ihr, worauf sie mir einiges anvertraute. Ich gab mich nicht zu erkennen. Sie musste mit jemandem reden und schien sich gern mit einer Stimme aus der Dunkelheit zu unterhalten. Außerdem …« Wieder zögerte er.

»... wolltest du ihr nicht verraten, wer du bist«, bemerkte Hugo in grimmigem Ton.

»Ich wagte es nicht, denn sonst hätte ich ihr alles übrige auch noch erklären müssen«, erwiderte Rob. »Ich werde an den Hof gehen, dem alten König meinen Treueeid leisten und dann mein Erbteil fordern. Wenn das geschehen ist, werde ich weitersehen.«

»Irgendjemand wird deine Identität bestätigen müssen, meinst du nicht auch?«

Glücklicherweise schien Hugo für den Augenblick nicht näher auf Robs Gespräch mit Adela eingehen zu wollen. Erleichtert stocherte Rob noch einmal im Feuer, nahm sich dann ebenfalls einen Stuhl, setzte sich und sagte: »Das glaube ich nicht. Jedenfalls nicht so, wie du meinst. Trotzdem bin ich davon überzeugt, dass man mich als Sir Robert of Lestalric wiedererkennen wird. Die Leute sehen das, was sie sehen wollen, und in vornehmer Hofkleidung werde ich den entsprechenden Eindruck machen.«

»Dein Erscheinen bei Hofe wird einige verärgern, die sich Chancen auf das Lestalric-Erbe ausgerechnet haben«, gab Hugo zu bedenken.

»Mag sein. Aber mir fällt nur ein Mann ein, der seinen Ärger auch zeigen könnte. Und das ist der Chevalier de Gredin.«

»Aber warum denn?«

»Wenn mich nicht alles täuscht, ist er sehr an Lady Adela interessiert. Und sie hat mir erzählt, dass sie Lady Clendenens Angebot sehr wahrscheinlich annehmen und bei ihr in der Stadt wohnen will.«

»Mir kommt es fast so vor, als wäre de Gredin nicht der einzige, der Interesse an ihr hat.«

»Ich möchte ihr nur ein Freund sein«, sagte Rob. »Sie braucht Zeit, um zu sich selbst zu finden. Und ich brauche Zeit, um meinen Platz auf Lestalric zu behaupten. Alles, was darüber hinausgeht, liegt im Ungewissen. Aber de Gredin scheint ihr den Hof machen zu wollen.«

»Ich halte, offen gestanden, nicht viel von dem Mann«, erklärte Hugo.

»Ich mag ihn auch nicht, nach allem, was ich von dem alten Schleicher gehört habe«, stimmte Rob ihm zu.

»Ich wünschte allmählich, ich würde nicht nach Westen fahren«, erwiderte Hugo. »Doch jetzt, da der neue Lord der Inseln seinem Großvater, dem König, seine Reverenz erwiesen hat, wird er bald heimkehren, und meine Lady und ich werden mit ihm fahren.«

»Lady Sorcha freut sich schon auf die Reise«, sagte Rob lächelnd.

»Weil sie sich unterwegs ein paar Sachen von Chalamine holen kann«, erwiderte Hugo. »Ich würde dagegen zu gern sehen, wie du hier als Baron auftrittst, und außerdem wirst du mich vielleicht brauchen, zumal auch Henry bald nach Orkney abreist.«

»Michael ist doch noch hier«, erinnerte ihn Rob.

Hugo nickte. »Ja, und er wird auch sein Möglichstes tun. Aber da fällt mir etwas anderes ein. Was wird Adela zu dem neuen Baron sagen? Schließlich hat sie dich doch gesehen.«

»Nicht so richtig«, musste Rob zugeben. »Damen beachten Ritter nicht sonderlich, die sich wie einfache Soldaten geben. Und außerdem wirst du dich erinnern, dass ich mich, nachdem ich wieder auf den Beinen war, auf deinen Wunsch hin bis vor ein paar Tagen auf Hawthornden aufgehalten habe. Sie hat mich nur einmal von Weitem gesehen, an dem Tag, als wir sie retteten, und ich bezweifle, dass sich mich wiedererkannt hat, als wir Ardelves Leichnam vom Podium trugen.«

»Bist du sicher, dass sie dich auf dem Wehrgang oder heute Abend in der Kapelle nicht erkannt hat?«

Rob nickte. »Bei dem Nebel konnte man die Hand nicht vor den Augen sehen. Und heute Abend in der Kapelle habe ich die Kerze ausgeblasen, bevor sie mich sehen konnte.«

»Bestimmt hast du das arme Mädchen beim Beten überrascht und zu Tode erschreckt«, knurrte Hugo.

»Nein, aber die Wahrheit wird dir auch nicht besser gefallen«, erwiderte Rob. »Ich habe ihr eine Botschaft geschickt und sie gebeten, sich mit mir dort zu treffen.«

»Verdammt noch mal! Was zum Teufel ...«

»Immer mit der Ruhe, Hugo«, sagte Rob. »Es ist nicht so, wie du glaubst.« Er wollte gerade zu einer Erklärung ansetzen, als die Tür aufging und Sir Michael Sinclair ohne anzuklopfen eintrat.

Als er die beiden Männer sah, blieb er auf der Schwelle stehen. »Was für eine Teufelei heckt ihr denn da aus?«, fragte er.

»Mach die Tür zu«, wies Hugo ihn an und fügte, kaum dass Michael es getan hatte, mit einem grimmigen Lächeln hinzu: »Offensichtlich hat sich Sir Robert von Lestalric entschlossen, sein Erbe einzufordern.«

»Ach ja?«, fragte Michael mit einem Seitenblick auf Rob. »Na dann steht uns ja einiges an Aufregung bevor, wie ich unseren Robbie kenne.«

»Ja, kann schon sein«, sagte Rob. »Wenn jemand Unruhe stiftet, fragen die Leute nicht unbedingt nach dem Grund.«

»Pass nur auf, dass nicht die falschen Leute auf dich aufmerksam werden«, entgegnete Michael. »Ich bin eigentlich gekommen, um dir erzählen, dass es so aussieht, als wären es keine Engländer gewesen, die deinen Vater und Bruder ermordet haben – jedenfalls keine englischen Soldaten.«

»Von wem hast du das erfahren?«, wollte Hugo wissen.

»Von den Douglas«, antwortete Michael. »Die Engländer unternahmen immer dreistere Versuche, nach Schottland einzudringen, und Sir Ian und Will hatten den Auftrag, im Grenzabschnitt zwischen Jed Forest und Carter Bar nach feindlichen Reitertrupps zu suchen, die sich dort herumtreiben sollten. Als man die beiden Männer fand, ging Douglas also davon aus, dass sie von Eindringlingen überrascht worden waren. Doch von ihrem kleinen Suchtrupp waren Sir Ian und Will die einzigen, die getötet wurden.«

»Was geschah mit den übrigen?«, fragte Rob.

»Sie bekamen keinen Kratzer ab«, erwiderte Michael. »Sie sahen vier Männer in Schwarz, die Waffen und leichte Rüstungen trugen. Die wenigen Engländer, die sie gesehen hatten, waren alle aus dem Grenzland gewesen und trugen ein ebensolches Panzerwams wie unsere Leute. Douglas sagt, es gab keine weiteren Zwischenfälle, und die vier fremden Reiter wurden auch nicht wieder gesichtet.«

Darauf sagte Hugo: »Das gefällt mir gar nicht, besonders im Hinblick auf das, worüber wir eben sprachen. Du solltest dich in Acht nehmen, Rob.«

Rob verzog das Gesicht. »Wenn ich den Platz meines Vaters einnehmen und Baron spielen will, dann muss ich mit so etwas eben fertig werden. Aber noch sehe ich keinen Anlass, das Schwert zu schwingen.«

An Michael gewandt fügte er hinzu: »Wenn du das nächste Mal mit Douglas sprichst, dann sag ihm, dass ich noch ein wenig Zeit brauche, bis ich weiß, wie viele von meinen Leuten ich ihm zur Verfügung stellen kann. Ich schätze, mein Vater hat es mit seinen Pflichten bei der Grenzsicherung nicht allzu genau genommen. Ihm ging es nur um die Sicherheit von Lestalric, und er erkannte nicht, dass Douglas' Unterstützung im Hinblick darauf sehr nützlich gewesen wäre.«

Michael nickte. »Der Bote sagte, Sir Ian habe nur einen kleinen Trupp aufgeboten. Douglas ärgerte sich deshalb über ihn, aber anscheinend wollte Sir Ian nur feststellen, ob die Gefahr wirklich so groß war, dass er überhaupt Leute stellen musste.«

»Und Will war bei ihm?«

»Ja. Wie du ja weißt, suchte dein Bruder immer einen möglichst bequemen Weg, andere mit seiner Tapferkeit zu beeindrucken. Bestimmt wäre er fein herausgeputzt an den Hof zurückgekehrt, mit zahlreichen Geschichten über seine Heldentaten, mit denen er den Mädchen imponieren konnte. Aber ich sollte jetzt nicht schlecht über ihn reden«, fügte Michael entschuldigend hinzu.

»Mir wäre es am liebsten, wir würden überhaupt nicht von ihm reden«, sagte Rob. »Ich wünschte, ich könnte um die beiden trauern, doch bis auf die Wut darüber, dass es jemand gewagt hat, sie umzubringen, fühle ich nichts. Aber da gibt es noch etwas, worüber ich mit euch sprechen möchte«, fügte er zögernd hinzu.

Hugo und Michael waren zwei seiner drei besten Freunde auf der Welt. Er hätte ihnen sein Leben anvertraut oder auch das seiner Frau, wenn er eine gehabt hätte. Doch was er ihnen jetzt mitteilen musste, hätte er lieber für sich behalten.

Beide blickten ihn erwartungsvoll an, und Hugo sagte: »Das scheint ja noch wichtiger zu sein als das, worüber wir eben sprachen.«

»Ja«, erwiderte Rob. »Es betrifft möglicherweise den Orden. Dabei geht es nicht um das, was wir schon gefunden haben, sondern um etwas, das dem Orden ebenfalls anvertraut wurde.«

»Du sprichst in Rätseln. Sag doch offen, was du meinst«, beschwerte sich Michael.

»Warte«, mischte sich Hugo ein und ging zur Tür. Er öffnete sie, blickte hinaus ins Treppenhaus, dann schloss er sie wieder und legte den Riegel vor. »Also, worum geht es?«

»Ich muss auch mit Henry sprechen«, sagte Rob. »Mein Großvater Logan gab mir gewisse Informationen, bevor er mich nach Dunclathy schickte. Demnach ist irgendwo etwas sehr Wertvolles versteckt, und ich glaube, Henry könnte mir dabei helfen, es zu finden.«

»Willst du sofort mit ihm reden?«, fragte Michael. »Er ist nämlich nach Edinburgh zurückgeritten.«

»Dann spreche ich eben dort mit ihm«, erwiderte Rob. »Ich kann mir mein Eigentum nur sichern, wenn es mir gelingt, unauffällig mit ihm Kontakt aufzunehmen.«

»Was für eine Information hat dein Großvater dir denn gegeben?«, wollte Hugo wissen.

»Er sagte mir zwei Dinge«, erklärte Rob. »Erstens, dass ich

mich auf Dunclathy einer geheimen und sehr bedeutenden Gemeinschaft anschließen würde, über die ich niemals sprechen dürfte.«

»Damit meinte er natürlich den Orden«, bemerkte Michael.

»Ja, aber das hat er mir damals nicht verraten. Was die zweite Sache anging, tat er genauso geheimnisvoll. Er sagte nur, er würde an einem sicheren Ort etwas für mich hinterlegen, und ich vermute, damit war eine Karte gemeint. Er war schon krank, als er mich zur Ausbildung zu deinem Vater schickte, Hugo, und er fürchtete, mich nie wiederzusehen. Zu Will hatte er kein Vertrauen, denn der war, kaum dass er Herr auf Lestalric geworden war, nur noch darauf aus, Baron zu werden und sich damit Vorteile zu verschaffen.«

»Wie kommst du darauf, dass es sich um eine Karte handelt, und wo, glaubst du, könnte sie sein?«, fragte Michael.

»Vielleicht bilde ich mir das mit der Karte ja nur ein«, antwortete Rob. »Großvater sagte nur, ich würde zu gegebener Zeit alles Nötige erfahren, um den Schlüssel zu dem Geheimnis zu finden. Er sei an einem offen zugänglichen Ort auf Lestalric verborgen und würde mir meinen weiteren Weg weisen.«

»Woher wusste er das alles?«, fragte Michael und nahm ebenfalls Platz.

»Er sagte auch, ich würde alles verstehen, sobald ich die Brüder Sinclair erst besser kennen würde«, fuhr Rob fort. »Damals erfuhr ich, dass ich mit euch zusammen ausgebildet würde. Als Sir Edward uns dann mitteilte, dass wir durch unser Erbe Tempelritter seien und die Pflicht hätten, dem Orden zu dienen, brachte mich das auf den Gedanken, das Geheimnis könnte sich auf etwas beziehen, das dem Orden gehört, ähnlich wie der Schatz der Templer. Vielleicht wollte mein Großvater den Gegenstand in die Obhut des Ordens geben, oder er war einst meiner Familie aufgrund ihrer langen und engen Verbindung mit den Templern anvertraut worden.«

»Vielleicht besitzen die Logans ja noch einen weiteren Teil

des Templerschatzes«, mutmaßte Michael. »Wir wissen doch, dass das, was wir bisher entdeckt haben, nicht alles sein kann. Möglicherweise sind Teile davon über ganz Schottland verstreut.«

Rob schüttelte den Kopf. »Mag sein, dass du recht hast, aber du weißt ja, dass im Jahre 1307, als die Schiffe mit dem Schatz die Inseln erreichten, meine Familie hier in Lothian lebte. Und sowohl mein Urgroßvater als auch sein Bruder – beides Templer – waren eng mit Sir James Douglas und Sir William St. Clair befreundet.«

»Damals fielen die Engländer in diesen Landstrich ein«, fügte Hugo hinzu. »Und sie kamen noch zweimal zurück, nachdem Bruce sie vertrieben hatte. Wir wissen ja nicht, an wen sich deine Vorfahren um Hilfe gewandt oder wem sie – oder später dein Großvater – selbst beigestanden haben.«

»Das ist schon wahr«, erwiderte Rob. »Aber ich glaube, hier geht es um etwas anderes. Vergiss nicht, dass die Templer in der ganzen Welt als Bankiers tätig waren und alle möglichen Besitztümer von königlichen Häusern in ihrer Obhut hatten. Und bedenke weiterhin, dass Bruce ein enger Freund deiner und meiner Vorfahren und ebenso von Sir James Douglas war, und dass der größte Teil des Ordensarchivs noch immer verschollen ist.«

Hugo blickte Michael mit hochgezogenen Augenbrauen an, worauf Michael sagte: »Wir wissen, dass der Orden unter anderem eine Truhe voller Landkarten und Urkunden in Verwahrung hatte.« An Rob gewandt fügte er hinzu: »Dein Großvater sagte, du würdest alles erfahren, wenn die Zeit reif wäre. Woher willst du wissen, dass es jetzt so weit ist?«

Rob verzog das Gesicht. »Wenn mir jetzt etwas zustoßen würde, wüsste niemand, was er mir verraten hat. Das war zwar auch vorher der Fall, aber ich habe es mir nie richtig klar gemacht. Jetzt, da die Engländer anscheinend wieder eine Invasion vorbereiten, fand ich, dass die Männer, denen ich am meisten vertraue, genauso viel darüber wissen sollten wie ich.

Außerdem hat es offensichtlich jemand auf die Barone Lestalric abgesehen. Und da ich noch nicht vorhabe, zu sterben …« fügte er lakonisch hinzu.

»Das verstehe ich«, sagte Michael, als Rob verstummte.

»Ja, ich auch«, setzte Hugo hinzu. »Aber etwas hast du ausgelassen, Rob.«

»Was denn?«

»Wills schöne Witwe. Ich wette, Lady Ellen wird sich freuen, dass du wieder da bist. Hat du daran mal gedacht?«

»Nein, ehrlich gesagt nicht«, erwiderte Rob. Einst war die Witwe seines Bruders Robs große Liebe gewesen, doch jetzt hatte er schon lange nicht mehr an sie gedacht, bis man ihn daran erinnert hatte, dass sie möglicherweise an Lestalric Castle interessiert wäre. Dass sie jetzt als Witwe auch an ihm interessiert sein könnte, hielt er für unwahrscheinlich. Selbst für die Tochter eines der mächtigsten Herren Schottlands war es gewiss ein schwerer Schlag, den Ehemann zu verlieren.

Die drei Männer besprachen noch kurz Robs bevorstehende Abreise, dann sagte Rob ihnen Gute Nacht und ging zu Bett, nachdem er seine wenigen Habseligkeiten zusammengepackt hatte.

Am nächsten Morgen stand er früh auf, sattelte sein Pferd, verabschiedete sich von den Stallburschen und ließ Roslin Castle hinter sich.

Adela erhob sich später als gewöhnlich. Nach dem Anziehen aß sie allein in ihrer Kammer zum Frühstück ein Brötchen und einen Apfel, die Kenna ihr gebracht hatte. Dabei fragte sie das Dienstmädchen, ob dessen Brüder schon mit Einar Logan gesprochen hätten.

»Tam hat behauptet, ich wolle nur mit dem Mann flirten, und Einar würde ihm eine herunterhauen, wenn er ihn einem verliebten Mädchen ausliefert. Aber so ist das nicht, Mylady. Ich kann Einar gut leiden, aber ich weiß, dass er kein Interesse an mir hat.«

Also ging Adela noch einmal zu den Stallungen. Doch der Junge, mit dem sie zuvor schon gesprochen hatte, sagte ihr, Einar sei nicht da.

»Der ist schon bei Tagesanbruch zu den Douglas geritten, mit einer Nachricht von Sir Hugo«, erklärte er. »Aber er lässt Euch sagen, Ihr braucht ihm nicht zu danken, Mylady. Er war froh, dass er Euch helfen konnte.«

»Ich verstehe«, erwiderte Adela enttäuscht. Jetzt machte sie sich noch mehr Sorgen um ihn.

Sie dankte dem Stallknecht und begab sich auf die Suche nach Sorcha. In der großen Halle erfuhr sie von einem Diener, dass ihre Schwester noch nicht von Hawthornden Castle zurück war.

»Aber Sir Hugo ist da, Mylady«, fügte der Bursche hinzu. »Wahrscheinlich ist er bei … Ach, da kommt er ja gerade.«

Sie folgte seinem Blick und sah Hugo, der soeben die Kemenate der Gräfin verließ. Sie wollte sich ihm nur ungern anvertrauen, auch wenn ihr nächtlicher Gesprächspartner ihr dazu geraten hatte. Hugo würde wütend auf sie sein, aber das musste sie riskieren. Entschlossen eilte sie ihm entgegen.

»Bitte, Sir, ich würde gern mit Euch sprechen.«

»Was ist denn, Mädchen?«, fragte er.

Sie blickte sich in der Halle um, wo mehrere Dienstboten ihren Verrichtungen nachgingen.

Da sagte Hugo: »Kommt, gehen wir zum Kamin neben dem Podium. Den Burschen dort schicke ich weg, dann können wir uns ungestört unterhalten.«

Am liebsten wäre sie ganz allein mit ihm gewesen, doch das würde er wohl aus Gründen der Schicklichkeit ablehnen. Daher nickte sie nur und ging mit ihm hinüber zum Podium. Obgleich die Wandschirme nicht aufgestellt waren, würde niemand sie hören, sofern sie nur leise genug sprachen.

»Also, womit kann ich Euch zu Diensten sein?«, fragte Hugo, als sie vor dem behaglich wärmenden Feuer standen.

»Ich möchte eine Gunst von Euch erbitten, Sir.« Bevor sie

auf Einar Logan zu sprechen kam, wollte Adela ihn bitten, sie auf Hawthornden bleiben zu lassen. Falls Hugo dann wütend würde, konnte er seine Zusage nicht mehr zurücknehmen.

Er lächelte. »Nur zu. Ich werde tun, was ich kann, wenn es in meiner Macht steht.«

»Hat Sorcha Euch noch nicht wegen Hawthornden gefragt?«

Er schüttelte den Kopf. »Was genau sollte sie mich denn fragen?«

Es war ärgerlich, dass Sorcha vergessen hatte, ihn darauf anzusprechen, aber vielleicht hatte sie den richtigen Augenblick abwarten wollen. Wie auch immer, Adela musste ihn jetzt darum bitten.

»Wisst Ihr«, begann sie, »alle sagen, ich brauche Ardelves Leichnam nicht nach Hause zu geleiten, aber bei Lady Clendenen in Edinburgh möchte ich auch nicht gern bleiben. Es erscheint mir nicht richtig, an den Hof zu gehen, wo ich doch gerade erst Witwe geworden bin. Aber sie möchte es unbedingt.«

»Ich kann nichts Schlechtes daran finden. Aber Ihr solltet Euch bald entscheiden. Morgen Mittag wollen sie sich mit der Leiche auf den Weg nach Glasgow machen. Es ist Eile geboten, da der Tote bald beerdigt werden muss.«

Adela schob das Bild, das sich ihr aufdrängte, beiseite und antwortete: »Ich glaube, ich möchte nicht mitkommen, aber ...« Nach einem tiefen Atemzug setzte sie rasch hinzu: »Wenn Ihr einverstanden seid, würde ich gern auf Hawthornden bleiben. Ich bin es einfach nicht gewöhnt, unter so vielen Menschen zu leben wie in Roslin. Zumal die Hälfte von ihnen mir ständig vorschreiben will, was ich zu denken und zu tun habe. Ich sehne mich so nach Ruhe und Frieden.«

»Ich wünschte, ich könnte Euch diesen Wunsch erfüllen«, sagte Hugo.

»Bitte, Sir. Ich würde auch eine Dienerin mitnehmen und ...«

»Diener hätte ich genug, wenn es nur darum ginge«, erwiderte er. »Aber ich habe bereits einem Freund von mir versprochen, dass er dort bleiben kann. Er will dem König seine Aufwartung machen, aber sich nicht lange in Edinburgh aufhalten. Ebenso wie Ihr zieht er einen ruhigeren Ort vor. Deshalb habe ich ihm gestattet, auf Hawthornden zu wohnen, sobald wir fort sind.«

»Ich verstehe.« Sie biss sich auf die Unterlippe.

»Gibt es sonst noch etwas, das Ihr mit mir besprechen möchtet?«

»Ja«, sagte sie nach kurzem Besinnen. »Was habt Ihr mit Einar Logan gemacht?«

Seine Augenbrauchen schossen nach oben. »Da er meinem Befehl untersteht, kann ich wohl mit ihm machen, was ich will – in vernünftigen Grenzen natürlich. Warum fragt Ihr?«

»Ich … ich fürchte um seine Sicherheit.«

»Warum?«

Sie erschrak über seinen eindringlichen Ton, der kein schlechtes Gewissen, sondern nur Besorgnis verriet. Ob sie sich irrte? Konnte die Stimme, die sie vernommen hatte, jemand anderem gehören? Das war unwahrscheinlich; schließlich kannte sie sie gut. Und außerdem waren die Stimmen aus seiner Kammer gekommen.

»Gestern war ich auf der Suche nach Euch, um Euch wegen Hawthornden zu fragen, und da hörte ich Euch mit einem Mann, vermutlich aus dem Grenzland, sprechen. Er sagte, Ihr müsstet Einar Logan sterben lassen, und Ihr habt ihm zugestimmt. Und jetzt ist Einar weg, wie ich bei den Stallungen erfahren habe. Ich wollte ihm für seine Hilfe bei meiner Rettung danken. Das habe ich noch nicht getan und wollte es unbedingt nachholen. Wo ist er, Hugo?«

»Hat man es Euch denn nicht gesagt?«

»Sie haben behauptet, er wäre mit einer Nachricht von Euch zu den Douglas geritten. Stimmt das?« Sie blickte ihn forschend an.

»Ich kann Euch nur sagen, dass er in Sicherheit ist und dass ihm von mir oder meinen Freunden keine Gefahr droht, Mädchen. Aber Ihr solltet wissen, dass man oft etwas Falsches erfährt, wenn man an Türen lauscht. Was Ihr gehört habt, war aus dem Zusammenhang gerissen, aber mehr möchte ich dazu nicht sagen.«

Adela war jetzt sehr verlegen, da sie wusste, dass er allen Grund hatte, böse auf sie zu sein. Daher sagte sie: »Ich glaube Euch, Sir. In einer solchen Angelegenheit würdet Ihr mich bestimmt nicht belügen.«

»Nein«, antwortete er. »Ich muss Euch aber bitten, mit niemandem darüber zu sprechen, auch nicht mit Euren Schwestern.« Lächelnd fügte er hinzu: »Ich habe im Augenblick keine Zeit für Streitigkeiten, und Sorcha würde mir bestimmt die Ohren lang ziehen, weil Ihr Euch durch meine Schuld Sorgen um Einar gemacht habt.«

Trotz seiner zahlreichen Fehler, das wusste Adela, war Hugo ein Ehrenmann.

»Ich werde nichts sagen. Dafür passt Ihr auf, dass Einar nichts geschieht. Ich nehme an, er fährt mit Euch zu den Inseln?«

Er schenkte ihr das gleiche warmherzige Lächeln, mit dem er sonst ihre Schwester ansah, und sagte: »Ihr braucht keine Angst um ihn zu haben, Mädchen. Wir achten schon auf unsere Leute.«

»Ich weiß«, erwiderte sie und wurde ein wenig ruhiger, obwohl er nicht auf ihre Bitte eingegangen war. »Ist Lady Clendenen bei der Gräfin?«

»Ja, und dieser Vetter von ihr auch. Er sagt, er will heute aufbrechen. Allerdings hatte sich der Nebel schon gestern Nachmittag so weit gelichtet, dass er hätte reiten können.«

»Mögt Ihr den Chevalier de Gredin nicht?«

Hugo verzog das Gesicht. »Er ist nicht der Typ Mensch, den ich mir als Zechkumpan aussuchen würde. Aber ich weiß, dass die Damen für ihn schwärmen, also werde ich nichts weiter über ihn sagen.«

Nachdem sie sich getrennt hatten, ging Adela in die

Kemenate, wo sie Lady Clendenen, die Gräfin, Sidony, Isobel und den Chevalier in ein angeregtes Gespräch vertieft fand.

»Du siehst schon viel besser aus, Liebes«, bemerkte Lady Clendenen mit anerkennendem Lächeln. »Sogar die Rosen auf deinen Wangen sind wieder erblüht.«

»Vielen Dank, Madam. Ich fühle mich auch ausgeruhter. Und ich möchte Euch sagen, dass es mir eine Ehre wäre, Euer großherziges Angebot anzunehmen, falls es noch besteht.«

Lady Clendenen äußerte sich sehr erfreut, doch Sidony blickte ihre Schwester groß an und sagte, sobald die Lady kurz Luft holte: »Aber ich dachte, du wolltest Ardelves Leichenzug begleiten, Adela. Wieso hast du es dir anders überlegt?«

»Sie verfügt eben über gesunden Menschenverstand«, mischte sich Isabella ein. »Du musst selbstverständlich an den Hof gehen, Adela. Und wir sollten uns alle gemeinsam überlegen, was du dafür benötigst und wie wir es beschaffen können. Ihr möchtet Euch jetzt wahrscheinlich empfehlen, Chevalier«, fügte sie ein wenig brüsk hinzu. »Das Thema ist für einen Mann sicher uninteressant.«

»Ich versichere Euch, *Madame,* es wäre mir eine große Ehre, an der Beratung teilzunehmen«, erwiderte er mit seinem strahlenden Lächeln. »Was Damenkleidung angeht, habe ich einen ausgezeichneten Geschmack.«

»Wir wollen Euch aber nicht dabeihaben«, entgegnete Isabella unumwunden. »Also fort mit Euch, damit wir uns über Dinge unterhalten können, die für Männerohren nicht geeignet sind.«

Während er dem Befehl gehorchte, bedachte de Gredin Adela mit einem so neckischen Blick, dass sie zu ihrem eigenen Erstaunen am liebsten laut gelacht hätte. Auch darüber, dass sie es gewagt hatte, Hugo gegenüber ihre Sorgen anzusprechen, war sie sehr verwundert. Vielleicht begann sie ja allmählich, wieder etwas zu fühlen.

* * *

Rob war keineswegs zum Earl of Douglas geritten und hatte es auch gar nicht vor. Hugos Andeutung, Ellens Interesse an ihm könnte vielleicht wieder aufflammen, hatte Rob verwirrt. Daher beschloss er – nachdem er Michael gebeten hatte, Douglas Bescheid zu sagen – sich ganz und gar auf das zu konzentrieren, was vor ihm lag.

Hugo hatte angeboten, dass Rob so lange, wie er es für nötig hielt, auf Hawthornden bleiben konnte, doch Rob wollte warten, bis Hugo und seine Lady fort waren. Denn wenn er jetzt dorthin ritt, musste er entweder die Lady ins Vertrauen ziehen oder, wenn er es nicht tat, riskieren, dass sie böse auf ihn war. Und da er nicht von ihr verlangen konnte, Geheimnisse vor ihrer Schwester zu haben, erschien es ihm das Beste, gleich zu Henry nach Edinburgh zu reiten.

Da Henry seit seiner Jugend große Ländereien verwaltet hatte, war er ein Fachmann auf diesem Gebiet, auf dem Rob sich kaum auskannte. Er wollte Henry berichten, dass er Hugo und Michael alles erzählt hatte, und ihn um Rat in den Angelegenheiten von Lestalric bitten.

Möglicherweise hatte Henry sogar eine Idee, wie Rob sich Ellen gegenüber verhalten sollte. Sie hatte ein Recht auf Unterstützung, auch wenn es unwahrscheinlich war, dass Douglas dieses Recht von ihm einfordern würde. Dennoch war Rob bei dem Gedanken daran unbehaglich zumute.

Darüber hinaus kannte sich Henry mit alten Landkarten aus und konnte ihm daher von großem Nutzen sein. In den vergangenen Jahren hatte Rob immer wieder darüber nachgedacht, wo sein Großvater die Karte versteckt haben könnte. Er war sich ziemlich sicher, dass er den Ort kannte, doch da er seit neun Jahren nicht mehr auf Lestalric Castle gewesen war, konnte es durchaus sein, dass das Versteck gar nicht mehr existierte.

# 8

Nachdem Isobel und sogar Isabella ihr Kleider geliehen hatten, schien es Adela, als wäre sie für mindestens zehn Jahre bei Hofe ausgestattet. Dennoch dauerte es noch fast vierzehn Tage, bis die Gräfin und Lady Clendenen sie für reisefertig erklärten.

Sorcha und Hugo waren schon vor Tagen nach Glasgow aufgebrochen und hatten Macleod mitgenommen. Er und Hugo wollten gemeinsam die Rückkehr Donalds, des Lords der Inseln, in sein eigenes Herrschaftsgebiet vorbereiten. Ende der Woche würden sie sich in Dumbarton mit Donald treffen, nachdem dieser offiziell Abschied vom König und dem Hof genommen hatte.

Adela war überrascht und nicht allzu erfreut, als sie hörte, dass die resolute Gräfin sie nach Edinburgh begleiten wollte.

»Ich muss mich von Donald verabschieden«, erklärte Isabella. »Aber ich werde natürlich bei Henry im Sinclair House wohnen. Er freut sich immer, mich zu sehen, genau wie jeden anderen Besucher.«

Sir Michael hatte einen großen Trupp Bewaffneter als Eskorte für die Frauen bereitgestellt. Lady Clendenens Gepäck bestand aus zahlreichen Kisten und Taschen, und die Gräfin, die von ihren eigenen Dienstboten begleitet wurde, schleppte einen ganzen Berg an Habseligkeiten, darunter sogar einige Möbelstücke, mit. Der Tross, der sich auf diese Weise formierte, schien Adela so lang wie ein königlicher Festzug.

Von Roslin nach Edinburgh war es nicht weit. Als sie die letzte Anhöhe erklommen hatten, breitete sich eine weite Ebene vor ihnen aus. Im Nordosten erhob sich ein hoher zerklüfteter Hügel, der einem schlafenden Löwen ähnelte.

»Das ist Arthur's Seat«, erklärte ihr Lady Clendenen. »Und der dort im Westen heißt Castle Hill. Edinburgh, die Stadt des Königs, liegt genau zwischen den beiden.«

Sie nannte die Namen weiterer Anhöhen und wies auf das blaue Wasser des Firth of Forth und jenseits davon, in der Ferne, die Küste von Fife. Doch Adelas Blick ruhte noch immer auf Edinburgh Castle, das auf seinem Burghügel im Licht der Nachmittagssonne schimmerte. Seine Mauern zogen sich bis an die Klippen im Osten und den Berghang hinab.

Es sah aus, wie eine Königsburg aussehen sollte, abweisend und uneinnehmbar. Unvorstellbar, dass jemand es erobern konnte, und doch war es den Engländern, wie Adela wusste, mehrfach gelungen. Allein König Edward I. hatte die Burg mehr als einmal eingenommen. Nach dem ersten Einmarsch seiner Truppen in Schottland war es Edward gelungen, das Land südlich von Edinburgh für beinahe achtzehn Jahre zu besetzen. Bei seinem Abzug hatte er die königlichen Urkunden, den Kronschatz und Schottlands Krönungsstein mit nach England genommen.

Im Jahre 1335, so hatte Adelas Vater ihr erzählt, hatten die Engländer die Burg erneut erobert. Während der folgenden sechs Jahre, in denen sich die Burg in ihrem Besitz befand, hatten sie die Befestigungsanlagen verstärken lassen. Bald darauf gelang es den Schotten, sie zurückzuerobern, doch nun wurde sie erneut von den Engländern bedroht.

Die Stadt, auf die sich der Tross jetzt zubewegte, erschien Adela riesig. So breite Straßen hatte sie noch nie gesehen, nicht einmal in Stirling. Links und rechts waren die Straßen von Häusern gesäumt, an deren Rückseiten sich Gärten befanden, wie ihr die Gräfin erklärte.

»Wenn man die Canongate mitzählt, umfasst die Stadt schon beinahe vierhundert Häuser«, prahlte Lady Clendenen.

»Meine Güte!«, rief Adela. »Wie viele Menschen leben denn hier?«

»Oh, an die zweitausend, denke ich, die Bewohner der Burg

und der Abtei eingerechnet. Die Türme da vor uns, das ist die St. Giles Cathedral, die auf halbem Weg zwischen der Burg und der Abtei liegt. Und der einzelne hohe Turm dort drüben gehört zur Abtei.«

»Zur Abtei Holyrood?«

»Ja, sicher. Du musst auch wissen, dass alle Straßen in der Stadt nach altem norwegischem Brauch *gates* genannt werden. Wir gelangen über die Cowgate in die Stadt. Mein Haus und das der Sinclairs liegen nicht weit voneinander entfernt an der Canongate, ein Stück westlich der Abtei.«

Adela tat einen tiefen Atemzug und sagte: »Es ist so gut, wieder das Meer zur riechen.«

»Ja, das stimmt«, erwiderte Isabella lächelnd. »Der Hafen von Edinburgh liegt nicht weit entfernt im Nordosten, in Leith«, fügte sie hinzu und deutete in die entsprechende Richtung.

»Wo Ihr Leith erwähnt, muss ich an den armen Baron Lestalric und seinen Erben denken, die auf so tragische Weise ums Leben kamen«, seufzte Lady Clendenen. »Das war eine ganz schreckliche Sache. Ich bin gespannt, wer alles Anspruch auf den riesigen Grundbesitz erheben wird.«

»Ich würde mich nicht wundern, wenn ein Mitglied des Königshauses darunter wäre«, erwiderte Isabella in scharfem Ton. »Heutzutage ist Seine Gnaden schnell dabei, auch unter fadenscheinigen Vorwänden Land für die Krone oder die Familie Stewart zu beanspruchen. Wenn er damit keinen Erfolg hat, dann liegt das nur an der mangelnden Unterstützung durch das schottische Parlament. Deshalb versucht der ehrgeizigste Sohn des Königs, nicht nur seinen Vater, sondern auch das Parlament unter seine Kontrolle zu bringen.«

»Damit meint Ihr natürlich Fife«, erwiderte Lady Clendenen und fügte an Adela gewandt hinzu: »Keiner mag ihn, denn es ist allgemein bekannt, dass er sich mit seiner Stellung als jüngerer Sohn nicht abfinden mag und beinahe alles täte, um auf den Thron zu gelangen. Aber es wird doch sicher Leute mit berechtigteren Ansprüchen auf das Lestalric-Erbe geben als diese Emporkömmlinge von Stewarts.«

Adela atmete tief die erfrischende Seeluft ein und kümmerte sich nicht weiter um das Gespräch. Als sie sich dem Zentrum der Stadt näherten, gab es so viel zu sehen, dass sie nur noch stumm um sich blickte. Die Straßen waren voller Handkarren und Pferdewagen, von denen einige elegant gekleidete Passagiere beförderten.

Sie wandten sich nach links, wo die Highstreet verlief, die breiter war als die Cowgate und auf beiden Seiten von aus Holz und Stein erbauten Häusern gesäumt war.

»So viele große Häuser!«, rief Adela, als sie schließlich die Canongate erreichten. »Wo kommen die Leute, die dort wohnen, nur alle her?«

»Die Kaufleute, die ihre Waren im Hafen verschiffen wollen, müssen laut Gesetz einen Wohnsitz in Edinburgh haben«, erklärte Isabella. »Aus diesem Grund haben sich viele von ihnen hier ein Haus gebaut.«

Vor einem großen, nach Süden ausgerichteten Steinhaus trennten sie sich von der Gräfin, und wenige Minuten später wies Lady Clendenen auf ihr ebenso großes Haus, dessen Fassade nach Norden zeigte.

Kurz darauf befand sich Adela in einer hübschen Kammer mit Blick auf den weitläufigen Garten, und ein gut gelauntes Dienstmädchen kümmerte sich um sie. Während sie noch auf den grünen, von Blumenbeeten eingefassten Rasen hinausblickte, öffnete sich die Tür.

»Lass das Träumen, meine Liebe«, sagte ihre Gastgeberin. »Wenn wir nicht zu spät kommen wollen, müssen wir uns auf der Stelle umziehen.«

»Zu spät wofür?«

»Hast du vorhin denn nicht zugehört? Wir wollen uns gleich nach der Vesper mit Isabella treffen und gemeinsam bei Hofe zu Abend essen.«

Adela war betroffen, zwang sich jedoch, lächelnd zu nicken.

Sie hatte es wirklich nicht mitbekommen. Vielmehr war sie davon ausgegangen, dass sie eine Einladung benötigten und sie sich daher nicht Hals über Kopf in das Hofleben stürzen müsste.

Die Ankunft der Gräfin in Sinclair House verursachte beträchtliche Aufregung. Dienstmägde und Pagen eilten herbei, um ihre Herrin willkommen zu heißen und ihre Habe ins Haus zu schaffen. Doch der anfängliche Tumult legte sich rasch.

Henry und Rob erwarteten die Gräfin in der Kemenate am nördlichen Ende der großen Halle, die fast den gesamten zweiten Stock einnahm. Als die beiden Isabella kommen hörten, trat Henry in die Halle hinaus, um sie zu begrüßen. Rob, der so prächtig gekleidet war wie noch nie zuvor in seinem Leben, blieb in der Tür stehen und beobachtete aufmerksam ihr Zusammentreffen.

»Willkommen, Madam«, sagte Henry, indem er seine Mutter umarmte. Danach fügte er hinzu: »Ich glaube, Ihr kennt Sir Robert of Lestalric bereits.«

Während sie Henry begrüßte, hatte die Gräfin ihren Blick unverwandt auf Rob gerichtet, doch ihre Miene verriet nichts über ihre Gedanken.

Schließlich sagte sie lächelnd: »Ich hätte Euch kaum wiedererkannt, Sir. Ich bin froh, dass Ihr jetzt den Euch zukommenden Platz einnehmen wollt.«

»Ich danke Euch, Madam«, erwiderte Rob mit großer Erleichterung.

»Und nun werdet Ihr mich gewiss entschuldigen«, fuhr Isabella fort. »Ich möchte mich ein wenig frisch machen und mich für den Hof umkleiden. Ealga und ich wollen heute Abend auf der Burg speisen. Und Adela ebenfalls«, fügte sie hinzu und entschwand die Treppe hinauf.

Rob blickte Henry an. Plötzlich war er nervös.

»Es ist soweit«, sagte Henry. »Ich glaube, du bist bereit.«

»Ja, ich hoffe es«, erwiderte Rob.

»Wenn deine Identität erst einmal bekannt ist, kannst du den zweiten Schritt tun.«

»Ich will nur hoffen, der Schlüssel zu dem Geheimnis befindet sich wirklich auf Lestalric«, sagte Rob. »Der Ort, den mein Großvater mir genannt hat, ist das einzige Versteck, das mir einfällt.«

»Also musst du als Nächstes nach Lestalric reiten und nachsehen«, erklärte Henry sachlich. »Zumindest hält sich Lady Logan nicht dort auf, da sie bei ihrem Vater ist.«

»Darüber bin ich auch froh«, antwortete Rob und stellte fest, dass er Ellen schon wieder völlig vergessen hatte. »Aber zuerst muss ich bei Hofe katzbuckeln, Henry«, fügte er mit einer Grimasse hinzu.

»Ich wette, du wirst dort großen Eindruck machen«, erwiderte Henry grinsend.

»Ja, sicher«, antwortete Rob, der an Lady Adela denken musste. »Vorausgesetzt, der Kopf sitzt mir um Mitternacht noch auf den Schultern.«

Lady Clendenen besaß einen geschlossenen, von zwei Pferden gezogenen Wagen, den sie als Kutsche bezeichnete. Adela, die ihr ganzes Leben im Hochland verbracht hatte, wo es keine befestigten Straßen gab, hatte noch nie ein solches Gefährt gesehen, doch es erschien ihr sehr praktisch.

Ihre Gastgeberin sagte, es sei nicht nur praktisch, sondern hier in Edinburgh, wo meist schlechtes Wetter herrschte, geradezu unverzichtbar.

»Der Weg zur Burg ist zum Laufen zu weit und zu steil«, erklärte sie. »Und zu Pferd wäre man oft genug im Handumdrehen durchnässt.«

Also kletterten Adela und die Lady in die Kutsche, allerdings ohne den Chevalier de Gredin, der offenbar anderswo untergekommen war. Adela hatte ihn in Clendenen House noch nicht zu Gesicht bekommen, wollte sich aber auch nicht nach ihm erkundigen.

Sie fand die kurze Fahrt zum Sinclair House interessant und unterhaltsam, doch nachdem auch noch Isabella und Fürst Henry in dem ratternden und rumpelnden Vehikel Platz genommen hatten, wurde es darin ungemütlich eng. Zu allem Überfluss erschien Adela der letzte Teil des Weges, der sich eng und steil zum Torturm der Burg hinaufwand, schlimmer als eine Schifffahrt auf der stürmischen winterlichen See.

Vor lauter Angst, die Kutsche könnte mitsamt Pferden und Insassen vom Weg abkommen und die steile Böschung hinabstürzen, saß Adela reglos und mit angehaltenem Atem da. Doch sie erreichten wohlbehalten den mit Kies bedeckten Burghof und machten sich auf den Weg zur lärmerfüllten großen Halle, die sich in einem gewaltigen vierstöckigen Turm an der Westseite des Hofes befand.

»Das ist der Davidsturm«, erklärte Isabella. »Er wurde vor dreizehn Jahren erbaut und enthält die Gemächer für die königliche Familie und hochrangige Gäste.«

»Ich habe selbst Räumlichkeiten hier«, sagte Henry, während sie darauf warteten, vom obersten Kammerherrn angekündigt zu werden. »Ihr Damen könnt jederzeit darüber verfügen. Um diese Jahreszeit ist das Wetter leider sehr unbeständig.«

»Das sagte ich auch gerade«, erwiderte Lady Clendenen. »Und obgleich der Zufahrtsweg gut instand gehalten wird, möchte ich bei Sturm dort nicht in einem Wagen entlangfahren.«

»Das solltet Ihr auch lieber nicht«, sagte Henry lächelnd, strich sich eine blonde Haarsträhne aus der Stirn und rückte seinen Hut mit der Feder darauf zurecht. Offensichtlich konnte er es kaum erwarten, sich in den Festtrubel zu stürzen.

Adela lauschte schweigend ihrem Gespräch. Ihr fiel keine geeignete Bemerkung zu ihrer halsbrecherischen Fahrt in der Kutsche ein, und außerdem wollte sie während der Wartezeit so viele Eindrücke wie möglich in sich aufnehmen.

Drinnen in der Halle war die Luft erfüllt vom Rauch zweier großer Kamine. Die Musik der Spielleute mischte sich mit dem ohrenbetäubenden Stimmengewirr, von dem sich einzelne Lachsalven, Hundegebell und einmal der Schrei einer Frau abhoben. Wenn man nicht daran gewöhnt war, wirkte der Lärm abstoßend. In der Mitte des Raumes traten Schauspieler auf, doch zwischen ihnen vollführten Akrobaten ihre Kapriolen, und daneben balgten sich einige Hunde um Essensreste. In dem allgemeinen Durcheinander ging die Darbietung der Schauspieler vollkommen unter, doch das schien die Gäste nicht weiter zu stören.

Soweit Adela es beurteilen konnte, schaute ihnen sowieso niemand zu oder achtete auf die Musik. Einige spazierten an den Wänden entlang rund um die Halle, während andere an den leinengedeckten Tischen, die man im rechten Winkel zur hohen Tafel errichtet hatte, zu Abend speisten. Vor dem Kamin hatte sich ein Grüppchen Männer zum Würfelspiel eingefunden. In der freien Hand hielten sie Becher oder Pokale.

Adela schrie vor Schreck auf, als plötzlich neben ihr ein Trompetenstoß ertönte. Nervös blickte sie sich um, doch niemand schien es bemerkt zu haben. Da verkündete auch schon der oberste Kammerherr mit lauter Stimme: »Euer Gnaden, mit Eurer gnädigen Erlaubnis präsentiere ich den Grafen von Orkney, die Gräfin von Strathearn und Caithness, Lady Clendenen von Kintail und Lady Ardelve von Loch Alsh und Glenelg.«

Während Henry und die Damen vortraten, um ihre Aufwartung zu machen, blinzelte Adela durch den Qualm und überlegte, wer von den Männern an der hohen Tafel wohl der König der Schotten sein mochte.

Da hörte sie neben sich Isabellas leise Stimme: »Seine Gnaden ist der ältere Mann in der Mitte. Rechts neben ihm sitzt MacDonald, zweiter Lord der Inseln. Dann kommt der Earl of Carrick, ältester Sohn des Königs und Thronerbe. Er ist noch der netteste von der ganzen weitläufigen Sippe, aber ich würde dir trotzdem raten, dich von den Söhnen des Königs fernzuhalten. Sie sind allesamt ehrgeizig und oft auch gefährlich und würden ein Unschuldslamm wie dich mit Haut und Haar verschlingen.«

»Tatsächlich, Madam? Dann werde ich mich gewiss vorsehen«, erwiderte Adela.

Gleich darauf versank sie in einen tiefen Knicks vor dem König, der sie jedoch kaum zu bemerken schien. Er blinzelte nur kurz mit seinen geröteten Augen in ihre Richtung, bevor er sich abwandte.

»Ich fürchte, unser geliebter König kann nicht gut sehen«, hörte sie eine vertraute Stimme hinter sich. Sie erhob sich aus ihrem Knicks, drehte sich um und erblickte den Chevalier de Gredin.

Er setzte sein gewinnendstes Lächeln auf, blickte ihr tief in die Augen und sagte: »Guten Abend.«

Bei seinem Anblick kamen ihr erneut Zweifel. Warum, so fragte sie sich, missachtete er seinen eigenen Rat, dass sie sich nicht zusammen in der Öffentlichkeit zeigen sollten? Irgendetwas daran kam ihr merkwürdig vor, doch sie dachte nicht weiter darüber nach, sondern sagte nur: »Euer Akzent ist schwächer geworden.«

*»Oui, Madame«,* antwortete er. »Mein französischer Einschlag hat Euch doch missfallen, und ich wollte Eurem Wunsch entsprechen. Ich bin froh, dass Ihr heute Abend gekommen seid, denn ich hatte die Befürchtung, Ihr würdet bis morgen brauchen, um Euch von den Strapazen der Reise zu erholen.«

»Roslin ist doch nur sieben Meilen entfernt, Sir«, erwiderte Adela. »Außerdem wollte die Gräfin mit Donald von den Inseln sprechen, bevor er sich auf die Heimreise macht.«

»Ihr seid heute Abend außerordentlich schön, und Euer Kleid ist ganz entzückend«, bemerkte de Gredin. »Würdet Ihr ein wenig mit mir lustwandeln, oder möchtet Ihr zuvor etwas essen? Die Speisen hier sind exquisit.«

»Wir essen zuerst zu Abend«, unterbrach ihn Lady Clendenen. »Aber Ihr könnt uns ja an der Tafel Gesellschaft leisten, Etienne. Und vielen Dank, dass Ihr auf meine Bitte hin Eure Sachen von Clendenen House habt abholen lassen. Ich bedauere wirklich, dass ich Euch ausquartieren musste, aber es wäre wirklich höchst unschicklich gewesen. Ich hoffe doch, Ihr habt woanders eine angemessene Unterkunft gefunden.«

*»Bien sûr«,* erwiderte er. »Ein Freund konnte mir hier in der Burg ein paar kleine Zimmer besorgen. Dort werde ich es fast so bequem wie bei Euch haben.«

»Ausgezeichnet. Aber ich muss Euch noch einmal warnen: Haltet mit zu offensichtlicher Aufmerksamkeit für Lady Ardelve zurück. Man wird es ihr nachsehen, dass sie bei mir in der Stadt bleibt oder sich bei Hofe zeigt. Doch sie muss nach wie vor sehr auf ihren Ruf bedacht sein.«

Adela hatte gerade mitangesehen, wie eine Frau sich schwungvoll auf dem Schoß eines Mannes niederließ, die Arme um seinen Hals schlang und ihm einen herzhaften Kuss gab, ohne dass sich die Umstehenden im Mindesten daran gestört hätten. Daraufhin fragte sich Adela, womit sie wohl Leute schockieren konnte, die an ein derartiges Benehmen gewöhnt waren. Sie hoffte, dass ihre Begleiterinnen nicht allzu lange bleiben wollten und dass Henrys Angebot, seine Gemächer zu benutzen, nicht bedeutete, dass sie die Nacht auf der Burg verbringen würden.

Nachdem sie sich zu Tisch gesetzt hatten, nahm Adelas Unbehagen stetig zu. Immer wilder und lärmender wurde die dargebotene Kurzweil, und selbst die Dienstboten hatten offensichtlich über den Durst getrunken. Doch ihre Begleiterinnen schienen es nicht zu bemerken oder waren bereits daran gewöhnt.

Lady Clendenen hatte de Gredin links und Adela rechts von sich platziert, sodass Adela nicht den übertriebenen Komplimenten des Chevaliers ausgesetzt war. Sie konnte ihn recht gut leiden, wünschte jedoch, er wäre hier in der Öffentlichkeit ein wenig zurückhaltender gewesen.

Henry war in der Menge verschwunden.

Isabellas ruhiges, würdevolles Benehmen war Adela ein Trost, doch jedes Mal, wenn jemand dicht an ihr vorüberging, fuhr sie vor Schreck zusammen. Sie knabberte an einer Scheibe Brot und einem Stück Apfel, konnte den übrigen Speisen jedoch nichts abgewinnen.

Als de Gredin sich abermals erbot, mit ihr einen Spaziergang durch die Halle zu machen, blickte Adela zu Lady Clendenen. Die sagte: »Wir würden uns beide gern die Beine vertreten. Vielen Dank, Etienne.«

Falls er enttäuscht darüber war, dass die Lady mitkommen wollte, war er doch zu sehr Gentleman – oder zu klug –, um es sich anmerken zu lassen.

Isabella, die sich mit der Dame neben ihr unterhielt, wollte sie nicht begleiten. Daher erhoben sich Adela und die Lady von ihren Plätzen, woraufhin de Gredin ihnen lachend den Arm bot. Lady Clendenen nahm ohne zu zögern an, doch Adela schüttelte den Kopf. Darauf sagte der Chevalier mit verständnisvollem Lächeln: »Ich hatte ganz vergessen, dass Ihr aus dem Hochland stammt, Mylady. Dort ist es im Allgemeinen ruhiger, *n'est ce pas?*«

»Ja, Sir, es …« Sie schrak zusammen, denn wieder erschallte ein durchdringender Fanfarenstoß.

»Euer Gnaden!«, brüllte der oberste Kammerherr. »Mit Eurer gnädigen Erlaubnis präsentiere ich Sir Robert Logan, dritter Baron Lestalric, der heute Abend erschienen ist, um Euer Gnaden Lehnstreue zu schwören.«

Seine letzten Worte klangen unnatürlich laut in der plötzlich eingetretenen Stille.

Als Adela sich nach der Ursache umschaute, erblickte sie einen auf eine verwegene Art gut aussehenden Mann mit breiten Schultern, schmaler Taille und kräftigen, wohlgeformten Beinen. Er war nach der neuesten Mode gekleidet und trug ein eng anliegendes scharlachrotes Samtwams, das vorn mit einer Goldkordel geschnürt war. Die Schöße des Wamses bedeckten kaum die Hüften. Dazu trug er eine farblich passende

Kappe mit einer weißen Feder und rot-schwarze Beinlinge aus Seide, die mit Ledersohlen versehen waren und an den Zehen in lange Schnäbel ausliefen.

Die spitzenbesetzten Ärmel des Wamses, die ihm locker bis auf den Handrücken fielen, waren vom Ellbogen bis zum Handgelenk mit einer Reihe goldener Knöpfe verziert. Um die Hüften trug der Fremde einen juwelenbesetzten Rittergurt mit Gliedern aus schimmerndem Gold und dazu ein verziertes Paradeschwert. Sein lavendelfarbenes Seidencape, dessen Rand mit langen Zipfeln versehen war, war auf der rechten Schulter geknöpft. Über die Schulter geworfen, fiel es in elegantem Schwung bis fast auf den Boden und bauschte sich bei jedem Schritt. Mit einer weit ausholenden Bewegung nahm sein Träger den Hut ab, als er vor dem König der Schotten niederkniete.

»*Sacrebleu! C'est paré des plumes du paon!*«

Adela, die die gemurmelten Worte gehört hatte, blickte de Gredin an. Seine Augen waren schmal geworden, und er presste den Kiefer so fest zusammen, dass unten an seiner Wange ein Muskel zuckte.

»Ist etwas nicht in Ordnung?«, fragte sie. »Ich habe Euch nicht verstanden.«

»Ich sagte nur, er ist ein verdammter Pfau«, erklärte de Gredin. »Dieser Kerl macht sich doch über die Hofmode lustig.«

»Aber sind denn nicht alle hier fein angezogen?«

»Aber nicht so.«

Der Neuankömmling war nach dem allerletzten Schrei gekleidet, das stand außer Zweifel. Adela musste de Gredin recht geben – der Eindruck war geradezu überwältigend.

In diesem Augenblick richtete sich der Gentleman auf, blickte den König direkt an und sagte mit ausdrucksloser, aber weithin vernehmbarer Stimme, die einen ungewöhnlichen Akzent hatte: »Ich bedauere, dass ich keine Handvoll Erde von Lestalric besitze, die ich Euch zu Füßen werfen kann, Sire.

Dennoch gelobt das Haus Lestalric Euer Gnaden und dem Hause Stewart ewige Lehnstreue.«

Adela erschien die Stimme vage vertraut, doch bevor sie noch darüber nachdenken konnte, erwachte der König der Schotten aus seiner Lethargie und beugte sich vor, um Sir Robert mit zusammengekniffenen, blutunterlaufenen Augen zu betrachten.

»Robbie, mein Junge, bist du es wirklich?« Die Stimme des Königs war heiser und zittrig. »Wir dachten, du wärst schon vor Jahren gestorben.«

»Ich bin sicher, Ihr seid nicht enttäuscht, mich heil und gesund zu finden, Euer Gnaden. Jedenfalls bin ich nicht erpicht darauf, zwei Meter unter der Erde zu liegen – nicht einmal Euch zu Gefallen.«

Der König stimmte in das allgemeine Gelächter ein. Dann winkte er den Baron näher zu sich, offensichtlich um einige vertrauliche Worte mit ihm zu wechseln.

»Kennt Ihr ihn, Isabella?«, fragte Lady Clendenen, als die Gräfin zu ihnen trat. In der Halle setzte erneut allgemeines Stimmengewirr ein. »Er muss irgendwie mit mir verwandt sein. Wenn es stimmt, was er sagt, dann ist er wohl Lestalrics jüngerer Sohn. Aber ich glaube nicht, dass ich ihn schon einmal gesehen habe. Wie ist es mit Euch, Etienne?«

*»Non«,* erwiderte de Gredin. Als habe er bemerkt, dass noch mehr von ihm erwartet wurde, lächelte er ein wenig zerknirscht und fügte hinzu: »Verzeiht, Cousine. Es ist nicht recht von mir, Euch so knapp abzufertigen, wo Ihr doch so freundlich zu mir wart.«

»Nun ja, aber wir sind doch jetzt alle so neugierig.«

»Ich kenne Sir Robert«, sagte Isabella. »Das heißt, ich kann mich gut an ihn erinnern. Er wurde von Sir Edward auf Dunclathy in Strathearn zum Ritter ausgebildet.«

Adela sah sie an. »Von Sir Edward Robison, Hugos Vater?«

Isabella nickte, während sie ihren Blick über das königliche Podium schweifen ließ. Schließlich ließ sie ihn auf einem

Mann ruhen, der einige Plätze vom König entfernt saß und jetzt unvermittelt aufstand.

Er war lang und dünn und ganz in schwarzen, mit Goldspitze verzierten Samt gekleidet. Das einzig Farbige an ihm waren die Juwelen in seinem Gürtel, den er lose um die Hüften geschlungen trug. Sein Haar war beinahe so schwarz wie der Samt, sein Gesicht lang und hager mit harten Zügen, und als er jetzt mit erhobener Hand gleichsam gebieterisch um Ruhe bat, fielen seine außergewöhnlich langen und schlanken Finger auf.

»Das ist der Earl of Fife«, erklärte Lady Clendenen Adela. »Er ist der zweite Sohn des Königs und, wie manche behaupten, die eigentliche Macht hinter dem Thron. Es heißt, er habe schon von jeher ein Auge auf die Krone von Schottland geworfen. Auf ihn geht der Erlass zurück, dass alle Adelsgüter, für die sich kein Erbe findet, an die Krone fallen.«

»Verzeiht, Euer Gnaden«, begann Fife mit sanfter Stimme, »aber haben wir einen Beweis dafür, dass dieser Kerl wirklich der ist, der er zu sein vorgibt? Es ist noch nicht einmal zwei Wochen her, seit der zweite Baron und sein Sohn gestorben sind. Wo kommt dieser auffällige Mensch so plötzlich her?«

»Ich werde für Lestalric sprechen, Euer Gnaden«, meldete sich Henry zu Wort und trat vor.

»Nicht nötig, Henry«, winkte der König ab. »Sogar ich kann erkennen, dass er seinem verstorbenen Großvater, den Bruce selbst zum ersten Baron ernannt hat, wie aus dem Gesicht geschnitten ist.«

»Kommt, macht einen Spaziergang mit mir, Lady Adela«, sagte de Gredin. »Dieser Mummenschanz interessiert Euch doch gewiss nicht.«

Doch Adela blickte unverwandt zu Sir Robert und dem König hinüber. Sie sprachen jetzt leise miteinander, doch offenbar hatte eine Bemerkung von Sir Robert den König erheitert, denn er lachte laut auf. Auch Henry, der bei den beiden stand, wirkte belustigt.

Als de Gredin sie erneut zum Spaziergang einlud, riss sich Adela aus ihren Betrachtungen und dankte ihm höflich, in der Annahme, Lady Clendenen würde sie begleiten. Doch die hatte ihren Entschluss entweder bereits vergessen oder war zu der Überzeugung gekommen, dass sie Adela nicht vor de Gredin zu beschützen brauchte. Jedenfalls wandte sie ihren Blick nicht von der hohen Tafel.

Adela und der Chevalier waren erst einmal um die Halle spaziert, als zwei Männer auf sie zutraten. »Lady Ardelve, erlaubt mir, Euch meinen guten Freund Sir Robert of Lestalric vorzustellen«, sagte Henry.

Adela machte einen Knicks. »Es ist mir eine Ehre, Mylord.«

»Ganz meinerseits, Lady Ardelve«, erwiderte der Baron, nahm seinen federgeschmückten Hut ab und verbeugte sich so tief vor ihr wie zuvor vor dem König.

Adela erstarrte. Obgleich Lestalric nur vier Wörter in seiner ausdruckslosen Stimme mit dem seltsamen Akzent gesprochen hatte, wusste Adela plötzlich mit absoluter Gewissheit, dass der Mann auf den Zinnen nicht de Gredin gewesen war. Zum ersten Mal seit ihrer Befreiung empfand sie wirklich etwas: Sie spürte, wie der Zorn in ihr aufwallte und ihre Handflächen zu jucken begannen.

Nur ihre gute Erziehung und die Furcht davor, sich in aller Öffentlichkeit zu blamieren, hielten sie davon ab, blindlings auf den herausgeputzten Baron loszugehen und ihm eine herunterzuhauen.

Sie merkte, dass Henry sie beobachtete, und auch das wachsame Funkeln in den Augen des Barons entging ihr nicht. Haselnussbraun waren diese Augen und schimmerten golden im Licht der unzähligen Kerzen, Fackeln und Kohlepfannen in der Halle. Seine Wimpern waren so lang, dicht und dunkel, dass ihn jede Frau darum beneidet hätte.

»De Gredin, ich hätte gern ein Wort mit Euch gesprochen, Sir«, sagte Henry. »Meine Mutter hat mir erzählt, Ihr seid vor Kurzem aus Frankreich zurückgekehrt und kennt den Herzog von Anjou. Ich habe vor, ihn noch dieses Jahr zu besuchen, und hätte gern ein paar Ratschläge von Euch.«

De Gredin wäre offensichtlich lieber geblieben, doch gegen Henrys muntere Entschlossenheit kam er nicht an. Wie Adela feststellte, hatte Isabella Lady Clendenen beiseite genommen, obwohl Henry ihnen den Baron noch nicht offiziell vorgestellt hatte.

Nun war sie also allein mit dem Baron, soweit man das in einer Menschenmenge überhaupt sein konnte. Mit seiner vertrauten Stimme, die nicht länger ausdruckslos und nun völlig akzentfrei war, flüsterte er ihr zu: »Möchtet Ihr mit mir spazieren gehen, Mädchen, oder wollt Ihr mich lieber umbringen?«

»Ich würde das Letztere vorziehen.«

»Das habe ich befürchtet.«

»Was soll das für ein Spiel sein, das Ihr da mit mir treibt, Sir?«

»Nur ruhig, Mylady«, murmelte er. »Wir haben ein höchst interessiertes Publikum, das sich fragen wird, warum Ihr so ungehalten mit mir seid. Aber wenn Ihr gnädigerweise ein wenig mit mir lustwandeln wollt, könnten wir uns besser unterhalten – zumal der Lärm wahrscheinlich noch zunehmen wird.«

Adela, die bemerkte, dass fast alle Umstehenden sie beobachteten, nickte so huldvoll wie möglich und legte eine Hand auf seinen Unterarm, den er ihr hinhielt. Dabei fiel ihr auf, dass er zwar eine kostbare Perlennadel am Hut und weitere Schmuckstücke am Körper, jedoch nur einen einzigen schlichten Ring an der linken Hand trug.

Sie sprach erst wieder, als der Lärm in der Halle seine vorherige Lautstärke erreicht hatte. »Bestimmt wird jemand wissen wollen, warum ich Euch so angesehen habe. Was soll ich dann nur sagen? Ich konnte einfach nicht anders.«

»Ich habe gehofft, meine Verkleidung und mein Akzent würden …«, begann er kleinlaut.

Doch sie fiel ihm ins Wort: »Das war ein ganz alberner Akzent. Was für einer sollte es überhaupt sein?«

»Orkney«, antwortete er. »Heißt es Orknisch? Du lieber Himmel, ich weiß nicht einmal, wie sich die Leute dort selbst nennen. Den Akzent habe ich erst einmal gehört, als ich ... als ich letzten Sommer zufällig auf den Orkney-Inseln war.«

»Zu Fürst Henrys Einsetzung?«

»Ja, genau.«

»Ich war auch dort«, sagte sie.

»Ich weiß. Damals habe ich Euch zum ersten Mal gesehen, und ich fand, Ihr wart die aller...«

»Bitte nicht«, unterbrach sie ihn. »Ich bin von Euch keine Komplimente gewöhnt, Sir. Eigentlich bin ich überhaupt keine Komplimente gewöhnt. Und der Chevalier de Gredin hat mir schon so viele gemacht, dass mein Bedarf für heute Abend gedeckt ist.«

»Ob Ihr sie verdient habt, darüber können wir ein andermal sprechen«, erwiderte er gelassen. »Jetzt möchte ich erst einmal wissen, warum Ihr diesen Widerling ermutigt.«

»Ich ermutige ihn nicht«, entgegnete sie und blickte zu ihm auf. Doch er schaute mit verkniffenen Lippen geradeaus. Sein bewundernswertes Profil kam ihr ebenfalls vage bekannt vor, doch bevor sie noch wusste woher, war das Gefühl schon wieder verflogen.

Er schien etwas sagen zu wollen, doch sie kam ihm zuvor. »Euch muss doch klar gewesen sein, dass ich ihn für Euch gehalten habe. Das habe ich doch sogar gesagt, Sir!«, sagte sie in vorwurfsvollem Ton.

»Ich würde Euch fast alles nachsehen, Mylady, und außerdem habe ich Euren Tadel verdient, dafür, dass ich Euch angeschwindelt habe. Aber als ich hörte, dass Ihr diesen Halunken für den Mann hieltet, dem Ihr im Dunkeln begegnet seid ... Das war ein harter Schlag, kann ich Euch sagen.«

»Soll ich mich vielleicht dafür entschuldigen?«

»Natürlich nicht. Die Schuld liegt allein bei mir, und Ihr seid eine Dame ohne Fehl und Tadel.«

Zu ihrer eigenen Überraschung hätte Adela beinahe aufgelacht, doch sie unterdrückte den Impuls. So leicht sollte er mit seiner Schwindelei nicht davonkommen. Doch ihre Laune hatte sich gebessert, und auch der allgemeine Tumult ging ihr nicht mehr so sehr auf die Nerven.

»Kennt Ihr denn so viele Damen, dass Ihr das beurteilen könnt, Sir?«, fragte sie.

»Ein paar schon«, erwiderte er lächelnd.

Sein Lächeln war nett und ansteckend. Fast hätte sie es erwidert, doch da fiel ihr etwas ein. »Sind wir uns vielleicht auf Orkney begegnet? Ihr kommt mir ein wenig bekannt vor, aber ich erinnere mich nicht mehr genau. Ich hoffe, Ihr fühlt Euch nicht gekränkt.«

»Nein, aber keineswegs«, erwiderte er. »Niemand war so freundlich, mich Euch vorzustellen. Ich muss allerdings zugeben, ich wäre liebend gern dabei gewesen, als Ihr Hugo das Weihwasser über den Kopf geschüttet habt.«

»Ihr kennt also Sir Hugo«, stellte sie fest, und ihre Wangen brannten bei der Erinnerung an den erwähnten Vorfall. Das war wirklich keine Glanzleistung von ihr gewesen. Normalerweise tat sie so etwas nicht; nur, wenn man sie sehr reizte.

»Ja, ich kenne Hugo«, antwortete er. »Und Michael Sinclair auch. Wir genossen eine gemeinsame Ausbildung auf Dunclathy.«

»Eine Ausbildung?«

»Ja. Und wie die meisten jungen Burschen unseres Standes lechzten wir danach, richtige Ritter zu werden und Schottland gegen die Engländer und andere Eindringlinge zu verteidigen. Hugos Vater ist ein ausgezeichneter Lehrer, wenn auch sehr streng.«

»Ich kenne Sir Edward, und zu mir war er immer sehr freundlich«, entgegnete Adela.

»Ja, aber nur, solange Ihr nicht ein Schwert oder eine Lanze in der Hand habt. Wenn er einen im Umgang mit diesen Waffen schult, wird er zum wahren Berserker.«

Über diese Vorstellung musste sie laut lachen. »Ihr seid ein höchst sonderbarer Mann!«

»Tatsächlich? Aber wenigstens haben meine Worte ihren Zweck erfüllt.«

»Welchen denn?«

»Euch zum Lachen zu bringen.«

Diesmal beschränkte sich das Gefühl von Hitze nicht auf ihre Wangen, sondern durchdrang ihren gesamten Körper. »Warum denn das?«, fragte sie.

»Weil Ihr in der ganzen Zeit, seit Ihr auf Roslin seid, noch nicht ein einziges Mal gelacht habt, Mädchen. Jedenfalls habe ich es nie gesehen.«

»Ihr habt mich doch sowieso nie gesehen«, erwiderte sie. »Wir trafen uns immer im Dunkeln.«

»Ich widerspreche einer Dame nur ungern, aber ich habe Euch häufig auf Roslin gesehen. Außerdem erinnere ich mich, dass Ihr bei Henrys Einsetzung mehr als einmal gelächelt habt. Und da Ihr ein so überaus bezauberndes …« Er verstummte, schlug sich spaßhaft mit der Hand an die Stirn und sagte: »Verzeiht mir! Schon wieder Komplimente! Aber so leid es mir tut, sie rutschen mir einfach so heraus.«

»Bitte Sir!« Wieder kämpfte sie vergeblich gegen ihre Lachlust an. »Jetzt seid Ihr es, der Aufmerksamkeit erregt. Und ich dürfte auch gar nicht so mit Euch scherzen. Schließlich ist es noch keine zwei Wochen her, dass …«

»Dass Euer Gemahl gestorben ist?«, beendete er den Satz für sie. »Daran ist nichts mehr zu ändern, Mädchen, ob Ihr nun lacht oder nicht. Ebenso wenig, wie ich am Tod meines Vaters und Bruders etwas ändern kann.«

Adela stockte der Atem.

»Das seid Ihr!«, rief sie lauter als beabsichtigt. Dann senkte sie rasch die Stimme und setzte vorwurfsvoll hinzu: »Meine Güte, daran habe ich gar nicht gedacht, als ich Euren Namen hörte, aber die beiden Männer, die gestorben sind … Dann wart Ihr es, der mit Sir Hugo … das Gespräch, das ich mitangehört und von dem ich Euch in der Kapelle erzählt habe.«

»Ja, das war ich, aber …«

»Wie konntet Ihr nur!«

»Ich weiß, ich hätte es Euch gleich sagen sollen, aber …«

»Das meine ich nicht«, unterbrach sie ihn mit wachsendem Zorn. »Ich wollte sagen, wie konntet Ihr nur so kaltblütig beschließen, den armen Einar Logan sterben zu lassen? Was habt Ihr ihm angetan? Nicht eine Sekunde lang glaube ich, dass er in Hugos Auftrag unterwegs ist.«

»Umbringen könnt Ihr mich später noch, Mylady, doch jetzt legt bitte kurz die Waffen nieder. Lady Clendenen ist auf dem Weg zu uns.«

Als Adela seinem Blick folgte, hätte sie am liebsten vor Enttäuschung geschrien, denn Lady Clendenen und der Chevalier kamen auf sie zu.

# 9

Rob wusste nicht, ob er die breit lächelnde Lady Clendenen verfluchen oder küssen sollte. Doch für seine eigene Dummheit hätte er sich am liebsten geohrfeigt. Wie hatte er nur glauben können, das Mädchen würde seine Stimme nicht auf Anhieb erkennen?

Sein Plan war es gewesen, dass Henry ihn der Lady vorstellen sollte, solange alle noch über seinen spektakulären Auftritt staunten. Es sollte den Anschein haben, als wären er und Adela einander zum ersten Mal begegnet.

Sein Auftritt war durchaus gelungen, wie er fand. Das hatte er der Hilfe von Henry und dessen Schneider zu verdanken, die ihn zu seiner vollen Zufriedenheit herausgeputzt hatten. Doch er war so zuversichtlich gewesen, dass er Lady Adelas Intelligenz ebenso unterschätzt hatte wie ihre Fähigkeit, eine Stimme, die sie in der Dunkelheit gehört hatte, wiederzuerkennen.

Doch sein schwerster Fehler war es gewesen, dass er ihr gegenüber ohne nachzudenken seinen Vater und Will erwähnt hatte. Irgendwann hätte er es ihr wahrscheinlich sowieso erzählt, doch zu einem geeigneteren Zeitpunkt. Es war dumm von ihm gewesen, anzunehmen, dass er sie noch lange an der Nase herumführen könnte.

Als Lady Clendenen und de Gredin herangekommen waren, überraschte Adela ihn erneut. Sie begrüßte die beiden herzlich, so als hätte sie Rob nicht gerade noch die Fingernägel durchs Gesicht ziehen wollen.

»Ich hoffe, wir stören nicht, meine Lieben, und Ihr, Mylord, nehmt keinen Anstoß daran, wenn ich Euch als Mitglied meiner Familie betrachte«, sagte Lady Clendenen. Ohne eine

Antwort abzuwarten, fuhr sie fort: »Ich wollte Euch nur sagen, dass sich Isabella gerade mit Donald von den Inseln unterhält. Aber sie wird bestimmt bald aufbrechen wollen. Da dachte ich mir, Ihr möchtet Euch ihr vielleicht vorstellen, um ihrem Gedächtnis ein wenig auf die Sprünge zu helfen.«

»Ich danke Euch für Eure Umsicht, Madam«, erwiderte Rob, nun wieder in demselben ausdruckslosen, gekünstelten Ton wie zuvor, wenn auch mit abgemildertem Akzent. Dabei vermied er es, Adela anzusehen, um sie nicht wieder aus der Fassung zu bringen. Er fragte sich, ob Lady Clendenen oder de Gredin die zunehmende Röte auf ihren Wangen bemerkten. Doch der Chevalier, dieser unverschämte Kerl, gaffte sie nur an.

»Ach herrje, ich vernachlässige ja meine Pflichten, Mylord!«, rief Lady Clendenen plötzlich und setzte hinzu: »Ich hätte Euch meinen Vetter, den Chevalier de Gredin, sogleich vorstellen müssen. Bitte, verzeiht mir.«

Rob nickte nur, als de Gredin ihn ansah, und beschloss, diesem Schleicher gegenüber den Hochnäsigen zu spielen. *Mal sehen, wie ihm das gefällt,* dachte Rob.

Er misstraute dem Chevalier, auch wenn er keinen triftigen Grund dafür hätte nennen können. Doch in den vergangenen Jahren hatte er sich stets auf sein Gefühl verlassen können, also würde er es auch jetzt tun.

Kaum hatte de Gredin eine höfliche Begrüßung gemurmelt, fuhr die Lady fort: »Ich bin sicher, Etienne ist eine Art Vetter von Euch, Sir, da Ihr ja beide mit mir verwandt seid. Ehrlich gesagt, glaube ich, dass alle schottischen Adeligen miteinander verwandt sind.«

»Meint Ihr wirklich?«, fragte Rob. »Ich könnte mir vorstellen, dass nicht jeder begeistert sein würde, das zu hören.«

Lady Clendenen zwinkerte ihm zu. »Da habt Ihr ganz recht. Aber ich versichere Euch, ich habe niemandem verraten, dass der Entführer der armen Lady Ardelve ebenfalls ein Vetter von mir war. Und denkt nur, wie abscheulich es ist, zu der gleichen Sippe zu gehören, wie dieser Emporkömmling …«

»Vorsicht, Madam!«, warnte Rob, als er sah, dass ihr Blick zum königlichen Podium hinüberwanderte. Er lächelte, als hätte sie einen Scherz gemacht, sagte jedoch mit ernster Stimme: »Was Ihr hier äußert, könnte bald die Runde durch alle Häuser der Stadt machen.«

»Ich fürchte, so ist es, Cousine«, stimmte ihm de Gredin ebenfalls lächelnd zu.

Daraufhin wandte sich Lady Clendenen kleinlaut an Adela: »Die beiden haben recht, meine Liebe. Ich hätte nichts sagen sollen, aber manchmal geht meine Zunge einfach mit mir durch. Dennoch ist es unklug, jemanden zu verärgern, der als Richter über Leben und Tod entscheiden kann. Das gilt für die Hälfte der Männer in dieser Halle und für mehr Frauen, als man meinen sollte.«

»Meine Güte, Madam, Ihr macht mir ja Angst«, sagte Adela mit einem raschen Blick zu Rob.

»Ein Königshof kann ein gefährliches Pflaster sein, wenn man keine Erfahrung im Umgang mit mächtigen Leuten hat, Mylady«, meldete sich de Gredin zu Wort. »Allerdings verfüge ich in dieser Hinsicht über reichlich Erfahrung und stehe Euch stets zu Diensten. Ihr könnt jederzeit über mich verfügen.«

»Vielen Dank, Sir«, antwortete Adela und schaute noch einmal zu Rob hinüber.

Den ließ seine übliche Wortgewandtheit im Stich. Zu gern hätte er eine geistreiche Bemerkung gemacht, um sie zu beeindrucken und de Gredin auszustechen. Doch bevor ihm etwas einfiel, sagte der Chevalier: »Ich fürchte, was unsere Verwandtschaft angeht, übertreibt meine Cousine, Sir Robert. Ich bin nur entfernt mit ihr verwandt, und habe daher vermutlich keinerlei Verbindungen zu Eurer Familie.«

»Da dürft Ihr mich nicht fragen«, erwiderte Rob, der endlich seine Sprache wiedergefunden hatte. »Mein Vater behauptete immer, ich hätte keinen Familiensinn, doch das stimmt natürlich nicht. Wer würde nicht stolz auf Vorfahren sein, die sich in der Schlacht bei Bannockburn und auch später so tapfer geschlagen haben? Dennoch brüstet man sich nur ungern mit solchen Vorfahren, damit man nicht ständig an ihnen gemessen wird, findet Ihr nicht auch?«

De Gredin grinste. »Ich verstehe, was Ihr meint, Sir. Doch da Ihr Euch die Sporen, wie ich gehört habe, schon in jungen Jahren verdient habt, könnt Ihr gewiss ausgezeichnet mit dem Schwert umgehen.«

»Ach, damit ist es nicht so weit her«, erwiderte Rob bescheiden, während er im Stillen Sir Edward um Verzeihung bat. Dabei überlegte er, woher de Gredin wohl seine Informationen bezog. »Ich habe mir sagen lassen, um nichts zu verlernen, muss man täglich üben, und ich war jahrelang fort. Ich fürchte, ich bin ein wenig aus der Übung.«

Bei diesen Worten wurde de Gredins Lächeln noch breiter, und Rob gratulierte sich zu seiner Finte. Es konnte nicht schaden, wenn der Chevalier sich für den besseren Schwertkämpfer hielt – falls es einmal, was Rob sich durchaus wünschte, zu einem Kräftemessen zwischen ihnen kam.

Begleitet von lauten Fanfarenklängen nahm Donald von den Inseln bald darauf Abschied von seinem Großvater, dem König.

Da Donald wie gewöhnlich am Königshof keinen Hut trug – mit diesem Trick, den er von seinem Vater übernommen hatte, vermied er es, seinen Hut vor dem König ziehen zu müssen – hatte es den Anschein, als seien die beiden Männer einander gleichgestellt. Der ältere war König der Schotten, der jüngere König der Inseln.

Und als solcher, das wusste Adela, wurde Donald – genannt MacDonald – auch von den Bewohnern der Inseln und des Hochlandes betrachtet. Es konnte jeweils nur einen MacDonald geben, doch die Stewarts, ob ehelich oder illegitim, waren zahlreich, und der König schien zwischen beiden Gruppen keinen Unterschied zu machen.

Jeder seiner vielen Nachkommen war der Meinung, er sei

von königlichem Blut und habe damit Anspruch auf königliche Vorrechte. Doch der Clan der Stewarts war nicht nur jünger als die meisten anderen auf den Inseln und dem Festland, sondern hatte, wie ihr Name verriet, einst die königlichen Truchsesse gestellt. Der Vater des jetzigen Königs hatte Robert the Bruce in diesem erblichen Amt gedient, und der König selbst Bruces Enkel, der seinem Großvater auf den Thron gefolgt war. Als er ohne Nachkommen starb, folgte ihm, Bruces Willen entsprechend, Robert the Steward auf den Thron. Er wurde vom schottischen Parlament, wenn auch nicht von den meisten schottischen Adeligen, unterstützt. In den neun Jahren seiner Herrschaft hatte es sich gezeigt, dass er besser zum obersten Truchsess als zum König taugte.

Was Adela bisher von seinem Hof gesehen hatte, sprach nicht für die weitverzweigte Familie. Doch sie behielt ihre Meinung für sich, denn ihre ältere Schwester Cristina war eine gute Bekannte der Prinzessin Margaret Stewart, der Witwe des ersten und Mutter des jetzigen Lords der Inseln. Cristina mochte die Prinzessin gern.

Adela beobachtete, wie MacDonalds Gefolgsleute sich um ihn scharten, um geschlossen hinauszuziehen. Die Stewarts sanken noch weiter in ihrer Wertschätzung, als sie sah, dass die Prinzen an der hohen Tafel schon wieder mit Würfeln und Trinken beschäftigt waren, noch bevor MacDonald die Halle verlassen hatte. Die ganze Zeit über war sich Adela der Anwesenheit Sir Roberts of Lestalric deutlich bewusst.

Er stand keine zwei Schritte von ihr entfernt, flankiert von der schweigenden Lady Clendenen und de Gredin.

Obgleich Adela ihn nicht anzublicken wagte, spürte sie, dass auch seine Gedanken bei ihr waren. Seit dem Augenblick, als Lady Clendenen und de Gredin zu Adelas Leidwesen ihre Unterhaltung mit Rob unterbrochen hatten, floss ein Strom von Energie zwischen den beiden hin und her. Adela fand es beinahe unerträglich, hier zu bleiben und höflich Konversation zu machen, wenn sie viel lieber Sir Robert of Lestalric am

Schlafittchen nach draußen gezerrt und reinen Tisch mit ihm gemacht hätte.

Bei der Vorstellung musste sie beinahe lächeln, doch zugleich wunderte sie sich über sich selbst. Diese Gedanken passten so gar nicht zu der Frau, die sie seit einigen Wochen war. Sie musste an Gelegenheiten denken, als sie böse auf Sorcha gewesen war, Zeiten, die eine Ewigkeit zurücklagen. Zumindest kam es ihr seit ihrer Entführung so vor.

In jenen längst vergangenen Tagen hatte sie – stets voller Selbstbeherrschung – einen großen Haushalt geführt, mit Leichtigkeit ihre jüngste Schwester Sidony geleitet, meistens erfolgreich ihre dickköpfige Schwester Sorcha gezähmt und fast immer gewusst, wie sie ihren Vater behandeln musste. In letzter Zeit dagegen schien Adela ihr eigenes Leben mehr und mehr zu entgleiten, ohne dass sie so recht wusste, wie es dazu gekommen war.

Doch ihre Reaktion auf Sir Roberts Schwindelei – ja, auf den Mann im Allgemeinen – entsprach schon mehr ihrem alten Selbst. So viel Energie wie bei der Vorstellung, ihm einmal gründlich die Meinung zu sagen, hatte sie – wenn überhaupt jemals – seit Jahren nicht mehr gespürt. Das Gefühl war so stark, dass sie es kaum zur Kenntnis nahm, als Lady Clendenen Waldron erwähnte. Es war, als hätte die Lady von einer beliebigen Person gesprochen.

»Jetzt, da Donald fort ist, wird hier noch mehr Tumult herrschen«, sagte Isabella, die sich zu ihnen gesellt hatte. Soeben verließ der letzte der Inselleute die Halle. »Ich wollte eigentlich auch gehen, und Henry hat mir eine Eskorte angeboten. Solltet Ihr noch bleiben wollen, Ealga …«

»Du lieber Himmel, nein!«, lachte Lady Clendenen. »Bald werden nur noch Fife und seine Zechkumpane hier sein. Und die Frauen in ihrer Gesellschaft führen sich, wie ich finde, schon jetzt ganz unmöglich auf.« An Sir Robert gewandt fügte sie hinzu: »Ich bedauere, dass wir schon wieder Abschied nehmen müssen, wo wir uns doch gerade erst kennengelernt haben, Sir. Aber ich glaube, es muss sein, bevor Lady Ardelve noch Schlimmeres zu Gesicht bekommt.«

»Ich werde ebenfalls gehen, Madam«, erwiderte Sir Robert. »Henry hat mir angeboten, mich im Sinclair House zu beherbergen, und seine Männer kennen mich. Falls er also noch nicht …«

»Er geht auch«, sagte Isabella. »Er hat gesagt, er würde vor dem Schlafengehen gern noch mit Euch reden, weil Ihr ja morgen in aller Frühe aufbrechen wollt.«

»Oh nein!«, protestierte Lady Clendenen. »Ihr dürft Edinburgh nicht verlassen, bevor wir Euch nicht ein wenig besser kennengelernt haben, Sir. Ich habe gehofft, Ihr würdet mir die Ehre erweisen und morgen Abend mit Lady Ardelve und mir speisen, bevor wir zu dem Fest hierher zurückkehren.«

Adela war sicher, dass der Baron nicht fortgehen würde. Daher war sie nicht überrascht, als er antwortete: »Nein, Mylady. Mich ruft nur die Pflicht meiner neuen Stellung. Ich war seit fast zehn Jahren nicht mehr auf Lestalric, müsst Ihr wissen, und wollte mich morgen dort ein wenig umsehen.«

»Dann wäret Ihr vielleicht so freundlich, auf Clendenen House zu Abend zu essen?«, erwiderte sie hoffnungsvoll und fügte mit einem Blick auf ihren Vetter hinzu: »Die Einladung gilt auch für Euch, de Gredin. Nach dem Essen könnt Ihr Gentlemen natürlich tun, was Euch beliebt. Ich persönlich gehe gern möglichst früh an den Hof. Je später der Abend, desto unerfreulicher wird es hier. Aber wir müssen nicht jeden Abend herkommen.«

Isabella sagte lächelnd zu Adela: »Ich glaube, du warst noch nicht in der Abtei Holyrood, meine Liebe. Du musst sie unbedingt besuchen, solange du hier bist.«

Adela wunderte sich ein wenig über den plötzlichen Wechsel des Themas, doch Sir Robert antwortete: »Ja, wirklich, Lady Ardelve. Lestalric ist nicht weit von der Abtei entfernt. Wir könnten ja vielleicht eine Reitpartie veranstalten, falls Lady Clendenen oder die Gräfin sich bereit erklären, uns um der

Schicklichkeit willen zu begleiten. Eigentlich würde ich mich freuen, wenn Ihr alle mitkommen könntet.«

De Gredin lachte leise. »Vorsicht, Mylord, die Damen nehmen bestimmt an, Ihr meint morgen. Und womöglich glauben sie, Ihr hättet mich auch eingeladen, was ich stark bezweifle.«

»Ihr tut mir Unrecht, *monsieur«*, erwiderte der Baron augenblicklich. »Ich würde mich geehrt fühlen, wenn Ihr alle mich morgen begleitet. Es würde mir beträchtlich den Tag versüßen, der ansonsten nur Arbeit und Betrübnis für mich bereithält. Ich fürchte, Lestalric, einst ein schöner Besitz, wurde in den vergangenen zehn Jahren vernachlässigt. Wie ich gehört habe, hielt sich mein Bruder immer dort auf, wenn der königliche Hof in Edinburgh war. Doch mein Vater zog Logan House vor.«

*»Logan* House?«, fragte Adela und blickte ihn scharf an.

»Ja, Mylady«, erwiderte er mit einem aufmerksamen Blick. »Es ist der Sitz meiner Familie in den Pentland-Hügeln.«

»Dann ist Euer Familienname also Logan?«

»Ja, und so hat mich der oberste Kammerherr heute Abend auch angekündigt.« Er blickte sie nun argwöhnisch an.

»Daran erinnere ich mich, aber ich wusste nicht, dass …« sagte sie.

Doch da unterbrach Isabella sie: »Habe ich richtig verstanden, Sir, dass Ihr uns alle einladet, morgen mit Euch nach Lestalric und vielleicht noch zur Abtei zu reiten?«

Er lächelte. »Gewiss, Gräfin, wenn es Euch beliebt.«

»Das muss ich mir noch überlegen«, erwiderte sie mit einem belustigten Unterton. »Ich wollte eigentlich nur ein oder zwei Tage bleiben, um Donald zu treffen. Und da er ja morgen früh nach Glasgow aufbricht, um von dort aus mit dem Schiff nach Isla zu fahren, war ich beinahe entschlossen, morgen nach Roslin zurückzukehren.«

»Aber Isabella, Ihr seid doch gerade erst angekommen!«, protestierte Lady Clendenen. »Außerdem habt Ihr genügend Gepäck für einen ganzen Monat dabei.«

»Ja, schon, aber das werde ich brauchen, wenn Henry auf die Orkneys zurückgekehrt ist. Dann komme ich für eine längere Zeit hierher. Andererseits will unsere Isobel Roslin nicht verlassen, solange ihr Kind noch so klein ist, und ich möchte auch Zeit mit ihnen verbringen. Ich bin sicher, Ihr alle kommt auch ohne mich gut zurecht.«

»Was würdet Ihr gern tun, Lady Ardelve?«, fragte Sir Robert. Adela war überrascht. Sie hatte nur darauf gewartet, wie die anderen sich entscheiden würden.

Als sie seinem freundlichen Blick begegnete, errötete Adela. »Ich werde mich wohl den übrigen anschließen«, erwiderte sie, wobei sie sich bemühte, kühl, aber nicht abweisend zu klingen. »Immerhin bin ich Gast der Lady.«

»Wir begleiten Euch alle gern, Sir«, meldete sich Lady Clendenen zu Wort.

Als sie sah, wie seine Lippen zuckten, wurde Adela wieder ärgerlich. Sie wandte den Blick ab, aus Angst, sich zu verraten und eine dieser peinlichen Situationen zu schaffen, die sie selbst so verabscheute.

»Vielleicht sollte ich jetzt Henry Bescheid sagen«, bemerkte Sir Robert.

»Nicht nötig«, widersprach Isabella. »Henry ist mit MacDonalds Gefolge hinausgegangen. Er erwartet uns am Torturm. Wie seid Ihr heute Abend hierher gekommen, Lestalric?«

Kaum hatte Robert seine Aufmerksamkeit auf die Gräfin gerichtet, blickte Adela wieder zu ihm hin. Er wirkte amüsiert und täuschte erneut diesen albernen Akzent vor. »Ich bin geritten, Gräfin«, erklärte er. »Ich habe kein Vertrauen zu solchen Vehikeln wie dem der Lady. Bei dem Gerumpel fallen einem ja die Zähne aus. Was meint Ihr dazu, de Gredin?«

»Da ich über Zimmer hier in der Burg verfüge, brauche ich mir über Kutschen keine Gedanken zu machen«, erwiderte der Chevalier lächelnd. »Aber wenn es Euch ein Trost ist: Ich stimme vollkommen mit Euch überein.«

»Würdet Ihr mit uns kommen, Sir?«, fragte Sir Robert. »Ich fürchte, ich bin eine unzureichende Begleitung für drei so bezaubernde Damen. Wahrscheinlich komme ich gegen all die eifrigen Verehrer, die sie bestürmen, gar nicht an.«

»Ich stehe Euch gern zur Seite«, erwiderte de Gredin.

»Wie nett von Euch, mein lieber Chevalier«, sagte Isabella. »Würdet Ihr mir den Arm reichen? An manchen Stellen ist der Boden hier reichlich uneben, findet Ihr nicht auch, Ealga? Vielleicht solltet Ihr seinen anderen Arm nehmen. Adela macht es bestimmt nichts aus, mit Lestalric zu gehen.«

De Gredin, der sich bereits zu Adela umgedreht hatte, reichte der Gräfin unverzüglich den Arm und streckte Lady Clendenen den anderen hin. Dabei huschte ein kaum merklicher Ausdruck von Enttäuschung über sein Gesicht, der jedoch sofort wieder verschwunden war.

»Schaut mich nicht so böse an, Mädchen«, flüsterte Sir Robert mit seiner normalen Stimme, als die anderen schon ein Stück vorausgegangen waren. »Sonst zückt noch irgendein tollkühner Dummkopf sein Schwert, um Euch zu beschützen, und ich muss ihn töten.«

»Ich schaue, wie ich will«, flüsterte sie zurück. »Wenn ich noch lange so tun muss, als verstünde ich mich bestens mit Euch, fahre ich noch aus der Haut.«

»Danach würdet Ihr Euch bestimmt besser fühlen«, erwiderte er. »Geht hier vorsichtig. Das ist eine von den unebenen Stellen, die die Gräfin erwähnt hat. Wenn Ihr schon nicht meinen Arm nehmen wollt, dann tut mir wenigstens den Gefallen und stolpert nicht, bis Ihr in der Kutsche seid. Denkt an meinen Ruf als Kavalier.«

Es hatte keinen Sinn, ihm zu erklären, warum sie sich nach einem Wutausbruch keineswegs besser fühlen würde, daher sagte sie bloß mit gepresster Stimme: »Was ist mit Einar Logan geschehen?«

»Ich werde Euch alles erzählen, was Ihr wissen wollt, aber nicht hier und nicht jetzt«, entgegnete er entschieden. »Wenn

Ihr der Gräfin und Lady Clendenen unseren Ausritt morgen nicht ausredet, könnten wir dann unter vier Augen sprechen. Vielleicht bleibt mir sogar genügend Zeit, um Euch alles zu erklären.«

»Aber Ihr habt doch gesagt, Logan wäre Euer Familienname.«

»Ja, das stimmt«, erwiderte er und blickte ihr in die Augen.

»Ist Einar Logan ein Verwandter von Euch?«

»Die meisten Logans sind miteinander verwandt, Mädchen, aber lasst mich Eure Fragen, so gut ich kann, morgen beantworten. Vergesst nicht, dass in dieser Burg die Wände Ohren haben, und ich will nicht, dass jeder über meine Privatangelegenheiten Bescheid weiß.«

»Eines muss ich noch wissen, Sir.«

»Was denn?«

»Ist Einar noch am Leben?«

Nach kurzem Zögern antwortete er: »Ja, aber mehr sage ich jetzt nicht dazu.«

Sie hätte gern gewusst, was sein Zögern zu bedeuten hatte. Eine innere Stimme warnte sie, dass er sie angelogen hatte, doch sie wollte es nicht wahrhaben. Sie hatte es schon öfter mit Lügnern zu tun gehabt – wenn auch nicht häufig, da die Hochländer, ob adelig oder nicht, Lügen im Allgemeinen verabscheuten – und dabei die Beobachtung gemacht, dass sie manchmal ausweichend antworteten. Und genau diesen Eindruck hatte sie jetzt auch von Sir Robert.

Doch Ausflüchte waren noch keine Lügen. Und obgleich sein Verhalten ihr noch immer rätselhaft erschien, fürchtete sie nicht länger um Einars Sicherheit. Da Hugo ihr versichert hatte, dem Mann drohe keine Gefahr, und auch Sir Robert gesagt hatte, dass Einar noch lebte, musste es wohl stimmen.

Draußen in dem von Fackeln erleuchteten, feuchtkalten inneren Burghof wartete Henry mit der Kutsche. Zu Adelas Überraschung hatte er nicht nur ein Pferd für Lestalric, sondern auch eines für sich selbst dabei.

»Ich habe es mir aus dem königlichen Stall geborgt«, erklärte er mit seinem sorglosen Grinsen. »Eure Kutsche ist ja ein hübsches Vehikel, Ealga, aber ich bin hinten von den Schultern bis zu den Kniekehlen grün und blau. Und mein Kopf dröhnt noch immer, weil ich ständig gegen das Dach gestoßen bin.«

»Ihr redet einen Haufen Unsinn, Sir«, entgegnete Lady Clendenen unumwunden. »Ihr hattet doch einen Hut auf. Wenn also etwas verbeult wurde, dann nicht Euer hübsches Köpfchen. Aber bitte, reitet nur mit Lestalric. Dann haben wir wenigstens mehr Platz.«

Sie sagten de Gredin gute Nacht und kletterten in die Kutsche, wo Adela jetzt zwischen ihrer Gastgeberin und der Gräfin wesentlich bequemer saß. Die beiden älteren Frauen plauderten vergnügt und überließen Adela ihren Gedanken und dem erregenden Gefühl, dass Lestalric dicht neben ihr ritt.

Nachdem die beiden Männer aufgesessen waren, überließ es Rob Henry, ein Gesprächsthema zu wählen, was dieser auch bereitwillig tat. Sie sprachen über Mitglieder des Königshofes und den offensichtlich rapiden geistigen und körperlichen Verfall des Königs.

»Ich bin froh, dass er dich überhaupt erkannt hat«, sagte Henry, während sie den Durchgang unter dem Turm passierten, der mit einem schweren eisernen Fallgitter gesichert war.

»Findest du auch, dass ich meinem Großvater ähnlich sehe?«, fragte Rob.

»Ach je, ich kann mich ja kaum an ihn erinnern«, antwortete Henry. »Ich bin ihm nur einmal begegnet, abgesehen von seinen Besuchen auf Roslin, als ich noch ein Kind war. Aber davon weiß ich gar nichts mehr. Dein Vater kam öfter zu Besuch, aber nachdem du von zu Hause weggegangen bist, nie mehr.«

»Wahrscheinlich hatte er Angst, du würdest ihn fragen, warum ich gegangen bin«, sagte Rob. »Das hätte er dir oder Sir Edward wohl nicht gern erklärt, nehme ich an.«

»Ja, er konnte sich denken, dass wir auf Roslin auch deine Meinung hören und uns dann auf deine Seite stellen würden«, stimmte Henry ihm zu.

Sie ritten eine Weile schweigend dahin. Als die Kutsche ein wenig vorausgefahren war, sagte Rob: »Ich habe sie alle morgen zu einer Reitpartie nach Lestalric eingeladen. Wir könnten auch in Holyrood haltmachen.«

»Eine vorzügliche Idee«, erwiderte Henry. »Ich kann euch ein paar Männer zum Schutz mitgeben, falls jemand dir nach dem Leben trachtet. Soll ich auch mitkommen?«

»Mir wäre es, ehrlich gesagt, am liebsten, wenn ich mit Lady Ardelve allein reiten könnte.«

Henry blickte ihn aufmerksam an. »So ist das also, ja?«, fragte er.

»Ach, ich weiß doch nicht einmal, was mir alles bevorsteht«, sagte Rob. »Ich kann nicht leugnen, dass sie mir gefällt wie noch nie ein anderes Mädchen. Aber bevor ich etwas unternehmen kann, muss ich meine Stellung auf Lestalric sichern. Außerdem wäre mein Antrag dem armen Mädchen gerade jetzt bestimmt nicht willkommen. Schließlich hat sie einen, nein, sogar zwei schwere Schicksalsschläge erlitten. Zuerst diese vermaledeite Entführung, bei der dein Vetter Waldron sie auf dem ganzen Weg vom Hochland nach Lothian in Angst und Schrecken versetzt hat. Und dann fällt auch noch Ardelve neben ihr tot um. Hast du schon mal daran gedacht, dass es dabei nicht mit rechten Dingen zugegangen sein könnte?«

»Willst du damit sagen, dass jemand den Mann ermordet hat?«

»Ja. Mein Vater und Will wurden doch auch ermordet, nicht wahr? Was ist, wenn es eine Verbindung zwischen ihrem und Ardelves Tod gibt?«

»Und die wäre?«

Rob zuckte die Achseln. »Ich weiß nicht. Er war nur wegen Adela hier. Und wenn nun ihre Entführung irgendwie mit Waldrons Suche nach dem Schatz zu tun hat und jemand verhindern wollte, dass sie ins Hochland zurückkehrt, bevor er sie aushorchen kann?«

»Das ist möglich, aber wer sollte dahinterstecken, jetzt, wo Waldron tot ist? Außerhalb meiner Familie und dem Orden weiß keiner, dass es den Schatz überhaupt gibt.«

»Das stimmt nicht ganz«, entgegnete Rob. »Waldron wusste es auch, und als wir Adela befreiten, wimmelte das ganze Tal von unseren und seinen Männern. Sie wissen zwar nichts Genaues, aber vielleicht können sie sich ja denken, dass man bei uns etwas finden könnte. Und dank meines losen Mundwerks vor ein paar Jahren und Wills Prahlsucht wissen bestimmt so einige Leute, dass die Logans ein Geheimnis haben. Was ist, wenn jemand zwei und zwei zusammenzählt?«

Henry verzog das Gesicht. »Eigentlich wollte ich noch nach Roslin, bevor ich in den Norden aufbreche. Meine Mutter erwartet das bestimmt von mir, sofern sie bald nach Hause zurückkehrt«, sagte er. »Aber vielleicht verschiebe ich den Besuch noch ein wenig und reite mit dir nach Hawthornden. Ich glaube, du hast recht mit deiner Annahme, dass dein Großvater dort etwas versteckt hat. Außerdem habe ich dort Zugang zu meinen Landkarten, für den Fall, dass wir sie brauchen.«

»Bewahrst du sie auf Roslin auf?«, fragte Rob.

»Ja, zumindest die meisten aus der Truhe. Habe ich sie dir schon einmal gezeigt?«

»Nein, du weiß ja, dass ich mit alten Karten und solchem Kram nicht viel anfangen kann«, erwiderte Rob in dem Akzent, den er sich während seines selbst gewählten Exils angewöhnt hatte.

Henry lachte. »Du hast dich als dienender Ritter ja hervorragend gemacht, mein Freund. Mir wäre ein solches Leben viel zu anstrengend, aber dir hat es anscheinend gefallen.«

»Meistens schon«, erwiderte Rob mit einem schiefen Lächeln. »Außerdem war Hugo lange nicht so streng mit mir wie seinerzeit Sir Edward auf Dunclathy.«

»Erzähl mir mehr von der Sache mit Adela«, fuhr Henry

kurz darauf fort. »Wenn du nicht um das Mädchen anhalten willst, was hast du dann vor?«

»Jetzt möchte ich ihr erst einmal helfen, zur Ruhe zu kommen«, antwortete Rob. »Aber dazu muss ich ab und zu mit ihr allein sein, und ich weiß nicht, wie ich das anstellen soll, ohne ihrem guten Ruf zu schaden. Ihre Entführung hat sich in dieser Hinsicht schon verheerend genug ausgewirkt.«

»Ja, mir ist auch aufgefallen, dass einige ihr heute Abend scheele Blicke zugeworfen haben«, erwiderte Henry. »Mutter war zwar sehr dafür, dass das Mädchen Ealga Clendenens Einladung annimmt, aber hier könnte es für Adela gefährlich werden.

Jetzt, da diese ruchlose Stewartbande sich gegenseitig Stellung und Einfluss streitig macht und Fife am rechtmäßigen Erben Carrick vorbei nach der Macht strebt, lauern hier überall Fußangeln, wenn man sich nicht vorsieht.«

»Das stimmt, aber daran kann ich nichts ändern«, sagte Rob. »Außerdem ist sie wegen Einar Logan nicht gut auf uns zu sprechen.«

»Warum denn das?«, erkundigte sich Henry mit unterdrücktem Lachen.

Rob reckte das Kinn. »Sie sagt, sie ist ihm dankbar, dass er sie vor ihren Entführern gerettet hat und …« Er musste daran denken, dass er versprochen hatte, sie nicht zu verraten, doch schließlich hatte er ihr auch gesagt, sie solle Hugo von dem Gespräch erzählen, das sie mitangehört hatte. Bestimmt hatte sie das schon getan, also fuhr er fort: »Sie hat gehört, wie ich zu Hugo sagte, wir müssten den Kerl sterben lassen.«

Henry lachte.

»Du findest das vielleicht lustig«, erwiderte Rob seufzend, »aber Lady Adela tut das keineswegs, das kann ich dir sagen. Und ich bin sicher, die Wahrheit wird ihr ebenso wenig gefallen.«

»Du willst es ihr also verraten.«

»Ja«, sagte Rob. »Möge der Himmel mir beistehen.«

Henry runzelte die Stirn. »Die Macleod-Schwestern haben sich in der Vergangenheit als absolut zuverlässig erwiesen, und ich habe keinen Grund, von Adela etwas anderes anzunehmen. Im Gegenteil, sie hat ein besonneneres Temperament und ist nicht so impulsiv wie Isobel oder Sorcha. Aber hast du bedacht, dass deine Feinde auch sie bedrohen könnten, sobald sie dein Interesse an ihr bemerken?«

»Daran habe ich gedacht, Henry, doch ich weiß nicht, wie ich es verhindern soll«, erwiderte Rob. »Außerdem habe ich versprochen, offen und ehrlich zu ihr zu sein.«

»Ich verstehe. Dann werde ich dazu nichts mehr sagen.«

Rob wünschte, er könnte ihm glauben. Doch da er wusste, was Henry sich – vermutlich zu Recht – dachte, antwortete er nicht.

# 10

In der Kutsche hörte Adela ihrer Gastgeberin und der Gräfin zu, die sich über den Abend unterhielten. Dabei überlegte sie, ob sie am nächsten Tag mitreiten sollte. Es würde Lestalric recht geschehen, dachte sie, wenn sie vorgab, Kopfschmerzen zu haben, und zu Hause blieb.

Doch zugleich wusste sie, dass sie nichts dergleichen tun würde. Durch die Begegnung mit ihm erschien ihr das Leben wieder lebenswert und aufregender als je zuvor.

Als die Kutsche vor dem Sinclair House hielt, sagte die Gräfin zu Adela: »Ich hoffe, du nimmst Lestalrics Einladung an, meine Liebe. Die Abtei ist wirklich sehenswert, und von Lestalric Castle hat man einen schönen Blick auf den Firth und den Hafen von Leith.«

»Ich bin sicher, es wird ein interessanter Tag, Madam«, erwiderte Adela.

»Dann kommen wir also mit«, bemerkte Lady Clendenen vergnügt. »Du hast wirklich Erfolg, meine Liebe. Noch keinen ganzen Tag in der Stadt und schon zwei respektable Verehrer. Das ist ja ein ausgezeichneter Anfang.«

Adela waren ihre Worte peinlich, doch da sie wusste, dass die Lady es nur gut meinte, erwiderte sie: »Ich hoffe, Ihr bringt die beiden nicht auf dumme Gedanken.«

»Oh, das brauche ich gar nicht, weil ...«

»Habt Erbarmen, Ealga«, mischte sich Isabella lachend ein, als ein Page den Schlag der Kutsche aufriss. »Ihr Gemahl ist noch nicht einmal unter der Erde! Und du, meine liebe Adela, solltest jetzt nur an deine erholsame Nachtruhe denken.« Mit diesen Worten stieg die Gräfin aus.

»Ich danke Euch, Madam«, antwortete Adela erleichtert.

Auf dem kurzen Weg zu ihrem Haus kam Lady Clendenen nicht mehr auf Verehrer zu sprechen, doch ihr strahlendes Lächeln zeigte, wie erfreut sie über Adelas Erfolg war. In Lady Clendenens Haus angelangt, begab sich Adela sogleich zu Bett. Die muntere Dienstmagd half ihr, sich fertig zu machen, und bald lag Adela unter ihrer Bettdecke und dachte an den kommenden Tag.

Kaum war sie eingeschlafen, befand sie sich auf stürmischer See in einem Boot voller Menschen, die sie erst zu kennen glaubte, dann wieder nicht. Immer höher türmten sich die Wogen, und auf einmal verschwanden die anderen nach und nach, bis Adela ganz allein in einem plötzlich viel kleineren Boot war.

Eine riesige Welle türmte sich auf, hoch wie eine Burgmauer, und kam immer näher, um Adela in ihrem winzigen Kahn unter sich zu begraben. In diesem Augenblick erwachte sie und fuhr vor Angst zitternd auf. Sie war ganz allein in der dunklen Kammer.

Sie stand auf, ging zum Fenster, schob den Vorhang beiseite und blickte in den mondbeschienenen Garten hinaus, bis ihr Herz wieder normal schlug. Dann ging sie zurück ins Bett und schlief fest, bis die fröhliche Stimme der Magd sie fragte, was sie an diesem herrlichen Tag anziehen wollte.

Bald nachdem Adela und ihre Gastgeberin in der sonnigen Kemenate der Lady ihr Frühstück eingenommen hatten, teilte ihnen ein Diener mit, dass Sir Robert, die Gräfin und der Graf von Orkney eingetroffen seien. Daraufhin gingen sie in die geräumige Halle hinunter, um die Gäste zu begrüßen.

Isabella hatte ein Reitkleid aus rotbraunem, festem Wollstoff gewählt, das – ebenso wie Adelas moosgrünes – schlicht geschnitten war. Henry trug einen smaragdgrünen mit Zobel besetzten Umhang und Lestalric ein Samtwams von einem so dunklen Rot, dass es schwarz wirkte, bis ein Sonnenstrahl durch das Fenster darauf fiel.

Seine Augen, die im warmen Schein von Kerzen und Kaminfeuer golden geschimmert hatten, waren bei Tageslicht von einem hellen Haselnussbraun. Als er eine Verbeugung vor Lady Clendenen machte, dachte Adela erneut, dass ihn jede Frau um seine dunklen Wimpern beneidet hätte.

»Wo ist Etienne?«, fragte Lady Clendenen, nachdem sie die Gäste begrüßt hatte.

»Der Chevalier bittet die Verspätung zu entschuldigen«, erklärte Henry. »Er hofft, uns in Holyrood zu treffen. Wenn er es nicht schafft, wird er irgendwo unterwegs zu uns stoßen.«

Adela sah, wie Lestalric die Lippen zusammenpresste, bevor er sich mit einem Lächeln zu ihr umdrehte. »Es ist ein schöner, strahlender Morgen, nicht wahr?«, sagte er.

Sie pflichtete ihm bei, dann gingen sie unverzüglich nach draußen, wo die Pferde schon auf sie warteten und dazu eine Eskorte aus sechs bewaffneten Männern, die Henry mitgebracht hatte.

Der Morgen war sonnig, doch kühl. Daher war Adela froh, dass sie noch einen eng anliegenden warmen Überrock über ihr Kleid gezogen hatte.

Das Pferd, das ihre Gastgeberin ihr zur Verfügung gestellt hatte, war ein hübscher grauer Wallach. Er trug einen einfachen Männersattel, wie Adela und ihre Schwestern ihn bevorzugten. Auch Isabella pflegte im Herrensitz zu reiten. Macleod hatte all seinen Töchtern das Reiten beigebracht, und Adela hatte schon im Sattel gesessen, als sie noch kaum laufen konnte.

Im Gegensatz dazu trug Lady Clendenens rotbraune Stute einen großen, kastenförmigen, mit Schaffell gepolsterten Damensattel. »Meine Gussy ist ein gutes, zuverlässiges Mädchen und geht so ruhig, wie man es sich nur wünschen kann«, beteuerte Lady Clendenen, wobei sie die flachen Ledersättel missbilligend betrachtete. »Aber ich möchte trotzdem beim Reiten mehr zum Festhalten haben als die Mähne und die Zügel.«

Lestalric ritt einen temperamentvollen Fuchshengst mit schwarzer Mähne und schwarzen Fesseln und Henry einen Rappen.

Adela musste bald feststellen, dass Lady Clendenen unter Reiten ein majestätisches Dahinschreiten ohne jede Anstrengung für Ross und Reiter verstand. Doch auf der Landstraße war ohnehin kein Platz für eine schnellere Gangart, und zur Abtei war es nicht weit.

»Wisst Ihr, woher der Name Holyrood kommt?«, fragte Henry Adela.

»Es hat etwas mit dem Kreuz Christi zu tun, nicht wahr?«

»Ja. David I., der die Abtei erbauen ließ, benannte sie nach einem Splitter vom Heiligen Kreuz, das seine Mutter bei ihrer Heirat in einem kleinen goldenen, mit Elfenbeinintarsien verzierten Schrein mit nach Schottland gebracht hatte. Man nannte es *Holy Rood of Scotland,* und es war unsere heiligste Reliquie.«

»Bis die Engländer es David II. bei der Schlacht von Neville's Cross raubten«, fügte Lestalric beiläufig hinzu.

Henry musste lachen. »Man muss sich schon fragen, warum ein König der Schotten eine so kostbare Reliquie mit auf das Schlachtfeld nimmt.«

Vor ihnen tauchte die eindrucksvolle Fassade der Abtei mit dem weit zurückgesetzten Eingang auf. An der Nordseite ragte der große quadratische Turm in den Himmel.

»Das ist schön«, sagte Adela. Es war die größte Kirche, die sie jemals gesehen hatte.

»Möchtet Ihr sie Euch von innen ansehen?«, fragte Lestalric.

Sie überlegte, ob er diesen Vorschlag nur machte, weil er ungestört mit ihr reden wollte. Hier war bestimmt nicht der richtige Ort für ein vertrauliches Gespräch.

Lady Clendenen nahm ihr die Entscheidung ab, indem sie empört ausrief: »Meine Güte, Sir, sollen wir schon wieder absteigen, wo wir doch gerade erst richtig sitzen?«

»Der Morgen ist zu herrlich, um drinnen zu sein«, bemerkte

Isabella. »Nach Lestalric und zum Dorf Leith gibt es mindestens zwei schöne Strecken.«

Lestalric lenkte sein Pferd neben das Adelas, während sie den Bogengang an der Nordmauer des Kirchhofes umrundeten.

»Ist Euer Zuhause in Leith?«, fragte sie.

»Die Burg liegt dort hinten auf dem Hügel, eine Meile nördlich der Abtei. Das Dorf Leith liegt noch eine Meile dahinter«, antwortete er lächelnd.

»Ja, es ist ein idyllisches Fleckchen«, bemerkte Henry und fragte: »Wie viel von Lestalric willst du dir heute ansehen, Rob? Soweit ich mich entsinne, erstreckt sich der Besitz östlich von Leith bis Portobello.«

Lestalric versicherte, dass er nicht vorhätte, seine Begleiter über sämtliche Ländereien zu schleppen. Lady Clendenen fragte verwundert: »Gehört das Land hinter der Abtei nicht der Kirche? Ich dachte, sogar das Dorf Leith wäre in ihrem Besitz.«

»Es gehört nicht der Kirche«, erklärte Henry, »aber sie bezieht Pacht von Nord-Leith auf dem anderen Flussufer. Die Fischer dort liefern die Fische für die zahlreichen kirchlichen Fastentage und halten die Fischerboote und andere Wasserfahrzeuge der Kirche instand. Süd-Leith und das Gebiet östlich davon bilden das Herrschaftsgebiet der Lestalrics.«

»Was für andere Wasserfahrzeuge?«, fragte Isabella interessiert nach.

Lestalric lachte belustigt. »Die Fähre des Abtes mochte ich immer am liebsten. Vermutlich ist sie immer noch die einzig praktische Möglichkeit, von dieser Seite des Flusses nach Nord-Leith zu gelangen.«

»Ja«, sagte Henry und verzog das Gesicht. »Der Abt verdient ganz schön an dieser Fähre, denn der einzige sichere Hafen von Edinburgh befindet sich bei Nord-Leith. Alle Handelsschiffe und andere Boote, einschließlich meine, liegen dort vor Anker.«

Nachdem Isabella erklärte hatte, Adela habe für heute genug

von der Abtei gesehen, ritten sie durch das Tor hinaus und wandten sich nach Norden. Wenige Minuten später befanden sie sich im offenen Gelände, und bald darauf erblickten sie die Burg Lestalric auf ihrem schroffen Felsen über dem lang gezogenen Loch im Osten.

Nach allen Seiten erstreckten sich Äcker, dichte Wälder und offenes Moorland. Adela seufzte vor Behagen bei diesem Anblick.

»Sollen wir den Tieren freien Lauf lassen, vielleicht bis dort hinten zu dem Wald am Fuß des Felsens?«, flüsterte Lestalric neben ihr.

Sie blickte ihn hoffnungsvoll an. »Sollen wir wirklich? Werden die anderen nichts dagegen haben?«

»Ich glaube nicht«, erwiderte er. »Henry genießt den Ritt, und er kennt den Weg. Und wenn wir Glück haben, unterhält sich die Gräfin mit der Lady, während sie dahinzockeln.«

Als Adela sich umblickte, sah sie, dass die Gräfin sie beobachtete, während sie mit Henry und Lady Clendenen plauderte. Als ihre Blicke sich trafen, nickte Isabella.

Rob, der es mitbekam, segnete die Gräfin im Stillen. Auf die Geschwindigkeit der Gruppe hatte er keinen Einfluss, doch wenn er den Wink recht verstanden hatte, würden Isabella und Henry dafür sorgen, dass ihm genügend Zeit blieb, um mit Adela zu sprechen. Die ganze Zeit über hatte Rob damit gerechnet, dass de Gredin sie einholen würde, doch bisher hatten sie nichts von ihm gesehen, und Rob hoffte, dass es so bleiben würde.

Als daher Adela sich mit glänzenden Augen und vom kühlen Wind rosigen Wangen wieder zu ihm umdrehte, trieb er sein Pferd ein wenig an. Adelas Grauer hielt mühelos mit dem Fuchshengst Schritt. Dann beugte sie sich über den Pferdehals und zog an ihm vorbei. Er überließ ihr für ein paar Minuten die Führung, bevor er aufholte.

Der Weg bot den Pferden einen festen Tritt, und er stellte

bald fest, dass Adela es mit jeder Reiterin, die er kannte, aufnehmen konnte. Allerdings hatte er auch nichts anderes erwartet, nachdem er die Reitkünste ihrer beiden Schwestern hatte bewundern können.

Nun donnerten ihre Pferde in einem wilden Wettlauf dahin. Grinsend zog er an Adela vorbei, dann zügelte er sein Pferd ein wenig und ließ sie aufholen. Er freute sich, als sie ihn anlächelte. Bis zum Wald war es noch ein ganzes Stück.

»Sollen wir jetzt miteinander reden, Sir?«, fragte sie, plötzlich wieder ernst.

Er hätte sie am liebsten gebeten, doch weiterzulächeln, und ihr gesagt, wie schön und warmherzig ihr Lächeln sei. Doch als ihm ihre Reaktion auf die überschwänglichen Komplimente vom vergangenen Abend wieder einfiel, verzichtete er darauf und sagte stattdessen: »Gern, aber seid nicht überrascht, wenn dieser de Gredin plötzlich hinter einem Busch hervorspringt.«

»Er ist ein netter, charmanter Mensch«, erwiderte sie tadelnd und fügte überraschenderweise hinzu: »Das muss ich mir immer wieder sagen, weil ich sonst anfange, mir einzubilden, *er* hätte mich beschwindelt. Und das wäre ungerecht, denn damit hatte er schließlich nichts zu tun.«

Als Rob sie verwundert anblickte, sah er, wie ihre Lippen zuckten. Er war vollkommen verblüfft über ihren Sinn für Humor, den sie ausgerechnet jetzt zeigte. Bisher hatte sie nur den Wunsch in ihm geweckt, sie zu beschützen, und noch ein anderes, stärkeres Gefühl, dem er nicht auf den Grund gegangen war.

Natürlich erregte sie ihn, das konnte er sich nicht verhehlen, nachdem sein Körper so unerwartet heftig auf ihre Nähe in der Kapelle und am königlichen Hof reagiert hatte. Auch jetzt wieder genoss er es, mit ihr allein zu sein, doch da war noch ein anderes, ungewohntes Verlangen, über das er sich klar werden wollte.

Er wollte ihre Fragen offen beantworten, doch zugleich

musste er an seine Ehre denken und an den Eid, den er dem Orden geschworen hatte. Also fragte er, um einen aufrichtigen Ton bemüht: »Was möchtet Ihr denn wissen?«

»Erstens, was ist mit Einar? Ihr habt gesagt, er wäre Euer Verwandter, und außerdem hat er mir einen großen Dienst erwiesen. Ich möchte wissen, was aus ihm geworden ist?«

»Er hat sich über seine angemessene Stellung im Leben erhoben«, antwortete Rob. Er hatte Angst davor, was sie sagen würde, wenn sie die Wahrheit erfuhr, doch er konnte es ihr nicht länger verschweigen. Dabei war es gar nicht so, dass sie es niemandem verraten durfte, meldete sich eine kleine ironische Stimme in seinem Inneren. Wenn sie wollte, konnte sie es aller Welt erzählen. Es ging ihm lediglich darum, was sie von seiner Entscheidung hielt und von der Tatsache, dass er sie betrogen hatte.

Sie sollte verstehen, warum er es getan hatte, und ihm trotzdem wieder vertrauen, denn er empfand für sie, was er noch nie zuvor für einen Menschen empfunden hatte. Sie stillte dieses unverhoffte, unerklärliche Verlangen, das er fast vergessen hatte, bis es bei ihrer Begegnung auf den Zinnen von Roslin erneut in ihm erwacht war.

Sie schwieg und blickte ihn ernst an, und er hatte das Gefühl, sie hätte ungeduldig mit der Fußspitze aufgetippt, wenn sie nicht zu Pferd gesessen hätte. Er erwiderte ihren Blick.

»Wollt Ihr mir diese eigenartige Bemerkung über Einar nicht erklären, Sir?«

Er seufzte. »Diesen Augenblick habe ich mir immer wieder ausgemalt, Mylady. Aber in der Fantasie fällt mir eine Erklärung immer leichter als in Wirklichkeit.«

»Ihr braucht doch nur die Wahrheit zu sagen«, entgegnete sie. »Wo ist er?«

»Er steht – oder besser gesagt, er sitzt auf dem Pferd neben Euch.«

Sie starrte ihn mit großen Augen an, fasste sich jedoch rasch und fragte: »Was sagt Ihr da? Wollt Ihr mich für dumm verkaufen? Ihr wollt damit doch wohl nicht sagen, *Ihr* seid *er!*«

»Doch, genau das.«

»Aber wie ist das möglich? Einar Logan ist nur ein einfacher Soldat.«

»Nein, Mädchen, er ist ein dienender Ritter«, erklärte Rob mit schiefem Lächeln. »Ich kann Euch versichern, das ist ein kleiner, aber entscheidender Unterschied. Es war eine ziemlich demütigende Erfahrung, aber anfangs hatte ich das Gefühl, sie würde mir guttun.«

»Warum?«

»Weil ich mich trotz meiner Ausbildung hatte provozieren lassen. Ich besaß immer ein unberechenbares Temperament, doch ich dachte damals, ich könnte mich beherrschen.«

»Könnt Ihr es denn jetzt?«

»Ich hoffe es.«

»Und jetzt seid Ihr also Hauptmann von Hugos Heerschar.«

Er lächelte. »Ja, ein steiler Aufstieg, nicht wahr? Ich bin stolz darauf.«

Doch sie erwiderte sein Lächeln nicht, sondern blickte ihn nur mit funkelnden Augen und geröteten Wangen an. »Ihr seid sehr wortgewandt, Sir«, sagte sie schließlich. »Aber ich glaube Euch nicht. Einar Logan ist ein einfacher Mann aus dem Grenzland mit einer ungeschliffenen Sprache. Das habe ich selbst gehört.«

»Da kann ich Euch nicht widersprechen«, erwiderte er mit Einar Logans Akzent. »Es ist wirklich so.«

»Du meine Güte!«, rief sie verblüfft, dann fügte sie hinzu: »Und niemand hat Euch erkannt? Weder vorher als Sir Robert noch später als Einar?«

»Im Grenzland wimmelt es von Logans«, sagte er. »Es gibt sogar welche im Hochland, auch wenn sie sich dort MacLennan nennen. Ich brauchte bloß zu behaupten, ich wäre mit dem Baron verwandt. Wenn die Leute daraus schlossen, dass er überall Nachkommen hatte, dann war das ihre Sache.«

»Aber wussten denn Euer Vater und Bruder nicht, wo Ihr wart?«

»Nein, und ich bin sicher, sie haben auch keinen Gedanken mehr an mich verschwendet, nachdem ich fort war.«

»Ach, Ihr Armer«, sagte sie impulsiv und streckte die Hand nach ihm aus.

»Ihr braucht mich nicht zu bemitleiden«, entgegnete er schärfer als beabsichtigt und bereute es sofort, als sie ihre Hand zurückzog. Daher fügte er mit sanfter Stimme hinzu: »Nach dem Tod meiner Mutter war das Verhältnis zwischen uns dreien, ehrlich gesagt, nicht mehr das beste. Vor dem Tag, an dem ich zurückkehrte, nur um gleich wieder zu gehen, hatten sie mich vier Jahre lang nicht zu Gesicht bekommen.«

»Ihr lebtet also zusammen mit Hugo und Michael auf Dunclathy.«

»Ja, und Henry war auch dort«, antwortete er. »Er war älter und hielt anfangs etwas auf Abstand, wie es seiner Stellung zukam. Als wir gemeinsam ausgebildet wurden, war er schon seit Jahren das Oberhaupt seiner Familie. Sein Vater fiel auf dem Schlachtfeld, als Henry erst dreizehn war.«

»Wie war Eure Ausbildung?«

»So ziemlich wie bei jedem anderen jungen Burschen, nehme ich an. Für Frauen ist es sicher langweilig, aber uns hat es interessiert. Und wenn Sir Edwards Töchter zu Besuch kamen, spielten wir Kavaliere. Lady Robison war schon Jahre zuvor gestorben.«

»Es kommt mir unwahrscheinlich vor, dass Hugos Schwestern Euch nicht erkannt haben.«

Er zuckte insgeheim zusammen, als er sich an gewisse Dinge erinnerte, sagte jedoch nur: »Die beiden kleinen, Kate und Meg, waren erst sechs und sieben, als ich nach Dunclathy kam, und außerdem lebten sie nach dem Tod ihrer Mutter bei Verwandten. Ich glaube, sie waren höchstens neun und zehn, als ich sie das letzte Mal sah, bevor ich mir meine Sporen verdiente.«

»Ich verstehe.« Sie schwieg einen Augenblick. »Hat mir nicht irgendjemand erzählt, dass Hugo noch eine Schwester hat?«

»Ja, Lady Elizabeth. Sie heiratete kurz nach meiner Ankunft. Ich habe sie nur selten gesehen, und ich kann Euch versichern, auch später hatte sie für einen dienenden Ritter keinen Blick übrig.«

Sie waren am Rand des Waldes angelangt, der den östlichen Abhang des Burgfelsens bedeckte. Eigentlich war Lestalric Castle als Festung errichtet worden, doch nachdem Rob einige Jahre auf Dunclathy, Roslin und anderen besser befestigten Burgen verbracht hatte, erkannte er nun auf den ersten Blick, warum die Engländer die Burg fünfzig Jahre zuvor so leicht hatten einnehmen können und sie danach lediglich als Vorratsspeicher benutzt hatten.

Mit einem Blick über die Schulter überzeugte er sich davon, dass der Rest der Gruppe weit zurücklag, und sagte: »Wir warten lieber hier. Isabella wird nichts dagegen haben, dass wir vorreiten, solange wir in Sichtweite bleiben. Aber ich glaube kaum, dass es ihr gefallen würde, wenn wir allein zur Burg hinaufreiten.«

»Wenn Ihr Euch die Burg schon ansehen wollt, warte ich hier auf die anderen«, sagte Adela.

»Nein, Mädchen, ich habe es ja extra so arrangiert, dass wir ungestört reden können. Was möchtet Ihr noch von mir wissen?«

Adela zögerte. Sie hatte eine Menge Fragen, da er ihr so viel Überraschendes mitgeteilt hatte. Sie hatte Einar Logan nicht oft gesehen, jedoch oft genug, um sich deutlich an ihn zu erinnern.

Zum einen war er ihr kleiner vorgekommen als Lestalric. Mit diesem Gedanken blickte sie der sich nähernden Gruppe entgegen. Der Anblick von Henrys Männern, die in respektvollem Abstand folgten, erinnerte sie daran, dass Hugo und die Sinclairs gewöhnlich große, starke Männer als Gefolgsleute wählten, die, ebenso wie sie selbst, nordische Vorfahren hatten. Im Vergleich zu den Grenzlandbewohnern würde Sir Robert außerordentlich groß und kräftig wirken, während er gegenüber Hochländern, die sowohl keltische als auch nordische Vorfahren hatten, nur wenig größer als der Durchschnitt wäre. Gegen wirklich hünenhafte Männer wie den Ehemann ihrer Schwester Cristina, den man Hector den Grimmigen nannte, käme er nicht an.

Inmitten von Hugos Männern mochte Sir Robert durchaus kleiner wirken.

Zwischen Adela und Robert herrschte einvernehmliches Schweigen, und er wartete geduldig darauf, dass sie etwas sagte. Doch der Rest der Gruppe war schon ein ganzes Stück näher gekommen, daher hielt sie es für angeraten, sich mit ihren Fragen zu beeilen. »Warum habt Ihr es getan? Warum wurdet Ihr zu *Einar* Logan?«, wollte sie wissen.

Als er nicht sofort antwortete, hätte sie sich am liebsten selbst geohrfeigt. Wie konnte sie ihm nur genau die Frage stellen, die er so offensichtlich nicht beantworten wollte. Bestimmt steckte etwas dahinter, was er bitter bereute oder wofür er sich schämte.

Schließlich sagte er: »Ich habe damals die Beherrschung verloren. Ich war zur Mittagszeit nach Hause gekommen, voller Stolz, dass ich mir meine Sporen verdient hatte, und wir redeten von Kämpfen und Ähnlichem, während wir bei Tisch saßen. Dann wollte mein Vater etwas von mir wissen, das ich ihm nicht erzählen konnte. Wir gerieten in Streit, und Will mischte sich ein. Das machte mich nur noch wütender, zumal wir beide noch nie länger als zehn Minuten in einem Raum sein konnten, ohne uns in die Haare zu kriegen.« Nach einer Pause fuhr er widerstrebend fort: »Dann sagte mein Vater, ich wäre ein Taugenichts und eine furchtbare Enttäuschung für ihn. Da ging ich fort.«

»Es war aber auch schrecklich von ihm, so etwas zu sagen!«

»Nun ja, auf jeden Fall schwor ich mir in meinem verletzten

Stolz, dass er mich nie wiedersehen sollte. Und ich hielt mein Wort. Ich ging zu Hugo und Michael nach Roslin, da ich mich bei ihnen stets mehr zu Hause gefühlt hatte als bei meinem Vater und Will. Doch natürlich gehörte ich nicht zu ihrer Familie. Ich sagte ihnen, ich wollte mir meine Stellung verdienen, und bis ich das geschafft hatte, sollte mich niemand ›Sir‹ nennen. Meine schöne neue Ritterwürde hatte ihren Glanz für mich verloren, müsst Ihr wissen. Doch Hugos Männer wussten natürlich, dass ich ein Ritter war, und hatten Hemmungen, mich mit ›Rob‹ anzureden. Da erklärte ich ihnen, dass ich mich mit meiner Familie überworfen hätte und nicht wollte, dass mein Vater oder Bruder mich fanden. Ich schlug ihnen vor, mich Einar Logan zu nennen und als einen der ihren zu behandeln. Es war ein guter nordischer Vorname aus der Familie meiner Mutter.«

Sie blickte ihn mit schief gelegtem Kopf und zusammengekniffenen Augen an. »Wolltet Ihr wirklich nicht, dass Eure Familie Euch findet?«

Er lächelte ein wenig zerknirscht. »Ihr erinnert mich an Hugo. Er behauptet, ich wollte nur nicht wissen, ob sie mich vielleicht gar nicht suchten. Aber im Grunde genommen spielt es keine Rolle mehr, was ich damals dachte. Die anderen werden gleich hier sein«, fügte er hinzu und nickte in Richtung der sich nähernden Reiter. »Wir unterhalten uns weiter, sobald es geht, denn ich möchte auch etwas über Euch erfahren. Doch Ihr solltet wissen, dass nichts, was ich getan habe, mich jetzt noch belastet. Ich habe für meine Fehler gebüßt, und …« Er verstummte.

»Was ist?«, fragte sie und blickte zu den anderen hinüber. Sie rechnete fast damit, dass de Gredin angekommen oder sonst etwas geschehen wäre, worüber Rob sich ärgerte.

Als sie sich ihm wieder zuwandte, wirkte er betreten. »Möglicherweise hatte ich unrecht, und ich habe doch noch nicht genug gebüßt«, sagte er.

Adela hätte ihn am liebsten geschüttelt, doch das ging

natürlich nicht. Er war nicht nur zu weit weg, sondern auch viel zu groß dazu, und außerdem hatten die anderen schon fast zu ihnen aufgeschlossen.

Kaum hatte Rob die Worte gesprochen, erkannte er seinen Fehler. Er sah, dass Adela wütend war, doch ihm fiel keine Bemerkung ein, mit der er sie hätte beschwichtigen können.

Er war davon überzeugt, dass er selbst die Schuld am Tod seines Vaters und Bruders trug. Falls jemand tatsächlich versuchte, die Logans von Lestalric auszulöschen, dann vielleicht deshalb, weil er hinter dem her war, was die Familie Logan angeblich hütete. War das, was er Will vor Jahren in jugendlicher Unbeherrschtheit an den Kopf geworfen hatte, nur der Anfang von etwas viel Schlimmerem gewesen, oder sah er einfach Gespenster?

Gleich darauf waren die anderen da, und sie setzten alle gemeinsam den Weg durch den Wald bis zum Burgtor fort. Als Rob seinen Namen nannte, schwang es unverzüglich auf, und sie ritten in einen kleinen, quadratischen Burghof ein, an den er sich von den Aufenthalten bei seinem Großvater erinnerte. Da trat auch schon der Burgvogt aus dem Torturm, um sie willkommen zu heißen.

»Tam Geddes«, stellte er sich vor. »Ihr werdet Euch doch bestimmt noch an mich erinnern, Junge.« Dabei blickte er erstaunt auf Henry und das halbe Dutzend bewaffneter Männer, die hinter ihm durchs Tor geritten waren. »Einer von meinen Männern hat in der Stadt gehört, dass Ihr wieder da seid und heute kommen wolltet. Ich freue mich, Euch zu sehen, und ich könnte mir vorstellen, dass Ihr hier vieles verändern wollt, stimmt's?«

»Ach, ich möchte mir zuerst einmal alles ansehen«, erwiderte Rob und blickte sich um. Der Hof selbst wirkte durchaus ordentlich, doch man konnte erkennen, dass die Burg schlecht instand gehalten worden war. Er beschloss, nichts dazu zu sagen, bevor er sich nicht ein genaueres Bild gemacht hatte.

»Du willst hier sicher noch einiges auf Vordermann bringen, Tam Geddes, aber davon verstehst du wahrscheinlich mehr als ich«, erwiderte er nur.

»Na ja, Ihr wart schon seit Jahren nicht mehr hier, und Euer Vater hatte nichts auszusetzen, wann immer er herkam«, sagte Geddes. »Dem jungen Will stand der Sinn mehr danach, das Geld seines Vaters für schöne Kleider auszugeben, um damit den Mädchen am Hof in Stirling oder Edinburgh zu imponieren.«

»Bevor ich Edinburgh verlasse, würde ich gern noch deine Abrechnungen sehen«, erklärte Rob. »Aber da ich noch ein paar Tage in der Stadt bleibe, kann ich das bei meinem nächsten Besuch tun. Dann brauchen sich die Damen nicht zu langweilen.«

»Ja, Sir«, antwortete der Mann mit einem neuerlichen Blick auf Henry, der in seinem feinen Cape wahrhaft prächtig anzusehen war. Und reichlich albern dazu, dachte Rob.

Aus seiner Kindheit konnte er sich daran erinnern, dass Tam Geddes früher ein Diener gewesen war, und jetzt erschien ihm der Mann nervös. Er wirkte nicht sonderlich erleichtert, weil er seine Bücher noch nicht vorlegen musste, allerdings auch nicht besonders begeistert über die veränderten Umstände.

Sie saßen ab und gingen durch den Haupteingang zur großen Halle, wo offensichtlich seit geraumer Zeit eine ganze Anzahl Männer gehaust hatte, ohne dass die Dienstboten sich ums Aufräumen gekümmert hätten. Mit den überall verstreuten Habseligkeiten wirkte der Raum recht unordentlich.

»Wie lange ist Lady Logan schon fort?«, erkundigte sich Rob bei Geddes.

»Fast zwei Monate«, erwiderte der Mann nach kurzem Nachdenken. »Sie reiste zu ihrer Frau Mutter, als Sir Ian und unser Will zu den Douglas ritten.«

Wenn er es auf Lestalric einigermaßen behaglich haben wollte, würde sich hier einiges ändern müssen, dachte Rob. Leider hatte er keine Ahnung, wo er anfangen sollte.

Henry äußerte den Wunsch, sich auch die oberen Stockwerke anzusehen, doch Isabella und Lady Clendenen waren nicht daran interessiert.

»Ach je, mir ist, als säße ich noch immer im Sattel und würde gleich hinunterfallen«, klagte Lady Clendenen. »Bevor ich wieder reiten muss, möchte ich mich ein wenig ausruhen.«

Rob warf Henry einen Blick zu, und als dieser nickte, sagte er: »Wie sind gleich wieder da, wenn es Euch nichts ausmacht zu warten. Vielleicht kann Tam Geddes Euch etwas zu trinken bringen.«

»Ja, Sir, ich werde schon etwas finden«, antwortete der Mann, noch immer nervös.

»Ich würde gern mit Euch gehen, Sir Robert«, sagte Adela. »Gräfin Isabella sagt, von Lestalric aus hat man einen herrlichen Blick auf den Firth.«

»Das stimmt«, erwiderte Rob, ohne auf Henrys Augenzwinkern zu achten. Da er ihre Bitte nicht ablehnen konnte, ohne unhöflich zu sein, setzte er hinzu: »Hier entlang, Mylady.«

Er ging den beiden voraus über eine Treppe ins nächste Stockwerk, dann einen Korridor entlang, an dem sich mehrere Kammern befanden. Rob ging bis zur letzten und trat ein. Es war Sir Ians Schlafkammer, die zuvor Sir Walter gehört hatte. Hier herrschte ein ebenso großes Durcheinander wie in der Halle. »Du lieber Himmel! Haben hier auch welche von den Männern übernachtet?«, rief er.

Adela, die ihm gefolgt war, sagte: »Das ist keine gewöhnliche Unordnung, Sir. Es sieht aus, als hätte man diese Truhe dort absichtlich umgeworfen.«

»Sie hat recht, Rob«, kam Henrys Stimme aus der Kammer nebenan. »Hier sieht es genauso aus. Sie haben alles auf den Kopf gestellt und sogar das Bett zerlegt.«

»Jemand hat die Räume durchsucht«, stellte Rob erschrocken und wütend zugleich fest. »Bleibt an der Treppe stehen, Mädchen. Und wenn jemand kommt, begrüßt ihn so laut, dass wir es hören können.«

Sie tat, wie ihr geheißen, während Rob zu dem hölzernen Bettgestell an der Wand ging. Es besaß zwei Pfosten, einen geschnitzten Baldachin und schwere rote Samtvorhänge, doch Rob interessierte sich nur für die Holzverkleidung am Kopfende.

Er fuhr mit der Hand am unteren Rand eines einfachen flachen Bretts entlang, das sich zwischen zwei mit Schnitzereien verzierten Paneelen befand. Da ertastete er auch schon den langen dünnen Holzkeil, mit dem das Brett befestigt war. Er zog ihn heraus, nahm das Brett ab, griff in die flache Öffnung dahinter und zog eine dünne Pergamentrolle heraus. Nachdem er sie entrollt und einen kurzen Blick darauf geworfen hatte, rollte er sie wieder zusammen und schob sie in seinen Ärmel. Dann setzte er Brett und Keil wieder ein und ging zu Henry, der sich im angrenzenden Zimmer umsah. »Gehen wir«, sagte Rob.

»Hast du gefunden, wonach du gesucht hast?«, fragte Henry.

»Ich hoffe es«, antwortete Rob und blickte zu Adela hinüber, die an der Treppe stand. »Aber ich fürchte, es ist nur die halbe Karte. Sieh mal.«

Er rollte die Karte auf. »Was meinst du?«

»Sie scheint wirklich unvollständig zu sein«, pflichtete Henry ihm bei. »An dieser Seite hat anscheinend jemand etwas abgeschnitten, und noch dazu ziemlich krumm. Aber es wird dich freuen zu hören, dass ich eine ähnliche Karte besitze. Sie stammt aus der Truhe.«

Adela wusste, dass sie sich etwas vorgemacht hatte, als sie dachte, sie wäre nicht neugierig. Sie war neugierig auf Lestalric, vom ersten Augenblick an, als sie sich trafen, und ebenso neugierig auf seine Burg, kaum dass sie den Fuß hineingesetzt hatte. Jetzt stand sie da und blickte aus dem Korridorfenster, die Ohren gespitzt, ob jemand die Treppe heraufkam. Dabei hätte sie für ihr Leben gern gewusst, was Rob gefunden hatte.

Sie glaubte, etwas von einer Karte gehört zu haben, war sich jedoch nicht sicher, da die beiden Männer sich nur flüsternd unterhielten.

Mit dem Blick auf den Firth hatte Isabella recht gehabt, dachte Adela. Weit entfernt zu ihrer Linken lag anscheinend der Hafen von Leith. Doch mit ihren Gedanken war sie nicht bei der schönen Aussicht. Da sie jahrelang für ihre unordentlichen Schwestern gesorgt hatte und für ihren Vater, der seine Sachen überall herumliegen ließ, hatte sie auf den ersten Blick erkannt, dass jemand auch die große Halle von Lestalric durchsucht hatte.

Doch dazu hatte Lestalric keine Fragen gestellt, da er so schnell wie möglich nach oben wollte. Als sie jetzt die beiden Männer kommen hörte, drehte sie sich um.

»Ich glaube, ich muss Euch noch ein paar Fragen stellen, Sir Robert«, sagte sie.

»Fragen hätte ich auch einige«, entgegnete er grimmig.

Als sie jedoch zu Geddes in die Halle kamen, sagte Rob freundlich: »In den Zimmern oben herrscht ja ein ziemliches Chaos. Wer war denn in Sir Ians Kammer?«

Der Burgvogt lief rot an. »Habt Nachsicht mit uns, Mylord!«, rief er. »Wir sind es nicht gewesen! Sie kamen vor vierzehn Tagen und ritten unter dem königlichen Banner. Als sie sagten, der Laird wäre tot und sein Besitz würde wohl an die Krone fallen, wagte ich es nicht, ihnen den Zutritt zu verwehren.«

»Ich nehme aber an, du wirst sie nicht noch einmal hereinlassen, wenn sie wiederkommen sollten.«

»Nein, Sir, gewiss nicht.«

»Gut. Ich möchte, dass hier aufgeräumt wird, bis ich wiederkomme. Besorg dir dazu so viele Leute, wie du brauchst, und außerdem zusätzliche Männer, um die Burg zu bewachen. Wenn du dich nicht unverzüglich darum kümmerst, muss ich mich wohl nach einem anderen Burgvogt umsehen.«

»Vielleicht wäre es vernünftig, eine Haushälterin einzustellen, Sir«, sagte Adela. »Hier gab es vermutlich schon lange keine mehr.«

»Dafür kannst du bestimmt auch sorgen, oder?«, fragte er Geddes.

»Ja, Sir. Ich werde tun, was ich kann. Aber das wird einen schönen Batzen Geld kosten.«

Da mischte sich Henry ein. »Falls dir die Mittel fehlen«, sagte er in gleichgültigem Ton, »schick die neuen Leute zum Sinclair House in der Canongate, wo Sir Robert zurzeit wohnt. Dort wird er sie entlohnen.«

»Ja, Mylord«, sagte Geddes und fügte an Rob gewandt mit leicht unterwürfigem Blick hinzu: »Ich werde tun, wie Ihr befehlt, Sir.«

»Ich verlasse mich auf dich, Tam Geddes«, erwiderte Rob leichthin.

»Aber muss ich die Jungs denn für ihren Lohn in die Stadt schicken? Ich könnte das doch für Euch erledigen«, schlug der Burgvogt vor. »Wisst Ihr, das wäre bequemer für die Männer.«

Rob zwang sich, Henry nicht anzusehen, sondern sagte mit gespieltem Hochmut: »Aber für *mich* ist es bequemer, es im Sinclair House zu tun.«

»Es ist wirklich bequemer für mich«, wiederholte er, als Henry und er hinter den Frauen den Abhang zum Wald hinunterritten. »Was zum Teufel sollte das, Henry? An das Geld habe ich gar nicht gedacht, aber vielleicht kannst du mir verraten, wie ich all die Männer bezahlen soll, bevor ich überhaupt weiß, wie viel Pacht die Ländereien einbringen und …«

»*Ich* werde sie bezahlen«, unterbrach ihn Henry kurzerhand. »Und bevor ich in den Norden aufbreche, werde ich dafür sorgen, dass du hier Zugang zu meinem Geld bekommst, wenn du welches benötigst. Du brauchst gar nicht so starr dazusitzen, Rob. Gut, dass du dir vor Geddes nichts hast anmerken lassen, aber wenn du dir all die Ländereien ansiehst, durch die wir gekommen sind und noch immer reiten, kannst du dir doch denken, dass die Pachteinnahmen enorm sein müssen. Da bin ich mir ganz sicher.«

Rob runzelte die Stirn. »Du weißt ja, dass ich, ebenso wie wir alle, gelernt habe, klug mit meinem Geld zu haushalten. Schließlich kann man nicht in die Schlacht ziehen, ohne zu wissen, woher man die Mittel nehmen soll, um seine Soldaten auszurüsten und zu verpflegen. Aber von Pachtzinsen verstehe ich nicht viel. Ich sehe zwar, dass das Land besser in Schuss ist als die Burg, aber ich bin davon ausgegangen, dass Geddes die gesamten Einnahmen an meinen Vater oder Will abgeliefert hat, die es dann für Tand ausgegeben haben.«

»Das kann schon sein«, musste Henry zugeben. »Aber du wärst ein Narr, wenn du dir von Geddes nicht die Bücher vorlegen ließest. Ich darf dich daran erinnern, dass sich bereits jemand in deine Angelegenheiten eingemischt hat. Und das bedeutet, dass dein Vater und Bruder vielleicht nicht die einzigen waren, an die Geddes die Pachtgelder gezahlt hat. Und wenn ich jetzt noch weiter spekulieren darf ...«

»So viel du willst«, sagte Rob, als sie in den schattigen Wald einritten. »Allerdings möchte ich nur ungern so tief in deiner Schuld stehen ...«

»Ich werde das Geld schon wiederbekommen«, antwortete Henry. »Aber es wäre klug, wenn du mir erlauben würdest, einen Vertrauensmann zu Geddes zu schicken. Wenn ihn dann noch ein paar bewaffnete Männer begleiten, wirst du bestimmt eine ehrliche Auskunft über deine Geldangelegenheiten bekommen. Wenn du dich entschließen könntest, meinem Mann ebenso zu vertrauen wie ich, wirst du feststellen, dass er sehr tüchtig ist.«

»Mein Gott, Henry, ich müsste ja dumm sein, ein solches Angebot auszuschlagen«, erwiderte Rob ernsthaft. »Ob es ihm wohl etwas ausmachen würde, mir ein paar geschäftliche Dinge beizubringen?«

»Ganz bestimmt nicht«, sagte Henry und lächelte in Erinnerungen versunken. »Stell dir nur vor, wie es für ihn gewesen sein muss, einen Dreizehnjährigen zu unterrichten, der mit dem Schicksal haderte, weil es ihm den Vater genommen hatte, und der sich auf seine Stellung ziemlich viel einbildete.«

»Warst du wirklich so?«, fragte Rob unschuldig. »Daran kann ich mich gar nicht erinnern.«

»Sehr weise von dir, es zu vergessen«, entgegnete Henry grinsend.

Rob lachte laut, als der Pfeil ihn traf.

# 11

Adela, die auf dem engen Pfad ein wenig hinter Isabella und Lady Clendenen zurückgeblieben war, hörte plötzlich einen Schrei. Sie drehte sich um und sah im gleichen Augenblick, wie Lestalric beinahe kopfüber aus dem Sattel gestürzt wäre.

Nur Henrys Geistesgegenwart bewahrte ihn davor, unter die Hufe der Pferde zu geraten.

»Zwei Männer zur Gräfin!«, brüllte Henry der Eskorte zu.

Dabei packte er den schwankenden Lestalric bei der Schulter, bekam jedoch nur den Stoff seines Wamses zu fassen. Während Henry gleichzeitig versuchte, die beiden in Panik geratenden Pferde zu bändigen und seinen Freund zu stützen, riss Robs Wams an der Stelle, wo der Pfeil eingedrungen war. Adela erfasste die Lage im Nu, riss ihren Grauen herum und stieß ihm kräftig die Fersen in die Flanken. Bei den beiden Männern angekommen, packte sie mit festem Griff die Trense des Fuchshengstes, wobei sie hoffte, dass das Tier nicht durchgehen würde. Mit gutem Zureden gelang es ihr, das Pferd zu besänftigen, doch im gleichen Augenblick riss Lestalric sich aus Henrys Griff los.

»Nicht! Seid Ihr verrückt geworden?«, fauchte sie Rob an. Als sie sah, dass sein Pferd sich erneut aufbäumen wollte, setzte sie in ruhigerem Ton hinzu: »Ich kann die Pfeilspitze erkennen, Mylord. Sie sieht ziemlich scharf aus. Haltet still, sonst verletzt Ihr Euch noch mehr. Guter Junge«, murmelte sie dann dem Pferd zu, das sich allmählich beruhigte.

»Ich weiß, ich habe dir wehgetan, Rob, aber das Mädchen hat recht«, sagte Henry. »Ich werde jetzt vorsichtiger sein, aber wir müssen dich vom Pferd holen und uns die Wunde ansehen.«

»Bring zuerst die Frauen in Sicherheit«, knurrte Lestalric und ließ sich von Henry wieder richtig in den Sattel helfen. Adela wusste nicht, ob er wütender auf den Bogenschützen oder auf sich selbst war, weil er so plötzlich Schwäche gezeigt hatte.

»Wir bleiben hier«, erklärte sie. »Wie Ihr seht, haben bereits zwei von Henrys Männern die Gräfin und Lady Clendenen aus der Schusslinie gebracht. Hier bei den Bewaffneten sind wir sicherer, als wenn wir allein weiterreiten würden.«

»Auch damit hat sie recht, Rob«, stimmte Henry zu und blickte sich um. »Du bist ein wenig durcheinander, Junge. Also tu, was sie sagt, wenn du dir keine Ohrfeige einhandeln willst.«

»Lass mich in Ruhe, Henry. Dieses verdammte Ding brennt wie Feuer.«

»Das glaube ich«, erwiderte Henry und winkte einen seiner Männer zu Hilfe.

»Er blutet stark, Sir«, sagte Adela. »Wir müssen den Pfeil herausholen und die Wunde so schnell wie möglich verbinden.«

»Ja, aber ich glaube, ich schicke zwei von meinen Männern …«

»Hört mal!«, unterbrach ihn Adela. »Reiter!«

Henry wechselte einen Blick mit Lestalric und gab dann zweien seiner Männer ein Zeichen. Einer von ihnen lenkte sein Pferd tiefer in den Wald, der andere ritt den Ankömmlingen entgegen.

Gleich darauf rief er: »Es sind mindestens zwanzig, Mylord. Sie tragen das Banner des Königs und das des Earl of Fife!«

Henry runzelte die Stirn, doch Adela sagte erleichtert: »Gott sei Dank! Jetzt wird alles wieder gut.«

»Wie stark blute ich, Henry? Ich kann die Wunde nicht sehen«, fragte Rob sofort.

»Genug, um dir dein schönes Wams zu ruinieren«, antwortete Henry. »Aber auf dem dunklen Samt erkennt man zumindest von Weitem das Blut nicht.«

»Bitte, Sir, helft ihm vom Pferd«, bat Adela. »Wir müssen die Wunde versorgen.«

»Es ist vielleicht besser, wenn niemand etwas davon merkt«, erwiderte Rob. »Tragt Ihr vielleicht einen Unterrock oder ein Hemd aus Batist, Mädchen?«

Als sie die Stirn kraus zog, fürchtete er schon, sie würde ihm die Frage übel nehmen, doch dann begriff sie und begann, Streifen von ihrem Unterrock abzureißen.

»Verbindet mich damit«, sagte Rob und setzte hinzu: »Den weißen Verband wird man sehen, Henry. Deshalb brauche ich dein prächtiges Cape.«

»Du unverschämter Kerl, du wirst es mir ruinieren«, erwiderte Henry, während er den Umhang abnahm und ihn griffbereit über seinen Sattelknauf legte.

»Ist doch egal«, sagte Rob, langte in seinen linken Ärmel und zog die dünne Pergamentrolle heraus. »Versteckt das für mich in Eurem Mieder, Mädchen.«

»Männer!«, murmelte Adela, während sie, die Stoffstreifen in einer Hand, ihr Pferd zügelte und mit der anderen die Rolle zwischen den Schnürbändern ihres Mieders hindurchschob. Doch sie stellte keine Fragen, sondern sagte nur: »Ihr könnt ihn aber nicht einfach verbinden. Zuerst muss der Pfeil raus.«

»Henry, sieh zu, ob du ihn herausbekommst, ohne dass ich ohnmächtig werde«, sagte Rob.

»Um Himmels willen, Sir, er kann ihn doch nicht einfach so herausziehen!«, protestierte Adela.

»Es muss sein«, widersprach Rob. »Die Fremden dürfen nicht merken, dass ich verletzt bin, bis wir wissen, was sie hier wollen. Sie sollen denken, der Pfeil hätte mich verfehlt.«

»Ich kann mir nicht vorstellen, dass der Schütze sich täuschen lässt«, sagte Adela.

Henry vergeudete keine Zeit mit Gerede. »Schließ die

Augen und versuch dich zu entspannen, Rob. Ich muss die verdammte Spitze ganz durchstoßen, bevor ich sie abschneiden kann.«

»Sei nicht zimperlich«, wies Rob ihn an. »Brich den Pfeil einfach ab, sobald du ihn zu fassen kriegst, und versuch, keine Splitter in der Wunde zu lassen. Und bitte, Henry, beeil dich. Das Hufgetrappel klingt, als wären sie schon fast am Wald angekommen.«

Er sah, dass Lady Clendenen und Isabella wieder auf den Weg zurückgeritten waren. Ebenso wie Adela waren auch sie davon überzeugt, dass ihnen von einem königlichen Trupp keine Gefahr drohte. Zumindest würden die Frauen ihre Zunge im Zaum halten, wenn er oder Henry ihnen ein Zeichen gab.

Rob selbst war keineswegs sicher, dass ihnen wirklich keine Gefahr drohte, und er wusste, dass auch Henry – der wesentlich mehr von Politik und dem Intrigenspiel bei Hofe verstand – sich Sorgen machte, weil Fife bei den Reitern war.

Adela sah zu, wie Henry mit erstaunlicher Geschicklichkeit den Pfeil durch die Schulter stieß, bis die Spitze vollständig frei lag.

Dann rief er den Mann zu sich, der abgestiegen war, um ihnen zu helfen, und hielt den langen Schaft fest, während der andere mit seiner behandschuhten Faust die Spitze packte und sie abbrach.

Sie hörte Lestalric keuchen, doch er verlor nicht das Bewusstsein.

Geschickt zog Henry dann den Pfeilschaft aus der Wunde und nahm einen der breiten Stoffstreifen, die Adela ihm reichte. Als er ihn fest um Lestalrics Schulter und Oberarm band, fiel Adela auf, dass der Pfeil in Robs linke Schulter eingedrungen und an der Rückseite des Oberarms teilweise wieder ausgetreten war.

»Er kam von oben«, sagte sie. »Aus den Bäumen da hinten.«

»Ja«, bestätigte Henry und fügte hinzu: »Zieht den Knoten hier fest, während ich ihm das Cape umlege. Uns bleibt keine Zeit mehr, also passt auf, dass Ihr kein Blut an den Ärmel bekommt.«

Seine Stimme war ebenso ruhig wie die Lestalrics, der den Mann mit der Pfeilspitze anwies: »Wirf das Ding weg und sieh zu, dass du auch den Schaft loswirst. Aber wenn es geht, steck ihn unter einem Busch in die Erde. Und beeil dich, Mann. Sie sind gleich da.«

Gleich darauf kamen die Reiter des Königs heran. Noch bevor Adela jemanden erkennen konnte, sagte Isabella mit deutlich vernehmbarer Stimme: »Seht nur, Ealga, das ist doch Euer charmanter Vetter, der Chevalier de Gredin. Und der Earl of Fife!«

Erstaunt sah Adela, dass Henry sich von einem seiner Gefolgsleute einen Pfeil geben ließ, der genauso aussah wie der, den sie soeben aus Robs Schulter gezogen hatten. Er hielt ihn in der Hand und blickte versonnen darauf, als die ersten fremden Reiter bei ihnen anlangten.

»Euer Rock, Mädchen«, mahnte Lestalric.

So unauffällig wie möglich strich sie sich das Kleid über dem Knie glatt, wo sie zuvor Streifen von ihrem Unterrock abgerissen hatte. Dann wendete sie ihr Pferd und erwartete die Neuankömmlinge, wobei sie sich dicht neben Lestalric hielt.

Der wirkte blass, hielt sich jedoch tapfer. Er hatte sich die Zügel lose um die linke Hand geschlungen und wischte mit der rechten ein Blättchen von seinem geborgten Umhang.

»Wir sind froh, Euch zu sehen, Mylord«, begrüßte Isabella den Earl of Fife, der es nicht für nötig hielt, seinen Hut mit der Feder abzunehmen.

Er nickte ihr zu und antwortete: »Guten Tag, Madam. Seid Ihr hier in Schwierigkeiten?«

»Wie scharfsinnig von Euch, Mylord!«, rief Lady Clendenen, eine Hand auf die Brust gelegt. »Ich schwöre, ich war noch nie so froh, jemanden zu sehen, wie Euch. Mein armes Herz pocht noch immer heftig. Jemand hat uns mit Pfeilen beschossen!«

»Wie schrecklich«, bemerkte Fife und blickte hochmütig zu Lestalric hinüber. »Ich hoffe, es ist niemand zu Schaden gekommen.«

»Glücklicherweise können wir Euch mitteilen, dass der Bogenschütze sein Ziel verfehlt hat, Sir«, erwiderte Henry und hielt den Pfeil für alle deutlich sichtbar in die Höhe. »Ich will doch hoffen, dass so etwas hier in der Gegend nur selten geschieht.«

»Höchst selten«, erwiderte Fife und wandte sich erneut an Lestalric. »Ich habe gehört, dass Ihr vorher noch nicht auf diesen Ländereien hier wart. Wenn Ihr mir mitgeteilt hättet, dass Ihr heute kommen wolltet, dann hätte ich Euch gewarnt, dass es Ärger geben könnte.«

»Ach herrje, wenn das so ist, wünschte ich, ich hätte es vor dem versammelten Hof verkündet«, erwiderte Lestalric in dem gekünstelten Ton, den er am Abend zuvor und Geddes gegenüber angeschlagen hatte.

Adela bemerkte jedoch, dass sein lächerlicher Akzent nicht ganz so stark war.

Fife erwiderte: »Zum Glück bat ich de Gredin, heute Morgen mitzukommen, damit wir über seinen jüngsten Besuch in Frankreich sprechen können. Wenn dic Engländer keine Ruhe geben, wollen wir auf der Basis der Auld Alliance, des alten Bündnisses zwischen beiden Ländern, Frankreich um Hilfe bitten.«

»Eine ausgezeichnete Idee, die man nur gutheißen kann«, bemerkte Lestalric.

»Als de Gredin mir mitteilte, dass er sich Eurer Reitpartie anschließen wollte, schlug ich vor, ihn zu begleiten, für den Fall, dass Ihr angegriffen werdet«, fuhr Fife mit ironischem Blick fort. »Er konnte ja nicht wissen, dass Ihr so viele seid.«

»Zweifellos hätte ich mein Vorhaben vorher mit Euch besprechen sollen, Mylord«, sagte Lestalric. »Ich fürchte, meine Pflichten sind mir noch nicht ganz geläufig.«

Adela, der sein sarkastischer Unterton nicht entgangen war, fürchtete, auch Fife hätte es bemerkt. Daher war sie beinahe erleichtert, als hinter ihnen im Wald ein Ruf ertönte.

Henry und seine Männer waren sofort auf der Hut, doch Fife sagte mit milder Stimme: »Ich habe mir erlaubt, ein paar von meinen Männern loszuschicken, um die Übeltäter zu suchen. Ich möchte wetten, sie haben Euren mordlustigen Bogenschützen aufgespürt.«

Adela war davon überzeugt, dass der Bogenschütze schon lange das Weite gesucht hatte. Sie erinnerte sich jedoch, dass kurz zuvor einer von Henrys Männern im Wald verschwunden war, und hoffte nun, dass nicht er es war, den Fifes Männer aufgestöbert hatten. Um sich nicht verdächtig zu machen, wagte sie jedoch nicht, Henry anzusehen. Doch sie konnte die Spannung spüren, die auf einmal von Lestalric ausging.

Da näherten sich auch schon zwei Reiter und tauchten gleich darauf aus dem Wald auf. »Wir haben ihn, Mylord«, sagte der eine von ihnen zu Fife. »Er sprang mit seinem Bogen von einem Baum und wollte gerade fliehen, aber wir konnten ihn überwältigen.«

»Was habt ihr mit dem Kerl gemacht?«, erkundigte sich Henry ruhig. »Ich würde ihn doch zu gern fragen, was zum Teufel er sich dabei gedacht hat, auf uns zu schießen.«

Nach einem kurzen Blick auf seinen Herrn antwortete Fifes Gefolgsmann: »Der kann Euch nichts mehr erzählen, Mylord. Den hat der Teufel schon in den Klauen, und ich wette, er lässt ihn nicht mehr los. Der macht Euch keinen Ärger mehr.«

»Aber warum hat er überhaupt auf uns geschossen?«, fragte Lestalric unumwunden.

Fife zuckte die Achseln. »Vielleicht hatte Sir Ian seine Leute nicht gut genug im Griff. Aber das wird sich ja nun ändern, wenn Ihr die Dinge in die Hand nehmt. Bevor Ihr so unerwartet aufgetaucht seid, hatte der König schon Angst, er müsste sich um den Besitz hier selbst kümmern.«

»Ich freue mich, dass ich Seiner Gnaden diese Mühe ersparen kann«, erwiderte Lestalric und setzte hinzu: »So interessant es ist, mit Euch zu plaudern, fürchte ich doch, ich halte Euch von wichtigen Pflichten ab, Mylord Fife. Habt herzlichen Dank für Eure Hilfe zur rechten Zeit.«

Fife nickte und fragte: »Sehen wir uns heute Abend auf der Burg?«

Adela erschrak und blickte Lestalric warnend an, doch der antwortete zu ihrem beträchtlichen Verdruss: »Oh, ja, ich denke schon. Ich fand es gestern Abend sehr unterhaltsam und freue mich schon darauf, diese Erfahrung zu wiederholen.«

Adela, die damit gerechnet hatte, dass er unter einem Vorwand absagen würde, hätte ihm am liebsten offen widersprochen.

Wenige Minuten später machten sich Fife und seine Männer auf den Weg. De Gredin, der bei ihnen blieb, beklagte noch einmal lauthals, wie knapp sie alle der Gefahr entronnen waren.

»Ihr müsst doch vor Angst fast umgekommen sein, Lady Adela, nach dem, was Ihr vor einigen Wochen durchgemacht habt.«

»Wie freundlich, dass Ihr Euch um mich sorgt«, erwiderte Adela und ritt ihm entgegen, damit er Lestalric nicht zu nahe kam. »Schade, dass ihr den ersten Teil des Ausflugs verpasst habt. Es war ein herrlicher Tag.«

Als zwei von Henrys Männern ihre Pferde hinter sie lenkten, wusste Adela, dass Henry begriffen hatte. Sie ermutigte de Gredin, mit ihr zu flirten, reagierte jedoch zurückhaltend auf seine Bemerkungen und fand, dass sie sich für jemanden, der keinerlei Erfahrung in solchen Dingen hatte, ausgezeichnet hielt.

De Gredins Interesse an allem, was sie sagte, war ungewohnt für sie, deren Vater sich normalerweise nicht mit Frauen unterhielt. Sie genoss die neue Erfahrung, bis sie plötzlich merkte, dass de Gredin keine allgemeinen Fragen mehr stellte, sondern sich ganz gezielt nach Lestalric Castle erkundigte.

»Ich nehme an, Ihr und die anderen Damen haben sich zu Tode gelangweilt, während Lestalric jeden Zentimeter seines Besitzes in Augenschein nahm«, sagte er in neckischem Ton.

»Ach was, Sir, wir haben ja kaum mehr als die Halle zu sehen bekommen«, erwiderte sie. »Es würde mich nicht wundern, wenn Lestalric und Orkney nur kurz die Nase ins Treppenhaus gesteckt hätten, denn die ganze Burg stank nach ungewaschenen Männern, Hunden und muffigen Binsen. Wir lechzten alle nach frischer Luft. Die Leute im Hochland sind viel reinlicher.«

»Ich habe schon gehört, dass es dort drunter und drüber gehen soll«, sagte er lachend. »Da wird unser neuer Baron eine Menge zu tun haben. Ich hoffe, Ihr haltet mich nicht für unfreundlich, aber ich glaube nicht, dass er einen besonders tüchtigen Grundbesitzer abgeben wird.«

Sie öffnete schon den Mund, um zu sagen, dass Lestalric alles schaffen würde, was er sich vornahm, erkannte jedoch im letzten Augenblick den Fallstrick.

Also sagte sie mit einem unschuldigen Lächeln: »Ob das freundlich oder unfreundlich ist, weiß ich wahrhaftig nicht, Sir. Ich kenne Sir Robert ja kaum.«

»Oh, für mich sah es aber so aus, als wäret Ihr, Lestalric und Orkney alte Freunde.«

»Ja, Orkney kenne ich natürlich. Schließlich ist er der Schwager meiner Schwester«, erwiderte sie. »Wie Ihr wisst, hielt ich mich bei der Gräfin Isabella auf Roslin auf, bevor ich in die Stadt kam. Doch was Sir Robert angeht, so wusste ich nicht einmal, dass er existiert, bis ihn der oberste Kammerherr Seiner Gnaden gestern Abend ankündigte.«

Und das stimmte ja auch, beschwichtigte sie sich selbst. Zwar hatte sie Lestalric gegenüber erklärt, wie sehr sie Heimlichkeiten hasste, und das tat sie auch wirklich, doch noch mehr hasste sie Niedertracht. Und damit, so schien es ihr, hatte sie es hier zu tun. Ob de Gredin dahintersteckte oder nicht, wusste sie nicht. Auf jeden Fall wollte sie sich vor ihm in Acht nehmen.

Als er das Mädchen mit de Gredin vorausreiten sah, biss Rob die Zähne zusammen und verzog das Gesicht, doch nur zum Teil wegen der Schmerzen. Bei jedem Schritt des Pferdes fuhr ein heftiger Stich durch seine Schulter, der schlimmer war als in dem Augenblick, als Henry den Pfeil aus der Wunde gezogen hatte und über normalen Wundschmerz hinausging. Robs gesamte Schulter und der Oberarm taten ihm so weh, dass er kaum die Zügel halten konnte. Sogar sein rechter Arm schmerzte. Gott sei Dank gehorchte sein Pferd auf den leisesten Ruck am Zügel, als Henry Rob nun bedeutete, sich ein wenig zurückfallen zu lassen. Während einer von seinen Männern an ihnen vorüberritt, murmelte Henry: »Dieser vermaledeite de Gredin! Keinem von Fifes Spießgesellen traue ich über den Weg, und das solltest du auch nicht, Rob. Fife geht es einzig und allein um Macht, und sein Bruder Carrick ist nur deshalb noch am Leben, weil man es Fife sogar in die Schuhe schieben würde, wenn sein Bruder von einer Seuche dahingerafft würde.«

»Viele sind aber durchaus der Meinung, dass Carrick nicht dazu taugt, der nächste König der Schotten zu werden«, wandte Rob ein.

»Ja, sicher. Der Meinung sind wir beide ja auch, wie jeder, der etwas von Kriegskunst und Politik versteht. Unter anderen Umständen wäre Carrick vielleicht ein recht guter König, aber nicht jetzt, da England es immer noch darauf abgesehen hat, Schottland zu erobern, und die königliche Familie hoffnungslos zerstritten ist. Alle wollen sie mehr Macht, mehr Land, mehr von allem, und sei es nur, um denen eins auszuwischen, die die Stewarts immer Emporkömmlinge genannt haben.«

»Ist schon gut, Henry, ich werde mich vor Fife hüten. Aber woher, glaubst du, wussten seine Männer, wo der verflixte Bogenschütze war, ohne dass wir ein Wort gesagt hätten?«

»Das werden wir noch herausfinden«, erwiderte Henry mit einem Blick über die Schulter. »Du hast sicher gemerkt, dass ich einen von meinen Männern nachsehen geschickt habe. Da hinten kommt er.«

Der Reiter, der sich so lautlos genähert hatte, dass Rob ihn nicht gehört hatte, lenkte sein Pferd neben Henry und sagte: »Sie sind geradewegs auf sein Versteck zugesteuert. Jemand muss ihm befohlen haben, dort zu warten, Mylord, denn er saß noch immer auf dem Baum und stieg erst herunter, als er sie kommen sah. Ich habe mich ebenfalls verborgen und blieb mucksmäuschenstill, als ich sie kommen hörte, das kann ich Euch versichern. Schließlich weiß ich genau, dass sie bei dem, was sie vorhatten, keinen Zeugen gebrauchen konnten.«

»Du meinst also, sie kannten ihn?«, fragte Rob.

»Ja. Er trug die gleiche schwarze Tracht wie sie, bevor sie ihn umbrachten, die Leiche auszogen und mit einer zerlumpten Jacke und Hose bekleideten. Ich habe gehört, wie einer sagte, der Lord würde wegen dieser Sache fuchsteufelswild werden, aber er hätte eben einen besseren Schützen aussuchen sollen.«

»Also hat Fife den Bogenschützen geschickt«, sagte Rob. »Ich möchte wissen, was er damit erreichen wollte.«

Mit einem Dank entließ Henry seinen Gefolgsmann und sagte nach kurzem Nachdenken zu Rob: »Ich könnte mir vorstellen, dass der Schütze Fifes Befehl genau befolgt hat.«

»Er sollte mich bloß verwunden, meinst du?«

»Ja, denn die Tatsache, dass sie die Burg durchsucht haben, beweist, dass sie hinter etwas Bestimmtem her sind, das sie für sehr wertvoll halten«, sagte Henry. »Sie scheinen zu glauben, die Logans hätten es oder wüssten, wo es ist. Und …«

»Und ein Logan war soeben auf Lestalric«, ergänzte Rob. »Du meinst also, sie glaubten, ich hätte das Gesuchte bei mir, und sie könnten es in ihren Besitz bringen, wenn sie mir zufällig zu Hilfe kämen. Es scheint, als steckte Fife, dessen Männer ebenso in Schwarz gekleidet sind wie er selbst und auch die Mörder deines Vaters und deines Bruders, hinter all diesen Vorfällen.«

»Ja«, antwortete Henry. »Überleg doch mal, wann dieser Bogenschütze sich auf dem Baum versteckt haben mag. Schon gestern Abend wusste de Gredin von unserem heutigen Ausritt, und er hatte genug Zeit, Fife davon zu unterrichten. Da meine Mutter und ich uns jedoch erst heute Morgen entschlossen haben mitzukommen, waren sie überrascht, wie groß unser Trüppchen war.«

Rob nickte.

Vorsichtig fuhr Henry fort: »Unser Freund Tam Geddes steckt vielleicht mit ihnen unter einer Decke.«

»Schon möglich«, stimmte Rob ihm zu. »Aber mein Gefühl spricht eher dagegen. Auf jeden Fall sind die übrigen Männer auf Lestalric mir vermutlich treu ergeben. Welche Fehler mein Vater auch gehabt haben mag, mein Großvater war beliebt, und die Leute hier halten von jeher treu zu meiner Familie.«

»Willst du heute Abend wirklich an den Königshof?«

»Ich muss«, erwiderte Rob. »Aber Lady Clendenens Einladung zum Essen sollten wir wohl lieber ausschlagen. Ich kann zwar den Arm bewegen, also hat der verdammte Pfeil wohl keinen bleibenden Schaden angerichtet. Aber anständig essen kann ich wahrscheinlich nicht.«

»Ich werde meiner Mutter Bescheid sagen«, entgegnete Henry. »Sie versteht sich aufs Heilen wie eine Kräuterhexe und weiß bestimmt, wie sie dir helfen kann. Und jetzt hör auf, Adela so böse anzustarren«, fügte er grinsend hinzu. »Sie tut es doch nur, um dir behilflich zu sein.«

Jetzt funkelte Rob stattdessen Henry an, doch der lachte nur.

Da sagte Rob: »Ich bin sicher, Fife steckt dahinter. Er tut immer so hochnäsig, aber warum schickte er sonst seine Männer in den Wald? Außerdem hat er ein bisschen zu ausführlich erklärt, warum er heute Morgen hier ist.«

»Stimmt, das sieht ihm gar nicht ähnlich«, antwortete Henry. »Trotzdem rechnet er wohl kaum damit, dass von uns eine Gefahr ausgeht. Du hast gut daran getan, dich dumm zu stellen, Rob. Wie Sir Edward oft sagte: Wenn du einen Kampf – auch auf geistiger Ebene – gewinnen willst, dann stell dein Licht unter den Scheffel.«

»Wenn man andererseits der Schwächere ist, dann sollte man auch das verbergen«, erwiderte Rob lakonisch bei dem Gedanken an den unangenehmen Abend, der ihm bevorstand.

Zu gern hätte Adela Lestalric gesagt, was sie von seinem Vorhaben hielt, abends an den Hof zu gehen, doch dazu ergab sich keine Gelegenheit. Sie fühlte sich verpflichtet, auf dem gesamten Rückweg neben de Gredin zu reiten, und dann wurde noch ihre Hoffnung, der Chevalier hätte Lady Clendenens Einladung vergessen, zunichtegemacht.

»Ich freue mich schon auf das köstliche Mahl«, sagte er, als sie fast am Clendenen House angelangt waren. »Meiner Meinung nach ist Lady Clendenens Koch einer der besten in ganz Edinburgh.«

»Ich dachte, Ihr zieht das Essen auf der Burg vor«, erwiderte Adela lächelnd, wobei sie de Gredin insgeheim zum Teufel wünschte.

»Es ist auch hervorragend, aber die Gesellschaft dort ist bei Weitem nicht so angenehm«, erwiderte er.

»Ich bin sicher, heute wird beides Euren Ansprüchen genügen«, entgegnete sich leichthin.

»Das kann gar nicht anders sein«, sagte er und drückte ihre Hand.

Sie erstarrte, zwang sich jedoch, ihren beiläufigen Ton zu wahren: »Lasst das bitte, es wird der Gräfin missfallen.«

»Sie sieht nicht her«, antwortete er und drückte ihre Hand noch einmal.

Da bedachte Adela ihn mit einem Blick, den sie früher für ihre unartigen Schwestern reserviert hatte.

Seufzend und etwas widerstrebend ließ er ihre Hand los. »Ihr seid grausam, *Madame.*«

Ein prickelndes Gefühl verriet Adela, dass Lestalric zu ihr herüberschaute. Zweifellos würde er sie bei der nächsten Gelegenheit fragen, wie sie den Mann derart ermutigen konnte. Zu ihrer eigenen Überraschung fand sie die Vorstellung erregend. Sollte er doch schimpfen, dachte sie. Sie hatte ebenfalls ein Hühnchen mit ihm zu rupfen.

Im Clendenen House angekommen, äußerte die Lady die Hoffnung, dass alle zum Essen bleiben würden, doch die Gräfin sagte: »Ich habe schreckliche Kopfschmerzen, Ealga. Wenn wir heute Abend an den Hof wollen, muss ich mich vorher ein wenig ausruhen. Ich wundere mich, dass es Euch nicht ebenso geht. Dieser furchtbare Zwischenfall hat mich wirklich völlig erschöpft.«

Adela warf einen verstohlenen Blick auf de Gredin, doch der schien nicht zu merken, wie ungewöhnlich es war, dass die normalerweise so energische Gräfin eine Schwäche eingestand. Er wünschte ihr nur gute Besserung und sagte, er rechne damit, dass Henry zum Essen bliebe.

»Nein, ich muss mich leider empfehlen. Ich habe noch viel zu erledigen, bevor ich nach Norden fahre«, entgegnete Henry. »Lestalric kommt mit mir, Ealga. Es tut mir leid, dass ich Euch Eure Gäste entführe, aber er möchte sich mit mir über einige Änderungen unterhalten, die er auf Lestalric vornehmen will. Und später habe ich wahrscheinlich keine Zeit mehr dafür.«

»Macht Euch deshalb keine Gedanken, Sir«, antwortete Lady Clendenen. »Adela und unser lieber Etienne werden mich schon gut unterhalten.«

Adela sah zu, wie de Gredin absaß, um gemeinsam mit dem Diener der Lady aus ihrem klobigen Sattel zu helfen. Daher merkte sie nicht, dass Lestalric sein Pferd hinter sie dirigiert hatte. Als das Tier plötzlich schnaubte, fuhr sie zusammen.

»Meine Güte, Mädchen, Ihr zuckt ja zusammen wie eine

Katze, der man auf den Schwanz getreten hat, und das nicht zum ersten Mal«, flüsterte er. »So etwas habe ich noch nie gesehen.«

»Ihr habt mich eben erschreckt«, erwiderte sie. Dabei zog sie die Pergamentrolle aus ihrem Mieder und reichte sie ihm. Dann fragte sie: »Müsst Ihr heute Abend wirklich an den Hof gehen?«

»Ja, und ich hoffe, Ihr werdet auch dort sein«, antwortete er und schob sich die Rolle in den Ärmel.

»Wir werden bestimmt kommen, aber Ihr müsst verrückt sein«, erwiderte sie.

Er wollte mit den Schultern zucken, besann sich jedoch eines Besseren und sagte nur: »A propos verrückt, wie konntet Ihr Euch nur von diesem Halunken anfassen lassen?«

Sie reckte das Kinn. »Das geht Euch gar nichts an, Mylord.«

»Das meint *Ihr*«, erwiderte er. »Aber ich sage das nicht aus Eifersucht, Mädchen. Ich habe nicht vor, Euch in meine verwickelten Angelegenheiten hineinzuziehen, sondern möchte Euch nur davor bewahren, eine Dummheit zu begehen, bevor ich meine Angelegenheiten geregelt habe. Es ist eine Sache, wenn eine junge Witwe von zwei Verwandten als Anstandsdamen begleitet an den Hof geht, aber etwas ganz anderes, einem dämlichen Schleimer wie de Gredin Freiheiten zu gestatten.«

»Dämlicher Schleimer?«

»Ja. Und falls Ihr mir das Recht absprechen wollt, Euch einen Rat zu geben, darf ich Euch an unsere Unterhaltung auf dem Wehrgang von Roslin erinnern. Da habt Ihr Euch einem Mann anvertraut, von dem Ihr nichts als die Stimme kanntet.«

Plötzlich fiel ihr zu ihrem Schrecken ein, dass, hätte der Pfeil sein Ziel getroffen, diese tröstliche Stimme für immer verstummt wäre. Bei dem Gedanken wurde ihre Kehle ganz trocken, doch sie reckte das Kinn nur noch höher. »Ich nehme an, es war dumm von mir, dieser Stimme zu vertrauen.«

»Nein, Mädchen, keineswegs«, erwiderte er mit einem so herzlichen Lächeln, dass es ihren ganzen Körper erwärmte und die traurigen Gedanken vertrieb. »So meinte ich das nicht, und das wisst Ihr genau«, fügte er hinzu. »Ich wollte damit nur sagen, dass uns etwas verbindet. Ich weiß auch nicht warum, aber wir können ungezwungen miteinander reden. Vielleicht könnt Ihr mir ja jetzt, da Ihr wisst, dass ich Euch angelogen habe, nicht mehr vertrauen, aber ich hoffe, ich kenne Euch besser.« Er holte tief Luft und zuckte dabei ein wenig zusammen. »Ich möchte, dass wir Freunde sind, nicht mehr – noch nicht.«

»Das würde mir gefallen«, antwortete sie und streckte impulsiv die Hand nach ihm aus. Doch als ihr einfiel, dass er dann seine verletzte Schulter bewegen musste, zog sie sie rasch wieder zurück. Und damit er die Geste nicht falsch deutete, fügte sie entschlossen hinzu: »Aber bildet Euch nicht ein, Ihr könntet an mir herumkritteln, nur weil wir Freunde sind, Sir.«

»Ich krittele nicht an *Euch* herum, Mädchen, sondern an diesem unverschämten de Gredin. Lasst Euch nicht so von ihm anschmachten.«

Adela schüttelte den Kopf und erschrak erneut, als Henrys Stimme hinter ihr ertönte: »Erlaubt, dass ich Euch aus dem Sattel helfe. Lestalric ist dazu in seiner gegenwärtigen Verfassung nicht in der Lage, und meine Mutter sehnt sich bestimmt nach ihrem Schläfchen.«

Adela verbarg ein Lächeln, als sie sich von Henry beim Absitzen helfen ließ. Dabei vermied sie es, Lestalric anzusehen, der mit den Gewohnheiten der Gräfin bestimmt ebenso vertraut war wie sie.

Mit den Worten: »Lasst mich Euch hineingeleiten, Lady Adela«, näherte sich de Gredin.

Adela, die Lestalrics vorwurfsvollen Blick förmlich spüren konnte, nahm mit strahlendem Lächeln den Arm des Chevaliers.

Lady Clendenen wirkte sehr vergnügt, doch das Mittagessen erwies sich als ziemlich eintönig. De Gredin wollte von nichts anderem als den Familien Sinclair und Lestalric reden, doch die Lady gab nur einsilbige Antworten. Offensichtlich hatte jemand, vermutlich die Gräfin, sie ermahnt, ihre Zunge zu hüten. Adela war klar, wie schwer es der redseligen Frau fallen musste, ihrem Vetter nicht erschöpfend Auskunft zu geben. Als das Mahl zu Ende war, wirkte die Lady so ausgelaugt, wie Adela sich fühlte.

Endlich erhob sich Lady Clendenen und sagte: »Es war mir ein Vergnügen, Etienne, aber nun müsst Ihr uns verlassen, damit wir uns für den Besuch bei Hofe heute Abend zurechtmachen können. Ich möchte jedenfalls erst einmal ein Bad nehmen.« Als er gegangen war, gestand sie Adela: »Diese Heimlichtuerei ist nichts für mich. Außerdem finde ich es nicht richtig von Isabella, dass sie uns verbietet, dem guten Etienne zu berichten, was wirklich geschehen ist. Er würde es bestimmt nicht weitererzählen, wenn wir ihn darum bitten.«

»Seid Ihr da sicher, Madam? Ihr habt doch selbst gesagt, wir sollen uns vor Fife in Acht nehmen, und der Chevalier scheint ziemlich eng mit ihm befreundet zu sein.«

»Aber er muss doch so tun als ob! Einen Mann wie Fife darf man auf keinen Fall brüskieren, meine Liebe.« Dennoch wirkte sie betroffen und versuchte nicht mehr, de Gredin in Schutz zu nehmen.

In einem jedoch sollte die Lady Clendenen recht behalten: Sie brauchten wirklich den ganzen restlichen Nachmittag, um sich für den Abend zurechtzumachen.

Als Lady Clendenens Kutsche zwei Stunden später vor dem Sinclair House vorfuhr, stellten die beiden Damen fest, dass auch Henry und Lestalric zur Burg fahren wollten. Der elegante zweirädrige Einspänner mit Plane und einem Sitz für den Kutscher gehörte Henry, der sich mit Rücksicht auf Lestalric für dieses Transportmittel entschieden hatte.

»Der Wagen ist noch ganz neu. Aber da nicht mehr als zwei Leute bequem hineinpassen, fährt Mutter mit Euch«, erklärte er, während er der Gräfin in die Kutsche half.

»Wie geht es ihm?«, erkundigte sich Lady Clendenen mit einem Nicken in Lestalrics Richtung.

»Einigermaßen«, erwiderte die Gräfin zuversichtlich. »Der Pfeil traf ihn mit voller Wucht, prallte jedoch am Schulterblatt ab und trat am Oberarm wieder aus. Eine schmerzhafte Wunde, die ihn aber nicht auf Dauer beeinträchtigen wird.«

»Ausgezeichnet. Dann muss er sich nur schonen, damit die Wunde heilen kann«, antwortete die Lady.

Kaum hatte der oberste Kammerherr im Thronsaal Robs Namen verkündet, da löste sich eine schöne, dunkelhaarige junge Frau aus der Menge und lief auf ihn zu.

Er blieb stehen und starrte sie an. Er war völlig überrumpelt, als sie unvermittelt die Arme um seinen Hals warf und ihn fest an sich drückte.

Der Schmerz in seiner Schulter war so überwältigend, dass Rob aufstöhnte, doch er fing sich sogleich wieder und schob die junge Frau geistesgegenwärtig ein wenig von sich, als wollte er ihr Gesicht genauer betrachten. Das wäre allerdings nicht nötig gewesen, denn selbst jetzt, nach beinahe zehn Jahren, erkannte er sie sofort.

»Lady Ellen?«, fragte er ungläubig.

»Ja, sicher, Robbie, ich bin's!«, rief sie fröhlich.

»Was macht Ihr denn hier?«

»Ich bin mit meinen Eltern gekommen«, erwiderte sie mit einer unbestimmten Handbewegung zum Podium hin.

An ihrem Atem roch er, dass sie mehr Wein oder Whisky getrunken hatte, als ihr guttat, und er hoffte nur, sie wäre schon zu beschwipst, um zu merken, dass sie ihm wehgetan hatte.

Indem er wieder den Einfältigen spielte, antwortete er in gelangweiltem Ton: »Ich schwöre, Ihr seht nicht einen Tag älter aus als bei unserem letzten Zusammentreffen, Madam. Aber Ihr müsst verzeihen; vor lauter Überraschung habe ich vollkommen meine Manieren vergessen. Erlaubt mir, dass ich Euch der Gräfin von Strathearn und Caithness vorstelle. Madam, das ist Lady Ellen, die Witwe meines Bruders.«

Daraufhin wandte sich Lady Ellen an Isabella, machte, da sie ebenfalls eine Grafentochter war, nur einen leichten Knicks und sagte: »Wir sind einander schon begegnet, aber es ist mir trotzdem eine Ehre, Madam.«

»Ganz meinerseits, meine Liebe«, erwiderte Isabella. »Ealga Clendenen kennt Ihr ja ebenfalls schon, aber ich darf Euch unsere liebe Lady Ardelve vorstellen. Auch sie hatte vor Kurzem den Tod ihres Gemahls zu beklagen.«

»Ach ja, ich habe schon viel von Euch gehört, Lady Ardelve«, antwortete Ellen nickend. »Aber ich glaube kein Wort von den scheußlichen Dingen, die, wie man sich erzählt, Euer Entführer Euch angetan haben soll. Und dass Ihr Euren Ehemann vergiftet habt, glaube ich ebenso wenig. Das versichere ich Euch!«

# 12

Adela, die schon den Mund geöffnet hatte, um Lady Ellen Logans Begrüßung zu erwidern, erstarrte angesichts der Ungeheuerlichkeiten, die sie da hörte. Ihr erster Impuls war, die Lady zu bitten, ihre Worte zu wiederholen, doch dann überlegte sie es sich anders.

Stattdessen atmete Adela einmal tief durch, um sich zu beruhigen, und sagte: »Wie angenehm, Euch kennenzulernen, Madam. Erlaubt mir, Euch mein Beileid zu Eurem schweren Verlust auszusprechen.«

»Ich hoffe doch, Ihr irrt Euch, was diese Gerüchte betrifft, Ellen«, bemerkte Isabella in strengem Ton.

»Aber nein, Madam«, erwiderte Lady Ellen erstaunt. »Die Leute behaupten wirklich, der schreckliche Mensch, der die Lady von ihrer Hochzeit weg entführte, hätte ihr auch die Unschuld geraubt. Und als Ardelve es merkte, hätte er gedroht, sie mit Schimpf und Schande zu ihrem Vater zurückzuschicken. Um das zu verhindern und das im Ehevertrag ausgehandelte Erbe nicht zu verlieren, hätte sie den armen Mann an ihrem Hochzeitstag vergiftet.«

»Auf Roslin?« Isabellas Stimme war jetzt kalt wie Eis.

Adela wurde schwindlig, doch da umfasste eine feste Hand ihren Ellbogen und stützte sie.

»Wer sind diese nichtswürdigen Schandmäuler?«, fragte Lestalric.

»Ich schwöre, das weiß ich nicht«, erwiderte Ellen. »Es ist ja nur das, was man so hört.«

Als die stützende Hand sie losließ, riss sich Adela zusammen und sagte so würdevoll wie möglich: »Es ist sehr freundlich von Euch, mich zu warnen, Madam. Ich danke Euch.«

»Keine Ursache«, erwiderte Lady Ellen, wobei sie sich bereits wieder an Lestalric wandte. »Aber kommt doch mit und unterhaltet Euch mit mir, Robbie«, sagte sie auf ihre unverblümte Art. »Begleitet mich auf das Podium zu meiner Frau Mutter. Ich bin so gespannt darauf, was Ihr seit damals alles erlebt habt. Ihr könnt euch vielleicht meine Überraschung vorstellen, als ich hörte, dass Ihr hier seid, und es tut mir wirklich leid, dass ich Euren grandiosen Auftritt verpasst habe. Damit habt Ihr reichlich Aufsehen erregt, denn bis zu diesem Augenblick dachten alle, Ihr wäret tot.«

»Ihr schmeichelt mir, Madam«, erwiderte er. »Ich glaube kaum, dass in all den Jahren, seit ich von zu Hause fortging, viele überhaupt nur einen Gedanken an mich verschwendet haben.«

»Ach Robbie, seid Ihr böse mit mir, weil ich Will geheiratet habe? Ihr müsstet doch wissen, dass mein Vater mir verboten hätte, Euch zu heiraten, selbst wenn ich Will nicht gewollt hätte.«

»Ja, aber Ihr wolltet ihn ja – oder zumindest das, was er Euch bieten konnte.«

»Ich hätte ja verrückt sein müssen, einen Habenichts zu heiraten«, entgegnete sie mit einem gewinnenden Lächeln. »Und eine Verrückte hättet Ihr doch wohl nicht zur Frau gewollt, Robbie, oder? Doch jetzt, da wir beide frei entscheiden können, lässt sich das ja alles im Handumdrehen in Ordnung bringen. Und jetzt kommt mit mir. Die Gräfin wird uns sicher entschuldigen.«

Bei den Worten der Lady begann Adelas Handfläche zu jucken, doch sie sagte nichts, sondern sah nur Lestalric an.

Der hielt den Blick auf Lady Ellen gerichtet, und Adela sah, dass ein Muskel an seiner Wange zuckte. Dennoch fuhr er in unverändert gleichmütigem Ton fort: »Aber Madam, Ihr wollt hier doch wohl nicht mit einem Mann von geringem Stand gesehen werden. Ich werde Euch also meine Gegenwart ersparen und Euch stattdessen einen nordischen Fürsten liefern. Wenn Ihr bitte so freundlich wäret, Orkney«, setzte er an Henry gewandt hinzu.

»Aber sicher, mit Vergnügen«, sagte Henry und bot ihr den Arm. Doch ihrer Freude darüber, dass der reichste Mann in der Halle sie begleitete, setzte er gleich darauf einen Dämpfer auf, als er hinzufügte: »Ich wollte sowieso mit Eurem Vater sprechen, Mädchen.«

»Wie kann man nur so etwas sagen!«, rief Adela, als die beiden fort waren.

»Dass er mit Douglas reden will?«, fragte Isabella lächelnd.

»Sie meint diese schrecklichen Gerüchte«, erwiderte Lady Clendenen gereizt. »Etienne hat mir schon erzählt, dass es unschönes Gerede gibt. Aber dass es so schlimm ist, hat er nicht gesagt.«

Adela konnte sich einfach nicht vorstellen, dass irgendjemand glauben könnte, sie hätte Ardelve inmitten all der vornehmen Hochzeitsgäste vergiftet. »Ich meinte weder Henrys Worte, noch, was Lady Ellen zu mir gesagt hat«, erklärte sie ärgerlich, »sondern wie herzlos sie mit Robert gesprochen hat. Wie konnte sie es nur wagen? Dafür würde ich sie am liebsten ohrfeigen!«

Die Worte waren ihr einfach so herausgerutscht, doch als sie das belustigte Funkeln in seinen Augen sah, hätte sie sie nur zu gern zurückgenommen.

»Gräfin«, sagte er, »mit Eurer Erlaubnis würde ich gern einen kleinen Spaziergang mit der Lady machen und ihr dabei erklären, warum sie mich vor Lady Ellen und ihresgleichen nicht in Schutz zu nehmen braucht.«

»Gerade jetzt solltet Ihr ihr nicht so viel Aufmerksamkeit schenken, Mylord«, wandte Lady Clendenen ein. »Wenn es stimmt, dass solche Gerüchte herumschwirren, müssen wir uns alle in Acht nehmen.«

Isabella jedoch erwiderte sein Lächeln und sagte: »Ihr, Sir, solltet …« Unvermittelt brach sie ab, den Blick auf einen Punkt hinter ihm gerichtet.

Lady Clendenen, die ihrem Blick gefolgt war, versank auf der Stelle in einen tiefen Knicks, sodass Adela schon vorgewarnt war, als sie sich jetzt umdrehte.

»Guten Abend, Gräfin, meine Damen«, sagte der Earl of Fife milde. »Ich stelle mit Freuden fest, dass Ihr Euch von dem schrecklichen Vorfall erholt habt.«

»Zu freundlich, dass Ihr so besorgt um uns seid, Mylord«, erwiderte Lady Clendenen und erhob sich, während Adela knickste. »Und habt noch einmal Dank für Euer Eingreifen zur rechten Zeit.«

Er nickte und sagte zu Adela: »Wir Mitglieder des Hofes haben unerfreuliche Gerüchte vernommen, Madam, und Seine Gnaden möchte mehr darüber erfahren.«

»Tatsächlich, Sir?« Adela stand steif und mit erhobenem Kinn da.

»Wenn Ihr mit der Lady sprechen wollt, Fife, dann müsst Ihr warten, bis Ihr an der Reihe seid«, meldete sich Lestalric zu Wort. »Ich habe Seiner Gnaden versprochen, dass ich sie im Laufe des Abends zu ihm bringe, und das werde ich auch tun. Wo, bitte, kann ich Euch später finden?«

»Keine Angst, Lestalric, ich werde Euch schon finden«, entgegnete Fife. Dann wandte er sich nochmals an Adela: »Ihr könnt davon ausgehen, Madam, dass wir ein gesetzestreues Land sind und Frauen, die ihre Ehemänner vergiften, aufs Strengste bestrafen. Und falls Ihr in der Hoffnung an den Hof gekommen seid, hier einen neuen Gemahl zu finden, werdet Ihr feststellen, dass keiner auch nur die geringste Lust hat, Ardelves Platz einzunehmen.«

Adela ballte die Fäuste und unterdrückte die zornige Erwiderung, die ihr auf der Zunge lag, indem sie die Lippen fest zusammenpresste. Da sagte Lestalric in seinem überheblichsten Ton: »Ihr irrt Euch, Fife. Ich bin sicher, die meisten Männer, die heute Abend hier anwesend sind, würden sich geehrt fühlen, die Hand der Lady zu gewinnen. Ich ganz gewiss.«

Fife grinste höhnisch. »Dann seid Ihr ein noch größerer Narr, als ich dachte. Kein Mann, der bei Verstand ist, würde eine Frau heiraten wollen, die ihn womöglich vergiftet.«

»Ja, sicher, manche ziehen Frauen vor, die ihnen eine Grafschaft einbringen«, erwiderte Lestalric. »Aber kommt nun, Mylady. Wir dürfen Seine Gnaden nicht warten lassen.«

Er hielt ihr den Arm hin, doch Adela wartete, bis der Earl sich auf dem Absatz umgedreht hatte und davongegangen war. Dann sagte sie: »Wie konntet Ihr nur so etwas zu ihm sagen? Hat er nicht seine erste Grafschaft durch die Heirat mit Margaret, Gräfin von Menteith, erworben, und die zweite von der Witwe seines Bruders, der Gräfin von Fife, geerbt?«

Er lächelte. »Wie kommt es, dass Ihr so viel von diesen Dingen wisst?«

»Mein Vater erzählt uns die Neuigkeiten, die er von den Bettelmönchen erfährt«, antwortete sie. »Und bevor meine Tante Euphemia zu meiner Schwester Cristina zog, hat sie mir oft erklärt, wie die adeligen Familien miteinander verwandt sind. Aber Ihr habt meine Frage nicht beantwortet.«

»Fife benahm sich zwar arrogant, aber seine Selbstsicherheit war nicht so groß, wie er vorgab. Daher wollte ich ihn ein wenig ärgern und durcheinanderbringen, Madam«, erwiderte Lestalric und fügte an Isabella gewandt hinzu: »Ich gehe mit Lady Adela zu Seiner Gnaden, damit sie kurz mit ihm sprechen kann. Sie schaffen anscheinend Platz für einen Reigentanz. Da kann es durchaus geschehen, dass man von dem Lärm Kopfschmerzen bekommt. Falls Ihr Henry seht, sagt ihm bitte, dass ich ihn sprechen möchte. Ich will die Lady von hier fortbringen, bevor Fife uns aufzuhalten versucht.«

»Glaubt Ihr, er würde es wagen, sie hier festnehmen zu lassen?«, fragte Isabella. »Immerhin sind auch wir Sinclairs mächtig.«

»Ja, schon, aber eher in Midlothian als hier in Edinburgh«, entgegnete Rob in seiner normalen Sprechweise. »Edinburgh liegt in seinem Einflussbereich, und wenn wir schon gegen ihn kämpfen müssen, wäre es besser, wir täten es auf unserem eigenen Terrain, wo wir mehr Rückhalt haben.«

»Was ist mit Lestalric Castle? Solltet Ihr es nicht schützen?«, fragte Adela.

»Henrys Vertrauensmann ist schon mit einer bewaffneten Eskorte dorthin unterwegs«, erklärte er ihr. »Außerdem bietet die bloße Ausdehnung der Ländereien einen gewissen Schutz. Ihr dürft nicht vergessen, dass der König der Schotten über keine eigene Armee verfügt, die er Fife zur Verfügung stellen könnte. Fife hat nur seine eigenen Männer und eventuell noch diejenigen anderer Edelleute, die er überreden konnte, ihn zu unterstützen. Im Augenblick spielt er den treusorgenden Sohn und Bruder und tut sehr bekümmert wegen der Schwäche seines Vaters und der Unfähigkeit seines Bruders. Doch viele mächtige Lords haben ihn schon durchschaut. Sie lassen ihn gewähren, solange er seine Rolle spielt, doch wenn sie fürchten müssen, dass er sich adelige Güter mit Gewalt aneignet, ist es damit vorbei. Er ist gerissen genug, um das zu erkennen, doch indem er so tut, als würde er diesen widerwärtigen Klatsch glauben, könnte er Euch sehr schaden, Mädchen.«

»Geht mit ihm, Mädchen«, sagte Isabella. »Ealga, wir beide suchen Henry.«

Folgsam legte Adela Lestalric die Hand auf den Arm. Sie war keineswegs davon überzeugt, dass ihr von Fife wirklich Gefahr drohte. »Es kann doch keiner im Ernst glauben, dass ich Ardelve vergiftet habe«, sagte sie zu Lestalric, während sie zum königlichen Podium gingen. »Wie hätte ich das denn anstellen sollen?«

»Was die anderen glauben, spielt keine Rolle«, flüsterte er, wobei er sich weit zu ihr hinunterbeugte, damit niemand mithören konnte. »Wichtig ist nur, dass Fife Eure schwache Position ausnutzen will. Euer Vater ist mit Donald von den Inseln abgereist. Jeder weiß, dass Henry sich bald auf den Weg nach Norden machen wird und Isabella nach Roslin. Wenn Fife davon überzeugt ist, dass Euch zum Schutz nur noch Lady Clendenen bleibt, wird er sich vielleicht weiter vorwagen.«

»Aber welches Interesse sollte der Earl of Fife an mir haben?«

»Offen gestanden glaube ich, dass es ihm um mich oder besser gesagt um meinen Besitz geht«, erwiderte Lestalric. »Er will Land, und außerdem hat er etwas von einem Geheimnis läuten hören, das meine Familie angeblich hütet. Allerdings frage ich mich, ob nicht noch mehr dahintersteckt.«

Als ein Possenreißer sie anrempelte, hörte sie, wie Lestalric vor Schmerz nach Luft schnappte. Sie sah, dass er noch immer eine gelangweilte Miene zur Schau trug, doch sein Gesicht war bleich.

»Warum wollt Ihr Henry sprechen?«, fragte sie leise.

»Hier in Edinburgh sind wir bei Weitem in der Minderzahl und daher verwundbar«, antwortete er. »Ich werde froh sein, wenn wir diese Stadt hinter uns lassen können.«

»Da bist du ja, Robbie!«

Er verzog unwillkürlich das Gesicht, fing sich jedoch rasch wieder und setzte ein Lächeln auf. »Lady Ellen, vergebt uns, aber wir …«

»Ich werde Euch nicht vergeben«, fiel sie ihm ins Wort. »Man stellt sich zum Reigen auf, und ich möchte mit Euch tanzen. Lady Adela hat sicher nichts dagegen.« Ohne Adela Zeit für eine Antwort zu lassen, setzte sie hinzu: »Kommt doch beide mit. Es macht bestimmt Spaß!«

»Nein, Mylady, das geht leider nicht. Seine Gnaden hat nach uns geschickt, und … De Gredin, welch glücklicher Zufall!«

»Guten Abend, Lestalric«, sagte der Chevalier mit strahlendem Lächeln. »Gleich werdet Ihr nicht mehr von Glück reden. Ich bin nämlich gekommen, um Lady Adela zum Reigentanz zu bitten.«

»Dann seid Ihr genau der Mann, den wir brauchen«, erwiderte Lestalric ebenso strahlend. »Doch zuerst möchte ich Euch mit Lady Logan, Douglas' jüngster Tochter und Witwe meines Bruders, bekannt machen. Sie möchte gern tanzen, doch Seine Gnaden erwartet Lady Adela und mich an der hohen Tafel. Ich wäre Euch daher sehr verbunden, wenn Ihr sie an meiner statt zum Tanz führen könntet.«

»Es ist mir eine Ehre, aber ich bitte Euch, Mylady«, fügte er mit einer Verbeugung vor Adela hinzu, »seid nicht so grausam, mir einen späteren Tanz zu verweigern. Da wir beide in gelbbraune Seide gekleidet sind, werden wir ein schönes Paar abgeben«, setzte er hinzu und strich sein besticktes Wams glatt.

Adela lächelte höflich, überließ es jedoch Lestalric, zu versichern, dass sie beide nach der Unterhaltung mit Seiner Gnaden am Tanz teilnehmen würden.

Als sie sich endlich von den beiden anderen losreißen konnten, sagte Adela ein wenig verschnupft: »Ihr seid ein äußerst geschickter Lügner, Sir. Ich hoffe, das wird Euch nicht zur Gewohnheit.«

»Euch gegenüber bin ich die Ehrlichkeit in Person«, erwiderte er mit seinem herzlichsten Lächeln. »Ich bin sicher, Ihr würdet jede Lüge im Nu durchschauen, und außerdem liegt mir nichts daran, Euch hinters Licht zu führen. Und nun kommt; dieses Gefecht können wir nur gewinnen, solange Fife noch gar nicht weiß, dass der Krieg ausgebrochen ist.«

Zu ihrem Erstaunen brachte er sie geradewegs zur hohen Tafel, wo der König, der noch lethargischer als sonst wirkte, neben dem Earl of Carrick saß. Beide Männer sahen aus, als wollten sie nichts lieber als schlafen zu gehen.

»Euer Gnaden, wie Ihr gewünscht habt, bringe ich Euch Lady Ardelve«, sagte Lestalric.

Falls es dem König der Schotten neu war, dass er Adela näher kennenlernen wollte, so ließ er sich nichts davon anmerken. Während sie ihren Knicks machte, blinzelte er sie aus kurzsichtigen Augen an und sagte: »Ich kenne Euch, Madam.« Er bedeutete ihr, sich zu erheben, legte nachdenklich den Kopf schief und fügte hinzu: »Das kam mir gestern Abend schon so vor, doch jetzt bin ich sicher. Wir sind uns schon einmal begegnet.«

»Ich widerspreche Euch nur ungern, Euer Gnaden, aber …« erwiderte Adela.

Der Earl of Carrick, der neben seinem Vater saß, hatte ein schmales Gesicht, blonde Haare und sah aus wie ein Gelehrter. Jetzt bemerkte er freundlich: »Lady Ardelve ist eine von den für ihre Schönheit berühmten Macleod-Schwestern, Sire. Ihr habt ihre Schwester Cristina kurz nach ihrer Heirat mit Hector Reaganach auf Ardtornish kennengelernt.«

»Ja, genau«, sagte der König. »Ihr seht genauso aus wie sie, Mädchen.«

Da meldete sich Lestalric zu Wort: »Verzeiht, Euer Gnaden, aber mit Eurer Erlaubnis würden wir uns gern zurückziehen. Isabella, Gräfin von Strathearn und Caithness, die heute Abend mit uns hier ist, fühlt sich nicht wohl, und wir würden sie gern nach Hause bringen.«

»Ja, sicher«, erwiderte der König und nickte. »Schön, Euch hier zu sehen, Robbie, mein Junge.«

»Vielen Dank, Euer Gnaden. Kommt, Madam.«

Gleich darauf standen sie inmitten einer lärmenden Menschenmenge, denn man hatte mittlerweile die Tische und Stühle in der unteren Halle fortgeräumt, damit der Tanz beginnen konnte.

»Rasch jetzt«, sagte Lestalric. »Fife wird nicht damit rechnen, dass wir gehen, bevor sich seine Gnaden zur Ruhe begibt. Doch das wird er in spätestens zehn Minuten tun. Bis dahin will ich die Burg verlassen haben.«

Sie widersprach ihm nicht, zumal sie bemerkt hatte, dass er große Schmerzen litt. Auf dem Weg zur Tür musste er in dem Gedränge bestimmt noch einige Knüffe hinnehmen. Bald wusste sie nicht mehr, wo genau in dem verwinkelten Davidsturm sie sich befanden, doch Lestalric war entweder schon bei früheren Gelegenheiten hier gewesen, oder er besaß einen untrüglichen Orientierungssinn, denn nach wenigen Minuten gelangten sie an eine schwere, schmale Tür, die auf den inneren Burghof führte. Nach einem kurzen eiligen Weg bergab traten sie durch einen Torbogen, hinter dem Henry und die anderen mit den Fahrzeugen warteten.

»Wenn wir sie ins Sinclair House bringen können, kann ich sie dort beschützen«, sagte Henry. »Aber sie werden sie bestimmt suchen, entweder dort oder bei Ealga. Vielleicht warten sie schon auf sie.«

»In diesem Fall fahren wir zur Abtei«, erwiderte Lestalric. »Selbst im Sinclair House kannst du sie nur so lange beschützen, wie sie drinnen bleibt und die anderen draußen.«

»Du hast doch einen Plan«, bemerkte Henry und blickte ihn scharf an.

»Erst in groben Zügen«, antwortete Lestalric mit einem Blick zu Adela. »Wir nehmen deinen Planwagen, Henry, weil er noch nicht sehr bekannt ist. Sag deinem Kutscher, er soll an deinem Haus vorüberfahren, sobald ich ihm ein Zeichen gebe oder er Fifes Männer entdeckt. In diesem Fall muss er geradewegs bis in den Hof der Abtei fahren.«

Adela wunderte sich, dass weder Isabella noch Lady Clendenen etwas dagegen hatten, sie allein mit Lestalric in Henrys Wagen fahren zu lassen. In dem engen Gefährt war sie sich seiner Gegenwart besonders bewusst. Von seiner Kleidung oder seinem Körper ging ein leichter, angenehmer Duft nach Rosmarin oder etwas Ähnlichem aus. Als sie unter dem massiven eisernen Fallgitter hindurchfuhren, erkundigte sie sich, wie es seiner Schulter ging. Sie war sicher, er würde, wie die meisten Männer, die sie kannte, sagen, dass alles in Ordnung sei.

Doch stattdessen antwortete er: »Es tut höllisch weh. Aber Isabella hat die Wunde vorhin mit einer ihrer Salben behandelt und mir einen Trank gegen die Schmerzen gegeben, bevor die ganzen Leute mich anstießen. Es wird schon gehen. Und jetzt muss ich Euch etwas Wichtiges mitteilen, also hört gut zu, Mädchen!«

»Worum geht es denn?«, fragte sie und staunte wieder einmal darüber, wie unbefangen sie sich in seiner Gegenwart fühlte und wie leicht es sich mit ihm redete, so, als wären sie miteinander aufgewachsen. Gewiss, er hatte sie angeschwindelt, und sie verabscheute jede Art von Lüge. Doch obwohl sie ihn kaum kannte, war sie überzeugt, dass es nicht in böser Absicht geschehen war.

Er schwieg lange und schien zu überlegen. Dann warf er einen Blick auf den Kutscher und sagte leise: »Ich denke, hinter der Sache steckt mehr, als wir wissen, und irgendwie seid Ihr darin verwickelt. Anders kann ich mir die Anschuldigungen und Gerüchte, die am Hof kursieren, nicht erklären.«

»Seine Gnaden hat nichts davon erwähnt.«

»Ich bezweifle, dass er davon weiß. Fife beherrscht den König und auf diese Weise auch Schottland. Er hat kein entsprechendes Amt inne, doch das hindert ihn nicht daran. Und Seine Gnaden wirkt jedes Mal, wenn wir ihn sehen, hinfälliger. Wenn Carrick den Thron besteigt, wird sich nichts ändern, denn Fife wird auch ihn lenken. Wusstet Ihr, dass Fife Carrick krönen wird, wenn Seine Gnaden stirbt?«

»Wieso das?«

»Weil es seit Langem das Vorrecht der MacDuff of Fife ist, dem König der Schotten die Krone aufs Haupt zu setzen. Nun ist Fife zwar kein MacDuff, doch von seiner Heirat mit der Witwe des letzten MacDuff leitet er das Recht ab, den König zu krönen. Wir sind schon fast bei St. Giles«, fügte er hinzu. »Sinclair House liegt direkt dahinter. Also lasst Euch nicht sehen. Ich glaube kaum, dass Fifes Männer diesen Wagen beachten werden, weil darin normalerweise nur ein verheiratetes Paar fahren würde.«

»Warum fahren wir zur Abtei?«

Er holte tief Luft und hielt den Blick unverwandt auf die Landschaft gerichtet. Schließlich sagte er: »Falls Fife Euch schaden will, kann es meiner Ansicht nach nur einen Grund dafür geben: Er will mit Eurer Hilfe an jemanden oder etwas herankommen.«

»An Euch?«

»An mich oder die Sinclairs«, antwortete er. »Wie Lady Clendenen schon sagte, ist mein Interesse an Euch offensichtlich. Zwischen uns besteht eine engere Verbindung als gewöhnlich zwischen einem Mann und einer Frau, die sich erst seit Kurzem kennen. Und außerdem weiß jeder, was Ihr in letzter Zeit durchgemacht habt.«

»Meine Entführung und Ardelves Tod, meint Ihr? Aber was ist damit?«

»Es macht Euch verletzlicher, Mädchen«, sagte er sanft. »Ein Mann wie Fife merkt das sofort und weiß, dass diejenigen, die Euch gern haben, alles tun werden, um Euch zu beschützen. Dafür würden sie möglicherweise sogar ein Geheimnis verraten.«

»Ich … ich verstehe.«

Doch sie begriff es erst richtig, als er fortfuhr: »Vielleicht hat Waldron von Edgelaw seinen Spießgesellen etwas erzählt oder einem mächtigen Mann, von dem er sich Hilfe erhoffte. Oder seine Nachfolger haben darüber geredet.«

Plötzlich war ihr alles klar. »Dann sind sie hinter dem Schatz her«, sagte sie.

Rob war sich nicht sicher gewesen, ob sie etwas von dem Schatz gehört hatte und sich nach all den Schicksalsschlägen noch daran erinnerte. Doch in Anwesenheit des Kutschers wollte er nicht weiter darüber reden.

Wie er vermutet hatte, warteten einige Männer vor dem Sinclair House auf sie. Daraufhin beugte Rob sich zum Kutscher vor und sagte bestimmt: »Fahr weiter, Mann.«

Die Pferde beschleunigten ihren Schritt, während Rob Adela von den Männern erzählte.

»Wollen wir wirklich in die Abtei flüchten?«, fragte sie.

»Wir werden sehen«, sagte er. »Mir ist noch etwas anderes eingefallen.«

»Was denn?«

»Ihr müsst eine Entscheidung treffen, denn hier seid Ihr

nicht mehr sicher. Euch stehen noch immer dieselben Möglichkeiten offen: Ihr könnt nach Hause zu Eurem Vater gehen, um Aufnahme bei Eurem Stiefsohn in Loch Alsh bitten oder bei der Gräfin, Michael und Isobel auf Roslin bleiben.«

»Oder?«, fragte sie und blickte ihn erwartungsvoll an. Offenbar wusste sie, dass es noch eine weitere Möglichkeit gab, und war nun neugierig, was es war.

»Oder Ihr heiratet mich und lasst mich Euch beschützen«, sagte er, wobei er sich selbst wunderte, wie leicht ihm die Worte über die Lippen kamen. Eine boshafte innere Stimme flüsterte, dass sie jetzt bestimmt nicht mehr an den Schatz denken würde.

Sie schwiegen beide, doch in der Luft lag eine deutlich spürbare Spannung. Im schwachen Schein der Fackeln an den Häusern der Canongate konnte er erkennen, dass sie an ihrer Unterlippe nagte.

»Nun?«, fragte er leise.

»Ach, Sir, das meint Ihr doch wohl nicht ernst.« Ihre Stimme klang laut und rau.

Sein Herz pochte. »Ich meine alles ernst, was ich sage.«

»Aber so schnell! Ihr kennt mich doch kaum, und mein Gemahl …«

»Ardelve ist tot und kann Euch nicht mehr beschützen. Ich aber bin am Leben und kann es.«

»Aber das können andere auch, und außerdem wollt Ihr mich doch bestimmt gar nicht heiraten.«

Seine Kehle wurde eng, als er erkannte, dass er sie wirklich wollte, und zwar mehr als jemals etwas in seinem Leben – die Ritterwürde als Junge ausgenommen. Die ganzen Jahre über hatte er immer gedacht, der Verlust von Ellen Douglas hätte ihn niedergeschmettert, doch jetzt wurde ihm klar, dass ihm nicht die Tatsache, *dass,* sondern die Art, *wie* er sie verloren hatte, so nahegegangen war.

Bis zu jenem Tag hatte er geglaubt, sein Vater hätte ihn so gern, dass er, im Gegensatz zu Will, stolz auf Robs Ritterwürde wäre. Daher empfand er es als einen abgrundtiefen Verrat, als Sir Ian kurzerhand die Heirat zwischen Will und Ellen arrangierte, obgleich er doch wusste, wie sehr Rob das Mädchen begehrte. Dass sie ihn verhöhnten und andeuteten, Sir Ian könnte es sich anders überlegen, wenn Rob sein Geheimnis preisgeben würde, machte die Sache nur schlimmer.

Das alles konnte er Adela nicht erzählen, doch irgendetwas musste er sagen, da sie sonst glauben würde, er meinte es tatsächlich nicht ernst. Also antwortete er: »Viel wichtiger ist doch, ob Ihr Euch überwinden könntet, mich zu heiraten, Mädchen.«

Sie schwieg.

Ihr Profil war hübsch, aber starr und angespannt. Er hätte gern ihr Gesicht gesehen, um zu wissen, was sie dachte.

»Adela? Bitte, Mädchen, schaut mich doch an.«

Da drehte sie sich um und blickte ihm forschend in die Augen, als wollte sie bis auf den Grund seiner Seele schauen. Er erwiderte ihren Blick mit wachsender Zuversicht. Immerhin hatte sie seinen Antrag nicht rundheraus abgelehnt!

»Ich weiß nicht, was Ihr über mich gehört habt«, sagte sie.

»Ich bin davon überzeugt, dass die Gerüchte nicht wahr sind«, erwiderte er.

»Die Gerüchte meinte ich nicht. Ich weiß, dass meine Schwestern reden, weil … nun, sie tun es eben. Und ich weiß auch, dass sie dachten …« Sie verstummte. »Nein, was sie von mir dachten, stimmte schon, und ich sollte es nicht leugnen.«

»Was stimmte?«

»Dass ich Ardelve aus Bequemlichkeit und Selbstsucht geheiratet habe«, erwiderte sie und leckte sich über die Lippen. »Und außerdem weiß ich recht gut, dass Ihr lieber Lady Ellen heiraten würdet.«

Er grinste, froh darüber, dass er endlich einmal die unverblümte Wahrheit sagen durfte. »Nicht einmal, wenn sie die einzige Frau auf der Welt wäre«, erklärte er aufrichtig.

Da musste sie lachen. »Wie könnt Ihr so etwas sagen!«

Er legte die Hand auf die ihre. »Ihr solltet wirklich begreifen, dass ich selten etwas sage, was ich nicht ernst meine, Mädchen. Aber wir sind fast schon am Tor der Abtei. Da Ihr nicht gesagt habt, dass Ihr mich *nicht* heiraten wollt, darf ich also noch hoffen?«

»Ach, Sir, ich muss gestehen, ich habe Ardelve nur geheiratet, weil ich es leid war, meinem Vater den Haushalt zu führen und meine aufsässigen Schwestern zu bändigen. Sorcha hat mir noch nie gehorcht. Und außerdem wollte mein Vater Lady Clendenen heiraten, und die hat geschworen, sie würde keinen Fuß in sein Haus setzen, bevor ich nicht ebenfalls unter der Haube wäre. Also nahm ich Ardelves Antrag an, weil er mir ein behagliches Heim bot und mir versicherte, er würde im Gegenzug nur wenig von mir verlangen.«

»Ich dagegen würde viel von Euch verlangen«, erwiderte er, wobei er ihr noch immer in die Augen blickte.

»Ach ja?«

»Ja.«

Ihre Pupillen waren so groß, dass ihre Augen schwarz wirkten. Wie goldene Funken spiegelte sich das Licht der Fackeln darin. Als sie sich über die Lippen leckte, reagierte sein Körper mit heftigem Verlangen.

»Wenn Ihr es wirklich ernst meint, sage ich Ja«, erklärte sie schließlich.

»Und eine übereilte Hochzeit würde Euch nichts ausmachen?«

Mit schelmischem Lächeln erwiderte sie: »Für Hochzeiten habe ich wenig Talent, Sir. Also je übereilter, desto besser.«

In diesem Augenblick kam der Wagen im Hof der Abtei zum Stehen.

Der Earl of Fife war verärgert und nicht in der Stimmung für eine Auseinandersetzung. Doch der Mann, der ihn auf Lady Adela aufmerksam gemacht hatte, war in die karg möblierte Kammer gekommen, die der Earl auf der Burg für geschäftliche Zwecke nutzte, und hatte es gewagt, ihn zu kritisieren.

Nachdem er ihn mit einer zornigen Bemerkung zum Schweigen gebracht hatte, setzte Fife hinzu: »Ich habe Euch doch gesagt, Ihr sollt nicht ungebeten herkommen, Chevalier. Es ist für uns beide ungünstig, wenn man uns zusammen sieht.«

»Ihr habt zweifellos recht, Mylord«, erwiderte de Gredin mit skeptischem Blick. »Aber ich begreife Euer Vorgehen nicht.«

»Das braucht Ihr auch nicht, Sir«, entgegnete Fife kalt.

»Ich hatte ja nichts dagegen, dass Ihr befohlen habt, auf Lestalric zu schießen«, fuhr de Gredin fort. »Mir hätte es auch nichts ausgemacht, wenn Ihr ihn getötet hättet. Aber was bezweckt Ihr damit, Lady Adela des Giftmordes zu beschuldigen? Ich dachte, wir wären uns einig gewesen, dass ich ihr Vertrauen gewinnen soll. Das wird mir bestimmt gelingen, da selbst Cousine Ealga meine Bemühungen zu unterstützen scheint.«

»Ealga Clendenen ist so entfernt mit Euch verwandt, dass Ihr auch nicht mehr Einfluss auf sie habt als die Gräfin Isabella. Und mir ist nicht aufgefallen, dass Isabella viel für Euch übrig hätte«, setzte Fife barsch hinzu. »Mit meinen Methoden werden wir viel schneller an die gewünschten Informationen kommen.«

»Aber wir beide wissen doch genau, dass die Lady Ardelve nicht vergiftet hat«, widersprach de Gredin.

»Aber anderen ist der Verdacht bestimmt gekommen«, versicherte Fife ihm. »Ich brauchte nur hier und da jemandem etwas ins Ohr zu flüstern und konnte alles Weitere der menschlichen Natur überlassen. Und wenn Beweise gefordert werden, könnt Ihr ja eine entsprechende Aussage machen.«

»Ihr scheint Euch ja sehr sicher zu sein, dass ich es bezeugen würde.«

Fife grinste ihn höhnisch an. »Wir beide verfolgen doch schließlich das gleiche Ziel, nicht wahr, *mon ami?*«

# 13

Während Lestalric Adela beim Aussteigen behilflich war, erklärte er ihr, dass sie sich schon in dem Bereich des Abteigeländes befanden, in dem Verfolgte Kirchenasyl genossen.

»Selbst wenn Fife uns verfolgt, sind wir hier also fürs Erste sicher«, fügte er hinzu.

»Soll ich auf Euch warten, Mylord?«, fragte der Kutscher umsichtig.

»Fahr um die Ostseite der Abtei herum, bis du außer Sichtweite der Canongate bist«, antwortete Rob. »Wir lassen dich holen, wenn wir dich brauchen.«

Der Mann nickte, trieb die Pferde an, und der Wagen rumpelte über das Kopfsteinpflaster davon. Adela nahm Lestalrics Arm, und gemeinsam gingen sie auf die Abtei zu. Sie waren kaum ein paar Schritte gegangen, da kam ihnen einer der Mönche entgegen. Seine lange, schwarze, mit einer Kapuze versehene Kutte und der weiße Talar flatterten ihm beim Laufen um die Beine.

»Wer seid Ihr, Sir?«, fragte er mit leiser, aber klarer Stimme.

»Sir Robert of Lestalric. Bitte, schickt sogleich nach dem Abt. Ich muss mit ihm sprechen.«

Ohne ein weiteres Wort drehte sich der Mönch um und ging ihnen in die Abtei voraus.

»Ich hätte nicht gedacht, dass sie uns so ohne Weiteres willkommen heißen«, sagte Adela.

»Meine Familie wird hier hoch geschätzt«, erklärte Lestalric. »Die Abtei Holyrood gibt es nur deshalb noch, weil ein Mitglied meiner Familie hier Abt war, als Edward von England im Jahre 1296 Edinburgh Castle und das gesamte Gebiet südlich des Firth, auf dem sich auch die Abtei befindet, eroberte. Besagter Abt leistete Edward den Lehnseid und rettete damit die Abtei und ihre Ländereien.«

»Während ihrer Besatzung zerstörten die Engländer die Abtei Scone, nicht wahr?«, fragte Adela, als sie sich dem imposanten Eingangstor der Abteikirche näherten.

»Ja, und sie drohten damit, weitere Klöster dem Erdboden gleichzumachen«, erwiderte Rob und dankte mit einem Kopfnicken dem Mönch, der ihnen die Tür zum kerzenerleuchteten Vorraum aufhielt.

»Wartet hier, Mylord. Ich gehe den Herrn Abt holen«, sagte der Mönch leise.

»Ich könnte mir vorstellen, dass manche der Meinung sind, Euer Lestalric-Abt hätte sich Schottland gegenüber loyaler verhalten sollen«, bemerkte Adela, als der Mann an ihr vorbei zum Querschiff ging, wo sich ein anderer Mönch soeben von seinem Gebet erhob. »Damals sind viele Männer im Kampf um unsere Freiheit gefallen.«

»Ja, aber ein Abt ist in erster Linie seinem Kloster verpflichtet, Mädchen. Viele von denen, die sich gegen die Engländer erhoben – darunter auch Angehörige der Familie Lestalric – verloren alles. Edward I. bemächtigte sich ihrer Ländereien und Burgen. Vergesst nicht, dass die Engländer viele Jahre hier herrschten. Abt Adam tat nur seine Pflicht, als er Holyrood rettete.«

»Ja, das stimmt. Und dafür müssen wir alle dankbar sein«, ließ sich eine dröhnende Stimme aus dem vorderen Teil der Kirche vernehmen. Ein großer, dicker älterer Mann, ebenfalls im schwarz-weißen Habit der Augustiner, kam auf sie zu. Adela erkannte in ihm denjenigen, der kurz zuvor im Kirchenschiff gebetet hatte.

»Ich bin hier der Abt, mein Sohn. Mein Stellvertreter, Bruder Joseph, sagte mir, Ihr wäret Sir Robert of Lestalric. Aber das sehe ich selbst, denn Ihr seid Sir Walter wie aus dem Gesicht geschnitten. Bruder Joseph sagte auch, dass Ihr meine Hilfe braucht.«

»Ja, Mylord, aber ich muss Euch warnen. Wenn Ihr uns helft, verärgert Ihr damit vielleicht den Earl of Fife. Ich möchte nicht, dass Euch oder sonst jemandem aus der Abtei dadurch ein Schaden entsteht.«

»Ich glaube, mit dem hochnäsigen Earl werde ich schon fertig«, erwiderte der Abt abfällig. »Seine Lordschaft tut so, als sei er ein frommer Mann … aber ich sollte nicht so unbarmherzig sein. Sagt mir lieber, womit ich Euch helfen kann.«

»Wir möchten heiraten, Hochwürdigster Herr Abt, sofort und ohne Aufgebot. Dafür bin ich bereit, der Abtei eine großzügige Spende zukommen zu lassen, falls Ihr damit einverstanden seid und nichts dagegen habt, zu warten, bis ich mir ein Bild über den Umfang meines Erbes gemacht habe.«

»Ein Almosen lehnen wir niemals ab, mein Sohn, doch ein Lestalric braucht hier für eine Gunst nicht zu bezahlen. Ich nehme an, Ihr seid beide ungebunden und in Eile und möchtet nicht auf einen alten Brauch wie die Eheerklärung zurückgreifen.«

»Wir sind beide frei, und ich würde es vorziehen, mit dem Segen der Kirche zu heiraten, wenn das möglich wäre«, erwiderte Lestalric.

»Dann werde ich tun, was Ihr wünscht«, sagte der Abt. »Bruder Joseph, hol noch einen weiteren Bruder, damit ihr beide Trauzeugen sein könnt. Aber warte, es ist ja schon bald Zeit für die Nokturn. Dann bitte doch die übrigen Mitbrüder auch dazu.«

Kurz darauf waren die Mönche zur Stelle und nahmen ihre Plätze auf der linken Seite des Querschiffes ein. Nun geleitete der Abt Adela und Lestalric durch das rechte Seitenschiff zu der kleinen Kapelle am Ende des Querschiffes. Dort vor dem Altar begann er mit der Zeremonie, indem er Gottes Segen für alle Anwesenden erflehte. Dann fragte er: »Ist jemand hier, der gegen diesen Bund Einspruch erheben möchte?«

Adela hielt den Atem an.

Dann, als der Geistliche die ersten Worte des Trauungsrituals sprach und Adela wieder zu atmen wagte, sagte plötzlich Lestalric neben ihr: »Wartet bitte einen Augenblick, Sir.«

Überrascht blickte der Abt ihn an. »Was ist denn, mein Sohn?«

Lestalric drehte sich zu Adela um und fragte: »Seid Ihr sicher, Mädchen?«

Sie musste lächeln, als sie daran dachte, wie sehr er alles bereits zum Guten verändert, ihre abgetöteten Gefühle geweckt und ihr Leben wieder lebenswert gemacht hatte. »Ja«, sagte sie leise, aber entschieden. »Ich bin sicher.«

Ohne weiteres Zögern gelobte Sir Robert, sie für alle Zeiten zu seiner Frau zu nehmen, »mit dem Segen der Heiligen Kirche in guten und in schlechten Tagen, in Reichtum und in Armut, in Gesundheit und Krankheit, bis dass der Tod uns scheidet.«

»Habt Ihr einen Ring, mein Sohn?«, fragte der Abt schließlich.

»Ja«, sagte Rob und zog einen einfachen goldenen Reif vom kleinen Finger seiner linken Hand. Mit den Worten: »Er gehörte meiner Großmutter«, steckte er ihn Adela an den Finger.

Daraufhin sprach auch sie die Trauformel nach, mit dem einzigen Unterschied, dass sie außerdem gelobte, demütig und gehorsam Tisch und Bett mit ihm zu teilen. Dabei dachte sie daran, wie sie sich einmal auf Roslin gefragt hatte, wie Sorcha es mit diesem Gelöbnis hielt, und ob Hugo tatsächlich Gehorsam von ihrer temperamentvollen Schwester erwartete.

Während sie neben Lestalric kniend den Segen des Abtes empfing, dachte Adela, dass es ihr nicht schwer fallen würde, ihr Gelöbnis zu erfüllen. Lestalric schien ein ausgeglichener Mensch zu sein, ja sogar sanft im Vergleich zu Männern wie Sir Hugo oder Hector dem Grimmigen. Es war angenehm, einen Mann zu heiraten, der sie vermutlich nicht zu unbedachten Handlungen verleiten würde.

»Erhebt Euch und wendet Euch den Zeugen zu«, sagte der Abt lächelnd, und als sie es taten, verkündete er: »Ich freue mich, euch die jungen Eheleute Sir Robert und Lady Logan of

Lestalric zu präsentieren. Ihr dürft die Braut jetzt küssen, mein Sohn.«

Als Lestalric einen zarten Kuss auf Adelas Lippen hauchte, ertönte eine vertraute Stimme aus dem hinteren Teil des Kirchenschiffs.

»Damit habe ich wahrhaftig nicht gerechnet, Rob«, sagte Henry und kam auf sie zu. »Darf jemand, der ein wenig Verantwortung für Lady Adelas Wohlergehen trägt, fragen, wie du sie zu dieser Wahnsinnstat überreden konntest?«

Adela lächelte. »Seid Ihr uns böse, Sir?«

»Nicht, wenn ich Euch so lächeln sehe, Mädchen«, erwiderte er. »Ich hatte schon Angst, Ihr würdet nie wieder lächeln. Aber seid Ihr nun wirklich zufrieden?«

»Ja, Sir, auch wenn Sir Hugo und Sorcha mich bestimmt für verrückt erklären werden.«

»Und meine Mutter vielleicht auch.«

»Ach herrje, meint Ihr?«

Was die Gräfin dazu sagen würde, hatte Adela gar nicht bedacht.

»Wird sie wütend sein?«

»Das bleibt abzuwarten«, sagte Henry.

»Quäl sie doch nicht«, sagte Lestalric. »Ich bin sicher, deine Mutter wird es gutheißen. Hast du daran gedacht, Pferde für uns mitzubringen, Henry?«

»Nein, denn eigentlich bin ich gar nicht hier.«

»Ist es vielleicht nur dein Schatten, den wir sehen?«

»Genau«, sagte Henry. »Als wir die Wachen vor dem Sinclair House stehen sahen, bestand meine Mutter darauf, dass wir anhalten und sie nach dem Grund für diese Unverschämtheit fragen. Als der Hauptmann sagte, Fife wolle Lady Clendenens Gast noch einige Fragen stellen, entgegnete meine Mutter hochmütig, Adela sei ernstlich indisponiert und hätte sich mit Erlaubnis Seiner Gnaden in meine Gemächer in der Burg zurückgezogen. Sie dürfe auf keinen Fall vor morgen Mittag gestört werden.«

»Ausgezeichnet, aber meinst du, das hält sie uns vom Leib?«, erwiderte Lestalric.

»Hoffentlich, zumindest bis morgen Mittag.«

»Um Himmels willen, was werden sie nur tun, wenn sie mich nicht finden?«, rief Adela ängstlich.

»Wahrscheinlich wird meine Mutter Fife zur Rede stellen, weil er dich fortgeschafft hat«, antwortete Henry und warf dem gebannt lauschenden Abt einen Blick zu. »Ihr werdet doch hoffentlich kein Wort verraten, Mylord?«, fügte er hinzu.

»Ich werde alles, was Ihr sagt, als Beichtgeheimnis behandeln.«

»Auf keinen Fall darf Fife etwas davon erfahren«, sagte Henry.

»Auf mich könnt Ihr zählen.«

»Aber wir brauchen mindestens zwei Pferde«, erinnerte Lestalric Henry.

»Ja, aber es wäre besser, ihr leiht sie euch vom Abt. Ich möchte mich heute Abend lieber nicht mehr sehen lassen, und außerdem will ich morgen meiner Mutter für den Heimweg nach Roslin eine große berittene Eskorte mitgeben. Wenn wir Glück haben, finden Fife und seine Handlanger nicht so schnell heraus, wo ihr beiden abgeblieben seid.«

»Du wirst sicher mit der Gräfin reiten, nicht?«

»Darüber wollte ich mit dir sprechen«, erwiderte Henry. »Ich habe mich durch die Gärten bis auf das Gelände der Abtei geschlichen, das an der Canongate nur durch eine Hecke vom Grundstück des Clendenen House getrennt ist. Niemand hat mich gesehen, aber ich muss dir sagen, dass Fifes Männer versucht haben, sich Zugang zum Sinclair House zu verschaffen.«

»Das ist ihnen doch wohl nicht gelungen?«

»Nein, aber versucht haben sie es.«

»Haben sie auch versucht, ins Clendenen House einzudringen?«

»Anscheinend nicht. Vermutlich rechneten sie nicht damit, dort irgendetwas zu finden«, sagte Henry. »Immerhin warst du mit mir zusammen, und falls sie dieselbe Sache suchen wie auf Lestalric, werden sie wohl kaum annehmen, du würdest Adela oder Ealga ein Geheimnis verraten, das du noch nicht einmal deinem Vater oder Will anvertraut hast.«

Er sah Adela an und musste lachen, als sie die Augen verdrehte.

»Etwas so Kostbares würde ich bei mir tragen«, sagte Lestalric. »Aber an eines haben wir nicht gedacht, Henry. Fife war nicht hinter mir her. Er wollte Adela.«

»Vielleicht will er über sie an dich herankommen.«

»Aber wieso? Soweit er weiß, kennen Adela und ich uns doch kaum. Selbst die Tatsache, dass wir alle gemeinsam auf Lestalric waren, heißt doch noch nicht, dass eine engere Beziehung zwischen uns beiden besteht. Aber überleg doch mal, was er über Adela weiß.«

»Immerhin hat er Lestalric Castle durchsucht und wollte auch in mein Haus eindringen«, gab Henry zu bedenken.

»Es wird Zeit, die Glocke zur Nokturn zu läuten, meine Söhne«, unterbrach der Abt sie entschuldigend. »Falls Ihr nicht zur Andacht bleiben wollt ...«

Lestalric schüttelte den Kopf. »Wir wissen sehr wohl, dass für gewöhnlich keine Fremden zugelassen sind, Mylord. Doch wir wären Euch dankbar, wenn Ihr uns zwei Pferde leihen und uns erlauben würdet, den Weg nach Süden über Euer Land zu nehmen.«

»Nach Süden? Dann wollt Ihr also nicht nach Lestalric Castle?«

»Nein, auf Lestalric ist nichts für meine Braut vorbereitet. Ich bringe sie an einen sicheren Ort.«

»Die Rösser könnt Ihr gern haben«, sagte der Abt. »Vielleicht sollte ich Euch auch jemanden mitgeben, der Euch den Weg durch den Abteiwald zeigt, bis Ihr südlich des Arthur's Seat seid. Zwischen der Abtei und dem Punkt, wo das Gelände ansteigt, ist der Boden schlecht entwässert und daher morastig. Ich nehme an, Ihr wollt Euch auf den ersten Meilen von den Hauptstraßen fernhalten und später den Weg nach Roslin einschlagen.«

»Wir wären wir Euch sehr verbunden, Mylord«, erwiderte Lestalric, ohne auf die Frage nach seinem Ziel einzugehen. Vor ihrem Aufbruch mussten sie noch einige Heiratsdokumente unterzeichnen, auf denen Henry und Bruder Joseph ihre Unterschrift als Trauzeugen leisteten. Als sie fertig waren, dankte Lestalric dem Abt noch einmal.

»Bruder Joseph wird Euch zu den Stallungen begleiten und einen erfahrenen Führer für Euch holen«, sagte dieser und streckte Rob die Hand hin. »Nun geht mit Gott, Ihr beide. Hoffentlich sehen wir uns in ruhigeren Tagen wieder.«

Der Himmel war von feinem Dunst wie von einem Schleier überzogen, durch den schwach der Vollmond schimmerte. Als sie Bruder Joseph zu den Ställen folgten, begann laut die Abteiglocke zur mitternächtlichen Nokturn zu läuten. Adela erschrak, doch Lestalric legte ihr beruhigend eine Hand auf die Schulter.

»Hoffentlich wird der Nebel nicht noch dichter«, sagte Henry, als das Geläut verstummte. »Vielleicht solltet Ihr besser auch noch Fackeln mitnehmen.«

»Es wird schon gehen«, erwiderte Lestalric. Doch als Bruder Joseph einen Diener holen ging, fügte er leise hinzu: »Wie ist dein Plan, Henry? Ich weiß, dass du darauf brennst, in den Norden aufzubrechen, aber …«

»Darüber wollte ich mit dir reden. Aber zuerst einmal soll ich dir das von der Gräfin geben.« Mit diesen Worten reichte Henry ihm Fläschchen und einen kleinen Tiegel. »Die Flasche enthält einen Absud aus Weidenrinde«, erklärte er. »Und in dem Tiegel ist noch mehr von der Salbe, die sie auf deine Wunde gestrichen hat.«

Lestalric öffnete das Fläschchen und nahm einen Schluck, bevor er fragte: »Fährst du denn nicht?«

»Ich habe meinem Kapitän ausrichten lassen, er soll mein Schiff für ein paar Tage nach St. Andrews bringen. Ich habe ihm gesagt, ich müsste die Gräfin nach Roslin begleiten, und er könnte mir helfen, Zeit zu sparen, wenn er etwas für mich in St. Andrews erledigt. Doch falls jemand nach mir fragt, soll er sagen, ich wäre an Bord des Schiffes. Wenn also Fife hinter mir herspioniert, wird er glauben, ich wäre auf dem Weg nach Orkney oder Caithness.«

»Aber wenn du doch Isabella begleiten willst …«

»Das habe ich auch vor, aber verkleidet als einer ihrer Gefolgsleute, mit Helm und Kettenhemd. Unsere Leute werden mich natürlich erkennen, aber von denen verrät mich keiner. Nachdem ich meine Mutter nach Hause gebracht habe, komme ich zu dir. Da kommt ja unser Mann«, fügte er warnend hinzu. »Ich schleiche mich jetzt auf dem gleichen Weg zurück, auf dem ich gekommen bin, dann sage ich Ealga Lebewohl und bringe Mutter zum Sinclair House, bevor ich so tue, als würde ich an Bord meines Schiffes gehen. Falls mich jemand beobachtet, wird sie das schön in die Irre führen.«

»Ach je, Ealga habe ich ja ganz vergessen!«, rief Adela. »Ich kann doch nicht einfach fortreiten, ohne …«

»Still, Mädchen«, unterbrach sie Lestalric mit einem Nicken in Bruder Josephs Richtung. »Henry wird uns bei der Lady entschuldigen.«

»Aber für ein solches Verhalten gibt es keine Entschuldigung«, entgegnete Adela mit mühsam beherrschter Aufregung. »Sie war immer so nett zu mir, und dann mache ich mich einfach davon …«

Diesmal war es Henry, der sie unterbrach. »Rob hat recht, Adela«, versicherte er ihr. »Wenn ich ihr erkläre, dass es nicht anders geht, wird Ealga es sicher verstehen. Ich glaube, Ihr wisst gar nicht, in welcher Gefahr Ihr schwebt. Hört auf Euren Mann, Mädchen.«

Sie funkelte ihn wütend an und unterdrückte nur mit Mühe eine schroffe Antwort.

Zu allem Überfluss lachte er leise und flüsterte neckend: »Das erinnert mich an Sorcha, wie sie leibt und lebt.«

»Ja, und an Isobel noch dazu«, pflichtete Lestalric ihm bei.

Zu gern hätte Adela die beiden geohrfeigt, aber das ging natürlich nicht. Außerdem musste sie über die Bemerkung beinahe selbst lächeln.

Da legte ihr Mann ihr den Arm um die Schultern, zog sie an sich und gab ihr einen Kuss auf die Stirn. Als sie die Wärme seines Arms und seiner Lippen spürte, seufzte sie.

Dennoch erwiderte sie: »Aber ich bitte Euch, Henry, speist die Lady nicht mit leeren Phrasen ab. Sagt ihr, es tut mir schrecklich leid, dass ich sie so behandeln muss, und ich hoffe, sie bald wiederzusehen, damit ich mich persönlich bei ihr entschuldigen kann.«

»Ich werde schon die richtigen Worte finden, Mädchen. Das verspreche ich Euch. Da, Euer Begleiter wartet schon. Also lasst uns Abschied nehmen.«

»Ich muss dir noch sagen, dass dein Planwagen noch immer geduldig hinter der Abtei auf uns wartet«, sagte Lestalric ein wenig kleinlaut. »Ich habe dem Kutscher gesagt, wir würden ihm Bescheid geben, wenn wir ihn brauchen. Aber nun brauchen wir ihn ja nicht mehr, und ich weiß nicht recht, was wir mit dem Wagen machen sollen. Hast du eine Idee?«

»Ja, ich werde den Abt bitten, den Mann hier unterzubringen und den Wagen in die Remise stellen zu lassen, bis ich ihn ohne Gefahr abholen lassen kann. Ich brauche ihn vorerst nicht, und je weniger Leute ihn sehen, desto besser. Sobald ihr weg seid, kümmere ich mich darum.«

Beide Pferde, die der Diener brachte, trugen einen Männersattel, und als Henry Adela auf den Rücken der glänzenden Fuchsstute hob, sagte Lestalric: »Ihr tragt schwerlich das richtige Kleid zum Reiten, Frau Gemahlin. Ich weiß ja, dass Ihr den Damensattel ablehnt, aber könnt Ihr denn mit diesen Röcken auch wirklich im Herrensattel sitzen?«

»Ich kann sie entsprechend herrichten, wenn Ihr Männer Euch kurz umdrehen wollt«, antwortete sie.

Als sie gehorchten, schob sich Adela ihr Hemd und den Unterrock bis zu den Hüften hinauf. Nach dieser etwas umständlichen Prozedur ließ ihr der Rock genügend Beinfreiheit, um im Sattel zu sitzen. Über ihrem Seidenkleid trug sie ihr Lieblingscape aus lavendelfarbenem Samt, das sie warm halten würde, auch wenn die Luft noch kühler wurde.

Als sie bereit war, sagte sie den Männern Bescheid, worauf sich Lestalric trotz seiner Verletzung erstaunlich behände in den Sattel schwang. Angeführt von dem jungen Diener ritten sie aus dem Stall und um die Rückseite der Abtei herum, während Henry, der seinem Kutscher Anweisungen geben wollte, neben ihnen herging. Kurz darauf verabschiedeten sie sich von ihm und ritten davon.

Der Mond schien noch hell genug, um den engen, morastigen Pfad zu erkennen, auf dem sie der Diener durch den Abteiwald führte. Der Weg verlief entlang eines schmalen, langgestreckten Lochs, der sich fast eine halbe Meile bis an den Fuß des Arthur's Seat hinzog. Der Pfad wand sich etwa drei Meter vom Ufer entfernt zwischen den Bäumen hindurch, doch im Mondlicht, das sich auf der unbewegten Wasserfläche spiegelte, konnten sie ihren Weg erkennen.

Endlich erreichten sie den Fuß des Arthur's Seat, und Adela blickte zu dem Hügel empor, den die Einwohner von Edinburgh liebevoll den »schlafenden Löwen« nannten.

Auf Geheiß ihres Führers ritten sie weiter bis zum westlichen Ende des Hügels, und eine Viertelstunde später sagte der Bursche: »Dahinten ist die Straße, Mylord. Kennt Ihr jetzt den Weg?«

»Ja, Junge, und danke für deine Hilfe«, antwortete Lestalric, während er einige Münzen aus der Tasche zog und sie dem Diener gab.

Der Bursche stammelte einen Dank, dann sagte er ihnen Lebewohl und machte sich auf den Rückweg zur Abtei.

Zum ersten Mal war Adela allein mit ihrem frisch angetrauten Ehemann.

Rob blickte sie an, als sie so sicher und gelassen auf dem Rücken ihrer Stute saß. Sie hatte ihre Kapuze zurückgeschoben und begann nun, die Nadeln aus ihrem Haarnetz zu ziehen.

»Das solltet Ihr vielleicht besser aufbehalten, Mädchen«, sagte er. »Bis wir am Ziel sind, könnte es noch erheblich kälter werden.« Da sich der Diener möglicherweise noch in Hörweite befand, wollte Rob ihren Bestimmungsort nicht nennen.

Nicht dass es schwierig für Fife wäre, sie zu verfolgen, wenn er erst einmal herausgefunden hatte, dass sie nach Süden ritten. Ebenso wie der Abt würde er daraus schließen, dass sie auf dem Weg nach Roslin waren, und sie ohne Probleme aufspüren. Doch immerhin hatten sie einen Vorsprung, und Rob hielt es nicht für angebracht, zu viel zu verraten.

Noch immer zog sich Adela weitere Haarnadeln aus dem Netz. Wie viele waren wohl nötig, um solch ein Ding zu befestigen?, dachte Rob. Als sie sah, dass er die Stirn runzelte, erklärte sie: »Ich nehme das Haarnetz ab, weil ich Kopfschmerzen davon bekomme. Während eines festlichen Diners oder beim Tanz mag es ja gehen, aber wahrscheinlich hätte ich es auch abgenommen, wenn wir am Reigentanz teilgenommen hätten.«

»Ist Euch warm genug?«, fragte er und dachte, wie wunderbar kühl sie wirkte mit ihrem im Mondlicht silbern schimmernden Haar, das, von der Kopfbedeckung befreit, über ihren Rücken floss. Er hätte es gern gestreichelt.

Der bloße Gedanke daran, sie zu berühren, erregte ihn, und er wünschte, er könnte mir ihr geradewegs nach Hawthornden galoppieren. Doch ein solcher Ritt wäre nicht nur halsbrecherisch, sondern auch schmerzhaft. Isabellas Heiltrank hatte Wunder gewirkt, doch Rob bezweifelte, ob er eine solche Strapaze aushalten würde.

Dennoch hoffte er, nach ihrer Ankunft mit seiner Braut die Ehe vollziehen zu können.

»Es wird schon gehen«, erwiderte sie lächelnd. »Ihr braucht

mich nicht zu verhätscheln, Sir. Bei uns im Hochland ist das Wetter rauer, als ich es hier jemals erlebt habe.«

»Dann lasst uns nicht länger verweilen«, sagte er. »Ich freue mich schon auf ein warmes Bett, wenn wir diese Reise hinter uns haben.« *Und, so Gott will, auf noch etwas anderes,* fügte er im Stillen hinzu.

Plötzlich blickte sie ihn ernst an und sagte: »Ihr habt mich gar nicht gefragt.«

»Was denn?«

»Ob ich … ich meine, ob Waldron von Edgelaw mich …«

»Du lieber Himmel, Mädchen, ich dachte, ich hätte klar gesagt, dass ich keinerlei Zweifel hege. Und wenn Ihr es genau wissen wollt: Sollte sich – was höchst unwahrscheinlich ist – herausstellen, dass Ihr keine Jungfrau mehr seid, dann würde ich einfach davon ausgehen, dass Ardelve zwischen der Trauung und dem Hochzeitsfest irgendwie genügend Zeit gefunden hat, um seine ehelichen Rechte geltend zu machen. Oder vielleicht geschah das Malheur auch durch Eure häufigen Ausritte. So etwas soll schon vorgekommen sein.«

Abermals lächelte sie, doch diesmal schüchterner. »Ich glaube nicht, dass mir etwas Derartiges zugestoßen ist, Mylord.«

»Ihr könnt mich ruhig Rob nennen.«

»Nicht Robbie?«

Er verzog das Gesicht. »Ich kann mir kaum vorstellen, dass Ihr das möchtet, aber nennt mich, wie Ihr wollt, Mädchen. Ich möchte meiner Frau ein Freund sein.«

»Wart Ihr auch Lady Ellens Freund?«

»In meiner Hochzeitsnacht möchte ich nicht über Lady Ellen reden«, erwiderte er.

Sie blickte ihn mit zusammengekniffenen Augen an, doch er war mittlerweile an diese Blicke gewöhnt, die bis in sein Innerstes zu dringen schienen, und schaute sie ruhig an. Er zweifelte daran, ob er das gekonnt hätte, wenn sein Gewissen nicht rein gewesen wäre, doch was Lady Ellen betraf, war es sogar blütenrein. Er hätte die Frau am liebsten nie mehr wiedergesehen.

Adela nickte. »Ihr habt mich zwar nicht gefragt, aber Ihr sollt dennoch wissen, dass auch Ardelve mich nicht angerührt hat. Wahrscheinlich habt Ihr bemerkt, dass wir beide uns eine Zeit lang allein in der Kemenate der Gräfin aufgehalten haben. Doch er bat mich nur dorthin, weil er mir sagen wollte, dass er seine ehelichen Rechte nicht einfordern wollte, solange ich noch nicht dazu bereit wäre.«

Sie schaute ihn offen an und wartete auf seine Antwort.

Er grinste. »Hofft Ihr vielleicht, ich sage das Gleiche? Dann darf ich Euch rundweg mitteilen, dass ich nicht die Absicht habe. Wir müssen noch gut fünf Meilen reiten, aber wenn wir das hinter uns haben …«

Er betrachtete sie, noch immer grinsend, und überließ es ihr, den Satz zu vollenden.

Adela wusste selbst nicht, warum sie ihm verraten hatte, was Ardelve zu ihr gesagt hatte. Vielleicht weil es ihr so leicht fiel, ihm alles zu sagen. Außerdem war es ihr richtig erschienen, es ihm zu erzählen und ihn ein wenig zu necken, um zu sehen, was er sagen würde.

Sie hatte nicht damit gerechnet, welche Gefühle seine Antwort in ihr auslösen würde. So etwas hatte sie erst einmal zuvor gespürt. Es war, als hätte er sie berührt – nein, eher geküsst, aber nicht so sanft wie zuvor in der Abteikirche, sondern leidenschaftlich wie in der Nacht, als sie sich in der Kapelle von Roslin getroffen hatten.

Schweigend dachte sie an das, was vor ihr lag – bis dahin waren es nur noch fünf Meilen. Auch er sagte nichts weiter.

Adela fragte sich, wann er ihr etwas über die Karte erzählen würde, die sie für ihn in ihrem Mieder verborgen hatte. Es war ihr nicht in den Sinn gekommen, sein Vertrauen zu missbrauchen und einen Blick darauf zu werfen, dennoch hoffte sie, er würde sie bald von sich aus einweihen.

Der Weg war nun breit genug, dass sie nebeneinander reiten konnten, und obgleich der Mond noch immer hinter Dunstschleiern verborgen lag, war es eine angenehme Nacht.

Kein Lüftchen regte sich, und der Hufschlag der Pferde klang dumpf und gleichmäßig. Die Grillen zirpten, und die Frösche quakten. Diese Geräusche, hin und wieder unterbrochen vom Schrei eines Nachtvogels oder dem Bellen eines Fuchses, bildeten das nächtliche Konzert, das sie so über alles liebte.

Ohne Einleitung sagte er plötzlich: »Erzählt mir, was geschehen ist.«

Sie brauchte nicht zu fragen, was er meinte. Obgleich sie bisher kaum zu jemandem über ihre Entführung gesprochen hatte, zögerte sie nur einen Augenblick, bevor sie begann: »Ich habe Euch ja erzählt, wie sie mich in Glenelg von der Kirchentreppe weg verschleppt haben. Im Hochland wird die Trauung dort, und nicht in der Kirche selbst, vollzogen, müsst Ihr wissen. Ich stand neben Ardelve, als Waldron mich schnappte und mit mir davonritt.«

Als sie so weit gekommen war, fiel ihr das Weiterreden ganz leicht. Er ließ sie erzählen und stellte selten eine Zwischenfrage. Beim Reden fielen ihr Dinge wieder ein, an die sie seit dem Vorfall nicht mehr gedacht hatte.

»Er hat mir nie etwas getan«, sagte sie und fügte dann schaudernd hinzu: »Doch, einmal hat er mich geschlagen, und zwar heftig, bevor ich es lernte, meine Zunge im Zaum zu halten.«

»Tatsächlich?«

Rob sagte nichts als dieses eine Wort, doch bei seinem Klang erschauerte sie erneut und dachte, wie gut es war, dass Waldron von Edgelaw nicht mehr lebte.

»Das war am ersten Tag. Danach hat er mich nie wieder geschlagen«, erwiderte sie.

»Aber er hat vor Euren Augen einen Mann gehängt. Das habt Ihr mir erzählt. Ihr müsst doch vor Angst fast gestorben sein, solange Ihr bei ihm wart. Glaubt Ihr immer noch, dass er nicht durch und durch böse war?«

»Doch, das war er«, sagte sie. »Es ist merkwürdig, aber seit ich Euch kenne, erinnere ich mich deutlicher an diese Geschehnisse. Gegen Ende meiner Gefangenschaft erkannte ich, dass er böse war. Er glaubte an das, was er sagte, aber vielleicht, wenn ich länger bei ihm geblieben wäre ...«

»Es war doch aber ziemlich lange, Mädchen, fast vierzehn Tage.«

»Das wisst Ihr so genau?«

»Ja. Schließlich ist es ja noch nicht lange her.«

»Nein.« Sie biss sich auf die Unterlippe, als unliebsame Erinnerungen in ihr hochstiegen.

»Habt Ihr Angst, dass Euch noch einmal so etwas zustoßen könnte?«, fragte er in ruhigem, sachlichem Ton, als spräche er über ein beliebiges Thema.

Als sie nicht gleich antwortete, fügte er hinzu: »Was kam Euch als Erstes in den Sinn, als Fife und seine Männer heute auftauchten?«

Wieder erschauerte sie.

Ohne zu überlegen streckte er den Arm nach ihr aus, und da er an ihrer rechten Seite ritt, war es der linke.

»Verdammt!«, rief er leise.

»Ich hatte fast vergessen, dass Ihr verletzt seid«, sagte Adela. »Aber die Wunde scheint rascher zu heilen, als ich es für möglich hielt.«

»Isabellas Arzneien wirken Wunder«, erwiderte er lächelnd. »Sir William Sinclair war weit gereist. Wie sein Vater und Großvater vor ihm sammelte auch er Heilpflanzen und Rezepte für Heilmittel, und Isabella hat sich ebenfalls eingehend damit beschäftigt. Gegen die Schmerzen und zum Schutz vor Fieber verabreichte sie mir Wein mit einem Absud aus Weidenrinde und schmierte eine Salbe auf die Wunde. Außerdem riet sie mir dringend, die Wunde sauber zu halten und noch einmal Salbe aufzutragen, wenn ich den Verband wechsele.«

»Meint Ihr, sie würde mir etwas von ihrem Wissen beibringen?«

»Ja, bestimmt sehr gern«, antwortete er. »Aber lasst uns noch ein wenig über Euch reden. Ihr hattet Angst, als Fife so plötzlich erschien, obwohl Henrys Männer bei uns waren, nicht wahr?«

»Ich traue Fife nicht über den Weg.«

»Ich auch nicht«, pflichtete er ihr bei. »Und deshalb kann es nicht schaden, wenn ich Euch beibringe, wie Ihr Euch in Zukunft selbst verteidigen könnt. Ihr müsst natürlich immer noch sehr vorsichtig sein, denn Frauen sind verletzlicher als Männer, aber hilflos sind sie deshalb noch lange nicht. Das habt Ihr ja selbst gesehen, Mädchen. Ihr habt klug daran getan, die Ruhe zu bewahren, als Ihr Euch in Waldrons Gewalt befandet. Bei aller Furcht konntet Ihr immer noch klar denken und überlegt handeln, besser als die meisten Männer es geschafft hätten.«

Seine Worte taten ihr wohl und weckten ein wenig ihren alten Stolz. Sie drehte sich zu ihm um und wollte ihm danken, doch er blickte starr geradeaus. Als sie sich abwandte, lächelte er.

Sie folgte seinem Blick und sah in einiger Entfernung auf einem steilen Burgfelsen einen hohen, eckigen Turm, dessen graue Mauern im Mondlicht wie Silber schimmerten. Tief unten, am Fuß der Klippe, waren Abschnitte des Flusses North Esk zu erkennen.

»Das ist Hawthornden«, erklärte Rob. »Willkommen in Eurem neuen Heim, Mädchen. Das wird es zumindest sein, bis wir unsere eigene Burg beziehen können.«

# 14

Den Eingang zum Hawthornden Castle bildete ein hoher Torbogen mit einem starken Doppeltor, das sich sogleich öffnete, als Lestalric pfiff und seinen Namen rief. Als er und Adela in den kleinen gepflasterten und von Fackeln erleuchteten Hof einritten, den der gewaltige kantige Wohnturm überragte, wies er auf den Stall, das Backhaus und die Schreinerwerkstatt, drei kleine steinerne Gebäude, die sich an die Burgmauer schmiegten.

Besorgt sah Adela zu, wie Lestalric – oder Rob, wie sie ihn von nun an nennen wollte – vom Pferd stieg. Sie fürchtete, seine Schulter könnte wieder anfangen zu schmerzen, doch da er absaß, ohne den linken Arm zu Hilfe zu nehmen, ließ sich nicht beurteilen, wie sehr die Wunde ihm zu schaffen machte.

Verglichen mit Roslin oder Chalamine war Hawthornden klein, doch als sie den Wohnturm betraten, stellte sie fest, dass er innen nach dem Vorbild von Roslin gebaut war.

Die Halle, die ein halbes Stockwerk hoch vom Treppenhaus abging, war viel kleiner als die auf Roslin, und die Binsen, mit denen der Fußboden bestreut war, verrieten durch ihren Gestank, dass sie ebenso dringend ersetzt werden mussten wie diejenigen auf Lestalric. Im ersten Augenblick gab Adela im Stillen Sorcha die Schuld an diesem Missstand, doch dann fiel ihr ein, dass ihre Schwester hier nur einen Monat gewohnt hatte, bevor sie wieder ins Hochland aufgebrochen war. Ihr Vorwürfe zu machen wäre daher ungerecht gewesen. Darüber hinaus hatten Sorcha und Hugo nur die Nächte auf Hawthornden verbracht und sich tagsüber auf Roslin aufgehalten.

Auf dem Fußboden der Halle schliefen mehrere Männer,

doch als sich einige von ihnen erheben wollten, bedeutete ihnen Rob, liegen zu bleiben und ging mit Adela wieder hinaus ins Treppenhaus. Auf dem nächsten Treppenabsatz angekommen, stieß er die Tür zu einer dunklen Kammer auf, die auf den ersten Blick nichts zu enthalten schien als ein Himmelbett. Doch als er die Tür gänzlich öffnete, sah sie, dass der Raum größer war, als es den Anschein gehabt hatte.

Rob ging zu dem kleinen Fenster, öffnete den Fensterladen und ließ das bleiche Licht des Mondes ein, der schon viel tiefer am westlichen Himmel stand als bei ihrem Aufbruch von der Abtei. »Kommt und seht Euch die Aussicht an«, sagte er leise.«

Adela schloss die Tür hinter sich und ging zu ihm. Dabei musste sie an dem großen Bett vorübergehen, das fast die gesamte rechte Wand einnahm und mit dem Fußende zum Fenster stand. Es wirkte noch immer viel zu groß für den Raum, doch als sie am Fenster neben ihm stand und auf die mondbeschienene Landschaft hinausschaute, vergaß sie das Bett.

»Wie schön.«

Statt den Karrenweg am Fluss entlang zu nehmen, waren sie am östlichen Rand der Schlucht durch den Wald geritten. Auf ihrer Reise nach Edinburgh hatte Adela bemerkt, dass das Westufer des Flusses nicht so hoch und steil wie das östliche war. Vom Fenster aus konnte sie zu ihrer Linken Roslin erkennen, das mehr als eine Meile entfernt weiter oben im Tal lag. Ebenso hatte sie einen freien Blick auf den Fluss unterhalb der Burg, den sie auf dem Weg hierher nicht hatten sehen können, da er in einiger Entfernung vom Rand der Klippe durch dichten Wald verlief.

Sie stand neben Rob, und als er ihr den Arm um die Schultern legte, drehte sie sich bereitwillig zu ihm um und hielt ihm ihre Lippen entgegen. Warm und zart berührte sein Mund den ihren, doch dann umfasste sein Arm sie fester und der Druck seiner Lippen verstärkte sich. Er öffnete leicht den

Mund, während er eine Hand zwischen ihre beiden Körper schob und ihre linke Brust streichelte. Als er ihre Brustwarze berührte, keuchte sie vor Erregung, doch schon ließ er seine warme Hand höher wandern und berührte ihr Kinn.

Zugleich umfasste er mit der anderen Hand ihren Hinterkopf, und seine Küsse wurden immer fordernder. Seine Zunge drängte sich zwischen ihre Lippen, bis sie sich ein wenig öffneten. Dann glitt sie hinein und erforschte Adelas Mundhöhle. So hatte sie noch niemals jemand geküsst. Erschrocken erstarrte Adela und wäre zurückgewichen, wenn seine Hand an ihrem Hinterkopf sie nicht daran gehindert hätte. Doch schon presste sich sein Körper an sie und weckte Gefühle in ihr, die sie ihre Überraschung vergessen ließen. Mit einem leisen Stöhnen schmiegte sie sich an ihn und umspielte mit der Zunge die seine.

Die Hand, die gerade noch an ihrem Kinn geruht hatte zupfte jetzt an den Bändern ihres zobelbesetzten lavendelfarbenen Samtcapes, das im nächsten Augenblick hinunter auf den Fußboden glitt.

»Tut Euch Eure Schulter nicht weh?«, flüsterte sie.

»Doch, aber es gibt Dinge, die sind den Schmerz wert«, flüsterte er zurück, bevor er sie abermals küsste.

Rasch entledigte sie sich mit seiner Hilfe ihres Überkleides aus gelbbrauner Seide, dann folgte das vorn geschnürte Unterkleid, bis sie nichts mehr trug als ihr Hemd, das stark verknittert sein musste, da sie es beim Reiten hochgeschoben hatte. Sonst hatte sie nichts weiter am Leib als die goldene Kette, die ihre Mutter ihr geschenkt hatte, und den Ring ihres Ehemannes.

Während sie versuchte, das Hemd glatt zu streichen, fragte sie: »Habt Ihr schon oft Frauen ausgekleidet, Sir? Ihr seid darin ziemlich geschickt.«

Seine Augen funkelten. »Diese Fähigkeit ist Männern angeboren, das schwöre ich«, beteuerte er.

»Ihr habt versprochen, immer ehrlich mit mir zu sein«,

entgegnete sie streng und mit hochgezogenen Brauen. »Aber das klingt mir doch sehr unwahrscheinlich.«

»Auch das ist Männern angeboren. Es gehört zu ihrem Selbsterhaltungstrieb«, erwiderte er grinsend.

»Also muss ich jetzt jedes Mal raten, ob Ihr mir die Wahrheit sagt oder nicht?«

»Nein, Mädchen, Ihr werdet es immer merken. Glaubt Ihr nicht?«

Sie schaute ihn lange eindringlich an, doch er wich ihrem Blick nicht aus.

»Doch, ich glaube schon«, sagte sie schließlich.

»Gut.« Er gab ihr noch einen zarten Kuss. »Und jetzt haben wir Wichtigeres zu tun, als uns um Worte oder um Vergangenes zu streiten.«

*Himmel, er musste sich vorsehen! Wie dumm von ihm, zu sagen, dass sie es immer merken würde, wenn er log!*

Der einzige Weg, ein Geheimnis zu bewahren, lag darin, es niemandem zu verraten, hatte er ihr einmal gesagt. Doch in Wahrheit bestand der einzige Weg darin, niemanden wissen zu lassen, dass man überhaupt ein Geheimnis hatte. Von einem Geheimnis wusste sie bereits; da konnte sie sich leicht denken, dass es nicht das einzige war.

Als sie den Schatz erwähnte, hatte er sie vom Thema abgelenkt, indem er vorschlug, dass sie heirateten. Er hatte sich doch tatsächlich eingebildet, bei ihrem ungewöhnlichen Mangel an Neugier und ihrer Abneigung gegen Heimlichtuerei würde es ihm leichtfallen, sein Geheimnis auch in der Ehe vor ihr zu bewahren. Doch wenn es um den Schatz ging, konnte er sich nicht darauf verlassen, zumal wenn sie davon überzeugt war, ihn jederzeit bei einer Lüge ertappen zu können.

*Und was war mit der Karte?*

Sie hatte sie in der Hand gehalten, für ihn vor den anderen versteckt und sie ihm dann wortlos zurückgegeben. Sicher dachte sie nach den Ereignissen des Abends nicht mehr daran, doch er konnte es ihr nicht für immer verheimlichen. Zumal sie ihn mit diesem eindringlichen Blick ihrer schönen Augen durchschauen konnte.

Seine Gedanken nahmen eine andere Richtung, als er ihre kühle Haut berührte. Nur in ihrem Hemd und so nahe am Fenster fror sie bestimmt, dachte er. Doch bevor sie beide zu Bett gehen konnten, musste er es noch schaffen, sich selbst zu entkleiden. Ohne auf den steten Schmerz in seiner Schulter zu achten, rieb er sanft mit den Händen über ihre nackten Arme, bevor er ihr noch einen Kuss gab.

Die Haut an ihren Oberarmen war weich und glatt, ihr Haar duftete nach getrocknetem Lavendel und Rosmarin, und auch ihre Haut verströmte ein zartes Kräuteraroma. Er zog sie dicht an sich und rieb seine Nase an ihrem Hals. Dabei schob er ihre Kette beiseite, um sie besser küssen zu können. Sie kicherte.

»Bist du kitzlig, Mädchen?«

»Ja, da schon. Und auch noch woanders.«

»Das werde ich im Einzelnen nachprüfen müssen«, antwortete er nur.

»Ach ja?« Ihre Augen waren groß, mit riesigen schwarzen Pupillen.

Wieder küsste er sie auf den Mund. »Ich werde Hilfe beim Ausziehen brauchen«, sagte er. »Soll ich einen von den Burschen wecken, damit du ins Bett kriechen und dich wärmen kannst, oder ...«

»Ihr habt mich entkleidet, Sir, und nun möchte ich das gleiche Vergnügen genießen.«

Er grinste. »Aber gern, mein Schatz. So langsam glaube ich, diese Heirat war eine noch bessere Idee, als ich dachte. So bekomme ich auch noch eine hübsche Zofe.«

»Ihr solltet besser Eure Zunge hüten, Sir«, entgegnete sie ein wenig pikiert. »Denkt daran, wenn Ihr mich ärgert, könnte es passieren, dass ich Eure Verletzung für einen unangenehmen kurzen Augenblick vergesse.«

»Ich habe doch nur Spaß gemacht, Mädchen.«

Daraufhin zog sie nachdenklich die Stirn kraus und sagte: »Ich glaube, für solche Scherze bin ich nicht zu haben. Aber komischerweise habe ich Euch heute Abend selbst geneckt, was sehr ungewöhnlich für mich ist. Ich bin nämlich eher ein ernster Mensch.«

»Lachen ist gut für die Seele, aber vielleicht sollten wir uns beide ein wenig in Acht nehmen. Mein aufbrausendes Temperament hat mich mehr als einmal in Schwierigkeiten gebracht, doch im Lauf der Zeit habe ich gelernt, es im Zaum zu halten. Dennoch solltet Ihr Euch immer vergewissern, ob ich in der richtigen Stimmung bin, bevor Ihr mich neckt. Ich verspreche, es mit Euch ebenso zu halten.«

Sie nickte und sagte: »Sollten wir nicht gleich die Wunde säubern und neu verbinden, solange Ihr kein Hemd anhabt?«

»Nein, ich bin nämlich sicher, dass wir sie dann später noch einmal verbinden müssen«, antwortete er. »Aber kommt jetzt, Ihr müsst ja halb erfroren sein. Zieht wenigstens Euer Cape über das Unterhemd.«

»Das würde mich nur behindern. Die Luft ist frisch, aber nicht kalt.«

Er zwang sich, die Hände bei sich zu behalten, damit sie ihm schnell aus Wams und Beinlingen helfen konnte und sie beide endlich ins Bett kamen. Erstaunt stellte er fest, dass sie, trotz ihrer Beteuerungen, Gänsehaut auf den Oberarmen bekam, als sie sich hinkniete und die Bänder seiner Beinlinge aus den Ösen am unteren Rand seines Wamses zog. Daraufhin unterbrach er sie nicht mehr.

Im Handumdrehen stand er in Hemd und Wams da, die sie so behutsam von seiner verletzten Schulter zog, dass er es vor Ungeduld kaum noch aushielt. Ungeachtet der Schmerzen war er bereit für sie.

»Ist das dasselbe Bett, in dem auch Sorcha und Hugo geschlafen haben?«, fragte sie, als er die Steppdecke zurückschlug und ihr bedeutete, hineinzuklettern.

»Ja, stört Euch das? Hugo macht es bestimmt nichts aus.«

»Sorcha auch nicht. Aber komisch ist es schon, in ihrem Bett zu liegen«, erwiderte sie und rutschte bis ganz an den Rand.

»Noch komischer – und wesentlich unbehaglicher – wäre es, wenn wir uns mit dem Schlafplatz begnügen müssten, den Hugo mir während meiner Zeit hier zugewiesen hat.«

»Meine Güte, war das denn so unbequem?«

»Ihr müsst bedenken, welche Stellung ich damals einnahm, Mädchen. Auch als Hauptmann schlief ich mit den übrigen Männern auf einem Strohsack in der Halle.«

»Es fällt mir immer noch schwer, Euch mir als Einar Logan vorzustellen«, erwiderte sie, während er sich neben sie legte.

»Den gibt es nicht mehr«, sagte er und rückte behutsam an sie heran. »Es kann sein, dass ich mich ein wenig ungeschickt anstelle. Zieht Euer Hemd aus, ich möchte Euch anschauen.«

Sie gehorchte, wandte aber ein: »Ich weiß nicht, wie Ihr mit Eurer schmerzenden Schulter zurechtkommen wollt.«

Doch er erwiderte kopfschüttelnd: »Ach was, ich habe schon mit schlimmeren Verletzungen gekämpft und es kaum gespürt. Aber still jetzt, meine Liebste. Es war ein langer Tag, und wir sollten wenigstens ein paar Stunden Schlaf bekommen.«

Mit diesen Worten beugte er sich, auf einen Ellbogen gestützt, über sie, sodass er fast gänzlich das Licht verdeckte, das durch das Fenster fiel, und ihre schlichte Halskette nur noch schwach glänzte. Er beschloss, ihr eine Kette mit Edelsteinen zu kaufen, während er ihre weiche Brust mit der Hand umfasste. Er streichelte sie sanft, dann strich er über ihre Rippen und den Bauch, bevor er sich wieder der Brust zuwandte. Er glitt mit dem Finger zart über die Brustwarze, beugte sich hinunter und fuhr mit der Zunge darüber. Er spürte, wie leise Schauer über ihre seidige Haut liefen.

Schließlich richtete er sich ein wenig auf und küsste Adela. Sein Körper verlangte schon heftig nach ihr, und ein fast schmerzhaftes Pulsieren an einer anderen Stelle ließ ihn die verletzte Schulter vergessen.

»Wird es wehtun?«, fragte sie.

»Ja, wahrscheinlich«, antwortete er lächelnd. »Das habe ich zumindest gehört. Aber wenn wir uns Zeit lassen, ist es vielleicht nicht so schlimm.«

»Ich weiß nicht, was ich tun soll.«

»Zunächst einmal gar nichts, Liebste. Entspann dich einfach und erschrick nicht, wenn ich etwas tue, das dir überraschend scheint.«

Lächelnd antwortete sie: »Das habe ich doch noch nie getan.« Ihre Worte endeten in einem Keuchen, als er an ihrer Brustwarze zu saugen begann.

Um sie an seine Berührungen zu gewöhnen, streichelte er ihren Körper von den Brüsten bis zum Bauch und noch weiter hinunter, bis er dachte, er könnte es nicht länger aushalten. Schließlich schob er, trotz des stechenden Schmerzes in seiner Schulter, die Hand zwischen ihre Beine, teilte behutsam ihre Schamlippen und drang mit einem Finger in sie ein. Sie war eng, doch feucht und bereit für ihn. Dennoch ließ er einige Minuten seine Finger spielen, in der Hoffnung, er könnte sich so den Weg bereiten und den Schmerz für sie ein wenig lindern.

Adela staunte, welche Empfindungen seine zartesten Berührungen in ihr auslösten. Mit Vergnügen und Faszination spürte sie plötzlich Nerven, von deren Existenz sie gar nichts gewusst hatte. Wenn ihr jemand vorausgesagt hätte, sie würde etwas Derartiges mit einem Mann empfinden, noch dazu mit einem, den sie erst seit wenigen Tagen kannte, dann hätte sie es nicht geglaubt. Doch bei ihm war ihr von Anfang an gewesen, als hätte sie ihn schon immer gekannt und als sei seine Stimme ihr von jeher lieb und vertraut.

Der gesunde Menschenverstand sagte ihr, dass so etwas nicht möglich war, dass man einen anderen Menschen erst nach einer langen, innigen Beziehung wirklich kennen konnte. Das hatte sie mit einem Mann noch nie zuvor erlebt. Sie hatte weder Brüder noch Vettern, mit denen sie so offen hätte reden können. Doch zu Rob hatte sie von Anfang an eine Bindung gespürt, so fest wie zu keinem anderen Menschen.

Ihr erschien es als selbstverständlich, dass seine Hände ihren Körper berührten und sie streichelten, bis sie vor Wonne keuchte. Und als er seine Finger in sie schob, wuchs ihre Erregung noch. Dann stieg er auf sie und drang in sie ein. Sie spürte einen flüchtigen Angstschauer, der jedoch sofort wieder verging. Dann folgte ein dumpfer Schmerz, doch Rob hielt einen Augenblick inne, bis auch dieser nachließ. Dann begann er sich erneut langsam und rhythmisch zu bewegen, und bald konnte sie an nichts anderes mehr denken als an die Gefühle, die das in ihr auslöste.

Sie genoss jeden Augenblick und konzentrierte sich ganz auf jede neue Empfindung, bis seine Stöße schneller und schneller kamen und er mit jedem Mal tiefer in sie eindrang. Das tat wieder weh, doch der Schmerz verblasste bei dem Gedanken, dass er vielleicht gerade jetzt ein Kind in ihr zeugte. Sein und ihr Kind, das sie gemeinsam lieben und umhegen konnten.

Bald stieß er so rasch und kraftvoll zu, dass Adela fürchtete, es könnte seiner Schulter schaden, doch dann überwältigte die Erregung sie, sodass alle Furcht vergessen war und sie sich ganz dem Augenblick hingab.

Schließlich sank er auf ihr zusammen, und sie lagen beide für eine Weile reglos da, bis er flüsterte: »Bekommst du noch Luft, Liebste?«

»Ja, es geht schon. Was ist mit deiner Schulter?«

»Die ist ganz taub. Ich spüre gar nichts.« Er stützte sich auf und blickte ihr lächelnd in die Augen.

Sie lächelte zurück. »Ich habe so viel Neues und Wunderbares gespürt«, sagte sie.

»Das war nur der Anfang«, erwiderte er. »Ich kann dir noch viel mehr zeigen.«

Er stand auf, goss Wasser aus dem Krug in die Schüssel auf dem Waschtisch und tränkte damit ein Tuch, mit dem sie sich säubern konnte.

»Jetzt versorge ich deine Wunde«, sagte sie. »Wo ist die Salbe der Gräfin?«

»In dem Beutel, den ich bei mir trug. Er muss hier irgendwo sein«, antwortete er.

Nachdem Rob ihn gefunden hatte, verarztete sie seine Schulter. Dann gingen sie wieder zu Bett, und er schob den gesunden Arm unter ihre Schultern, zog sie an sich und hielt sie sicher geborgen, bis sie einschlief.

*Sie ritt friedlich dahin; über ihr lachte die goldene Sonne von einem klaren azurblauen Himmel. Mähne und Schwanz ihres schneeweißen Pferdes waren seidenweich, der Sattel so bequem, dass sie das Gefühl hatte, ganz sanft wie auf weichen Kissen dahinzuschweben – wie in einem kleinen Boot auf ruhiger See. Plötzlich jedoch bemerkte sie, dass sie gar nicht auf einem Pferderücken, sondern tatsächlich in einem Boot saß, das immer heftiger zu schwanken begann.*

*Der Himmel war nicht länger klar und blau. Rasch ballten sich schwarze Wolken zusammen, die sie einhüllten, während die Wogen stetig höher wurden und so viel Wasser in das Boot schwappte, dass sie Angst bekam, es würde kentern. Sie war bis auf die Haut durchnässt und völlig allein und verlassen. So würde es immer sein, sagte eine grausame, hämische innere Stimme.*

*Um sie herum war nichts als Finsternis, Nässe, Kälte und Stille. Der Gesang der Vögel und das sanfte Klatschen der Wellen gegen die Bordwand waren nicht länger vernehmbar, und selbst die schreckliche Stimme war verstummt.*

*Jetzt gab es nichts mehr als Schweigen und Dunkelheit. Sie ging unter, tauchte immer tiefer in das Wasser ein. Dennoch konnte sie so mühelos atmen, als wäre es Luft. Auf einmal wurde es wieder hell. Ein greller Lichtstrahl aus einer unbekannten Quelle fiel auf eine messingbeschlagene Truhe. Während sie noch staunend darauf starrte, öffnete sich der Deckel und gab den Blick auf einen Schatz frei – Rubine und Perlen, Gold und Silber türmten sich so hoch, dass sie über den Rand der Truhe quollen.*

*Zwei Hände in schwarzen Handschuhen griffen um den Deckel herum und nahmen eine Perlenkette und eine Handvoll Rubine auf. Als die Kette sich plötzlich zu winden begann und sich in eine kohlschwarze Schlange mit funkelnden grünen Augen verwandelte, empfand sie eine tiefe, ungekannte Furcht, die ihr das Blut in den Adern gefrieren ließ.*

*Da trat Waldron von Edgelaw, ganz in Schwarz, riesig und bedrohlich, hinter der Truhe hervor und legte ihr die Schlange um den Hals.*

*Adela schrie …*

… und erwachte. Nackt und frierend saß sie kerzengerade im Bett und umfasste mit der Hand ihre goldene Kette, die sie am Abend zuvor vergessen hatte abzulegen.

Sie fuhr zusammen, als sich ein Schatten über sie beugte. Doch es war nur Rob, der im Dämmerlicht des Morgens eilig an ihr Bett trat.

»Was ist denn? Was ist passiert?«, fragte er knapp.

»Ein … schrecklicher Traum«, antwortete sie, zu ihrem Leidwesen mit bebender Stimme, und fügte hinzu: »Das kommt bei mir zuweilen vor.«

»Um Himmels willen«, sagte er. »Kaum lasse ich dich für eine Minuten allein, um mich zu erleichtern, und schon hast du einen Albtraum. Was hast du denn geträumt?«

Sie zögerte. Plötzlich schrak sie zusammen, als ein lautes Klopfen an der Tür ertönte.

»Ist alles in Ordnung, Mylord?«, rief eine Männerstimme.

»Ja. Meine Lady hatte bloß einen Albtraum«, erwiderte Rob.

Während die Schritte des Mannes auf der Treppe verklangen, legte Rob den Arm um Adela und zog sie an sich. »Komm schon, erzähle es mir«, drängte er. »Wenn du es in Worte fasst, klingt es auf einmal ganz harmlos. Ich kenne keinen besseren Weg, um solche Dämonen auszutreiben.«

Die Wärme seines Körpers war tröstlich. Sie schmiegte sich an ihn, als er die Bettdecke über sie beide zog.

»Mir war kalt«, sagte sie.

»Dummes Mädchen. Ich habe dich zugedeckt, als ich ging, aber du hast die Decke wieder weggeschoben. Aber jetzt erzähle mir von diesem Traum«, forderte er energisch.

»Ich meinte, in dem Traum war mir kalt«, erklärte Adela und berichtete, was sich weiter zugetragen hatte. Als sie die Schatztruhe erwähnte, fühlte sie, wie er neben ihr erstarrte. »Waldron stand dahinter«, sagte sie. »Zuerst habe ich ihn nicht gesehen, nur zwei Hände, die mit Rubinen und Perlen spielten. Aber dann trat er hinter der Truhe hervor und die lange Perlenkette in seiner Hand verwandelte sich in eine Schlange. Er … er legte sie mir um den Hals.« Sie erschauerte.

Er schwieg einen Augenblick, dann sagte er: »Ich könnte mir denken, dass unser Gespräch auf dem Weg hierher bei dir die Erinnerung an diesen Teufel geweckt hat. Sie hat sich mit anderen Gedanken vermischt, und als sich dann noch deine Kette verhedderte …«

»Ja, stimmt, daran muss es gelegen haben«, erwiderte sie zweifelnd. Dabei verschwieg sie ihm, welche Angst ihr der Traum eingejagt hatte, damit er keine geringe Meinung von ihr bekam.

»Es lag bestimmt nur daran«, stellte er entschieden fest. »Du bist jetzt in Sicherheit, mein Liebling. Ich lasse nicht zu, dass dir etwas zustößt.«

»So etwas sollte man niemals versprechen«, erwiderte sie. »Menschen können sterben, oder es geschieht etwas, das sie daran hindert, ihr Wort zu halten.« Ihre nächste gemurmelte Bemerkung bereute sie im gleichen Augenblick: »Vielleicht heißt es, dass er zurückkommt.«

»Das kann er nicht, Mädchen. Du weißt doch, dass er tot ist.«

»Ardelve hat mir erzählt, er wäre ertrunken. Aber seine Leiche habe ich nicht gesehen«, erwiderte sie, plötzlich von Zweifeln geplagt.

»Niemand hat sie gesehen«, musste Rob zugeben.

Sie starrte ihn an: »Um Gottes willen, Sir! Denkt doch nur

daran, dass Waldron schon einmal für tot gehalten wurde und zurückgekommen ist. Warum sollte das jetzt nicht auch so sein?«

*Verdammt noch mal!*

Rob hätte sich ohrfeigen können, weil er dieses Detail ausgeplaudert hatte. Sie hatten Ardelve absichtlich nur mitgeteilt, dass Waldron ertrunken war, über die Umstände und den Schauplatz seines Todes jedoch nichts gesagt.

Dann knüpfte er wieder dort an, wo sie stehen geblieben waren, bevor sie von Waldron gesprochen hatte. »Du hast mich zu Recht getadelt, Liebste, und zwar aus zwei Gründen«, sagte er zerknirscht. »Ich wollte dir die Angst nehmen und habe das Gegenteil erreicht. Und außerdem glaube ich allmählich, du solltest einige meiner Geheimnisse erfahren.«

»Auf dem Weg von Lestalric, als der Earl of Fife plötzlich auftauchte, habt Ihr mir auch vertraut«, sagte sie in einem Ton, der deutliche Missbilligung verriet. »Und ich habe Euch ebenfalls vertraut und nicht nachgefragt, was Ihr mir da gegeben habt.«

»Das stimmt«, erwiderte er. »Aber jemandem zu vertrauen, ist nicht immer leicht. Manche Geheimnisse dürfen nie gelüftet werden, darauf habe ich einen Eid geschworen und werde ihn auch halten. Doch die Angelegenheit mit Waldron ist etwas anderes.«

»Seid Ihr sicher, dass er ertrunken ist«?

»Ja«, sagte er. »Hugo hat mir erzählt, dass du kaum noch etwas davon weißt, was an dem Tag deiner Rettung geschah. Erinnerst du dich noch an die Höhle?«

»Ja. Und an die Truhen und das Gerede von einem Schatz auch. Waldron behauptete, er würde im Namen Gottes nach einem Schatz suchen, den man der Heiligen Kirche geraubt hätte.«

Das graue Licht der ersten Morgendämmerung erfüllte die Kammer.

Ohne auf den Schatz einzugehen, antwortete Rob: »Waldron ist in dem See in dieser Höhle ertrunken. Er ging unter und tauchte nie wieder auf. Wahrscheinlich hat ihn der Teufel geholt. Hugo und ich haben ein Floß gebaut und das gesamte Ufer des Sees abgesucht, der fast überall von nackten Felswänden umgeben ist. Selbst ein gesunder Mensch fände daran keinen Halt, und Waldron war bereits halb tot, als er ins Wasser stieg. An einigen Stellen könnte man zwar aus dem Wasser klettern, aber von dort aus würde man nirgendwohin gelangen. Man müsste sich auf einen kleinen Felsvorsprung kauern. Außerdem ist der See sehr tief und kalt und gibt seine Toten wohl nie wieder her.«

Zu seinem Erstaunen nickte sie. »Genau wie das Meer rund um die Inseln«, sagte sie. »Sogar in den Sunden ist das Wasser so kalt, dass Leichen einfach versinken und nicht wieder auftauchen.«

Ihr Kopf ruhte an seiner gesunden Schulter. Als er sie jetzt näher an sich zog, ihr Haar küsste und seinen Duft einatmete, spürte er, wie seine Erregung wieder erwachte.

Doch da sie seine Gefühle im Augenblick wohl kaum teilte, unterdrückte er die Regungen seines wollüstigen Körpers, zumal er noch eine weitere Entschuldigung loswerden musste.

»Ich wollte damit nicht sagen, dass mir dein Albtraum unwichtig erscheint. Der Vorfall mit Waldron wird dir noch lange nachgehen, und ich würde mich nicht wundern, wenn das der Grund für deine Schreckhaftigkeit wäre. Die Albträume kommen bestimmt daher.«

»Das glaube ich auch, obwohl es mir komisch vorkommt, dass sie mich jetzt, wo ich schon lange in Sicherheit bin, noch immer plagen.«

»In der Kriegskunst gibt es eine Regel«, erklärte Rob. »Nach einer schweren Niederlage, besonders, wenn ein Befehlshaber viele seiner Männer verloren hat, muss er seine verbliebenen Soldaten noch härter drillen, damit sie ihr Kampfgeschick verbessern und neue Techniken hinzulernen.«

»Ich finde, wenn jemand eine Schlacht überlebt, dann beweist er doch schon damit seine Fähigkeiten.«

»Ja, schon, aber jeder von diesen Männern wurde Zeuge, wie seine Kameraden gefallen sind, manchmal sogar unmittelbar neben ihm, und eine harte Ausbildung gibt den Überlebenden ihr Selbstvertrauen zurück und stärkt es sogar noch. Und Selbstvertrauen zählt im Kampf mehr als alles Geschick. Ich könnte mir durchaus vorstellen, dass es bei einer Frau genauso ist.«

»Meine Güte, wollt Ihr mir etwa das Kämpfen beibringen?«

Rob ließ sich seine Belustigung nicht anmerken und setzte mit ernster Stimme hinzu: »Es gibt mehr als eine Art zu kämpfen, mein Schatz. Aber es ist noch früh. Möchtest du noch ein wenig schlafen, oder bist du schon ganz wach?«

»Ich bin wach. Wenn Ihr also aufstehen wollt …«

Er lachte leise. »Ein Teil von mir steht schon hellwach bereit, was mir einiges Unbehagen bereitet. Vielleicht können wir das ja ändern.«

»Was soll ich tun?«

»Das werde ich dir zeigen«, sagte er.

Adelas zweite Lektion erwies sich als noch angenehmer als die erste. Danach half ihr Mann ihr beim Ankleiden, bevor er sie in bester Stimmung zurückließ und einen Diener suchen ging, der seine Wunde versorgen und ihnen das Frühstück bringen sollte.

Die Tatsache, dass sie das gelbbraune Seidenkleid vom Vortag erneut anziehen musste, erinnerte sie wieder an die Entführung, als sie tagelang dasselbe Kleid hatte tragen müssen. Dann fiel ihr ein, dass Isobel einige Kleidungsstücke für Sorcha nach Hawthornden hatte schaffen lassen, da ihre Schwester ebenfalls mit kleinem Gepäck nach Roslin gekommen war. Adela beschloss, nach dem Frühstück so lange zu suchen, bis sie etwas Passenderes für diese unordentliche Umgebung gefunden hatte.

Während sie im Geist eine Liste der Dinge aufstellte, die sie hier auf Hawthornden erledigen wollte, lief sie die Treppe hinunter in die große Halle. Auf dem Podium fand sie ihren Mann, der mit nacktem Oberkörper dastand und sich von einem stämmigen jungen Gefolgsmann verarzten ließ, während ganz in der Nähe einige Pagen die mit einem Leinentischtuch bedeckte Tafel für das Frühstück bereit machten.

»Mylady, ich möchte Euch Archie Tayt vorstellen«, sagte Lestalric. »Seid nett zu ihm. Sein Onkel ist ein einflussreicher Bürger in Edinburgh. Mach einen Diener, Junge.«

Adela lächelte den »Jungen« an, der sie, wie die meisten von Sir Hugos Männern, um Haupteslänge überragte. Als sie das vergnügte Zwinkern seiner blauen Augen bemerkte, fügte sie um ihres Mannes willen hinzu: »Ich hoffe doch, Mylord, ich sollte auch nett zu ihm sein, wenn er keinen Onkel hätte.«

»Ja, aber nicht zu nett«, erwiderte er mit verschmitztem Blick.

Sie verkniff sich die Antwort, die ihr auf der Zunge lag, und sagte stattdessen: »Wie sieht die Wunde aus, Archie?«

»Gut«, antwortete Rob für ihn und verzog schmerzhaft das Gesicht, als Archie Salbe darauf strich.

»Ich habe Archie Tayt gefragt«, sagte Adela und trat näher. Der Blick, den ihr Archie zuwarf, verriet ihr deutlich, dass er Angst hatte, etwas zu sagen, das ihren Mann verärgern könnte. »Macht nichts«, sagte sie daher. »Ich schaue es mir selbst an.«

»Siehst du, wo ich da hineingeraten bin, Archie?«, seufzte Rob.

»Ja, Mylord, Ihr habt Euch fürwahr eine brave Frau genommen. Sie wird eine gute Mutter für Eure Kinder abgeben.«

»Sehr richtig«, erwiderte Rob, »aber ich brauche nicht bemuttert zu werden.«

»Na ja, mag schon sein …«

»Danke, Archie«, sagte Adela. »Tritt ein wenig beiseite, damit ich sehen kann, ob die Wunde gut verheilt. Bisher habe ich sie nur im Mondschein gesehen. Steht still, Sir!«, fügte sie hinzu, als Archie Platz machte und Rob sich zu ihr umdrehen wollte.

»Na, Mädchen, was meint Ihr dazu?«, fragte er kurz darauf.

»Ich glaube, Ihr habt zum zweiten Mal großes Glück gehabt. Eure Wunde verheilt erstaunlich rasch.«

»Das liegt nur an den Arzneien der Gräfin«, erwiderte er. »So mancher von uns hatte im Laufe der Jahre Grund, sich bei ihr zu bedanken. Verbinde es jetzt, Archie. Ich wäre dir übrigens dankbar, wenn du nicht überall herumerzählen würdest, wie sehr ich unter dem Pantoffel stehe.«

»So etwas würde ich nie und nimmer tun, Mylord«, erwiderte Archie todernst.

Rob dankte ihm und fügte hinzu: »Vergiss den anderen Auftrag nicht, den ich dir gegeben habe.«

»Nein, Sir, den werde ich schon nicht vergessen.«

»Was soll er denn für Euch tun?«, erkundigte sich Adela, als sie sich zu Tisch setzten.

»Eine Kleinigkeit finden, die ich meiner Frau als Brautgeschenk geben wollte.«

»Was denn?«

Er grinste sie an. »Ihr seid ja auf einmal so neugierig! Aber ich werde es Euch nicht verraten. Also nehmt jetzt Euer Frühstück ein, und seht mich nicht so an. Nach dem Essen dürft Ihr mir gern eine Ohrfeige verpassen, aber bis dahin beherrscht Euch bitte.«

# 15

Während sie sich ihrem Frühstück widmete, sprach Adela kaum ein Wort mit ihrem Mann, aus Angst, er könnte sie noch weiter wegen ihrer Neugier hänseln. Aber er hatte ja recht. Zuerst war sie gespannt darauf gewesen, was für ein Geschenk er ihr geben wollte, und dann hatte sie sich über seine Bemerkung gewundert, sie könnte ihn ohrfeigen. Sie konnte sich nicht vorstellen, ihn zu schlagen – da hätte er schon etwas sehr Schlimmes anstellen müssen.

Mehr als einmal hatte sie sich über ihn geärgert, aber für eine Ohrfeige hatte es nicht gereicht, selbst wenn es ihre Gewohnheit gewesen wäre, große Männer zu schlagen.

Das hatte sie ja noch nicht einmal bei Hugo getan, dachte sie. Und der hatte sie wahrhaftig zehnmal so oft in Rage gebracht wie Robert.

Während die Neugier in ihr brannte, verstand Adela zum ersten Mal, wie ihren Schwestern in so einem Fall zumute war. Endlich aß Rob den letzten Happen Brot, trank sein Ale aus und stand auf.

»Ihr braucht passende Kleidung. Ihr wollt Euch sicher nicht dieses Kleid ruinieren«, sagte er.

»Daran habe ich auch schon gedacht«, antwortete sie. »Es sind vielleicht noch Sachen hier, die Isobel Sorcha geliehen hat. Und wenn Sorcha Isobels Kleider tragen kann, dann kann ich es auch.«

»Sehen wir mal nach«, erwiderte er. »Oben steht eine Truhe mit ein paar Sachen darin. Das hätte mir auch heute Morgen schon einfallen können, aber da hatte ich andere Dinge im Kopf.«

Bei der Erinnerung daran, was ihn abgelenkt hatte, brannten

ihr die Wangen, doch sie sagte nichts dazu und ging hinter ihm her die Treppe hinauf.

In der Truhe fanden sie zwei Kleider, die ihr vermutlich passen würden.

Mit seiner Hilfe zog sie das schlichtere von beiden an, ein einfaches blaues Überkleid, das mit roten Seidenbändern geschnürt wurde. Als sie sich den dazugehörigen bestickten Gürtel lose um die Hüften schlang, warf sie ihm einen Blick zu, um zu sehen, wie es ihm gefiel.

»Sehr kleidsam«, sagte er. »Ich hoffe, es stört Euch nicht, wenn es schmutzig wird.«

»Warum sollte es schmutzig werden?«

»Ihr werdet schon sehen. Kommt mit.« Sie gingen wieder hinunter und überquerten den Burghof. »Für das, was ich vorhabe, müssen wir zu dem grasbewachsenen Hügel dort hinten gehen. Aber vorher will ich sehen, ob uns auch keine Gefahr droht.«

Weil sie ihm keinen Anlass geben wollte, sie wieder zu necken, folgte sie ihm wortlos bis in die äußerste Ecke des Hofes, wo vier Männer, je zwei und zwei, einen Ringkampf austrugen.

Ohne weitere Erklärung schickte Rob sie fort und sagte dann zu Adela: »Und jetzt, Mädchen, könnt Ihr endlich tun, wonach Ihr Euch gesehnt habt, und mir eine kräftige Ohrfeige verpassen.«

Es war ein verlockendes Angebot, aber sie erwiderte nur hoheitsvoll: »Ich schlage niemanden, Sir, auch wenn ich noch so böse auf ihn bin.«

»Nein? Ich wette, als ich heute Morgen sagte, Ihr solltet nicht zu nett zu Archie Tayt sein, hat es Euch in den Fingern gejuckt. Und außerdem, was ist aus der Frau geworden, die mich wegen meiner Dummheit schalt, nachdem mich der Pfeil getroffen hatte, und die am liebsten Lady Ellen eine heruntergehauen hätte … kurz gesagt, aus Lady Logan?«

»Das über Lady Ellen hätte ich nicht sagen sollen«, gab

Adela zu. »Es war nicht recht von mir, und wenn Ihr wollt, dass ich mich entschuldige, dann werde ich es tun.«

»Nein, denn das Mädchen hätte eine Ohrfeige verdient. Ich kann nur hoffen, dass sie Will eine gute Frau war, denn das eine kann ich Euch sagen: Ich wäre nie mit ihr ausgekommen.«

»Ihr seid ungerecht, Sir«, sagte Adela und fragte sich im gleichen Augenblick, warum sie Lady Ellen verteidigte. »Vielleicht hätte sie sich anders verhalten, wenn Euer und ihr Vater Euch beiden damals erlaubt hätte zu heiraten.«

»Ich bin nicht einmal sicher, ob sie mich überhaupt heiraten wollte. Schließlich hatte ich ihr nichts zu bieten. Und Ihr habt ja selbst gehört, wie hoch sie ihren eigenen Wert einschätzt. Ich könnte mir vorstellen, dass sie es von Anfang an auf Will abgesehen hatte.«

»Habt Ihr sie denn nicht geliebt?«

Er zog nachdenklich die Stirn kraus. »Ich glaube nicht, auch wenn ich damals vielleicht anders darüber dachte.«

»Aber sie muss Euch doch viel bedeutet haben; immerhin seid Ihr ihretwegen von zu Hause weggegangen.«

»Ihr messt dem zu viel Bedeutung bei. Ich war von dem Gedanken an das Mädchen besessen und hatte Lust auf sie. Als sie daher stattdessen meinen Bruder nahm, war mein Stolz verletzt. Das ist alles. Ich bin mehr als zufrieden mit der Frau, die ich habe. Und jetzt schlagt mich.«

Die Versuchung war beinahe unwiderstehlich, doch Adela brachte es einfach nicht fertig.

Rob beobachtete sie genau. Er war auf der Hut – nicht, weil er sich vor ihrem Schlag fürchtete, sondern weil er nicht wollte, dass es ihr hinterher leidtat, wenn sie zu fest zuschlug. Schließlich wollte er *ihr* eine Lehre erteilen und sich nicht selbst ein Bein stellen.

Ihr war noch nicht klar geworden, dass ihn jedermann auf dieser Burg kannte, und sie sollte es nicht ausgerechnet dadurch merken, dass alle sich schieflachten, weil eine Frau ihm eine Ohrfeige verpasste.

Noch immer starrte sie ihn an, als wäre er von Sinnen. Also wiederholte er: »Los jetzt. Stellt Euch einfach vor, ich wäre Ellen, und haut mir kräftig eine herunter.«

»Das werde ich nicht tun. Selbst wenn ich zu so etwas neigen würde, täte ich es nicht vor den Augen Eurer – oder besser gesagt Hugos – Männer.«

»Macht Euch darum keine Sorgen, denn mir wird nichts passieren. Genau das möchte ich Euch ja beweisen. Los, versucht es mal.«

»Ihr zieht mich also nur damit auf, und hinterher stehe ich dumm da«, erwiderte sie gereizt.

»Ich will Euch etwas beibringen. Das wird allen klar sein, auch wenn Ihr es noch nicht versteht. Und jetzt tut bitte, was ich Euch gesagt habe.«

Als Antwort warf sie ihm den schon gewohnten strengen Blick zu.

Doch er stemmte nur gelassen die Hände in die Hüften und stellte sich breitbeinig hin. Dabei fragte er sich, ob er sie wirklich ernstlich reizen musste, damit sie ihm gehorchte.

Sie blickte sich im Burghof um und war offensichtlich beruhigt, als sie sah, dass die Männer ihren gewohnten Tätigkeiten nachgingen. Soweit sie erkennen konnte, beachtete keiner von ihnen Rob und sie.

Endlich hob sie die Hand, holte aus und wollte ihm eine Ohrfeige versetzen. Doch er wehrte den Hieb mit Leichtigkeit ab, indem er ihr schmales Handgelenk behutsam festhielt. »Schlagt fester zu«, forderte er sie auf.

Sie unternahm noch zwei weitere Versuche, jedes Mal mit dem gleichen Ergebnis. Und jedes Mal forderte er sie wieder auf, es noch einmal zu probieren. Beim vierten Mal war sie so frustriert, dass sie die Zähne zusammenbiss und mit noch größerer Entschlossenheit ausholte. Doch wieder fing er ihren Arm mit Leichtigkeit ab.

»Fester, Frau. Habt Ihr denn keine Muskeln in Euren kleinen Ärmchen?«

Sie verzog das Gesicht, holte so weit aus, wie sie konnte, und schlug zu.

Abermals packte er ihre Hand mit den herausfordernden Worten: »Ellen könnte stärker zuschlagen.«

»Ich wette, das wisst Ihr aus eigener Erfahrung«, fauchte sie, stürzte sich auf ihn und drosch mit beiden Armen auf ihn ein. Ihr Angriff war so vehement, dass er Angst hatte, er könnte ihr wehtun, als er ihre beiden Handgelenke festhielt.

Daher rieb er die Stelle sanft mit dem Daumen und sagte mit Nachdruck: »So geht das nicht. Aber nun seht Ihr wenigstens, dass es keinen Zweck hat, blind draufloszuschlagen.«

»Wenn mir das Selbstvertrauen geben sollte, dann weiß ich nicht, wie«, knurrte sie, entriss ihm ihre Hände und rieb sich selbst die Handgelenke.

Er legte ihr die Hände auf die Schultern. »Was Euch Selbstvertrauen gibt, sind Kunstgriffe, die fast immer funktionieren und bei denen Euch Eure geringere Körpergröße sogar von Nutzen sein wird.«

»Zum Beispiel?«

»Erst einmal müsst Ihr Euch überlegen, wo Eure Chancen liegen«, erwiderte er, ohne sie loszulassen, und blickte ihr tief in die Augen.

»Ach je, Sir, Waldron gegenüber hatte ich überhaupt keine Chance.«

»Das stimmt nicht, Mädchen. Wie ich gestern Abend schon sagte, habt Ihr Euch gut gehalten. Der Beweis dafür ist die Tatsache, dass Ihr hier bei mir seid und er tot ist.«

Sie zuckte die Achseln. »Das lag aber nicht an mir.«

»Ja, mag sein, aber ich weiß, dass Ihr jedenfalls nicht den Kopf verloren habt. Ihr seid ruhig genug geblieben, um vernünftig mit ihm zu reden.«

»Er hat eher mit mir geredet als umgekehrt«, sagte sie.

»Das hätte er bestimmt nicht getan, wenn Ihr hysterisch

geworden wäret, womit er vermutlich gerechnet hat. Wisst Ihr, ich kannte ihn, und ich muss sagen, er war ein durch und durch schlechter und brutaler Mensch, der davon überzeugt war, dass er im Namen Gottes handelte und Gott ihm bei allem half, was er tat.«

»Ich weiß, aber …«

»Wir wollen jetzt nicht über Waldron sprechen«, unterbrach er sie. »Ich möchte Euch zeigen, dass Ihr über Waffen verfügt, die Ihr schon früher erfolgreich eingesetzt habt. Ihr seid vernünftig, Adela, und behaltet Euren gesunden Menschenverstand auch in Situationen, in denen viele Frauen – und auch Männer – den Kopf verlieren würden.«

»Aber wie kann gesunder Menschenverstand mich davor bewahren, dass so etwas noch einmal geschieht?«

»Ihr werdet Euch in Zukunft vor Fremden mehr in Acht nehmen. Denkt nur daran, dass Ihr auf ihn zugegangen seid, als er maskiert durch die Menge der Hochzeitsgäste auf Euch zugeritten kam.«

»Ja, aber ich dachte, er wäre … jemand, den wir kennen.«

»Ich weiß sehr wohl, was Ihr dachtet«, erwiderte er. »Aber die beste Art, sich vor einem Angriff zu schützen, ist, ihm aus dem Weg zu gehen. Wenn Euch etwas merkwürdig vorkommt, dann vertraut Eurem Gefühl. Redet Euch nicht ein, Ihr würdet Euch irren, sondern vermeidet die Situation. Und zweitens, begebt Euch nie allein in eine Lage, in der ihr angreifbar seid. Unternehmt keinen Ausritt oder Spaziergang auf eigene Faust, vor allem nicht jetzt.«

»Das werde ich sicher nicht tun«, antwortete sie.

»Gut.« Er ließ sie los und baute sich vor ihr auf, die Arme in die Hüften gestemmt. »Und jetzt stellt Euch vor, ich wäre ein Feind. Was seht Ihr?«

Sie lächelte leicht. »Ich sehe meinen Mann, der überheblich und sehr von sich eingenommen wirkt.«

»Die meisten Männer, die Euch gefährlich werden könnten, werden so wirken«, erwiderte er. »Bei Eurem Anblick werden sie davon überzeugt sein, dass Ihr schwach seid und Euch nicht wehren könnt.«

»In den meisten Fällen werden sie damit wohl recht haben.«

»In den meisten Fällen verschafft Euch das einen ersten Vorteil ihnen gegenüber«, entgegnete er. »Euer Feind soll Euch ja für hilflos halten und annehmen, er wäre Euch überlegen. Falls Ihr ihn nicht rechtzeitig kommen seht und fliehen könnt, müsst Ihr auf den Überraschungseffekt setzen. Lasst ihn also glauben, was er glauben will, und nutzt die Zeit, um die Situation einzuschätzen und Euch darauf einzustellen. In einer Notsituation ist es von entscheidender Bedeutung, schnell, aber nicht übereilt zu handeln, um sich nicht selbst zu schaden. Manchmal genügt es schon, ganz einfach den Raum zu verlassen. Wenn Ihr Euch nicht anmerken lasst, dass Ihr die Gefahr erkannt habt, geht Euer Gegner möglicherweise davon aus, dass Ihr zurückkommen werdet.«

»Und wenn nicht?«

»Darüber reden wir später. Das Allererste ist, wie gesagt, der Überraschungseffekt. Was könntet Ihr tun, um ihn zu nutzen? Überlegt mal, in welcher Situation Ihr jemanden schlagen wollt – ich meine, nicht mich, sondern einen möglichen Angreifer.«

»Um ihn abzuwehren«, antwortete sie mit gerunzelter Stirn. »Aber wenn er es wirklich ernst meint, würde er bloß zurückschlagen oder etwas noch Schlimmeres tun.«

»Genau. Schlagen nützt also nicht viel. Ihr müsst etwas tun, das ihn so lange aufhält, bis Ihr Regel Nummer eins befolgen könnt, nämlich wegzulaufen. Dafür müsst Ihr ihn verletzen, ohne lange darüber nachzudenken. Wenn er Euch bedroht, dann ist er selbst schuld, und Ihr habt das Recht, Euch zu verteidigen, und zwar mit aller Kraft.«

Sie nickte, doch er bezweifelte, dass sie es wirklich tun würde. Sie war einfach zu weichherzig, was im Kampf immer von Nachteil war. Deswegen musste er sie rechtzeitig entsprechend vorbereiten.

»Ihr müsst Ihn da treffen, wo er am verwundbarsten ist«, fuhr er fort. »Schlagt fest zu, nicht nur mit der flachen Hand.«

»Etwa mit der Faust?«, fragte sie ungläubig.

»Zeigt mir Eure Hand«, forderte er sie auf.

Sie gehorchte und streckte ihm ihre langen, schlanken Finger mit den gepflegten Nägeln hin.

»Macht sie ganz steif«, fuhr er fort und zeigte ihr, wie sie die ausgestreckten Finger fest zusammenpressen sollte. Dann drückte er mit den Fingerspitzen leicht gegen ihren Kehlkopf.

Sie zuckte zurück. »Das tut weh!«

»Ja. An dieser Stelle könnt Ihr ihn verletzen, wenn Ihr fest genug zustoßt, besonders mit den Fingernägeln. Nase und Augen sind ebenfalls ein gutes Ziel, aber die sicherste Methode für eine Frau, einem Mann wehzutun, ist es, ihm einen Tritt oder Schlag in sein Gemächt zu versetzen«, fügte er hinzu. »Wenn Ihr ausreichend hart zutretet, könnt Ihr ihn lange genug außer Gefecht setzen, um wegzulaufen, besonders, wenn er kein geübter Kämpfer oder unvorbereitet ist. Das probieren wir jetzt mal. Ich werde es Euch zeigen.«

»Wäre es nicht besser, wenn ich dafür Männerkleidung anziehen würde?«, fragte sie, während er ihr half, die richtige Position einzunehmen.

»Ihr müsst lernen, in einem Kleid zurechtzukommen, mein Schatz, denn es besteht nur eine geringe Chance, dass Ihr in Gefahr geratet, wenn Ihr zufällig gerade Männerkleider tragt. Aber wenn Ihr die Technik erst einmal beherrscht, ist es egal, was Ihr anhabt. Ihr müsst blitzschnell zutreten«, wies er sie an. »Und wenn es geht, haltet Euch dabei an seinen Schultern fest und zieht ihn zu Euch heran. So ist die Wirkung noch größer. Aber wartet danach nicht ab, sondern rennt weg, als wäre der Teufel hinter Euch her.«

Sie nickte aufmerksam. »Und was kann ich sonst noch tun?«, fragte sie.

»Das reicht für die erste Lektion«, erwiderte er. »Und jetzt üben wir das, was ich gerade erklärt habe. Morgen bringe ich

Euch noch mehr bei, aber erst einmal müsst Ihr trainieren, genau wie ein Soldat.«

»Jeden Tag?«

»Ja«, erwiderte er. »Es reicht nicht, dass ich Euch etwas erkläre, sondern Ihr müsst es immer wieder üben, bis es Euch in Fleisch und Blut übergeht. Für alle Fälle gibt es noch einen hilfreichen Trick«, fügte er hinzu. »Schaut nicht auf die Hände oder Füße des Gegners und auch nicht auf eine etwaige Waffe, sondern stets in seine Augen. An den Augen könnt Ihr am besten erkennen, was er vorhat.«

Adela hörte gut zu. Sie war ihm dankbar für seine Ratschläge, obwohl sie bezweifelte, dass sie jemals dafür Verwendung haben würde oder dass sie ihr im Notfall wirklich nützen könnten. Es schien ihr eine absurde Vorstellung, dass sie sich erfolgreich gegen einen Angreifer zur Wehr setzen könnte, doch die Tatsache, dass Rob es für möglich hielt, und sich überdies die Zeit nahm, sie zu unterrichten, erschien ihr irgendwie rührend.

»Kommt jetzt, die Burg zeige ich Euch später«, sagte er. »Schließlich müsst Ihr Euch hier zurechtfinden, da wir hier bleiben werden, bis der Aufenthalt auf Lestalric sicher für uns ist. Wenn allerdings Hugo unerwartet zurückkommt und wir ausziehen müssen …«

»Warum?«, fragte sie. »Meint Ihr, Hugo würde uns hinauswerfen?«

»Du lieber Himmel!«, rief er. »Wenn ich mir vorstelle, dass ich mich erst gestern zu einer Frau beglückwünscht habe, die so wenig neugierig ist!«

»Ich wollte Euch nicht aushorchen«, protestierte sie. »Ich weiß wirklich nicht, warum ich in letzter Zeit so neugierig bin. Das war früher nicht meine Art.«

Da legte er ihr lächelnd den Arm um die Schultern. »Dafür braucht Ihr Euch nicht zu entschuldigen, Liebste, das ist doch ganz normal. Seid Ihr noch nie auf den Gedanken gekommen, dass Ihr wenig Grund zur Neugier hattet, bevor ihr das Hochland verlassen habt? Soweit ich weiß, wart Ihr die meiste Zeit damit beschäftigt, Euch um den Haushalt und Eure Schwestern zu kümmern. Da gab es bestimmt nicht viel, was Eure Neugier wecken konnte. Aber je mehr wir lernen, desto wissbegieriger werden wir. Und was Hugo angeht, so meinte ich nur, dass wir nicht mehr so ungestört wären, wenn die beiden zurückkehrten. Ich weiß, es ist selbstsüchtig von mir, so zu denken, denn schließlich ist es meine Pflicht, mich um Lestalric Castle zu kümmern. Aber am liebsten würde ich alles Henrys Vertrauensmann überlassen und hierbleiben, um meine Frau besser kennenzulernen.«

»Und was ist mit Lady Ellen?«

Sein Lächeln erstarb. »Was soll mit ihr sein?«

»Hat sie nicht das Recht, auf Lestalric zu wohnen, so wie ich bei Ardelves Sohn am Loch Alsh? Lady Ellen hat kein Geheimnis daraus gemacht, dass sie Interesse an Euch hat. Wird sie sich da nicht weigern, die Burg zu verlassen? Schließlich war sie viele Jahre lang ihr Zuhause.«

»Ja, schon, aber zurzeit hält sie sich bei ihrer Mutter auf, und selbst wenn sie es wünschte, würde die Familie Douglas es ihr schwerlich gestatten, hierher zurückzukehren. Und wenn sie erst erfährt, dass ich verheiratet bin, wird sie sich anderweitig umsehen.«

»Glaubt Ihr?«

»Ja, sicher. Sie braucht bestimmt nicht lange nach einem neuen Ehemann zu suchen. Wenn ich mich nicht irre, hat Euer Freund de Gredin ein Auge auf sie geworfen. Und jetzt kommt, versucht noch einmal, mich zu schlagen. Nein, wartet«, sagte er nach einem Blick über ihre Schulter. »Ich habe eine bessere Idee.«

Als sie sich umdrehte, sah sie Archie Tayt herankommen. »Ihr wollt doch wohl nicht, dass ich ihm etwas von dem antue, was Ihr mir gerade geschildert habt!«

»Ihr sollt es zumindest versuchen, aber Ihr werdet es wohl

kaum schaffen, außer wenn Ihr Euch sehr anstrengt«, erwiderte er beiläufig.

Sie hätte ihm zu gern bewiesen, dass sie die Kniffe umsetzen konnte, die er ihr beigebracht hatte, doch sie wollte Archie nicht wehtun. »Er ist doch nicht mein Feind«, sagte sie.

»Nein, aber er ist gut ausgebildet. Wenn ein Mädchen es schafft, ihn zu schlagen, dann müsste man ihn bestrafen. Aber ich möchte einfach gern sehen, was Ihr bei einem geübten Soldaten ausrichten könnt. Wenn Ihr es fertigbringt, ihm einen Schlag zu versetzen, gebe ich Euch Euer Geschenk auf der Stelle, und ich werde ihn auch bestimmt nicht bestrafen lassen, denn dann hätte sein Stolz schon genug gelitten.«

Archie kam heran, ein kleines Stoffbündel in der Hand.

»Hast du gefunden, was du für mich suchen solltest?«, fragte ihn Rob.

»Ja, Sir.«

»Gut. Wirf es mir rüber und dann stell dich mal kurz dort hin.« Mit argwöhnischem Blick gehorchte Archie.

Rob klemmte sich das Bündel unter den Arm und sagte: »Ich habe meiner Lady ein paar Dinge über Selbstverteidigung beigebracht. Ich möchte, dass sie versucht, dich zu schlagen.«

Mit entsetzter Miene blickte Archie Tayt zwischen Rob und Adela hin und her.

»Keine Angst, Arch, sie ist doch bloß ein schmales Hemd.«

»Ja, schon, aber ich will trotzdem nicht, dass sie mich schlägt.«

Rob zuckte die Achseln. »Dann verhindere es doch.«

Das Lächeln, das er Archie zuwarf, zeigte Adela, dass Rob davon überzeugt war, sie würde scheitern. Das kränkte ihren Stolz und weckte eine grimmige Entschlossenheit, ihm das Gegenteil zu beweisen. Er konnte zuweilen so arrogant und besserwisserisch sein, dass es sie reizte, ihm zu zeigen, dass er nicht der Einzige war, der anderen eine Lektion erteilen konnte.

Mit einem beruhigenden Lächeln ging sie auf Archie zu und

sah ihm dabei fest in die Augen. So groß er auch war, schien der arme Mann doch sehr nervös zu sein. Unablässig gingen seine Blicke zu Rob hinüber, als suche er einen Hinweis darauf, was genau von ihm erwartet wurde.

Als sie vor Archie stand, blickte Adela ihn besorgt an und fragte leise: »Bist du sicher, dass es dir nichts ausmacht, Archie?«

Er schüttelte den Kopf, doch sie sah, wie er schluckte.

»Euch kann es doch egal sein, ob es ihm etwas ausmacht«, sagte Rob streng. »Denkt einfach daran, was ich Euch beigebracht habe und seht zu, ob ihr seine Meinung über das ›schwache Geschlecht‹ nicht ein wenig ändern könnt.«

»Glaubst du, Frauen sind schwach, Archie?«, fragte Adela milde.

»Ja, Mistress, ich weiß es genau, weil …«

Sie holte mit dem Arm aus wie beim ersten Mal, als sie versucht hatte, Rob zu schlagen.

»… na ja, sie sind eben nur Mädchen und nicht so stark wie …«

Seine Worte endeten in einem spitzen Schrei, denn als er wieder zu Rob hinüberblickte, nutzte Adela die Gelegenheit. Ihre Hand mit den starr ausgestreckten Fingern änderte urplötzlich die Richtung und traf ihn hart zwischen die Beine.

Um ihrem Schlag auszuweichen, hatte er den Kopf weggezogen. Doch im letzten Augenblick erkannte er ihre Absicht und riss abwehrend das linke Knie hoch. Doch sie war zu schnell; ihre Hand rutschte an seinem Knie ab und traf ihn höher als beabsichtigt, aber dennoch zielsicher genug, um ihm einen Schrei und ein Japsen zu entlocken.

Sogleich packte er sie bei den Schultern und hielt sie auf Armeslänge von sich ab.

Adela erstarrte unter seinem Griff, doch ein Blick in sein ängstliches Gesicht verriet ihr, dass er sich lediglich vor weiteren Attacken schützen wollte.

Die Hände auf die Knie gestützt, krümmte sich Rob vor Lachen.

Adela, die allmählich ungehalten wurde, löste Archies große Pranken entschlossen von ihren Schultern, drehte sich um und ging zielstrebig auf ihren Gemahl zu.

Als er sie kommen sah, blickte er breit grinsend auf, wobei ihm die Lachtränen noch immer aus den Augen strömten.

Ohne anzuhalten, legte Adela ihm die Hände auf die Schultern und gab ihm einen so kräftigen Schubs, wie sie nur konnte. Er ließ das Bündel fallen und griff nach ihr, doch sie wich ihm behände aus, worauf er unsanft mit dem Hinterteil auf dem staubigen Kopfsteinpflaster landete.

»Das ist dafür, dass Ihr Archie für Euer albernes Spielchen missbraucht habt«, sagte sie ungestüm. »Ihr solltet Euch schämen, ihn so hereinzulegen.«

Da legte sich eine große Hand leicht auf ihren Arm, und als sie sich umblickte, stand Archie über sie gebeugt. Er wirkte noch unsicherer als zuvor. »Bitte, Mylady«, sagte er mit einem raschen Blick auf Rob. »Schimpft meinetwegen nicht mit ihm. So etwas kann er nicht leiden.«

Rob stand mittlerweile wieder auf den Beinen, das kleine Bündel in der Hand. »Geh von meiner Lady weg, Archie«, sagte er warnend und kam auf sie zu.

Als Adela seine zornige Miene sah, trat sie einen Schritt zurück.

»Was habt Ihr mit ihr vor, Mann?«, fragte Archie entrüstet.

»Ich will ihr noch ein paar Dinge beibringen«, knurrte Rob und streckte die Hand nach ihr aus.

Adela machte einen weiteren Schritt rückwärts. »Fasst mich nicht an«, fauchte sie.

»Zu spät«, erwiderte er, während er ihre Taille umfasste, sie hochhob und sich unter den Arm klemmte. »Archie, sag den Jungs da drüben, sie sollen aufhören zu lachen und wieder an die Arbeit gehen. Und du kannst deinem Schöpfer danken, dass ich der Lady versprochen habe, dich nicht zu bestrafen, falls es ihr gelingen würde, dich zu überrumpeln.«

Archie nickte, und um ihm nicht noch mehr zu schaden,

hörte Adela auf zu strampeln, schnappte nach Luft und hoffte, dass Rob sie nicht fallen ließ.

Noch immer mit Adela unter dem Arm stieg er die Stufen zum Haupteingang der Burg hinauf, wo einer der Männer, der die Situation erfasst hatte, ihm rasch die Tür öffnete. Rob trat ein und stieß die Tür hinter sich mit dem Fuß zu, bevor er Adela absetzte.

»Nach oben«, befahl er knapp.

»Was habt Ihr vor?«

»Geh schon!« Er versetzte ihr einen Klaps auf die Kehrseite.

Mit einer Grimasse raffte sie ihre Röcke und eilte vor ihm die Treppe zu ihrer gemeinsamen Schlafkammer hinauf. Oben angekommen, stieß sie die Tür auf und drehte sich zu ihm um.

»Ich habe nur getan, was Ihr …«

Er grinste sie an, seine Augen funkelten vor Schalk und noch etwas anderem, sodass ihre Furcht verschwand und einem Prickeln am ganzen Körper Platz machte.

»Komm her«, sagte er mit leiser, kehliger Stimme.

Sie zögerte. »Ich dachte, Ihr wäret wütend. Dazu hattet Ihr ja auch allen Grund. Ich weiß ehrlich nicht, was in mich gefahren ist. So verhalte ich mich sonst nie, und noch dazu vor Euren Männern! Ich könnte es Euch wirklich nicht verdenken, wenn Ihr …«

»Ihr müsst lernen zu gehorchen, wenn ich mit Euch rede, Frau Gemahlin«, unterbrach er sie und stieß die Tür zu. Dann schloss er Adela in die Arme und zog sie an sich. Er presste den Mund auf ihre Lippen, drängte seine Zunge dazwischen und griff gleichzeitig nach den roten Seidenschnürbändern ihres Kleides.

Kurz darauf lagen sie beide nackt auf dem Bett und wanden sich in einer Leidenschaft, wie Adela sie sich niemals hätte träumen lassen, und die mit jeder Berührung und jeder Bewegung noch wuchs.

»Ach Mädchen, du machst Sachen mit mir, von denen ich gar nicht wusste, dass Frauen sie können«, seufzte er, während er sich auf sie rollte und ihre Lust mit der Hand zwischen ihren Beinen noch weiter anfachte.

»Ich tue doch gar nichts«, widersprach sie und presste sich an ihn. »Du …« Sie schrie auf, als seine Finger in sie eindrangen, stöhnte dann enttäuscht, als er sie wieder herauszog, und keuchte schließlich vor Lust, als er sich stattdessen anschickte, in sie einzudringen.

Als jemand an die Tür hämmerte, fuhren sie beide auseinander, und nach einem gemurmelten Fluch rief Rob: »Was zum Teufel willst du?«

»Verzeihung, Sir, aber Fürst Henry von Orkney ist unten und sagt, Ihr sollt sofort kommen. Er lässt Euch sagen, ein Mord ist geschehen, und sie sind vielleicht schon hinter Euch her.«

»Um Gottes willen!«, rief Adela. »Was ist denn nun schon wieder?«

In grimmigem Ton erwiderte Rob: »Hat einer von euch hirnlosen Dummköpfen Orkney erzählt, ich würde gerade meine Frau verprügeln?«

Schweigen.

»Dachte ich es mir doch. Geh wieder zu ihm und sag ihm, er soll sich zum Teufel scheren.«

»Aber Sir …«

»Los!«, brüllte Rob

Adelas Wangen brannten, als sie daran dachte, dass sie später Henry gegenübertreten mussten. »Wir können ihn doch nicht warten lassen und einfach so hierbleiben!«, protestierte sie.

»Aber sicher können wir das«, widersprach Rob und machte dort weiter, wo er aufgehört hatte.

»Aber was ist, wenn er es ernst gemeint hat? Wenn wirklich jemand umgebracht wurde? Was ist, wenn …«

Rob verschloss ihr den Mund mit einem Kuss und umfasste eine ihrer Brüste. Während er mit der Brustwarze spielte, drang er in Adela ein. Sie spürte, wie er pulsierte, so übermächtig war sein Verlangen nach ihr. Dabei achtete er gar nicht auf seine Schulter, die nach den Übungen auf dem Hof und dem peinlichen Sturz schmerzte.

Sie streichelte seinen Rücken und sein Gesäß, küsste ihn leidenschaftlich und bog sich ihm entgegen, während er in sie hineinstieß. Er bewegte sich zuerst langsam, dann immer schneller, bis er beinahe so weit war. Jetzt … jetzt …

»Robert! Verdammt noch mal, Mann! Wir haben keine Zeit zu verlieren. Ich muss mit dir reden!«

Stöhnend und leise fluchend sackte Rob auf seiner Frau zusammen. »Fürwahr«, sagte er, »wenn nicht wirklich jemand tot ist, dann wird Henry es bald sein.«

# 16

Resigniert rollte sich Rob von Adela herunter. Als sie eilig zum Waschtisch lief, blickte er ihr nach und rief durch die Tür: »Geh runter, Henry, und lass uns was zu essen bringen. Ich bin am Verhungern. Wir kommen sofort.«

Henry wollte widersprechen, besann sich dann jedoch eines Besseren. Offensichtlich wurde ihm klar, dass es gute Gründe für die Verzögerung geben könnte.

Adela goss Wasser aus dem Krug in die Waschschüssel und begann, sich Gesicht und Hände zu waschen, während Rob ihre Kleidungsstücke einsammelte. Als sie sich umdrehte, damit er ihr das Hemd geben konnte, kam ihm ein Gedanke, der ihn zum Lachen brachte.

»Was ist?«

»Ich dachte gerade an Archie«, sagte er und trat seinerseits vor den Waschtisch. »Sein Gesichtsausdruck – und deiner erst! Ehrlich, Mädchen, ich hätte nie gedacht, dass du es tust. Ich war ziemlich sicher, dich letzten Endes überreden zu können, aber nicht so schnell. Aber du hast es weiß Gott gut gemacht. Das Einzige, was ich bemängeln würde, wäre die Respcktlosigkeit gegenüber deinem Mann hinterher.«

»Ich habe mich eben über dich geärgert, weil du ihn ausgelacht hast«, erklärte sie, während sie in das Hemd schlüpfte und es glatt strich.

»Ich werde dich bestimmt noch oft verärgern, aber ich hoffe, du lässt es dir nicht zur Gewohnheit werden, mich vor meinen Männern umzuschubsen.«

Sie blickte ihn zerknirscht an. »Ich nehme an, sie kannten dich alle als Einar Logan.«

»Ja«, antwortete er, wobei er seine Hosen anzog und sie mit

dem Schnüren ihres Kleides beschäftigt war. »Einige von ihnen behandelten mich nicht immer mit dem Respekt, den ich meiner Meinung nach verdiente, auch wenn ich mit dem festen Vorsatz zu Hugo gekommen war, mich in Demut zu üben. Da die Männer zu jener Zeit genauso wenig wie ich wussten, dass sie es mit einem zukünftigen Baron zu tun hatten, machten sich manche einen Spaß daraus, mich herabzuwürdigen.«

»Das muss schwer für dich gewesen sein«, sagte sie mitfühlend.

*›Schwer‹ war gar kein Ausdruck,* dachte er, sagte jedoch: »Es war nicht viel schlimmer als meine erste Zeit auf Dunclathy. Ich habe aber anscheinend nicht so viel gelernt, wie ich dachte. Denn als du mich heute umgestoßen hast, regte sich wieder der alte Jähzorn in mir, und ich konnte das Komische an der Situation erst erkennen, als du mit verführerisch wehenden Röcken vor mir die Treppe hinaufgerannt bist.«

Er lehnte sich gegen das Bett und zog sich mit einer Hand die Stiefel an.

»Kannten dich alle auf Roslin oder Hawthornden, bevor du dich in Einar Logan verwandelt hast?«, fragte sie, während sie sich den bestickten Gürtel umband und die lang herabhängenden Enden sorgfältig übereinander legte.

»Nein, nur Hugos Leute, denn die meisten anderen hier sind Männer der Sinclairs, die im Dienst der Gräfin oder Henrys stehen«, erwiderte er. »Selbstverständlich war ich auch früher schon auf Roslin, aber damals war ich noch ein Junge, und später dann gehörte ich zu Sir Edwards Gefolge. Einige von Sir Edwards Männern von Dunclathy kannten mich natürlich so gut, dass sie mich auch als Einar erkannt hätten, aber denen bin ich aus dem Weg gegangen. Für alle übrigen wurde ich Einar Logan, der für seine Erfolge gelobt und seine Misserfolge getadelt wurde, genau wie jeder andere auch. Bald war ich einer von Hugos engsten Vertrauten, weil wir beide so viel gemeinsam hatten. Da ich weder Land noch ein eigenes

Gefolge besaß, schien mir das ein gutes Leben zu sein, verstehst du?«

Adela war sich nicht sicher, ob sie es verstand. Als er nach seinem Hemd griff, fiel ihr seine Wunde wieder ein, und sie wollte nachsehen, ob er durch seinen Sturz oder ihre späteren Aktivitäten eventuell Schaden genommen hatte.

Diesmal hatte er nichts dagegen, und so konnte sie sich davon überzeugen, dass die Wunde zwar noch immer böse aussah, sich jedoch nicht entzündet hatte.

»Du kannst dich anscheinend schon besser bewegen«, sagte sie.

»Ja, Mädchen, du bist ja auch wirklich ein Ansporn«, erwiderte er grinsend. »Die jetzige Wunde ist zwar schmerzhaft, aber ehrlich gesagt nicht so schlimm wie diejenige, als der Pfeil mein Panzerwams durchschlug und stecken blieb. Damals bildete sich immer wieder Eiter, und man musste die Wunde mehrmals öffnen und reinigen.«

Bei der Vorstellung verzog sie das Gesicht.

»Das war wirklich nicht angenehm«, bestätigte er. »Aber jetzt ist es leichter zu ertragen, weil der Pfeil glatt durchgegangen ist, und Bewegung tut mir gut. Und deshalb kann ich meinem Mädchen auch nicht vorwerfen, dass es mich überanstrengt. Du lernst wirklich schnell, mein Schatz.«

Adela lächelte zufrieden. Da man alles, was sie tat, früher gewöhnlich für selbstverständlich genommen oder sogar getadelt hatte, war Lob eine völlig neue Erfahrung für sie.

»Ach, da fällt mir etwas ein«, sagte er, während er sein Hemd zuschnürte. »Was hast du mit dem kleinen Päckchen gemacht, das Archie dir gegeben hat?«

»Es liegt dort drüben auf dem Boden«, antwortete sie und deutete mit dem Finger darauf. »Was ist es denn?«

Er hob es auf und gab es ihr. »Sieh selbst nach.«

Als sie es auspackte, kam ein kurzer Dolch mit einem Griff und einer Scheide aus Leder zum Vorschein.

»Ich möchte, dass du dich verteidigen kannst«, sagte er. »Später werde ich dir beibringen, wie man damit umgeht, aber jetzt zeige ich dir erst einmal, wie man ihn trägt.« Grinsend forderte er sie auf, die Röcke zu heben, um dann die Dolchscheide oberhalb des Knies fest um ihr Bein zu binden. »Deine Schwester Isobel hat auch so einen«, erklärte er.

»Das fühlt sich komisch an«, sagte sie. Es war ungewohnt für sie, eine Waffe zu tragen.

»Du wirst dich daran gewöhnen«, erwiderte er. »Und jetzt gehen wir Henry suchen und essen etwas. Danach werden wir uns hier gründlich umsehen; es gibt so viel, das ich dir zeigen möchte.«

In der Halle stießen sie auf Henry, der mit grimmiger Miene zusah, wie ihr verspätetes Mittagsmahl aufgetragen wurde. Inmitten der hin und her eilenden Pagen warf er Adela einen prüfenden Blick zu, und als sie ihn anlächelte, blieb sein Gesicht ernst.

Sie blickte Rob fragend an, doch der schüttelte nur leicht den Kopf. Also verzichtete sie darauf, eine Bemerkung über Henrys Laune zu machen.

»Du bist früh dran, Henry«, sagte Rob.

»Früher als erwartet, wenn man bedenkt, wie die Gräfin sonst zu reisen pflegt. Aber sie wollte so schnell wie möglich wieder zu ihrem neuen Enkelsohn. Ich habe alle Eure Kleider mitgebracht«, fügte er an Adela gewandt hinzu.

Die beiden dankten ihm; dann plauderten die drei beiläufig miteinander, während sie sich an der Tafel niederließen.

Als sie mit allem versorgt waren, entließ Rob die Diener und sagte: »Jetzt erzähl uns, was los ist, Henry.«

»Habt ihr gedacht, ich wollte euch auf den Arm nehmen?«

»Dann stimmt es also wirklich? Wurde jemand getötet – womöglich sogar ermordet?«

»Ich weiß es, offen gestanden, nicht genau. Ich habe zugegebenermaßen ein wenig übertrieben, weil dein Gefolgsmann sagte, du würdest …« Er warf einen Blick auf Adela, dann fuhr er rasch fort: »Kurz bevor wir die Stadt verließen, hörten wir jedenfalls, dass jemand de Gredin überfallen hätte, als er gestern am späten Abend auf dem Weg von der Stadt zur Burg war. Angeblich ist er schwer verletzt, aber ich konnte nicht länger bleiben, um mehr zu erfahren. Mir war es wichtiger, meine Mutter heil nach Roslin zu bringen.«

»Was hatte der Chevalier in der Stadt zu suchen?«, erkundigte sich Adela. »Zuletzt war er doch auf der Burg.«

»Anscheinend wollte er zu Euch«, erwiderte Henry. »Er sprach im Clendenen House vor, als die Gräfin sich noch bei Ealga aufhielt, doch sie wiesen ihn ab mit der Begründung, Ihr wäret zu dieser späten Stunde schon zu Bett gegangen.«

»Es war ja wirklich schon spät«, sagte Rob.

»Ja, aber diese kleine Lüge macht die ganze Sache ein wenig kompliziert«, erwiderte Henry.

»Warum denn das?«

»Ich schickte einen von meinen Männern los, um mehr herauszufinden, bevor er nach Roslin nachkam. Er erreichte uns, als wir gerade zu Hause eingetroffen waren, und berichtete mir, de Gredin habe behauptet, du hättest ihn angegriffen.«

»Warum sollte ich denn so etwas tun?«, fragte Rob.

»Das ist der springende Punkt, nicht wahr?«, erwiderte Henry. »De Gredin sagt, er wüsste genau, wann es geschehen ist, weil es von der Abtei gerade zur Nokturn läutete. Angeblich hätte er alle zwölf Schläge zählen können, während der Angreifer ihn verprügelte.«

»Aber da waren wir doch in der Abteikirche«, bemerkte Adela.

»Wir gingen gerade zu den Stallungen, als die Glocke zu läuten begann«, sagte Rob. »Du hast dich doch so erschreckt, weißt du noch? Wo soll dieser angebliche Überfall denn passiert sein, Henry?«

»Auf der High Street, unmittelbar hinter St. Giles.«

»Dann kann ich den Verdacht gegen mich wohl leicht entkräften.«

»Ja, aber nur, wenn man dir Gelegenheit dazu gibt«, erwiderte Henry. »Der Abt kann zu deinen Gunsten sprechen, aber das nützt dir alles nichts, wenn du vorher schon tot bist. Er könnte natürlich auch auf Fifes Seite stehen. In diesem Fall …«

»Nein, denn er nannte Fife den hochnäsigen Earl«, sagte Rob.

»Ja, das stimmt und er sagte auch, Fife gäbe sich als frommer Mann«, fügte Adela hinzu.

»Nun ja, im Augenblick setzt der hochnäsige Earl das Gerücht in die Welt, du wärest überhaupt nicht Sir Robert of Lestalric«, erwiderte Henry. »Da keiner weiß, wo du dich in den letzten neun Jahren aufgehalten hast, sagt er, könntest du sogar ein englischer Spion sein.«

»Aber der König hat ihn doch erkannt«, gab Adela zu bedenken.

Henry zuckte die Achseln. »Fife sagt, der König wäre so altersschwach, dass er nicht mehr weiß, was er sagt. Als er deinen Namen hörte, hätte er eben geglaubt, dich zu erkennen.«

»Der Abt hat mich ebenfalls erkannt«, sagte Rob. »Wie auch immer, wenn es sein muss, werden wir uns mit dieser Angelegenheit befassen, aber jetzt …« Er zögerte kurz, bevor er hinzusetzte: »Henry, konnte dein Mann in Erfahrung bringen, wie schwer de Gredin verletzt ist?«

»Er weiß nur, was Fifes Leute auf der Burg berichtet haben«, erwiderte Henry. »Danach sei de Gredin schwer verletzt und wird womöglich nicht überleben.«

»Ich nehme an, sein Überleben hängt davon ab, ob er für Fife tot oder lebendig nützlicher ist«, sagte Rob.

»Ja, aber jetzt verstehst du, warum es ein Problem sein könnte, dass die Gräfin und Ealga de Gredin weisgemacht haben, Adela wäre schon zu Bett gegangen.«

»Dafür gäbe es doch eine einfache Erklärung«, entgegnete Rob. »Wir brauchen doch nur zu sagen, sie wollten verhindern, dass er in der Abtei eine Szene macht. Wenn man daran denkt, wie er meinem Mädchen den Hof gemacht hat, wäre das doch durchaus denkbar gewesen, falls er von unserer Hochzeit erfahren hätte.«

»Dann sollte man das wohl besser Ealga erklären. Ich habe ihr nämlich noch nichts von eurer Heirat erzählt«, sagte Henry. »Ich hielt es für besser, damit zu warten, bis sich die Situation ein wenig geklärt hat. Meiner Mutter habe ich allerdings auf dem Weg nach Roslin davon berichtet«, fügte er hinzu.

Erneut blickte Adela Rob an und war erstaunt, als sie das belustigte Funkeln in seinen Augen sah. »Ich traue mich kaum zu fragen, was sie dazu gesagt hat«, sagte er zu Henry.

»Dass sie von Anfang an damit gerechnet hat und euch beiden viel Glück wünscht.«

»Gott sei Dank!«, rief Adela erleichtert. »Ich hoffe nur, mein Vater nimmt die Neuigkeit ebenso gut auf. Ich mag gar nicht daran denken, wie Ardelves Familie darauf reagieren wird.«

»Ich glaube, niemand wird etwas dagegen einzuwenden haben«, erwiderte Henry. »Ardelves Sohn ist bestimmt froh, dass er sich nicht um seine verwitwete Stiefmutter zu kümmern braucht, die er kaum kennt und die nicht älter ist als er selbst. Und wenn Macleod hört, wer Rob ist, wird er schon zufrieden sein.«

»Falls ich dann noch lebe«, wandte Rob stirnrunzelnd ein. »Was auch immer Fife im Schilde führt, Henry, wir müssen jetzt auf jeden Fall schnellstens etwas in der anderen Angelegenheit unternehmen.«

Adela blickte von einem zum anderen, dann sagte sie steif: »Falls Ihr in meiner Gegenwart nicht darüber sprechen wollt, Sir, kann ich ja gehen. Ich dachte, Ihr würdet mir vertrauen, aber das ist offensichtlich nicht der Fall. Ich dachte …«

»Genug, Mädchen«, sagte Rob. »Wir können hier in der Halle nicht darüber reden, aber außerdem gibt es wirklich Dinge, über die ich nicht mit Euch sprechen kann. Das habe ich Euch doch gesagt. Wisst Ihr nicht mehr, wie …«

»Nicht hier, Rob«, unterbrach ihn Henry. »Lass uns in das

Kämmerchen gehen, wo Hugo seine Abrechnungen macht. Es wird dort zwar ein bisschen eng werden, aber zumindest kann uns keiner belauschen.«

»Ja, aber ich habe meiner Lady versprochen, ihr Hawthornden zu zeigen«, entgegnete Rob mit einem prüfenden Blick auf Adela.

*Dann soll er es gefälligst auch tun,* dachte Adela. Zu ihrer eigenen Überraschung hätte sie sich jetzt ebenso bereitwillig mit ihm gezankt wie früher mit Sorcha oder ihren übrigen Schwestern. Sie konnte sich kaum dazu durchringen, ihn freundlicher zu behandeln, als es die einfachsten Regeln der Höflichkeit verlangten – sofern sie es überhaupt schaffte, diese Regeln einzuhalten. Einen Streit mit ihm anzufangen, hatte etwas überaus Verlockendes für sie. Daher starrte sie ihn herausfordernd an, ohne sich von seinem strengen Blick einschüchtern zu lassen.

Da sagte Henry, der die beiden beobachtet hatte: »Ich finde, Adela sollte mit uns kommen.«

»Henry!«, rief Rob und blickte ihn erstaunt an.

»Gehen wir in die kleine Kammer, Rob«, erinnerte ihn Henry lächelnd. »Zuerst reden wir miteinander, und dann führen wie sie zusammen durch die Burg.«

Als Adela ihren Mann ansah, setzte er wieder seinen strengen Blick auf. Daraufhin reckte sie das Kinn, und als Henry ihr den Vortritt ließ, lächelte sie ihm zu.

Als Rob spürte, wie sein Zorn wuchs, ermahnte er sich selbst, sich zu beherrschen. Bestimmt wollte Henry ihn nur auf die Probe stellen.

Selbstverständlich würde Henry Adela nicht in die Geheimnisse des Ordens einweihen, dachte Rob. Zwar war Adela durchaus vertrauenswürdig, doch er war nun einmal nicht der Mensch, der ein Geheimnis mit anderen teilte. Fing man erst einmal damit an, dann dauerte es nicht lange, und man plauderte sie aus, ohne es zu wollen.

Wenn man zuließ, dass Gefühle dabei eine Rolle spielten, geriet man in Gesprächen nur zu leicht auf unsicheres Gelände, wo jede Menge Fallstricke auf den Unvorsichtigen lauerten.

Das Dumme war, dass sie nicht nur von der Existenz dieser Geheimnisse wusste, sondern zwei davon sogar mit eigenen Augen gesehen hatte. Zwar hatte Waldron ihr gegenüber die Templer anscheinend nicht erwähnt, doch er hatte davon gesprochen, dass er auf der Suche nach einem Schatz sei, um ihn »der Heiligen Kirche zurückzugeben«. Und Rob selbst hatte Adela die Karte in Verwahrung gegeben. Mit dem, was sie sonst noch wusste, konnte sie leicht zwei und zwei zusammenzählen. Diese Gedanken gingen ihm durch den Kopf, während er den beiden anderen die Treppe hinauf zu dem zellenartigen Kämmerchen folgte, wo Hugo die Unterlagen von Hawthornden aufbewahrte.

Dort angekommen, nahm Henry auf Hugos Stuhl hinter dem Tisch Platz, der einen Großteil des Raumes einnahm, während Adela in die der Tür gegenüberliegende Ecke ging. Nachdem sich Rob davon überzeugt hatte, dass ihnen niemand gefolgt war, schloss er die Tür hinter sich.

»Nun?«, fragte Henry und zog die Augenbrauen hoch.

»Ich nehme an, du hast recht«, sagte Rob. Dabei bemerkte er Adelas überraschte Miene. Doch er sah noch etwas anderes – Erleichterung und vielleicht so etwas wie Dankbarkeit. »Es behagt mir noch immer nicht«, fügte er hinzu, ohne den Blick von ihr zu wenden. »Je mehr Leute ein Geheimnis teilen, desto eher hört es auf, eines zu sein.«

»Aber du weißt doch, dass zwei ihrer Schwestern schon darüber Bescheid wissen«, entgegnete Henry. »Außerdem ist es beinahe unmöglich, vor einem Menschen Geheimnisse zu haben, der mit dir zusammenlebt und deine Gedanken und Stimmungen kennt. Doch wenn man einem solchen Menschen vertrauen kann, dann ist das etwas Wunderschönes, etwas, wonach man in einer Ehe streben sollte. Und außerdem ...« Henry warf einen Blick auf Adela, die ihn ernst ansah.

Schließlich schauten beide Rob an. Der sagte: »Er will damit ausdrücken, dass Ihr ohnehin schon mehr wisst, als Ihr solltet.«

»Tatsächlich?«, fragte sie und blickte ihn fragend an.

»Ich habe festgestellt, dass die Macleod-Schwestern ebenso intelligent wie hartnäckig sind«, sagte Henry. »Daher wird sie bald von sich aus noch mehr herausfinden.«

»Und dann plappert sie vielleicht etwas aus, ohne sich der Gefahr bewusst zu sein«, setzte Rob seufzend hinzu. »Ich habe ihr schon ein wenig Selbstverteidigung beigebracht und wollte sie nun auf Hawthornden herumführen. Darüber hinaus würde ich ihr auch gern mehr über meinen Großvater erzählen und ihr zeigen, wo er und seine Mitstreiter sich damals versteckt haben. Es könnte aber schwierig werden, wenn sie nicht versteht, warum sie nichts davon verraten darf.«

»Ich wünschte, Ihr beide würdet nicht so tun, als wäre ich gar nicht mit im Raum«, bemerkte Adela schnippisch. »Hat das ganze Gerede mit der Karte zu tun, die wir auf Lestalric gefunden haben, Robert?«

»Ja«, antwortete Rob. Er überlegte, woher sie wohl wusste, dass es sich um eine Karte handelte. Außerdem störte es ihn, dass sie ihn Robert nannte. Diese Anrede benutzten die Leute normalerweise nur, wenn sie böse auf ihn waren. »Hast du auf Roslin gefunden, was du gesucht hast, Henry?«, fragte er.

»Ja«, sagte Henry und zog eine Pergamentrolle aus seinem Wams, die fast so aussah wie Robs eigene. »Wo ist deine?«

»Sie steckt in meinem Stiefel«, erwiderte Rob, zog den rechten aus und nahm die Rolle heraus. Während er seinen Stiefel wieder anzog, breitete Henry sein Pergament auf dem Tisch aus und hielt es fest, bis Rob das seine ebenfalls entrollt und danebengelegt hatte. Die schiefen Kanten der beiden Teile fügten sich genau aneinander.

»Was hältst du davon?«, fragte Henry zweifelnd. »Es sieht aus wie ein einziges Durcheinander von Linien und Zeichen.«

* * *

Als Adela an den Tisch trat, um die Pergamente mit festzuhalten, sah sie, dass Henry recht hatte. Falls es sich wirklich um eine Karte handelte, dann war es die merkwürdigste, die sie je gesehen hatte, denn es sah aus, als hätte ein Kind lauter Striche auf das Pergament gekritzelt. Dazwischen waren verschiedene Symbole zu erkennen, darunter zwei, die einer Pflanze ähnelten – eine mit Blüten, die andere ohne – dazu ein Schwert, ein Pfeil, der nach Norden wies und weitere nicht entzifferbare Darstellungen.

»Was soll das sein?«, fragte sie und zeigte auf die beiden Pflanzen.

»Stechginster«, antworteten Rob und Henry wie aus einem Mund. »Es soll beides die gleiche Pflanze darstellen, nur dass diejenige auf Henrys Hälfte in Blüte steht. So wie sie dort aussieht, hat mein Großvater sie für unser Wappen gezeichnet«, erklärte Rob.

»Und die auf Robs Pergament ist so, wie mein Urgroßvater sie gezeichnet hat«, fügte Henry hinzu.

Adela runzelte nachdenklich die Stirn. »Sollte das ein Hinweis darauf sein, wer die andere Hälfte besitzt?«

»Wer weiß?«, erwiderte Rob. »Wisst Ihr, diese Symbole sieht man recht selten. Ich habe Henry nur von meiner Hälfte erzählt, weil …« Er brach ab und blickte Henry an.

»Weil er weiß, dass ich mich sehr für Landkarten interessiere und in letzter Zeit eine ganze Reihe davon gesammelt habe«, ergänzte Henry.

Adela blickte ihn fest an. »Da wären wir also wieder bei dem Schatz angelangt.«

Rob beobachtete Henry, um zu sehen, wie er auf diese Bemerkung reagieren würde, doch Henry lächelte nur träge und sagte: »Ja, stimmt.«

Doch Rob war das Thema noch immer ein wenig unangenehm. Daher sagte er: »Diese Karte hat zunächst nichts mit dem Schatz zu tun, Mädchen. Über die Familiensage können wir beide ein andermal sprechen. Jetzt müssen wir erst einmal herausfinden, welchem Zweck diese Karte dient.«

»Wisst Ihr denn nicht einmal, was versteckt wurde?«

»Nein, aber natürlich habe ich mir Gedanken darüber gemacht«, erwiderte er.

»Spekulationen helfen uns nicht weiter«, bemerkte Henry. »Wir sollten lieber herausfinden, wohin uns die Karte führt und was wir dort finden.«

Um weiteren Fragen Adelas zuvorzukommen, setzte Rob hinzu: »Ein Ort, der für unsere beiden Familien eine große Bedeutung hat, ist Hawthornden.«

»Die Burg wurde meinem Vorfahren Sir William Sinclair zusammen mit der Baronswürde verliehen, als er mit Wilhelm dem Eroberer nach Britannien kam«, erklärte Henry.

Rob fuhr fort: »Später dann, während der englischen Invasion von 1335, versteckten sich mein Großvater und andere, die sich der Herrschaft der Engländer nicht beugen wollten, hier in der Nähe in Höhlen. Von dort aus unternahmen sie Überfälle auf den Nachschub der Eindringlinge, bis diese endlich wieder abzogen. Daher nehmen wir an, dass die Karten zu irgendeinem Versteck hier in der Nähe führen.«

Während er sprach, betrachtete Adela eingehend die sich kreuzenden Linien auf der Karte. Ohne aufzublicken sagte sie dann: »Möglicherweise stellen diese Linien die Wege zwischen den einzelnen Höhlen dar, oder sind die Höhlen hier so riesig wie diejenige am oberen Ende des Tals von Roslin?«

Die Stille, die daraufhin eintrat, veranlasste sie aufzublicken und erst Rob, dann Henry anzusehen.

Rob wirkte nachdenklich, doch Henry erwiderte ihren Blick mit dem üblichen trägen Lächeln. »Was wisst Ihr noch über diesen Ort?«, fragte er.

Sie dachte einen Augenblick nach. »Ich würde ihn nicht wiederfinden«, sagte sie schließlich. »Ich hatte schreckliche Angst, als wir hineingingen, weil es dort so finster war, doch dann fand Sorcha eine Fackel und zündete sie an. Wir standen in einem Gang, der zu einer riesigen Höhle führte. Auch an den See erinnere ich mich noch, aber kaum an das, was danach geschah.«

»Das ist jetzt auch nicht so wichtig«, erwiderte Rob. »Die Höhle, in der Ihr wart, ist eine von Hunderten hier in der Gegend, allerdings ist sie viel größer als die meisten. Am bekanntesten ist die Wallace-Höhle, weil sich dort einst William Wallace versteckt hielt. Die anderen Höhlen kennen meist nur wenige Leute, und darüber hinaus gibt es bestimmt noch viele unentdeckte. Aber jetzt sollten wir uns weiter mit dieser Karte beschäftigen. Dazu wollen wir uns in der Burg umschauen. Wir fangen hier an und zeigen Euch alles, von den Zinnen bis hinunter zu der Grube.«

Adela ärgerte sich, dass er noch immer nicht recht mit der Sprache herausrücken wollte, im Gegensatz zu Henry, der bereit schien, offener mit ihr zu reden. Doch sie ließ sich nichts anmerken, denn bei einem Rundgang durch die Burg konnte sie zugleich feststellen, wo noch Ordnung geschaffen werden musste. Wie versprochen zeigten Henry und Rob ihr jede Kammer von der zinnenbewehrten Burgmauer bis hinunter zu einem großen Raum unter dem Felsvorsprung, wo sich das Ausfalltor befand.

Rob öffnete das hölzerne Tor, dann trat er beiseite und sagte augenzwinkernd: »Seht mal, Mädchen.«

Noch ganz schwindlig vom Abstieg über die Wendeltreppe, stellte Adela überrascht fest, dass das Ausfalltor in die steile Felswand gehauen worden war. Sie befanden sich gut drei Meter unterhalb des Felsvorsprungs, und selbst wenn man die schroffe Wand hätte erklimmen können, hätte man noch immer die Burgmauer überwinden müssen. Unter ihnen gähnte der Abgrund.

»Wozu ist das Tor gut?«, wollte sie wissen. »Von hier aus führt weder ein Weg hinauf noch nach unten. Und keiner wäre so verrückt, in den Fluss zu springen.«

»Das Seil dort an der Wand neben dem Tor ist an einem

Eisenring befestigt, der wiederum fest im Fels verankert ist«, erklärte Rob ihr. »Um nach unten zu gelangen, wickelt man das Seil ab und hangelt sich daran bis zum Fluss hinunter. Das ist natürlich nur für den Notfall gedacht, wenn der Feind die Burg belagert oder bereits erstürmt hat. Ich glaube nicht, dass es schon einmal jemand ausprobiert hat, abgesehen von ein paar Jungs, die ein Bad im Fluss nehmen wollten. Aber trotzdem ist es gut zu wissen, dass es da ist.«

»Diese Höhlen, von denen Ihr gesprochen habt, kann man sie von hier aus erreichen?«

Er nickte. »Einige schon. Der Weg dorthin liegt da drüben, hinter der Grube.«

Sie schauderte, als sie an der Grube vorüberkamen, die als Verlies diente und deren Eingang nicht mehr war als ein roh behauenes Loch im Boden, kaum weit genug, dass ein Mann hindurchpasste. Darunter erstreckte sich ein tiefer Hohlraum mit nackten Felswänden. Ein Gefangener, der dort unten saß, konnte nur herausgelangen, wenn man ihm ein Seil zuwarf und er noch genügend Kraft hatte, sich daran hinaufzuziehen.

Plötzlich öffnete Rob eine Pforte in der Felswand, die Adela gar nicht bemerkt hatte. Leicht und lautlos bewegte sich die Tür in den Angeln. Henry entzündete derweil eine Fackel und reichte Rob eine zweite, nicht brennende. Dann ging er voraus in den schmalen Gang hinter der Tür.

Die Luft war dumpf und abgestanden, und Adela fühlte sich ausgesprochen unbehaglich. Sie waren noch nicht weit gekommen, als sie sich schon nach frischer Luft und Sonnenschein zu sehnen begann.

Nach einer Weile zweigte ein weiterer Gang nach rechts ab.

»Was meinst du, Henry?«, fragte Rob.

»Hier unten war ich seit Jahren nicht mehr, Rob. Hast du dich überhaupt schon einmal hier umgesehen?«

Rob nickte. »Ja, als ich mich von Waldrons Pfeilschuss erholte. Damals war ich zum ersten Mal allein hier auf der Burg. Und obwohl Hugo mir befohlen hatte, mich auszuruhen, hielt ich es für eine gute Gelegenheit, etwas darüber zu erfahren, wie mein Großvater seine Zeit hier verbrachte.«

»Und?«

»Nun ja, ich kann nicht sagen, ob es der Ort ist, auf den sich die Karte bezieht«, antwortete Rob. »Aber ich kann auch nicht das Gegenteil behaupten. Schließlich hatte ich damals die Karte noch nicht.«

»Wenn das, was nördlich des Gewirrs von Linien eingezeichnet ist – falls es denn Norden ist –, Hawthornden darstellen soll, dann gehen wir jetzt besser nach rechts«, sagte Henry. »Vorausgesetzt, der Weg beginnt auf meiner Hälfte der Karte und führt wirklich zu dem eingezeichneten Schwert. Die meisten dieser Zeichen scheinen ziemlich willkürlich verteilt zu sein, bis auf das Schwert, das am Ende einer Linie steht.«

»Mein Gott, Henry«, entgegnete Rob, »Wenn wir überhaupt nicht wissen, was wir hier unten sollen, dann schauen wir uns lieber die Karte noch einmal richtig an, bevor wir ziellos herumwandern. Vielleicht sollten wir warten, bis Hugo zurück ist. Er kennt sich in diesen Gänge bestimmt besser aus als wir.«

»Wenn er sie wirklich so gut kennt, hätte er das, wonach Ihr sucht, dann nicht schon längst gefunden?«, fragte Adela nachdenklich.

»Ja, schon, aber nur, falls er danach gesucht hat«, erwiderte Rob. »Ich bin jedenfalls sicher, dass man es, was immer es ist, nur finden kann, wenn man ungefähr weiß, wo es versteckt ist und woran man es erkennt.«

»Ja«, stimmte ihm Henry lächelnd zu. »Wir müssen Euch davon erzählen, wenn Mich …«

»Später«, unterbrach ihn Rob. »Jetzt gehen wir am besten erst einmal zurück und planen unsere Suche sorgfältiger. Wenn wir es dann schnell finden, um so besser. Wenn nicht, warten wir, bis Hugo zurückkommt.«

»Aber was ist mit Fife? Wenn er kommt …« Henry überließ es den anderen, den Satz zu beenden.

»Dann werden wir eben zusehen müssen, wie wir mit ihm

fertig werden«, erwiderte Rob. »Aber diese Gänge hier unten sind so unübersichtlich wie ein Labyrinth. Wenn wir weiter drauflosmarschieren, sind wir noch tagelang unterwegs.«

Bei dem bloßen Gedanken überlief es Adela kalt, daher war sie froh, als Henry sich einverstanden erklärte, in die Burg zurückzukehren. Dort angekommen, schlug er vor, dass er und Rob jeweils eine getreue Abschrift der gesamten Karte anfertigen sollten.

»Wenn wir die beiden Hälften des Originals wieder verstecken und stattdessen die Kopien benutzen, können wir sie im Notfall vernichten«, erklärte er.

Rob war einverstanden. Daraufhin überließ Adela die beiden Männer ihrer Aufgabe und ging in ihre Schlafkammer, um sich ein wenig frisch zu machen.

Die Kopien waren schnell angefertigt und erwiesen sich als nützlich, denn nun konnte man deutlich die Verbindungslinie zwischen dem Schwert auf Robs Hälfte und dem Rechteck auf Henrys Hälfte, das vermutlich Hawthornden darstellen sollte, erkennen. Einem solchen unterirdischen Verbindungsgang nur beim Licht einiger Fackeln zu folgen, wäre schon bedeutend schwieriger, dachte Rob.

Nachdem sich die beiden Männer voneinander verabschiedet und vereinbart hatten, sich am nächsten Morgen, nachdem sie die Karten ausgiebig studiert hatten, wiederzutreffen, machte sich Rob auf die Suche nach Adela. Er fand sie in ihrer gemeinsamen Schlafkammer, wo sie am Fenster stand und nach Westen über die Landschaft blickte.

Bei seinem Eintreten drehte sie sich um und fragte: »Habt Ihr Henry gebeten, zum Abendessen zu bleiben?«

»Ja, aber er wollte nach Hause, bestimmt, um die Karten wegzulegen und sich frisch zu machen. Ich habe auch eine kleine Wäsche nötig«, fügte er hinzu, ging zum Waschtisch und goss ein wenig Wasser in die Schüssel.

»Erzählt mir mehr über Euren Großvater«, bat sie.

Bereitwillig gab er mehrere Geschichten über die Angriffe seines Großvaters auf die Engländer zum Besten, von denen eine so lustig war, dass sie lauthals lachen musste. Als Rob sie daraufhin in die Arme nahm, entwickelten sich die Dinge äußerst zufriedenstellend für sie beide.

Danach zeigte er ihr die Kopie der Karte, die er gezeichnet hatte, und sie studierten sie gemeinsam, kamen jedoch zu dem Schluss, dass es ohne feste Orientierungspunkte nahezu unmöglich war, sich nach der Karte zu richten.

Am nächsten Morgen traf Henry ein, als sie gerade in der großen Halle ihr Frühstück einnahmen. Ein wenig zaghaft machte Rob den Vorschlag, dass die beiden Männer die unterirdischen Gänge allein erforschen sollten, da es zu zweit schneller ginge als zu dritt.

Adela presste die Lippen zusammen, sagte jedoch nichts. Henry begutachtete unterdessen die Platten und Schüsseln auf dem Tisch, ließ den Haferbrei stehen und nahm sich stattdessen ein Brötchen, einen Krug Ale und drei Hammelkoteletts von einer Servierplatte. Auch er schwieg.

»Was ist denn los, Mädchen?«, fragte Rob, obwohl er es ganz genau wusste. Er hoffte jedoch, sie würde ihm versichern, dass alles in Ordnung wäre und sie ruhig ohne sie gehen sollten.

Stattdessen erhob sie sich von ihrem Stuhl, ohne weiter auf Henry zu achten, und sagte wütend zu Rob: »Was los ist? Das wisst Ihr ganz genau, Mylord.«

»Ach ja?«, erwiderte er, mittlerweile schon ein wenig erbost.

»Natürlich!«

Henry aß ruhig weiter, als wäre er allein.

Rob, der merkte, dass seine Reaktion übertrieben war, sagte ruhiger: »Adela, Mädchen, es ist doch nur …«

»Von wegen ›Adela, Mädchen‹!«, gab sie zurück. »Erst tut Ihr so, als würdet Ihr mir vertrauen, und im nächsten Augenblick wollt Ihr Eure kostbaren Geheimnisse vor mir verbergen. Dann wäre es mir fast lieber, Sir, Ihr würdet mir überhaupt nichts verraten.«

»Das wäre vielleicht auch besser«, blaffte er. »Denkt daran, dass Ihr meine Frau seid und mir Gehorsam schuldet, Madam. Was ich Euch erzähle und was nicht, entscheide ich. Und da Ihr ja so begierig darauf seid, in der Burg hier Ordnung zu schaffen, könnt Ihr Euch heute schon daranmachen.«

»Ach ja?«, entgegnete sie wütend und beugte sich, die Hände in die Hüften gestützt, zu ihm vor. »Dann habt Ihr sicher nichts dagegen, dass ich gleich hier anfange!« Mit diesen Worten schnappte sie sich die halb volle Schüssel mit Haferbrei und warf sie nach ihm. Als er sich wegduckte, schleuderte sie noch eine Platte mit zwei Koteletts hinterher.

»Aber, aber, doch nicht das leckere Fleisch!«, protestierte Henry.

»Misch dich nicht ein, Henry!«, herrschte Rob ihn an.

Henry zog die Augenbrauen hoch. »Aber das hier ist meine Burg, Rob.«

»Dann iss nur weiter. Ich muss mit meiner Frau ein Wörtchen unter vier Augen reden.«

»Tu das«, erwiderte Henry. »Und dann frag mal nach, wie deine Leute diese Hammelkoteletts zubereitet haben. Sie munden mir vorzüglich.«

»Man braucht beim Braten bloß Rosmarin ins Feuer zu streuen, Sir«, erklärte Adela.

»Das ist doch jetzt egal. Kommt mit!«, knurrte Rob.

Voller Gewissensbisse folgte ihm Adela aus der Halle. Gewiss, er hatte sie herausgefordert, dennoch war es falsch gewesen, Geschirr nach ihm zu werfen. Sie konnte nur froh sein, dass weder Schüssel noch Platte ihn getroffen hatten. Allerdings hatte sein Wams einen Spritzer Haferschleim und einen Fleck, der von einem der fettigen Hammelkoteletts stammen konnte, abbekommen.

Sie war sicher, dass er dieses Mal nicht lachen würde, wenn sie in ihrer Schlafkammer angekommen wären, aber schließlich hatte sie die Strafe verdient.

Auf dem Treppenabsatz vor der Tür zur Kammer blieb er stehen und blickte sie ernst an. »Das hättet Ihr nicht tun sollen.«

»Nein, Sir, aber Ihr müsst Euch entscheiden, ob Ihr mir nun vertrauen wollt oder nicht. So wie es jetzt ist, weiß ich nie, woran ich bin, und darüber habe ich mich eben immer mehr geärgert, bis …«

»Ich weiß ja, dass es schwer ist«, sagte er, als sie verstummte. »Aber manche Dinge sind eben wichtiger und geheimer als andere, und das Problem ist, dass alle irgendwie zusammenhängen. Es ist, als würde man an einem losen Faden ziehen, und plötzlich ist das ganze Kleidungsstück aufgetrennt.«

»Das sagt Ihr, aber Henry ist offensichtlich der Meinung, dass ich noch mehr erfahren sollte.«

»Ich bin nicht Henry. Und ich mag es nicht, wenn man mit Gegenständen nach mir wirft.«

»Das tut mir wirklich leid«, erwiderte sie aufrichtig. »Ich hatte gar nicht vor, damit zu werfen. Ehrlich, so etwas habe ich erst einmal im Leben getan, und ich bin nicht stolz darauf. Es war wirklich schrecklich.«

Er legte ihr eine Hand auf die Schulter, zog sie näher zu sich heran und küsste sie leicht auf die Lippen. Dann sagte er: »Ich werde Euch wohl verzeihen, aber tut es nie wieder.«

Erleichtert antwortete sie: »Dann darf ich also mitkommen?«

»Nein, mein Schatz, dieses Mal gehen wir allein. Wir wissen nicht, was uns erwartet, und deshalb ist es mir lieber, wenn ich Euch hier in Sicherheit weiß. Ich werde es Euch aber sagen, wenn wir etwas finden.«

Sie nickte, wohl wissend, dass er sie bestrafen wollte und sie die Strafe verdient hatte. Es gab nichts, womit sie ihn hätte umstimmen können.

# 17

Zwei Tage lang erkundeten Rob und Henry die unterirdischen Gänge, während Adela mithilfe der Dienstboten ein Großreinemachen in der Burg veranstaltete. Außerdem hatte sie Archie Tayt dazu überredet, mit ihr die Kniffe zur Selbstverteidigung zu üben, die ihr Rob beigebracht hatte, und ihr zu zeigen, wie man mit einem Dolch umging. Rob war freundlich, doch in Gedanken ganz bei der Suche, und ihr wurde klar, dass sich sie darauf verlassen musste, dass er sein Wort hielt und ihr Bericht erstattete, sobald sie etwas gefunden hatten.

Am Abend des zweiten Tages jedoch waren sie mit ihrer Suche in eine Sackgasse geraten. Noch immer waren keine Reiter von Edinburgh in Sicht, in den Höhlen unter der Burg hatte sich nichts gefunden, was auch nur entfernt einem Schwert ähnelte, und in zwei Tagen sollten Henrys Schiff aus Leith zurückkehren und ihn abholen.

»Ich kann noch einen weiteren Tag mitmachen«, sagte Henry, als die beiden Männer und Adela beim Abendessen an der hohen Tafel saßen. »Wenn wir bis dahin nichts finden, musst du auf Hugo warten, Rob.«

Rob war einverstanden, und später, als Henry sich auf den Weg nach Roslin gemacht hatte, gingen Rob und Adela nach oben in ihre Schlafkammer. Während sie sich fürs Zubettgehen fertig machten, fragte sie: »Seid Ihr noch böse mit mir?«

»Nein, Liebste. Mit uns beiden ist das Temperament durchgegangen.«

»Darf ich auch eine Kopie der Karte zeichnen und sie mir in Ruhe ansehen?«

Er zögerte, da er sich nicht vorstellen konnte, dass sie etwas darauf entdecken würde, das er und Henry übersehen hatten.

»Habt Ihr etwa Angst, ich würde nicht gut darauf aufpassen? Ich kann zwar Geheimnisse nicht leiden, aber deswegen würde ich Eure doch nicht ausplaudern.«

»Ich weiß«, antwortete er und fügte im Stillen hinzu: *Jedenfalls nicht absichtlich.* »Ihr könnt die Karte genauso gut ins Feuer werfen wie ich, falls jemand sie Euch wegnehmen will.«

Obwohl er wusste, dass sie ihn ebenso wenig verraten würde wie Henry, Michael oder Hugo, holte er nur widerstrebend Feder, Tinte und Papier und sah zu, wie sie sorgfältig die von ihm angefertigte Kopie abzeichnete.

Als sie beinahe fertig war, fragte sie: »Was ist das hier, Sir? Ich kann nicht erkennen, was Ihr da gezeichnet habt.«

Er schaute genauer hin. »An diese merkwürdigen Linien erinnere ich mich. Ich dachte zuerst, es wären nur ein paar Kratzer im Pergament. Aber sehen wir sie uns noch einmal an; sie sind auf meiner Hälfte der Karte.«

Kurz darauf sagte Adela: »Ich glaube, das sind keine Kratzer. Könnte es ein Wasserfall sein?«

Mit gerunzelter Stirn betrachtete er die drei geheimnisvollen gewellten Linien auf seiner Hälfte des Originals. Dann sagte er: »Die Tinte ist verblasst, und weil das Pergament so rau ist, könnte ich mich getäuscht haben. Aber vielleicht habt Ihr recht.«

»Gibt es in den Höhlen unterhalb von Hawthornden Wasserfälle?«

Er schüttelte den Kopf. »Nicht, dass ich wüsste. Aber im Tal sind mehrere, und ich bin sicher, dort finden sich auch weitere Höhlen. Eine Sache geht mir seit unserer Suche nicht mehr aus dem Kopf.«

»Was denn?«

»Die Größe …« Er verstummte mit einer Grimasse und schüttelte kurz den Kopf, als wollte er seine Gedanken ordnen. »Ehrlich gesagt, möchte ich Euch noch immer nicht in alles einweihen, Mädchen«, gestand er. »Dass ich ungern ein Geheimnis verrate, ist nur ein Grund dafür.«

Sie seufzte. »Ihr sagtet ›die Größe‹, also nehme ich an, der Gegenstand, den Ihr mithilfe der Karte finden wollt, passt Eurer Meinung nach nicht in die Höhlen, die wir gesehen haben. Warum sagt Ihr mir nicht einfach, um was es sich handelt?«

»Weil ich mich wahrscheinlich irre«, erwiderte er. »In meiner kindischen Hoffnung habe ich aus einzelnen Bemerkungen, die ich im Laufe der Jahre aufgeschnappt habe, vielleicht die falschen Schlüsse gezogen. In diesem Fall würde ich mich unsäglich blamieren, was mir die Sinclairs ewig unter die Nase reiben würden. Ich habe Euch ja schon einiges verraten, und wenn ich Euch jetzt noch mehr erzähle, kommt Ihr vielleicht zu den gleichen Schlussfolgerungen.«

»Ihr habt mir noch nichts über den Schatz erzählt«, sagte sie. »Woher stammt er und woraus besteht er genau?«

»Geht zu Bett«, erwiderte er und gab ihr einen Kuss auf die Wange. »Ich lösche die Kerzen.«

Als nur noch eine Wachskerze auf dem Tischchen neben dem Bett brannte, kletterte er zu ihr ins Bett, stopfte ihnen beiden Kissen in den Rücken, lehnte sich zurück und legte den unversehrten Arm um sie.

Adela wartete geduldig, bis er es sich bequem gemacht hatte, doch als er immer noch nichts sagte, wurde sie langsam ungeduldig. Am liebsten hätte sie ihn zum Reden gedrängt, doch sie beherrschte sich, und schließlich begann er: »Hast du schon einmal von den Tempelrittern gehört?«

»Ja, gewiss«, antwortete sie und überlegte. »Das war ein Orden zur Zeit der Kreuzzüge, nicht wahr? Seine Mitglieder beschützten die Pilger auf ihrer Reise ins Heilige Land und wurden vom König von Jerusalem in seinem eigenen Palast über dem Tempel König Salomos untergebracht. Als ich noch klein war, hat meine Tante Euphemia uns immer Geschichten über sie erzählt. Aber was haben die Templer mit Euch oder dem Schatz zu tun, hinter dem Waldron her war?«

»Der Schatz ist Eigentum der Templer. Die ganze Geschichte ist zu lang, um sie dir heute Nacht zu erzählen, aber du sollst wissen, dass die Tempelritter zweihundert Jahre lang die Bankiers der ganzen Welt waren. Sie hüteten kostbare Dinge und verliehen Geld an Adelige und Herrscher. Im Jahre 1307 entschied König Philip von Frankreich, der ihnen enorme Summen schuldete, dass er keine Lust hatte, das geborgte Geld zurückzuzahlen. Eines Nachts ließ er in einem Handstreich zahlreiche Templer in Frankreich gefangen nehmen und wollte sich ihren Schatz aneignen, der sich in Paris befand. Doch die meisten Tempelritter konnten entkommen und auf ihren Schiffen fliehen. Den Schatz nahmen sie mit. So gelangte zumindest ein Teil des Schatzes nach Schottland.«

»Aber das ist doch lange her«, wandte sie ein. »Was habt Ihr damit zu tun?«

»Ich wurde zu einem schottischen Tempelritter ausgebildet, so wie mein Urgroßvater und mein Großvater vor mir und Hugo, Michael und Henry desgleichen«, erklärte Rob. »Du musst wissen, dass die Sinclairs von jeher Wächter des Schatzes waren.«

»War Euer Vater denn kein Templer?«

»Mein Großvater war der Meinung, dass er sich für dieses Leben nicht eignete. Außerdem hatte mein Vater keine Brüder, die seine Nachfolge hätten antreten können, falls ihm etwas zugestoßen wäre. Es war wichtiger, unser Erbe und Lestalric zu bewahren, sagte Großvater. Mein Bruder Will war auch nicht nach seinem Geschmack«, fuhr Rob fort. »Will war ein Faulpelz und Prahlhans. Großvater pflegte immer zu sagen, mein Vater hätte leider Gottes Wills Stolz und nicht seinen Verstand gefördert.«

»Aber auf Euch muss Euer Großvater große Stücke gehalten haben«, warf Adela ein.

»Ich habe auch meine Fehler, wie du zugeben wirst«, erwiderte Rob lakonisch. »Und was die Meinung meines Großvaters angeht … Weißt du, ich sollte eigentlich von Douglas ausgebildet werden. Er ist der fähigste Heerführer unserer Zeit und in vieler Hinsicht mächtiger als der König. Als Großvater mir also eröffnete, dass ich stattdessen nach Dunclathy gehen sollte, war ich enttäuscht. Er erklärte mir, was für eine Ehre es sei, und sagte, ich würde Geheimnisse erfahren, die ich unbedingt für mich behalten müsste. Und dann verriet er mir etwas, das nur er und noch ein weiterer Mann wussten.«

»Er erzählte Euch von der Karte.«

»Nein, er sagte lediglich, er hätte etwas Wichtiges versteckt, das ich eines Tages finden sollte. Dann gab er mir noch einen Hinweis, wo ich danach suchen musste, und versprach mir, später mehr darüber zu erzählen. Doch dazu sollte es nie kommen, denn er starb, kurz nachdem ich nach Dunclathy gegangen war. Als ich mein Elternhaus verließ, dachte ich, er hätte mir nicht mehr verraten, weil ich Will geärgert hatte, und ich fragte mich noch lange, ob ich jemals das ganze Geheimnis erfahren würde.«

»Ihr habt Euren älteren Bruder geärgert?«

»Ja. Ich sagte ihm, ich würde etwas tun, das er niemals dürfte, und wüsste etwas, das er nie erfahren würde. Ich dachte mir nicht viel dabei, es waren doch nur ein paar im Zorn dahingesagte Worte. Doch wir gerieten in Streit. Mein Vater ging dazwischen und berichtete meinem Großvater, was ich gesagt hatte. Daraufhin stellte mein Großvater mich zur Rede.«

»War er wütend?«

Rob wand sich ein wenig. »Nie zuvor hatte er die Hand gegen mich erhoben, aber nun prügelte er mir fast die Seele aus dem Leib. Dinge, die man im Vertrauen erfahren hatte, sagte er, dürfe man niemals im Zorn ausplappern. Wenn er mir jemals wieder vertrauen sollte, müsse ich beweisen, dass ich es auch verdiente. Ich versprach ihm, ihn nie wieder zu enttäuschen, doch bevor ich sein Vertrauen zurückgewinnen konnte, starb er. Damals schwor ich mir, niemals wieder etwas zu tun, was ihn enttäuscht hätte.«

»Ich verstehe«, sagte Adela. »Daher verratet Ihr auch so

ungern Geheimnisse. Ihr habt mir einmal erzählt, dass Euer Vater an dem Tag, als Ihr für immer fortgegangen seid, etwas von Euch wissen wollte, das Ihr ihm nicht sagen konntet. Ging es dabei um das Geheimnis?«

»Ja.«

»Und dann hat Euer Bruder Euch erst richtig in Wut gebracht. Das verstehe ich. Mich kann niemand so verärgern wie meine Schwestern – Ihr vielleicht ausgenommen«, fügte sie gedankenvoll hinzu.

Mit einem leisen Lachen zog er sie näher zu sich. »Sie haben mich beide in Rage versetzt, Liebste, aber der Grund dafür wird dir nicht gefallen. Möchtest du ihn wirklich wissen?«

»Lady Ellen«, sagte sie seufzend.

»Ja. Ich hatte aus meinem Interesse für sie kein Hehl gemacht, und so erfuhr auch mein Vater davon. Als ich an jenem Tag nach Hause zurückkehrte, dachte ich, er wäre stolz auf mich, weil ich mir meine Sporen verdient hatte, aber er wollte nur wissen, was ich mit meinen Sticheleien Will gegenüber gemeint hatte. Er fragte mich, was für Geheimnisse Großvater mir verraten hätte. Ich hatte es ihm gegenüber nie erwähnt, doch irgendwie muss es sich mein Vater zusammengereimt haben. Er war so begierig darauf, alles zu erfahren, dass er sogar bereit gewesen wäre, Douglas zu überreden, mir Lady Ellen zur Frau zu geben, obwohl sie bereits meinem Bruder Will versprochen war. Ich sollte ihm das Geheimnis verraten, damit er es Douglas im Tausch gegen Ellens Hand anbieten konnte.«

Adela empfand großes Mitleid, als sie daran dachte, wie er diesen Verrat empfunden haben musste, doch sie sagte nur: »Wusste Euer Vater, dass Euer Großvater Euch für Eure provozierenden Worte verprügelt hatte?«

»Ja«, antwortete er. »Ach, jetzt verstehe ich, worauf du hinauswillst, und wahrscheinlich hast du sogar recht. So sehr mir diese Tracht Prügel nahegegangen ist, so sehr mag sich auch mein Vater darüber geärgert haben, wenn auch aus anderen Gründen. Vermutlich war er ebenso gekränkt wie mein Bruder, dass mein Großvater mich ihm vorzuziehen schien. Immerhin war er Sir Walters einziger Sohn. An die Gefühle meines Vaters habe ich kaum einen Gedanken verschwendet.«

»Trotzdem kann ich mir immer noch nicht vorstellen, was Ihr durch die Karte zu finden hofft. Gibt es noch etwas, was ich über die Templer und ihren Schatz oder über Euren Großvater wissen sollte?«

»Ich will nicht darauf herumreiten, aber du weißt ganz genau, dass ich darüber lieber nicht mehr reden möchte. Du sollst nur noch wissen, dass die Unterredung mit meinem Vater kurz vor der Krönung des jetzigen Königs stattfand. Vater schien zu glauben, dass ich etwas wüsste, das im Zusammenhang mit diesem Ereignis stand.«

Adela nagte gedankenverloren an ihrer Unterlippe, dann blickte sie ihn so lange an, bis er sich ihr zuwandte, und sagte leise: »Mir fällt nur ein Gegenstand ein, der mit der Krönung in Verbindung steht und möglicherweise versteckt ist.«

»Genau«, erwiderte Rob. »Aber wohlgemerkt, mein Schatz, ich habe keine Ahnung, wie mein Vater auf diese Idee kam. Vielleicht war es nur ein frommer Wunsch.«

»Hatte Euer Vater viel Fantasie?«

»Nein, aber fast ein Jahrhundert lang, seit Edward I. den Krönungsstein nach London schaffen ließ, gehen immer wieder Gerüchte im Königreich um.«

Sie nickte, erleichtert darüber, dass sie beide das Gleiche dachten. »Meine Tante sagte immer, sie könnte sich nicht vorstellen, dass die königstreuen Schotten so etwas zugelassen hätten, zumal es Warnungen gegeben hatte, dass Edward ihn rauben wollte. Aber dann tat er es wirklich, sagte sie, und hinterher machte er die Abtei Scone dem Erdboden gleich.«

»Aber das war zwei Jahre später«, wandte er ein. »Und es heißt, er hätte es getan, weil er herausgefunden hatte, dass er nicht den echten Stein der Vorsehung erwischt hatte.«

»Und doch behaupten die Engländer, sie hätten den richtigen Stein.«

»Vielleicht stimmt das ja auch.« Er rutschte noch näher an sie heran. »Aber das sind alles Gedankenspiele, Mädchen. Bevor wir nicht wissen, wohin uns die Karte führt, werden wir die Wahrheit nicht erfahren. Morgen früh reite ich zu Henry und Michael und erzähle ihnen, was uns zu den merkwürdigen Schlangenlinien eingefallen ist. Falls der Maßstab der Karte stimmt und du mit dem Wasserfall recht hast, ist er nicht weit entfernt. Er muss irgendwo zwischen hier und Roslin liegen.«

»Ich möchte mit Euch gehen.«

»Ja, das weiß ich, aber ich will, dass du hier bleibst.«

»Aber …«

»Lass mich ausreden, bevor du mir den Kopf abreißt, Mädchen. Ich gebe ja gern zu, dass du es verdient hast, mit uns zu kommen, und ich gebe dir mein Wort, dass wir dich holen kommen, wenn wir eine Höhle bei einem Wasserfall finden. Aber ich möchte keine Angst um dich haben müssen, falls Fife uns bei der Suche überrascht. Wenn er hier auftaucht, sollen die Männer die Tore versperren und ihm sagen, er könnte mich auf Roslin finden. In diesem Fall werden wir gewarnt und kommen auf der Stelle zurück.«

»Warum kann ich Euch dann nicht gleich begleiten und wieder mit Euch zurückkommen?«

»Keine weiteren Debatten, mein Schatz«, sagte er und küsste sie auf die Stirn und die Nasenspitze. »Heute Abend will ich mich nicht mit dir zanken.«

Seine Händen fuhren über ihren Körper, und obgleich sie wusste, dass er sie damit auf andere Gedanken bringen wollte, hatte sie nichts dagegen einzuwenden.

Streiten konnten sie sich später immer noch.

Sie liebten sich, dann sprachen sie über andere Dinge, liebten sich noch einmal und unterhielten sich danach noch kurz, bevor ein behagliches Schweigen eintrat. Gerade als Rob noch etwas einfiel, was er ihr sagen wollte, bemerkte er, dass ihr Atem ruhig und gleichmäßig ging. Sie war eingeschlafen.

Er lag da, lauschte ihren Atemzügen und dachte, wie schön es war, dass er jemanden hatte, mit dem er ebenso gut reden – und streiten – konnte wie mit Hugo und Michael, und noch dazu über Dinge, die er mit keinem Mann besprechen würde. An seine Mutter konnte er sich kaum erinnern, und Schwestern hatte er auch nicht; daher war er immer der Meinung gewesen, er verstünde nicht viel von Frauen. Die Gräfin Isabella beispielsweise schüchterte ihn ein.

Er hatte Hugos drei Schwestern kennengelernt und fand, dass Eliza, die älteste, in ihrer Art Isabella sehr ähnelte, nur dass sie hochmütiger wirkte. Die beiden jüngeren konnte er gut leiden, doch er hatte kaum jemals mit ihnen gesprochen. Über Lady Sorcha amüsierte er sich, denn obwohl sie Hugo von ganzem Herzen liebte, behandelte sie ihn, als sei er nur so groß wie sie und nicht doppelt so stark und wesentlich aufbrausender.

Und Hugo, der hart und grimmig wie kein zweiter sein konnte, behandelte seine Frau zuweilen wie ein kostbares Kleinod, um sie gleich darauf mit einer Mischung aus Staunen, Furcht und Schrecken zu betrachten, als sei sie ein wildes, unberechenbares Fabelwesen.

Lady Isobel, Michaels Frau, war nett und fröhlich, und Rob konnte sie gut leiden. Dennoch wusste er nie, über was er sich mit ihr unterhalten sollte. Und Lady Sidony kannte er kaum. Doch Adela war anders als sie alle.

Sein Heiratsantrag hatte ihn selbst am meisten überrascht, aber die Worte waren ihm einfach so herausgerutscht. Und doch hörten sie sich für ihn vollkommen richtig und natürlich an. Auch die Trauung war gut gewesen, und er hatte seinen Schritt bisher nicht bereut. Als er jetzt im Bett lag und seine Frau im Arm hielt, fühlte er sich glücklicher als jemals zuvor. Bis er sie getroffen hatte, war Glück etwas gewesen, worüber die anderen sprachen und von dem Rob Logan nichts wusste. Dem war nicht länger so.

Dennoch hätte er nicht zu sagen gewusst, wodurch genau

sich Adela von allen anderen unterschied. Doch was immer es war, es trug dazu bei, dass er sich in ihrer Gegenwart von Anfang an so wohlgefühlt hatte, als würden sie einander schon ihr ganzes Leben lang kennen. Er ließ sich mögliche Gründe durch den Kopf gehen, doch eine Erklärung für seine Gefühle ihr gegenüber lieferten sie alle nicht.

So lag er da und hielt sie in den Armen. Es schien ihm, als sei erst ein Augenblick vergangen, als ihn der erste Morgenschimmer weckte. Adela lag zusammengerollt neben ihm, eine Hand unter dem Kinn zur Faust geballt und ein Lächeln auf den Lippen. Seit drei Tagen war sie schon nicht mehr durch Albträume aus dem Schlaf gerissen worden, doch Rob fürchtete, dass sie wiederkommen könnten. Wie er wusste, brauchten solche Dinge Zeit, doch zumindest konnte er ihr Sicherheit geben und ihr so helfen, ihren Seelenfrieden wiederzufinden.

Lächelnd überlegte er, was sie wohl träumen mochte. Doch zweifellos war es ein schöner Traum, also sah er sie nur an, ohne sie aufzuwecken. Der Anblick ihrer Zungenspitze, die zwischen ihren Lippen hervorlugte, erregte ihn, und er wünschte, sie würde erwachen. Genau in diesem Augenblick öffnete sie die Augen und lächelte ihn an.

»Guten Morgen«, murmelte sie.

Ohne zu zögern küsste er sie, und alles Weitere ergab sich, bis er endlich sein Verlangen gestillt hatte. Danach zog er sich rasch an und verabschiedete sich von ihr. Er versprach ihr noch einmal, sie zu holen, falls sie auf eine Höhle in der Nähe eines Wasserfalls stießen. Da er wusste, dass es auf Roslin reichlich zu essen geben würde, holte er sich lediglich ein Brötchen für unterwegs aus der Küche und machte sich auf den Weg.

Wie erwartet, saßen Henry und Michael bereits beim Frühstück und luden ihn zum Mitessen ein. Rob langte kräftig zu, sagte jedoch gleich, dass er etwas mit ihnen zu besprechen hätte. Daher zogen sie sich bald in die Kemenate zurück.

»Zieh doch mal den Tisch dort heran, Michael. Ich möchte

euch etwas zeigen«, sagte Rob. »Henry, hast du deine Kopie der Karte hier?«

»Ja«, antwortete Henry und zog die Rolle aus seinem Wams, während Michael den Tisch und drei Stühle bereitstellte. Michael und Rob setzten sich einander gegenüber, und Henry nahm zwischen ihnen Platz.

Als Henry seine Karte entrollte, sah Rob, dass er die drei Linien, die Adela aufgefallen waren, weggelassen hatte.

»Seht mal«, sagte Rob und deutete auf seine eigene Kopie. »Was, meint ihr, könnte das hier sein?«

Henry blickte genauer hin. »Daran erinnere ich mich. Ich hielt es für eine fehlerhafte Stelle im Pergament, aber jetzt könnte ich mir vorstellen, dass es doch irgendein Symbol ist.«

»Adela meint, es sei vielleicht ein Wasserfall«, sagte Rob.

»Es befindet sich auf deiner Hälfte«, stellte Henry fest.

»Ich habe das Original auch mitgebracht«, sagte Rob, zog sich die Rolle aus dem Stiefel, legte sie flach neben Henrys Kopie auf den Tisch und sah zu, wie die anderen sich darüber beugten und die beiden Karten eingehend miteinander verglichen.

Plötzlich verspürte Rob ein eigenartiges Prickeln, doch er sagte nichts, sondern beschloss, erst einmal in Ruhe über die neue Möglichkeit, die ihm in den Sinn gekommen war, nachzudenken.

Doch da sagte Michael schon leise: »Was ist denn, Rob? Du hast doch etwas gesehen.«

Rob stieg die Hitze in die Wangen, als er bemerkte, dass beide Männer ihn erwartungsvoll ansahen. Henry wirkte leicht belustigt.

»Ich bin nicht sicher«, erwiderte er, »aber dreh meine Hälfte des Originals doch einmal so, dass sie längs zwischen uns liegt, Michael, mit der Schnittkante nach links.«

»Was hast du denn entdeckt?«, wollte Henry wissen, während er die Karte mit zusammengezogenen Brauen beäugte.

Rob erklärte: »Weil sich das Zeichen für Norden auf deiner

Hälfte befindet, Henry, sind wir davon ausgegangen, dass du die obere Hälfte hast und ich die untere.«

»Ja, das ist doch offensichtlich.«

»Und was ist, wenn das Symbol für Norden gar nichts zu bedeuten hat, sondern das Schwert selbst angibt, wo Norden ist?«

Die beiden anderen starrten ihn eine ganze Weile an, bevor sie ihren Blick wieder auf die Karte richteten. Michael sah es zuerst. »Wenn es so wäre, dann verliefe die Schnittkante entlang des Flusses Esk und nicht an der Burg, wie wir dachten. Gibt es am Ostufer des Flusses noch weitere Höhlen?«

»Schon möglich«, antwortete Rob. »Aber denkt an Adelas Wasserfall ... Hier, seht mal«, – er deutete mit dem Finger – »die einzige Linie, die dorthin führt, beginnt in meiner Hälfte der Karte und geht nur bis zu den drei gewellten Linien. Dort knickt sie nach rechts ab – nach Norden. Ich glaube nicht, dass die Schnittkante mit dem Fluss übereinstimmt. Der Fluss ist vielmehr diese Linie hier, von der wir zuerst dachten, dass sie zu dem Schwert führt. Seht ihr, wie sie hier, genau südlich der Burg, einen Bogen macht?«

»Bei allen Heiligen, ich glaube, du hast recht«, sagte Henry. »Und mir scheint, ich weiß auch, wo die Stelle ist. Es ist nicht direkt ein Wasserfall, sondern meistens nicht mehr als ein Rinnsal, aber es hat den Fels so weit ausgewaschen, dass ein breiter Spalt entstanden ist.«

»Den Ort kenne ich, aber einen Wasserfall habe ich dort noch nie bemerkt«, sagte Rob.

»Im Frühling während der Schneeschmelze kannst du ihn sehen«, antwortete Henry. »Aber komm jetzt mit, ich zeige dir die Stelle.«

»Begleitest du uns, Michael?« fragte Rob.

»Nein, ich muss hier noch einiges erledigen, und außerdem habe ich meinem Mädchen versprochen, etwas Zeit mit ihr zu verbringen. Aber ich kenne den Ort, und ich kann mir nicht vorstellen, dass es derjenige ist, den du suchst, Rob.«

»Das werden wir erst wissen, wenn wir ihn gesehen haben«, erwiderte Henry.

Robs Herz pochte aufgeregt. Trotz Michaels Skepsis war er davon überzeugt, dass Henry recht hatte. Endlich schien sich alles zusammenzufügen.

Den ganzen Morgen über war Adela mit Hausarbeiten beschäftigt. Archie Tayt hatte zwei junge Frauen gefunden, die Adela zur Hand gehen sollten, und Rob hatte ihr erlaubt, so viele von den Dienern und Gefolgsleuten einzuspannen wie nötig. Mit ihrer und Archies Unterstützung kam sie rasch voran.

Während der vergangenen zwei Tage, als Rob und Henry die Höhlen unter der Burg erkundet hatten, hatten sie und ihre Helfer in den oberen Stockwerken sauber gemacht und die alten Binsen aus der Halle gekehrt. Jetzt ließ sie neue ausstreuen, die auf den Heuböden der umliegenden Bauernhöfe und Katen getrocknet worden waren. Die beiden Dienstmädchen mischten Rosmarin und andere Kräuter darunter, bevor zwei Diener die Binsen sorgfältig über den ganzen Fußboden verteilten.

»Schichte sie nicht zu hoch auf«, wies Adela einen der Burschen an. »Sonst fällt das ganze Stroh über die Türschwelle ins Treppenhaus.«

»Jawohl, Mistress«, sagte der Diener, doch im gleichen Augenblick trat Archie eilig in die Halle. Sein sympathisches Gesicht spiegelte Besorgnis.

»Mistress, da kommen eine Menge Reiter, mindestens hundert.«

»Hundert Männer? Aus welcher Richtung?«

»Von Norden. Sie reiten schnell und werden gleich da sein.«

»Aber wer könnte das sein?« Im gleichen Augenblick wusste sie, dass es sich nur um den Earl of Fife handeln konnte. Abgesehen von den Sinclairs, dem Earl of Douglas oder – was sehr unwahrscheinlich war – dem König selbst besaßen nur wenige Adelige ein so großes Gefolge.

»Sag den Männern, sie sollen die Tore verriegeln, Archie«, sagte Adela rasch, als ihr Robs Anweisungen wieder einfielen. »Falls die Reiter hier haltmachen, lass ihnen ausrichten, dass Sir Robert nach Roslin geritten ist und sie ihn dort finden.«

Mit den Worten: »Ja, Mylady, ich werde es ihnen sagen«, machte er auf dem Absatz kehrt und eilte davon.

Als Adela bemerkte, dass ihre Helfer die Arbeit ruhen ließen und sie besorgt anblickten, sagte sie: »Los, alle wieder an die Arbeit. Ich möchte heute mit dem Großreinemachen fertig werden und alles hier auf Hochglanz bringen. Sir Hugo und seine Lady sollen Augen machen, wenn sie wiederkommen.«

Drei von den Dienstboten machten sich wieder an die Arbeit, doch der vierte zögerte und blickte sie noch beunruhigter an.

»Was hast du denn?«, fragte Adela.

»Was ist, wenn sie hereinkommen?«, fragte er.

Sie reckte das Kinn. »Dann werden wir sie höflich begrüßen und sie in Fürst Henrys Namen willkommen heißen. Schließlich sind wir keine Barbaren – wer immer *sie* auch sein mögen.«

Er nickte und nahm seine Arbeit wieder auf.

Adela war froh, dass ihre Worte ihn beruhigt hatten, auch wenn sie selbst alles andere als zuversichtlich war. Rob konnte ja leicht sagen, er würde es rechtzeitig erfahren, falls Fife auf dem Weg wäre, und dann sogleich zurückkommen. Doch angesichts der Tatsache, dass er und Henry jetzt womöglich in irgendwelchen Höhlen und Gängen herumspazierten, war ihr das kein großer Trost.

Sie sagte sich selbst, dass kein Grund zur Sorge bestand, denn schließlich hatten die Männer die Tore verbarrikadiert, und Fife würde einfach nach Roslin weiterreiten, wo sich die Sinclairs um ihn kümmern konnten. Dennoch setzte ihr die Ungewissheit zu. Das Warten wäre leichter zu ertragen gewesen, wenn sie sich selbst davon hätte überzeugen können, was außerhalb der Burgmauer vor sich ging.

Sie musste an Robs Worte denken, dass man sich stets in

seiner Umgebung auskennen sollte, und wünschte, sie hätte sich mehr Zeit genommen, die Befestigungsanlagen zu inspizieren. Bestimmt gab es irgendwo einen Aussichtspunkt, von dem aus man das Haupttor überblicken konnte.

Bei diesem Gedanken raffte sie ihre Röcke und eilte ins Treppenhaus, doch gerade als sie dort ankam, schwang die Tür auf dem darunter gelegenen Treppenabsatz auf, und jemand kam die Treppe heraufgerannt. Sie blieb stehen und wartete.

»Mylady!«, keuchte der Junge, »Archie Tayt lässt Euch sagen, es ist Lord Fife, aber der Teufelskerl reitet nicht nur unter seinem eigenen Banner, sondern auch unter dem des Königs, Mistress.«

»Mir ist es egal, was für ein Banner sie dabeihaben«, erwiderte sie schnippisch. »Lasst sie nicht herein.«

»Ja, sicher, aber Archie sagt, das ist jetzt schon etwas anderes. Sich einem königlichen Befehl zu widersetzen ist Hochverrat, sagt er.«

»Aber bestimmt ist der König nicht den ganzen Weg von Edinburgh hierher geritten«, erwiderte Adela. »Und solange er nicht dabei ist, kann es kein königlicher Befehl sein.«

»Meint Ihr, das soll Archie zum Earl of Fife sagen, Mylady? Archie sagt, der Earl hält sich für den König, und er würde ohne Weiteres Anklage gegen Fürst Henry und seine Befehlshaber und alle ihre Gefolgsleute erheben. Archie sagt …«

»Bestell ihnen, sie sollen den Earl hereinlassen, wenn er darauf besteht«, unterbrach ihn Adela, die nicht mehr hören wollte, was Archie sonst noch gesagt hatte.

Sie hatten Fife unterschätzt, doch daran ließ sich jetzt nichts mehr ändern.

Hawthorndens Tore mochten stark genug sein, um allen Angriffen standzuhalten, doch einer Anklage wegen Hochverrats wollte sie Henry oder Rob auf keinen Fall aussetzen. Selbst wenn Fife sich nicht an Henry herantraute, würde er Rob doch nur zu gern hängen lassen.

»Wir müssen sie ja nicht alle hereinlassen«, fügte sie hinzu.

»Sag Archie Tayt, wenn der Earl sich unbedingt davon überzeugen will, dass Sir Robert nicht daheim ist, dann soll er es tun, doch da die Lady allein zu Hause ist, würde sie es vorziehen, wenn die meisten seiner Männer draußen blieben.«

Der Junge blickte sie mit großen Augen an. »Meine Güte, Mistress, wollt Ihr etwa ...«

Sie wies auf die Treppe. »Geh«, sagte sie, »und beeil dich!«

Während der Junge loslief, vernahm sie die vertrauten Geräusche eines eintreffenden Reitertrupps – Hufschlag, Männerstimmen und das Knarren und Rasseln des Zaumzeugs – und erkannte, dass es zu spät war, Fife noch Einhalt zu gebieten. Einhundert Reiter passten nicht in den Burghof, doch sie konnten das Tor blockieren, damit es sich nicht mehr schließen ließ.

Als ihr Robs Rat wieder einfiel, jedem gefährlichen Zusammentreffen aus dem Weg zu gehen, hätte sie am liebsten auf dem Absatz kehrtgemacht und wäre davongelaufen. Doch ein Blick in die ängstlichen Gesichter ihrer vier Helfer belehrte sie eines Besseren.

»Ihr verlasst sofort die Halle«, befahl sie. »Wenn ihr einen Weg kennt, auf dem ihr euch an den Reitern vorbei aus der Burg stehlen könnt, dann tut es.«

Als sich keiner rührte, wurde Adela klar, dass die Leute vermutlich nichts von dem Ausfalltor wussten oder zu viel Angst hatten, es zu benutzen.

»Dann geht einfach nach oben«, fügte sie hinzu. »Wenn Seine Lordschaft kommt, rede ich mit ihm.«

»Das solltet Ihr nicht tun, Mylady«, meldete sich der Bursche zu Wort, mit dem sie zuvor gesprochen hatte. »Man sagt, der Earl wäre ein ganz übler Mensch.«

»Widersprecht mir nicht, sondern geht jetzt!«

Sie suchte fieberhaft nach einem Ausweg, doch ihr fiel keiner ein.

Schon klangen Stiefeltritte auf der Treppe. Adela straffte die Schultern, atmete tief durch, um sich zu beruhigen, und machte sich bereit, die Ankömmlinge zu empfangen, wie es sich für eine Gastgeberin gehörte.

Der erste, der auf der Treppe erschien, war Fife höchstpersönlich. Seine Hand lag auf dem Griff seines Schwertes, das er schon halb aus der Scheide gezogen hatte.

»Du meine Güte, Mylord, hier braucht Ihr doch keine Waffen«, sagte sie und machte einen Knicks. »Haben unsere Leute Euch nicht mitgeteilt, dass Lestalric heute auf Roslin ist?«

Er ließ den Blick durch die Halle schweifen, bevor er Adela mit zusammengekniffenen Augen ansah. Ohne jede Begrüßung sagte er in lauerndem Ton: »So, dann seid Ihr allein hier, Mädchen?«

Als ihr plötzlich vor Angst ganz übel wurde, erkannte sie, dass ihre Entführung sie eines gelehrt hatte, nämlich das Böse zu erkennen, wenn sie es vor sich sah. Ihr war, als sehe sie nicht Fife, sondern dem Teufel persönlich ins Angesicht.

»Lady Adela?«

Mit Mühe löste sie ihren Blick vom Earl und sah, dass er nicht allein gekommen war.

Mit seinem gewohnt charmanten Lächeln und ohne die geringste Spur einer Verletzung trat der Chevalier de Gredin über die Schwelle.

# 18

Rob stand neben Henry und blickte skeptisch an der steilen Felswand empor. Vor ihnen lag eine zugewucherte, enge, eine Viertelmeile lange Felsspalte an der Westseite der Schlucht, die sich der Fluss North Esk gegraben hatte. Vom oberen Rand der Felswand ergoss sich ein Rinnsal, das Henry für den Wasserfall hielt, den Adela auf der Karte erkannt zu haben glaubte.

»Aber wir haben doch noch Frühling, Henry«, gab Rob zu bedenken. »Wenn dieses dünne Rinnsal alles ist, dann verstehe ich nicht, wie ...«

»Täusch dich nicht«, erwiderte Henry. »Ich habe schon gesehen, wie das Wasser hier schäumend und spritzend hinabstürzte. Und, was noch wichtiger ist, das Rinnsal versiegt nie. Sieh dir mal die großen Felsplatten dort drüben an. Wenn ich den Eingang zu einer Höhle verstecken müsste ...«

Rob sah, was er meinte. Drei Felsen, alle größer als er und Henry, standen dort aufrecht und wirkten, als könnten sie jeden Augenblick umkippen. Doch bei näherer Betrachtung erwiesen sie sich als solide und stabil. Die beiden Männer konnten die Schaufeln und das übrige Werkzeug, das sie mitgebracht hatten, gut gebrauchen.

Ihre Pferde hatten sie auf dem schmalen Anglerpfad am Westufer des Flusses zurückgelassen und waren zu Fuß dem kaum erkennbaren kleinen Wasserlauf in das unwegsame Seitental gefolgt. Rob war sicher, dass er tagelang hätte suchen müssen, wenn Henry die Lage der Höhle nicht gekannt hätte. Auf den ersten Blick wirkte der Wald am Eingang zu dem engen Tal undurchdringlich, da die Baumkronen ein regelrechtes Dach bildeten, und der Boden dicht mit Buschwerk bewachsen war. Nichts ließ erkennen, wie groß die Felsspalte in

Wirklichkeit war. An der Westseite fiel die Felswand nicht ganz so schroff ab wie an der östlichen Seite; sie war jedoch noch immer eindrucksvoll genug.

Als Henry sah, wie Rob die drei Felsplatten mit skeptischem Blick betrachtete, musste er lachen. »Hast du Angst, sie könnten bei der ersten Berührung umfallen? Falls dein Großvater hier wirklich etwas versteckt und sich mit seinen Freunden auf die Lauer gelegt hat, um die nichts ahnenden Engländer zu überfallen, dann muss das schon mehr als vierzig Jahre her sein. Wenn die Felsen so wackelig wären, dann wären sie seitdem bestimmt schon umgefallen und man könnte das Versteck auf den ersten Blick erkennen.«

»Ja«, erwiderte Rob geistesabwesend, ohne den Blick von den Felsen zu wenden.

»Ich habe dich bisher nicht gefragt, was hier versteckt sein soll, weil ich weiß, wie du zu Geheimnissen stehst«, fuhr Henry fort. »Aber wenn wir die Öffnung tatsächlich finden, musst du mich entweder wegschicken oder mir jetzt alles verraten.«

Damit hatte er wohl recht, und Rob war auf die Frage gefasst gewesen. Doch da er selbst kaum glauben konnte, dass sich sein Verdacht bestätigen könnte, erzählte er Henry nicht mehr als zuvor Adela über die Auseinandersetzung damals auf Lestalric. Henry zog jedoch genauso rasch seine Schlussfolgerungen daraus wie Adela.

»Mann, du glaubst doch wohl nicht, dass hier seit der Invasion der Engländer der Krönungsstein liegt!«

»Nein, aber ich könnte mir vorstellen, dass er später hierher gebracht wurde«, erwiderte Rob. »Das könnte während der Invasion von 1335 geschehen sein, als abzusehen war, dass Edwards Enkel versuchen würde, Schottland noch einmal zu erobern und den echten Stein zu finden.«

»Du meinst also, Edward I. wusste, dass er den falschen Stein hatte?«

»Ja«, antwortete Rob. »Warum hätte er sonst umkehren und die Abtei Scone zerstören sollen? Wahrscheinlich waren die

Schotten auf weitere Verwüstungen gefasst, als Edward III. kam.«

»Wäre es denn nicht dumm gewesen, ihm den Stein direkt in den Weg zu legen?«

»Das war hier in der Schlucht wohl kaum der Fall«, widersprach Rob. »Die Straße, die von der Grenze nach Edinburgh führt, verläuft mehrere Meilen östlich von hier durch Selkirk.«

»Aber es wäre unvernünftig gewesen, den Stein südlich vom Firth aufzubewahren.«

»Wie sollen wir das beurteilen, ohne dass wir die genauen Umstände kennen?«

Während ihres Streitgesprächs nahm Rob die Kanten der drei Felsplatten genauer in Augenschein. Er wischte den Schmutz von der mittleren, die anscheinend den beiden anderen als Stütze diente. In allen Rissen und Spalten hatte sich Erde angesammelt, aus der Pflanzen sprossen.

»Ich gehe die Schaufeln holen«, sagte Rob schließlich.

»Ich komme mit, dann können wir auch gleich die Fackeln und Seile mitbringen«, erwiderte Henry. »Vielleicht brauchen wir sie ja, und außerdem möchte ich nicht, dass irgendein neugieriger Angler sich Gedanken darüber macht, warum unsere Pferde mit Schaufeln und Fackeln beladen sind, auch wenn wir sie so gut wie möglich mit der Stoffplane zugedeckt haben.«

Rob stimmte ihm zu, dass es gut wäre, die Ausrüstung so rasch wie möglich zu verstecken. Schweigend folgte er Henry an dem schmalen, nahezu ausgetrockneten Wasserlauf entlang, der sie hergeführt hatte. Beide Männer trugen Dolche bei sich und hatte ihre Schwerter an Gurten über den Rücken geschnallt.

Eine Viertelstunde später waren sie wieder zurück, und bald darauf verkündete Rob: »Sieh mal, Henry. Mir scheint, hier an der Seite ist eine Art Griff.«

Adela versuchte, sich nicht anmerken zu lassen, wie sehr sie der durchdringende Blick des Earl of Fife beunruhigte. Erstaunt sagte sie zu de Gredin: »Hat man uns nicht berichtet, Ihr wäret schwer verletzt, Sir?«

»Ich dachte wahrhaftig selbst, mein letztes Stündchen hätte geschlagen, Mylady«, erwiderte der Chevalier.

»Glücklicherweise hat er sich rasch erholt. Wo ist Lestalric?«, fügte Fife hinzu.

»Die Wachen am Tor haben Euch doch bestimmt gesagt, dass er sich auf Roslin aufhält, Mylord.«

»Ja, gewiss, aber Ihr werdet doch beide die Neuigkeiten aus Edinburgh gehört haben. Dann wird ihm auch klar sein, dass er sich für sein Verbrechen verantworten muss.«

»Was für ein Verbrechen?«

»Mein Gott, Weib, Ihr müsst doch wissen, dass er es war, der de Gredin angegriffen hat. Zweifellos aus Eifersucht, weil Ihr derart schamlos mit dem Chevalier geflirtet habt. Ich fürchte, Ihr werdet feststellen, dass Frauen von Eurer Sorte auf der Königsburg nicht willkommen sind.«

»Frauen von meiner Sorte?«

Da sie selbst bemerkte, wie kalt ihre Stimme klang, ermahnte sie sich zur Vorsicht. Sie hatte sich ihren neuen Dolch ums Bein gebunden, doch gegen Fife war ihr das keine Hilfe. Also fuhr sie mit erzwungener Ruhe fort: »Ich weiß nicht, was Ihr damit sagen wollt, Sir.«

Er grinste höhnisch. »Ach nein? Und wieso lebt Ihr dann hier mit Lestalric zusammen? Oder irre ich mich und eine weitere Dame – vielleicht eine ältere Verwandte von Euch – hält sich ebenfalls hier auf?«

Trotz ihrer Angst konnte sie noch klar denken. Ihr erster Impuls war es, ihm zu erzählen, dass sie und Rob verheiratet waren, doch dann überlegte sie, dass es, besonders in Gegenwart von de Gredin, vielleicht klüger wäre, die Unschuldige zu spielen und überrascht zu tun. Falls der Chevalier wirklich Gefühle für sie hegte, konnte er sich als nützlich erweisen, solange er nicht wusste, dass seine Hoffnung vergebens war.

Also blickte sie Fife nur mit großen Augen an und sagte:

»Hier ist keine andere Frau, bis auf zwei Dienstmägde, Mylord. Glaubt Ihr denn, ich brauche in *Eurer* Gegenwart eine Anstandsdame?«

Als sie hörte, wie de Gredin ein Kichern unterdrückte, hoffte sie nur, er würde Fife damit nicht reizen. Denn der hatte bestimmt keinerlei Sinn für Humor.

»Werdet nicht unverschämt, Mädchen«, erwiderte er. »Wann erwartet Ihr Lestalric zurück?«

»Ihn zu erwarten, steht mir nicht zu, Sir. Er kommt, wann es ihm gefällt, und nicht eher. Das kann jeden Augenblick geschehen, aber wenn Ihr es eilig habt, solltet ihr ihm nach Roslin entgegenreiten.«

»Wir werden ihn schon früh genug treffen«, entgegnete Fife. »Doch jetzt muss ich Euch bitten, uns in die Stadt zu begleiten.«

Ihr lief ein kalter Schauer über den Rücken; dennoch gelang es ihr, den ahnungslosen Blick beizubehalten und weiter die Dumme zu spielen. »Ich … ich verstehe nicht, Sir. Warum soll ich mit Euch kommen? Wie könnt Ihr so etwas von mir verlangen?«

»Habt Ihr schon wieder vergessen, dass Anklage gegen Euch erhoben wurde, Mädchen? Das ist nicht klug, zumal Euer teurer Lestalric Euch deswegen sogar heiraten wollte. Als ob eine Heirat Euch retten könnte«, fügte er hämisch hinzu. »Er war bestimmt enttäuscht, als er feststellte, dass er sich gar nicht zu opfern braucht, um in den Genuss Eurer unbestreitbaren Reize zu kommen.«

»Ich verstehe nicht, was Ihr meint«, erwiderte Adela, obgleich sie sehr wohl verstand und ihr vor Wut über diese Beleidigung heiß wurde. Doch während der Jahre, in denen sie ihrem Vater den Haushalt führte, und noch mehr während ihrer Entführung hatte sie gelernt, ihre Gefühle zu verbergen. Doch ihr war klar, dass sie ihre Heirat nicht länger verschweigen durfte.

»Was versteht Ihr nicht?«, fragte er, noch immer grinsend.

Mit gemessener Höflichkeit erwiderte sie: »Ich verstehe nicht, wie Ihr darauf kommt, dass Sir Robert und ich nicht verheiratet wären.«

Zum ersten Mal seit seiner Ankunft zögerte Fife. Dann sagte er mit zusammengekniffenen Augen: »Versucht nicht, mich in die Irre zu führen, Mädchen. Lestalric würde nie so dumm sein und eine Frau heiraten, die wegen Mordes angeklagt ist.«

Sie hätte am liebsten vor Wut geschrien, beherrschte sich jedoch mit eisernem Willen und entgegnete: »Ihr müsst mich wirklich verwechseln, Sir. Ich habe niemanden ermordet.«

»Wollt Ihr vielleicht abstreiten, dass Lord Ardelve vergiftet wurde?«

»Das weiß ich nicht«, erwiderte sie aufrichtig. »Er brach neben Gräfin Isabella zusammen, nachdem er einen Schluck Wein getrunken hatte. Wir beide hatten die ganze Zeit über einen ungehinderten Blick auf die Festgesellschaft, und ich habe ihm den Wein auch nicht eingeschenkt. Ein Page hat uns bedient.«

»Und was geschah, als ihr beide zusammen in der Kemenate wart?«

»Um Himmels willen, Mylord!«, rief sie, ohne ihren Ärger noch länger zu verbergen. »Habt Ihr mir etwa an meinem Hochzeitstag nachspionieren lassen?«

»Werdet nicht frech. Ich habe Euch nicht ausspioniert, sondern von anderen Gästen gehört, dass Ihr beide Euch eine Weile allein in der Kemenate aufgehalten habt. Sie haben mir auch berichtet, dass Ihr beim Herauskommen nicht wie eine glückliche Braut ausgesehen hättet. Da Ardelve ebenfalls sehr ernst wirkte, müssen die Gerüchte über die unschönen Vorfälle während Eurer Entführung wohl doch wahr sein.«

»Ich fürchte, Eure Informanten haben Euch nur böswilliges Geschwätz zugetragen.«

»Wie auch immer, Ihr kommt jetzt jedenfalls mit uns zum Verhör. Lestalric kann ja nachkommen und sich dem Urteil des Königs stellen.«

»Aber wenn Ihr mir nicht glaubt, dass Lestalric und ich verheiratet sind, wie kommt Ihr dann darauf, dass er mir folgen wird?«

»Mir ist es einerlei, ob er kommt oder nicht. Ich kann dafür sorgen, dass er gehängt wird und seinen angeblichen Anspruch auf Erbe und Titel der Lestalrics verliert, auch ohne zu beweisen, dass er Euer Komplize bei der Ermordung Ardelves war und versucht hat, de Gredin umzubringen. Ich habe die Absicht, Euch zu diversen Angelegenheiten gründlich zu befragen, von denen die Sache mit Ardelve noch die geringste ist. Daher stelle ich Euch ab sofort im Namen des Königs unter Arrest.«

Sie fröstelte bei dem Gedanken, wie der Earl sich wohl eine gründliche Befragung vorstellte. Doch der unter ihren Röcken verborgene Dolch und mehr noch die Tatsache, dass sie nicht wie sonst in Panik ausbrach, gaben ihr Sicherheit. Also straffte sie die Schultern und sagte: »Wenn Ihr wirklich im Namen des Königs handelt, Sir, werde ich selbstverständlich gehorchen. Doch bevor wir gehen, darf ich gewiss noch meinen Umhang holen und zum … zum …«

Sie zögerte, froh darüber, dass sie spürte, wie ihre Wangen sich röteten.

Fife runzelte die Stirn, worauf de Gredin mit einem Anflug von Ungeduld sagte: *»Mon Dieu,* Mylord, wenn Ihr möchtet, dass ich mit ihr gehe …«

Fife schüttelte den Kopf. »Vor dem Tor warten hundert Mann. Ihr habt also keine Chance zu entkommen, Mädchen. Und lasst mich besser nicht warten.«

»Vielen Dank, Mylord. Ich weiß Eure Ritterlichkeit zu schätzen«, erwiderte sie mit dem gleichen naiven Augenaufschlag wie zuvor.

Er nickte nur hoheitsvoll und trat beiseite, damit sie zur Treppe gehen konnte.

Kaum war Adela um die Ecke gebogen, raffte sie eilends ihre Röcke und rannte leichtfüßig zum nächsten Stockwerk hinauf und den Gang entlang zu der schmalen Dienstbotentreppe in der Nordwestecke des Turmes. Von dort aus lief sie wieder bis ganz hinunter zum Ausfalltor.

Sie schob den Riegel hoch und zog das Tor auf. Trotz eines leichten Schwindelgefühls beim Blick in die Tiefe hievte sie mit einiger Mühe die schwere Seilrolle von ihrem Haken an der Wand, schob sie über den Boden zur Tür hinaus und über den Rand der Klippe. Dabei lauschte sie ständig auf Geräusche aus dem Treppenhaus.

Sie richtete sich wieder auf, hielt sich am Türrahmen fest und blickte hinunter. Das Seil reichte bis ganz nach unten in den Fluss, dessen starke Strömung am Seilende riss. Wenn sie jetzt den Halt verlor und hinunterstürzte, würde sie vom Wasser mitgerissen werden. Bei der Vorstellung wurde ihr erneut so schwindelig, dass sie den Türrahmen noch fester umklammerte. Sie schloss die Augen, holte tief Luft und trat einen Schritt zurück, um ihr Gleichgewicht wiederzufinden.

Ohne einen weiteren Blick hinunterzuwerfen, griff sie mit einer Hand nach dem Seil. Dabei malte sie sich aus, wie sie bis zum Fluss hinunterklettern oder besser gesagt – rutschen würde. Bestimmt war das Wasser noch fast so eisig wie im Winter.

Selbst wenn ihr wider Erwarten der Abstieg gelang, würde sie wie ein Fisch an der Angel zappeln, und sobald Fife sie entdeckt hatte, brauchte er sie nur herauszufischen. Die Vorstellung, das Seil loszulassen und zu versuchen, sich in dem reißenden Fluss ans Ufer zu kämpfen, erfüllte sie mit Entsetzen, obwohl sie durchaus schwimmen konnte.

Das Seil war rau und schwer zu umfassen, und außerdem war sie noch nie bekleidet geschwommen. Bestimmt würde sie nie und nimmer das Ufer erreichen, sondern jämmerlich ertrinken. Aber wahrscheinlich musste sie es trotzdem versuchen.

Auch wenn Henry nicht recht glaubte, dass Rob wirklich so etwas wie einen Griff gefunden hatte, half er ihm, die drei hohen Felsplatten von Erde und Pflanzen zu befreien. Danach stieß Rob die Schaufel vor der mittleren Platte ins Erdreich, um zu sehen, wie weit der Stein hinunterreichte. Doch bereits nach kurzem Graben entdeckte er etwas Überraschendes. Mit hochgezogenen Augenbrauen blickte er Henry an.

»Donnerwetter, das sieht ja aus wie Mauerwerk!«, rief dieser aus, als er sich, die Hände auf die Knie gestützt, hinunterbeugte und den Sockel der Platte in Augenschein nahm.

Rob nickte. »Ich glaube, wir haben gefunden, wonach wir suchten.«

»Bevor wir uns zu früh freuen, wollen wir erst einmal sehen, ob sich das Ding bewegen lässt.«

»Ich habe Adela versprochen, sie auf jeden Fall zu holen, wenn wir einen Höhleneingang in der Nähe des Wasserfalls finden sollten.«

»Lass uns erst sichergehen, dass das wirklich der Eingang ist«, erwiderte Henry. »Vergiss nicht, dass mich mein Schiff morgen abholen kommt, und ich will verdammt sein, wenn ich losfahre, bevor ich weiß, was das hier ist. Also versuchen wir mal, ob wir den Felsen wegrücken können, bevor wir das Mädchen holen gehen.«

»Ja, gut«, sagte Rob. »Leider müssen wir wegen des hohen Wasserstands des Hauptarmes und der starken Strömung bis zur Brücke zurückgehen. Wenn die Pferde den Fluss durchwaten könnten, wären wir im Nu an der Burg.«

Henry nahm die Schaufel zur Hand, und die beiden Männer entfernten die restliche Erde am Fuße des Felsens. Dann untersuchten sie noch einmal eingehend den Griff, den Rob an der Seite entdeckt hatte.

Als Rob mit beiden Händen kräftig daran zog, begann seine Schulter von Neuem zu schmerzen.

»Vielleicht gibt es einen verborgenen Riegel wie in der Höhle«, sagte Henry, während Rob bereits mit den Fingerspitzen den Rand der Felsplatte abtastete. An einer Seite war die Unterkante noch immer von etwas Erdreich verdeckt. Rob schob es mit der Hand weg und sagte »Ich kann einen Steinkeil fühlen, ähnlich dem hölzernen auf Lestalric.«

Er zog seinen Dolch und kratzte damit die letzten Erdreste von der Felsplatte, bis er auf den Keil stieß und ihn herausziehen konnte.

Dann richtete er sich auf, packte die Platte mit beiden Händen und zog.

Henry stellte sich neben ihn und half. »Sie bewegt sich!«

»Warte, da kommt jemand!«, unterbrach ihn Rob.

Hastig richteten sie die Felsplatte wieder auf und schoben mit dem Fuß Erde daran, bis sie Michaels Stimme hörten. Er rief Robs Namen.

»Hier sind wir!«, rief Rob zurück, um das Rauschen des Flusses zu übertönen. »Ist was nicht in Ordnung?«, setzte er besorgt hinzu, als Michael in Sicht kam.

»Fife«, antwortete Michael knapp. »Meine Männer haben mir gesagt, er müsste mittlerweile auf Hawthornden eingetroffen sein, zusammen mit einem Gefolge von mindestens hundert Mann.«

»Ich habe meinen Leuten gesagt, sie sollen ihn nach Roslin weiterschicken, wenn er kommt«, sagte Rob.

»Wenn er dorthin geritten wäre, müsste er schon längst da sein. Aber wir sind ihm nirgends begegnet. Henry, deine Leute in Edinburgh haben seinen Aufbruch anscheinend nicht bemerkt, aber zwei von meinen Männern entdeckten ihn eine Meile östlich des Dorfes Polton, er war offensichtlich auf dem Weg nach Hawthornden. Daraufhin haben sie mir sofort Bescheid gesagt.«

»Verdammt, meine Männer hätten uns gleich benachrichtigen sollen, sobald er Edinburgh verließ«, erwiderte Henry ärgerlich.

»Mach ihnen keinen Vorwurf, vielleicht ist er ja zuerst woandershin geritten«, sagte Michael. »Dieser Fife ist ganz schön gerissen, der hätte bestimmt gleich gemerkt, wenn deine Männer ihm gefolgt wären.«

Henry blickte noch immer wütend drein, doch Rob drängte bereits zum Aufbruch: »Wir müssen los. Adela ist auf Hawthornden, und falls Fife dorthin geritten ist, ist sie in großer Gefahr.«

»Ja«, stimmte ihm Michael zu, während die drei Männer ihr Werkzeug zusammensuchten und zu den Pferden liefen. »Ich habe meinen Leuten auf Roslin gesagt, sie sollen sich bereithalten.«

»Wie viele sind es?«, erkundigte sich Henry knapp.

»Fast achtzig auf der Burg«, antwortete Michael. »Aber ich habe Männer ausgeschickt, um Verstärkung zu holen. Sie sollen unterwegs zu uns stoßen oder so schnell wie möglich nachkommen.«

Plötzlich fiel Rob etwas ein. »Wir haben Adela das Ausfalltor gezeigt.«

»Ein Mädchen käme doch nie auf die Idee, auf diesem Weg zu fliehen«, beruhigte ihn Henry. »Außerdem könnte sie Fife gar nicht entkommen, wenn er erst einmal in der Burg ist.«

»Einer Macleod ist alles zuzutrauen«, entgegnete Michael in wissendem Ton.

Rob nickte. »Vielleicht versucht Adela es wirklich. Aber ich bezweifle, dass sie sich an dem Seil festhalten kann. Es ist so dick und rau, dass sie es mit ihren kleinen, zarten Händen gar nicht richtig packen kann. Außerdem weiß ich nicht, ob sie schwimmen kann. Aber wenn ja, dann ...«

»Genau«, erwiderte Michael. »Vielleicht erscheint ihr das ja als einziger Ausweg.«

»Henry, du kommst mit mir«, sagte Rob, als sie die Pferde erreicht hatten. »Und du, Michael, holst deine Männer und kommst mit ihnen so rasch wie möglich nach Hawthornden. Versucht, so zu tun, als wäret ihr sehr viele, damit Fife einen Schreck bekommt, falls er noch immer in der Burg ist und Adela in seiner Gewalt hat.«

»Was habt ihr vor?«

»Wir sehen nach, ob mein Mädchen in den Fluss gefallen

ist«, antwortete Rob und spürte, wie sich ihm der Magen bei diesen Worten zusammenkrampfte. »Sollten wir am Ausfalltor keine Spur von ihr finden, klettern wir, wenn es geht, ganz nach oben auf die Klippe. Nimm die Seile mit«, sagte er zu Henry, der gerade Schaufeln, Fackeln und die Leinwandplane unter einem Busch versteckte. »Vielleicht brauchen wir sie noch.«

Sie waren noch nicht weit geritten, als Henry sagte: »Wie zum Teufel sollen wir rechtzeitig über den Fluss und bis nach oben auf die Klippe kommen?«

»Ach, Henry, das weiß ich auch nicht. Aber wenn Adela sich wirklich abgeseilt hat, dann wird sie sich in dieser reißenden Strömung nicht lange festhalten können. Und am Ostufer des Flusses kann sie wegen der steilen Felswände nicht an Land gehen. Wir können nur hoffen, dass die Strömung sie geradewegs ans Westufer treibt. Selbst dann wird sie bis auf die Haut durchnässt und halb erfroren sein. Also beeilen wir uns!«

Adela trat noch einmal an das offene Ausfalltor, in der Hoffnung, sie werde sich an den Anblick des tief unter ihr liegenden Flusses gewöhnen.

Doch bereits beim Hinunterschauen wurde ihr schwindelig. In diesem Augenblick hörte sie jemanden die Treppe hinunterrennen. Sich in Hast an dem dicken Seil hinunterzulassen, wäre ebenso glatter Selbstmord gewesen, als wenn sie gesprungen wäre. Daher ließ sie das Tor offen und rannte durch den dunklen Korridor auf den verborgenen Eingang zu den darunter gelegenen Höhlen zu.

Die Vorstellung, allein in der Finsternis zu sein, war beängstigend, doch nicht so beängstigend wie eine erneute Konfrontation mit Fife.

Doch die Tür wollte einfach nicht aufgehen. Bei ihrem Rundgang durch die Burg hatte Rob vergessen, ihr den Öffnungsmechanismus zu erklären. Mit einem eher ungehaltenen als ängstlichen Seufzer kauerte sie sich im finstersten Winkel des Korridors zusammen und wartete.

Kurz darauf hörte sie de Gredins Stimme: »*Sacrebleu,* sie ist uns entwischt!«

Adela schloss die Augen und sandte ein Stoßgebet gen Himmel.

Fife erwiderte in abweisendem Ton: »Seid kein Dummkopf. Ein so zierliches Mädchen wie sie könnte nie und nimmer an diesem Seil hinunterklettern, und schon gar nicht in diesen Kleidern. Jedenfalls solltet Ihr hoffen, dass sie es nicht getan hat, denn dann wäre sie bestimmt ertrunken, und Ihr müsstet Euren Herren Euer Versagen eingestehen. Ihr könnt Euch vorstellen, was sie sagen werden, wenn sie hören, dass Ihr das Mädchen, das Euer Vetter entführt und dem er wahrscheinlich seine Geheimnisse verraten hat, zwar gefunden, aber nichts aus ihr herausbekommen habt.«

Adela öffnete die Augen und lauschte gebannt. Sie wagte kaum zu atmen. Als sie den Dolch an ihrem Oberschenkel spürte, legte sie über dem Rock die Hand darauf und fragte sich, ob sie wohl den Mut hätte, die Waffe zu zücken und auch zu benutzen.

»Schließlich war nicht ich es, der die Geduld verloren hat, Mylord«, rechtfertigte sich de Gredin. »Wenn Ihr Euch nicht eingemischt und Lestalric derart gereizt hättet, dann …«

»Seid still«, knurrte Fife. »Das offene Tor verrät uns, dass das Mädchen hier war. Bevor ich meine Männer die ganze Burg durchsuchen lasse, wollen wir uns vergewissern, dass sie wirklich nicht mehr hier ist. Fasst das Tor nicht an«, fügte er gleich darauf hinzu. »Ich bin noch begieriger als Ihr zu erfahren, wo der Schatz ist, und dieses offene Tor dort wird das Mädchen dazu bringen, uns alles zu verraten.«

Adela, die sich denken konnte, was er damit meinte, wurde es übel vor Angst, und sie presste sich fest an die Wand, als wollte sie sich unsichtbar machen. Doch es hatte keinen Zweck. Sie hörte, wie die beiden Männer näher kamen, an der

Grube stehen blieben und gleich darauf Fifes ölige Stimme: »Ahaaa!«

Mit so viel Würde, wie sie nur aufbringen konnte, erhob sie sich und schüttelte ihre Röcke aus.

De Gredin, der hinter Fife stand, sagte: »Ah, *merci au bon Dieu.* Man musste ja befürchten, Ihr wäret ertrunken, *Madame.*«

»Wie Ihr seht, lebe ich noch«, entgegnete Adela und wandte sich dann an den Earl: »Ich nehme an, Ihr würdet mir nicht glauben, dass ich hier nach meinem Umhang gesucht habe.«

»Nein«, erwiderte er. »Zweifellos habt Ihr mitangehört, was mein indiskreter Freund soeben sagte. Versucht nicht, es zu leugnen. Vom Ausfalltor bis hierher sind es nur wenige Meter. Man muss sich doch fragen, wozu dieser Raum hier dient.«

Trotz ihrer Befürchtung, er könnte es erraten, zuckte Adela gleichmütig mit den Schultern und antwortete: »Da ich erst seit wenigen Tagen hier bin, weiß ich es nicht. Aber ich vermute, wenn die Burg bewohnt ist, werden hier Vorräte gelagert.«

»Und dennoch wusstet Ihr, wo sich das Ausfalltor befindet.«

»Ich wollte die Burg putzen lassen und habe vorher jeden Raum inspiziert, um zu sehen, wie viel Arbeit auf uns wartet«, erwiderte sie.

Als sie merkte, dass sie zu viel redete, verstummte sie.

»Kommt jetzt mit mir. Wir müssen uns unterhalten«, sagte Fife und trat zurück, um sie vorgehen zu lassen.

Als sie dicht an ihm vorüberging, packte er mit eisernem Griff ihren Arm.

Adela seufzte. »Fürchtet Ihr, ich könnte wieder weglaufen, Mylord?«

»Ihr hättet gehorchen sollen, als ich Euch befahl, mich nicht warten zu lassen. Aber bevor ich Euch hängen lasse, werdet Ihr mir noch ein paar Fragen beantworten und mir alles erzählen, nicht nur über Ardelve, sondern auch über die Zeit, die Ihr mit Eurem Entführer verbracht habt.«

»Ihr könnt mich fragen, was Ihr möchtet, Sir, aber ich kann Euch nichts erzählen. Waldron von Edgelaw war ein schlechter Mensch. Er hat sich mir nicht anvertraut.«

»Sie sagt vermutlich die Wahrheit, Mylord«, mischte sich de Gredin ein. »Wie ich Euch bereits erklärte, war Waldron nicht der Mann, der Geheimnisse ausplauderte, und schon gar nicht einer Frau gegenüber.«

»Trotzdem will sie uns einreden, er hätte sie nicht vergewaltigt«, entgegnete Fife.

»Er hielt nichts davon, Frauen zu vergewaltigen«, sagte Adela leise. »Gott hätte es ihm verboten, sagte er. Und da Waldron davon überzeugt war, der Herr würde ihm alles vergeben, solange er nur Seiner Sache diente, war er darauf bedacht, Ihn nicht zu erzürnen. Ich habe gehört, auch Ihr wäret ein frommer Mann, Mylord«, fügte sie in Erinnerung an die Worte des Abtes hinzu.

»Was hat Waldron Euch sonst noch erzählt? Hat er nicht gesagt, er wäre auf der Suche nach etwas, das vor langer Zeit der Heiligen Kirche und dem Papst geraubt wurde und das er ihnen wiederbringen wollte?«

Adela erwiderte unbeirrt seinen Blick. »Falls er so etwas suchte, dann hat er es jedenfalls nicht gefunden, solange ich bei ihm war. Und ich weiß auch nicht, wo es sich befinden könnte.«

»Zu schade«, erwiderte Fife. »Aber wir werden ja sehen, ob Ihr die Wahrheit sagt.«

Er verstärkte seinen Griff und schob sie auf das offen stehende Tor zu.

»Mylord, Ihr wollt doch wohl nicht …«, protestierte de Gredin.

»Haltet den Mund!«, herrschte Fife ihn an. »Ich weiß wirklich nicht, was Eure Herren Nützliches an einem Schwächling wie Euch finden. Ich werde Euch zeigen, wie man jemandem Informationen abpresst.«

Da vergaß Adela ihre würdevolle Haltung und begann, sich

mit aller Kraft zu wehren. Doch Fife drängte sie erbarmungslos zum Ausfalltor hoch über dem Fluss.

Zwar wollte sie ihm nicht die Genugtuung bereiten, sie schreien zu hören, doch sie stemmte die Hacken in den Boden, bis er sie schließlich hochhob und zum Tor trug.

»Nun denn«, sagte er grimmig, »schaut genau hin und sagt mir, ob Ihr wirklich lieber dort hinunterstürzen wollt, als mir zu verraten, was Ihr von Waldron erfahren habt.«

»Ich habe Euch alles gesagt«, stieß sie mit zusammengebissenen Zähnen hervor. »Er hat mir gar nichts verraten. Auch wenn Ihr es nicht glaubt, er war nicht bereit, mich in seine Angelegenheiten einzuweihen.«

»Bitte, Mylord, wir haben keinen Grund, an ihren Worten zu zweifeln«, sagte de Gredin. »Immerhin war sie seine Gefangene. Wieso sollte er ihr etwas Wichtiges mitteilen?«

»Ihr sollt still sein, habe ich gesagt!«, fuhr Fife ihn an. »Ihr würdet ihr alles glauben, was sie sagt. Vierzehn Tage lang war sie ständig mit ihm zusammen, wie könnte sie da nichts erfahren haben? Wir wissen doch, worauf er aus war. Schon ein kleiner Hinweis darauf, wo er gesucht hat, könnte uns nützlich sein. Also Mädchen, dann legt mal los und erzählt uns alles, was Ihr wisst, sonst …«

Ohne Vorwarnung riss er sie hoch und hielt sie über den gähnenden Abgrund.

# 19

Am anderen Ufer des Flusses gegenüber der Burg erblickten Rob und Henry das herabhängende Seil, das offene Ausfalltor und den Chevalier de Gredin, der zum Fluss hinunterspähte.

Bei dem Gedanken, Adela könnte versucht haben, am Seil hinunterzuklettern, war Rob vor Angst beinahe außer sich. »Ich darf sie nicht verlieren, Henry.«

»Ich sage dir doch, sie ist nicht hinuntergeklettert. Denk doch mal nach, Junge! Ich weiß ja, dass du das Mädchen kaum kennst, aber …«

»Ich kenne sie ebenso gut wie mich selbst«, entgegnete Rob barsch. »Warum, weiß ich auch nicht, aber es ist so. Das empfand ich schon, als wir uns zum ersten Mal begegnet sind.«

Als Henry ihn nur wortlos anblickte, ließ sich Rob seine eigenen Worte durch den Kopf gehen. Schließlich sagte er ein wenig ruhiger: »Du hast recht. Ich bin davon ausgegangen, dass sie genauso impulsiv handelt wie Isobel und Sorcha. Aber das stimmt nicht; sie denkt zuerst nach. Ich muss unbedingt über den Fluss, Henry. Hol unsere Seile.«

Sie gingen ein Stück flussaufwärts, banden die Seile aneinander und befestigten sie an einem dicken Baum. Doch Henry war noch immer skeptisch. »Du wirst kräftig schwimmen müssen«, sagte er. »Wird deine Schulter das mitmachen?«

»Es hilft ja nichts«, erwiderte Rob, während er das Wams auszog, seinen Schwertgurt fester schnallte und die Schwertscheide mit der Waffe darin so auf dem Rücken zurechtschob, dass möglichst wenig Wasser eindringen konnte. »Himmel, das hätte ich fast vergessen!«, rief er, zog seinen Stiefel aus und holte seine Hälfte der Karte heraus. »Bewahr das für mich auf«, bat er Henry. »Und lass dich um Gottes willen nicht damit erwischen.«

Dann zog er auch den anderen Stiefel aus und warf beide beiseite zu dem Lederwams. Das Seil knotete er zu einer Schlinge, die er sich um die Taille band. Das andere Ende hielt Henry fest. Dann sprang Rob ins Wasser und schwamm mit kraftvollen Zügen auf das andere Ufer zu. Das Wasser war so eisig, dass es ihm fast den Atem raubte, doch zugleich betäubte es auch den Schmerz in seiner Schulter.

Er blickte genau in dem Augenblick zum Ausfalltor hinauf, als der Earl of Fife Adela hinunterzuwerfen drohte.

Adela schrie auf, als Fife sie über dem Abgrund baumeln ließ, und klammerte sich an ihn, um ihn zur Not mit in die Tiefe zu reißen. Doch er ließ sie nicht los.

Bis sie merkte, dass er sie noch immer fest hielt, hatte de Gredin ihn schon gepackt und versuchte, ihn vom Tor wegzuzerren.

»Seid kein Narr, Mylord! Wenn Ihr sie hinunterwerft, erfahren wir gar nichts!«

»Lasst mich gefälligst los!«, fauchte der Earl.

»Ich bitte um Verzeihung«, sagte de Gredin und zog eilends die Hände weg. »Ich war lange in Frankreich, Mylord, und dort pflegt man keine Frauen zu bedrohen.«

»Dann geht doch zurück nach Frankreich. Ihr seid mir wahrhaftig keine große Hilfe.«

Ohne Adela loszulassen, drehte Fife sich wieder zum Tor um, doch jetzt hatte Adela endgültig genug. Sie griff in sein beinahe schulterlanges schwarzes Haar, wickelte es sich um die Fäuste und riss kräftig daran. »Setzt mich auf der Stelle ab, Sir!«, schrie sie.

»Verdammt!«, brüllte er, ließ sie los und versuchte grob, ihre Hände aus seinen Haaren zu lösen.

In diesem Augenblick riss Adela ihr Knie hoch, so fest sie konnte.

Da er ihre Absicht rechtzeitig erkannt hatte, erlitt seine Männlichkeit keinen größeren Schaden. Dennoch stöhnte er vor Schmerz auf und lockerte seinen Griff.

In nächsten Augenblick holte er mit der anderen Hand aus und schlug Adela so hart ins Gesicht, dass sie auf das offene Tor zutaumelte. In ihrer Angst, über die Klippe zu stürzen, drehte sie sich um sich selbst und ließ sich zu Boden sinken.

Fife machte einen Satz auf sie zu, doch wieder kam ihr de Gredin zu Hilfe und fiel dem Earl in den Arm.

Als Fife sich umdrehte, um dem jüngeren Mann einen Schlag zu versetzen, bemerkte Adela, dass das herabhängende Seil sich gespannt hatte und leicht ruckte. Ohne einen Gedanken an ihre eigene Sicherheit zu verschwenden, rappelte sie sich hoch und lief zu den beiden Männern hinüber, die miteinander rangelten.

Ein erneuter Schlag von Fife warf sie um, doch diesmal achtete sie darauf, nicht zu nahe ans Tor zu geraten. Sie landete am Eingang zu dem Korridor, der zu der Grube führte, sprang jedoch gleich wieder auf, griff sich unter den Rock und zückte ihren Dolch. Dann richtete sie sich auf und atmete tief durch, um sich zu beruhigen. Den Dolch hielt sie in einer Falte ihres Rockes verborgen.

In diesem Augenblick streckte Fife de Gredin mit einem mächtigen Hieb nieder, worauf der Chevalier reglos auf dem Steinboden vor der Treppe liegen blieb.

»Um Gottes willen, habt Ihr ihn umgebracht?«

»Wen interessiert das?«, erwiderte Fife und wischte sich die Hände an seiner Hose ab, als wollte er sie nach der Berührung mit de Gredin reinigen. »Und jetzt bist du dran, mein Mädchen.«

»Ich bin nicht Euer Mädchen, Sir«, sagte sie würdevoll und sah ihm direkt in die Augen. Ohne einen Blick auf das zuckende gespannte Seil zu werfen, wich sie einen Schritt vor Fife zurück.

»Bleib, wo du bist!«, herrschte er sie an. »Es gibt sowieso kein

Entrinnen. Und allein, dass du dich deiner rechtmäßigen Gefangennahme widersetzt hast, ist schon ein todeswürdiges Verbrechen.«

»Ach, wirklich?« Sie tat noch einen Schritt rückwärts.

Fife blickte auf de Gredins reglosen Körper, dann wieder auf sie. »Ich könnte mir denken, dass du mich ein wenig besänftigen willst, Mädchen, und du weißt bestimmt auch, wie«, fuhr er fort. »Ich möchte wetten, Waldron hat dir in dieser Hinsicht so einiges beigebracht. Wenn nicht, werde ich diese Aufgabe übernehmen, entweder sofort oder später, wenn du mir alles erzählt hast, was du über den Schatz weißt und …«

»Schatz? Was für ein Schatz?«

»Das will ich ja gerade von dir wissen. Und außerdem sollst du mir sagen, ob Lestalric den Gegenstand versteckt hält, hinter dem Waldron her war, oder ob es hier womöglich um etwas noch Wertvolleres geht.«

»Ihr sprecht in Rätseln. Was könnte wertvoller sein als ein Schatz?«

»Vielleicht etwas, das mir zur schottischen Krone verhilft, wenn ich es finde.«

Sie fixierte ihn unablässig, um weiterhin seine Aufmerksamkeit zu fesseln. »Was sollte das sein?«

»Wir vergeuden unsere Zeit«, sagte er nur und kam auf sie zu.

Sie trat noch einen Schritt zurück, wobei sie den Dolch umklammert hielt. Sie hatte keine Ahnung, ob sich das Seil noch bewegte, da sie es nicht wagte, seinem bösartigen Blick auszuweichen. Angesichts der Schlucht und des reißenden Flusses blieb ihr nichts anderes übrig, als sich gegen ihn zur Wehr zu setzen, das wusste sie genau. Immerhin war es ihr schon einmal gelungen, ihn aufzuhalten. Vielleicht konnte sie es ja ein für alle Mal schaffen.

Rob hörte Fifes Worte und erfasste auf Anhieb die Situation, als er sich die letzten Zentimeter bis zur Kante hinaufzog und über die Schwelle des Ausfalltores spähte. Wenn Fife sich jetzt umdrehte oder Adela ihn bemerkte, war es aus mit ihm. Doch solange sich Fife auf Adela konzentrierte und de Gredin liegen blieb, wo er war, würde es ihm vielleicht gelingen, sich ganz hinaufzuziehen.

Zwar war das Seil an der Wand neben dem Tor sicher verankert, doch er war nass und durchgefroren, und seine Muskeln gehorchten ihm nur widerwillig. Wegen der vor Kälte tauben Finger waren die ersten Meter des Aufstiegs besonders schwierig gewesen, doch mittlerweile hatte er Hände und Beine wieder in der Gewalt.

Erstaunlicherweise bereitete ihm die Schulter kaum Probleme, und obgleich der Pfeil mit Sicherheit Muskeln durchtrennt hatte, hatte Rob beim Hinaufklettern kaum Schmerzen verspürt. Die ganze Zeit über hatte er nur an Adela gedacht; für sie wäre er notfalls mit einem Arm an dem verdammten Seil hochgeklettert. Der Trank und die Salbe der Gräfin hatten gewiss gute Dienste geleistet, und für alles Übrige dankte er dem Schicksal.

Adelas Hand, die sie in einer Rockfalte verborgen hatte, zuckte leicht, und sofort wusste Rob, was sie dort versteckt hielt. Er bekam einen Schreck, denn falls sie es wagte, Fife mit der kleinen Klinge zu bedrohen, würde er sie ihr entwinden und ihr die Attacke auf der Stelle heimzahlen.

Rob würde sich nie verzeihen, falls es dazu kam.

Fife kam jetzt langsam auf sie zu, wie ein Raubtier, das seine Beute im Visier hat. Daraufhin packte Adela das lederumwickelte Heft ihres Dolches fester und wich Schritt für Schritt zurück. Sie konnte spüren, dass Fife die Situation genoss.

»Gib mir die Waffe, Mädchen«, sagte er drohend.

Schaudernd erkannte Adela, dass ihre Bewegungen sie verraten hatten. Dennoch entgegnete sie mit erzwungener Ruhe: »Die behalte ich lieber.«

»Das kann ich mir vorstellen, aber ich glaube, es wird mir

Spaß machen, sie dir wegzunehmen und dich damit Gehorsam zu lehren.«

»Wenn Ihr unbedingt eine Klinge gebrauchen wollt, Fife, dann nehmt Eure eigene – und kämpft gegen mich.«

Fife wirbelte herum, während Adela, die Robs Stimme erkannt hatte, einen Seufzer der Erleichterung ausstieß. Doch als sie in das Gesicht ihres Mannes blickte, erschrak sie angesichts der Wut, die darin zu lesen war.

Sie hatte sich kaum Gedanken darüber gemacht, was passieren würde, wenn sie einen Sohn des Königs erstach, zumal es sehr unwahrscheinlich war, dass sie Fife töten könnte. Doch Rob sah aus, als wäre er fest entschlossen, den Earl auf der Stelle in Stücke zu hacken.

Fife riss sein Schwert aus der Scheide und machte einen Satz vorwärts, um Robs Schlag zu parieren. Anfangs schwangen die Männer ihr Schwert mit beiden Händen, um ihren Hieben größere Kraft zu verleihen, obwohl sie sich in dem kleinen Raum kaum drehen und wenden konnten.

Und noch immer stand das Ausfalltor mit dem gähnenden Abgrund dahinter offen.

Gerade wehrte Rob einen Angriff Fifes ab, wobei die Männer durch ihren eigenen Schwung die Plätze wechselten. Dabei bemerkte Adela, dass Rob barfuß war und nichts über dem Hemd trug. Sein schützendes Lederwams hatte er zum Schwimmen abgelegt.

Rob stand nun mit dem Gesicht zu dem offenen Tor, während Fife Adela zugewandt war.

Da blickte sie ihm direkt in die Augen, hob ihren Rock und verstaute den Dolch wieder an seinem Platz. Als Fife sie anstierte, machte Rob einen Ausfallschritt. Fife schien zu zögern, doch im letzten Augenblick wich er aus, hob das Schwert hoch über den Kopf und ließ es auf Rob niedersausen.

Adela schlug entsetzt die Hand vor den Mund.

Rob sprang zur Seite, und die schwere Klinge verfehlte ihn um Haaresbreite.

Mit einem Knurren machte Fife einen großen Schritt vorwärts, und die beiden Männer wechselten erneut die Plätze, sodass Rob nun Adela anblickte.

Noch immer voller Angst, ihr Mann könnte einen Stewart-Prinzen töten, drückte sich Adela tiefer in den dunklen Gang und überlegte fieberhaft, wie sie Fife ablenken oder zu Fall bringen konnte. Sie wollte ihn so lange kampfunfähig machen, bis Rob wieder zu Verstand gekommen war, denn noch immer funkelten seine Augen vor rasender Wut.

Sie tastete an der Wand bei der Grube umher, doch ihre suchenden Finger stießen lediglich auf eine Halterung für eine Fackel, die jedoch an der Wand befestigt war.

Noch immer trafen die Schwertklingen klirrend aufeinander. Als sie sich umdrehte, um sich zu vergewissern, dass Rob sich gegen seinen Feind behaupten konnte, sah sie, wie de Gredin sich regte.

Die beiden anderen schienen nichts bemerkt zu haben.

Wenn er sich wie zuvor auf ihre Seite schlug, würde sie ihn nicht verraten, doch falls er Rob angriff …

»Dann spieße ich diesen Schleimer mit meinem Dolch auf, so wahr ich hier stehe«, flüsterte sie.

De Gredin schaute zu ihr herüber, und als ihre Blicke sich trafen, las sie Erleichterung in seinen Augen. Also schlich sie wieder durch den Gang zurück, um Rob im Notfall beistehen zu können und gleichzeitig ein Auge auf den unzuverlässigen Chevalier zu haben.

Es beunruhigte sie, zu sehen, dass die beiden Kontrahenten ungefähr gleich stark waren, denn Fife war nicht nur heimtückisch, sondern im Gegensatz zu Rob auch trocken; beides konnte sich letzten Endes als Vorteil für ihn erweisen.

In diesem Augenblick unternahm Rob eine Finte und sprang zur Seite, als sein Gegner auf ihn losging. Fife taumelte auf das Tor zu, doch ebenso wie zuvor Rob gelang es ihm, seinen Schwung rechtzeitig abzufangen.

Doch da machte de Gredin, der mittlerweile auf die Beine

gekommen war, einen Schritt vorwärts und stieß mit den ausgestreckten Händen gegen Fifes Rücken.

Aus dem Gleichgewicht gebracht, stolperte der Earl geradewegs auf den Abgrund zu.

Adela schrie auf, doch schon machte Rob einen Satz und schubste den Earl so hart zur Seite, dass dieser mit dem Kopf voran gegen die Wand neben dem Tor rannte.

Fifes Schädel krachte gegen den eisernen Ring, an dem das Rettungsseil befestigt war. Er ließ sein Schwert fallen, brach lautlos zusammen und rührte sich nicht mehr.

»Ist er tot?«, wollte Adela wissen, während sie auf ihn zulief.

»Nein, er hat sich nur ordentlich den Kopf gestoßen«, erwiderte Rob. Er hob Fifes Schwert auf und schleuderte es durch das Ausfalltor, dann ließ er sich neben dem Earl auf ein Knie nieder und deutete auf den Puls an dessen Hals: »Siehst du, er schlägt noch.« Er blickte zu de Gredin auf: »Ihr wollt wahrscheinlich lieber verschwinden, bevor er wieder zu sich kommt.«

»Das würde ich schon gern, aber es dürfte mir wohl kaum gelingen«, erwiderte Gredin freimütig. »Draußen warten seine Männer, und die kennen mich.«

»Dann legt Euch wieder hin«, schlug Adela vor. »Ich glaube, er hat gar nicht mitbekommen, dass Ihr aufgestanden seid.«

De Gredin schüttelte den Kopf. »Ich habe mich gegen Euch wie ein Schurke benommen, Mylady. Da werde ich diesen mächtigen Mann nicht auch noch glauben lassen, Ihr hättet versucht, ihn in den Tod zu stürzen.«

Trotz allem, was er ihr vielleicht angetan hätte, tat er Adela leid. Sie war ihm dankbar und dachte nur mit Schrecken daran, was mit ihm geschehen würde, wenn er Fife die Wahrheit sagte.

Zu ihrer Überraschung entgegnete Rob lakonisch: »Das ist sehr edel von Euch, Chevalier, aber ich bezweifle, dass Euer Geständnis uns so viel nützen würde wie Eure Ohnmacht. Davon könnten wir nämlich durchaus profitieren. Aber zuerst sagt mir, ob Ihr etwas mit Ardelves Tod oder dem meines Vaters und Bruders zu tun habt.«

»Nein, daran bin ich unschuldig, aber das kann ich nicht beweisen«, erwiderte de Gredin. »Allerdings bin ich davon überzeugt, dass Ardelve ebenso wenig eines natürlichen Todes gestorben ist wie Eure Verwandten. Ihr müsst wissen, Mylady, dass Fife sich so sehr für Euch interessiert, weil ich ihm von Waldrons Suche erzählt habe. Er glaubt, mein Vetter hätte Euch etwas darüber verraten. Zumindest, sagte er, könntet Ihr uns berichten, wie und wo Waldron gestorben ist.«

»Ihr habt Ardelve wirklich nichts zuleide getan?«, fragte Rob, noch immer argwöhnisch.

»Nein, aber viele Gäste haben ihre Diener mitgebracht, und eine ganze Schar von Pagen wimmelte ständig um die hohe Tafel herum. Ich kann Euch nur sagen, dass der Earl of Fife Lady Adela unbedingt zu fassen bekommen wollte, bevor sie mit Ardelve nach Hause reiste. Denn dort hätte er sie nicht verfolgen können, ohne sich Ärger mit dem Lord der Inseln einzuhandeln.«

Er zögerte kurz, bevor er reumütig fortfuhr: »Ich habe ihm von der Kemenate erzählt, Mylady, doch von Gift habe ich nie gesprochen. Das war Lord Fifes Idee. Er sagte, wenn es sein müsste, könnte ich ja gegen Euch aussagen. Und er war es auch, der später diese Gerüchte in Umlauf setzte. Bedauerlicherweise habe ich, um mir Vorteile bei Fife zu verschaffen, ein wenig übertrieben, was die Zeit anging, die ihr mit Ardelve in der Kemenate verbrachtet. Zweifellos habt Ihr gehört, dass Fife sagte, die Männer, die Waldron ausgebildet und auf die Spur des Schatzes ausgesetzt habe, hätten auch mich beauftragt, so viel wie möglich darüber in Erfahrung zu bringen. Ich verfüge allerdings weder über Waldrons Fähigkeiten noch über seine Verbissenheit. Und außerdem bewundere ich Euch, Mylady. Ihr seid nicht nur schön und freundlich, sondern …«

»Das reicht!«, knurrte Rob mit versteinerter Miene. »Seid froh, dass Ihr noch lebt, Chevalier, und wir Euch vielleicht auch am Leben lassen. Was ist meinem Vater und meinem Bruder zugestoßen?«

De Gredin verzog das Gesicht und blickte nervös auf Fife. »Über sie weiß ich nicht mehr, als was allgemein geredet wird«, sagte er. »Allerdings weiß ich, dass Fife vor mir schon mit jemand anderem gesprochen hat. Er sagte, ich wäre der zweite, der ihm gegenüber gewisse Geheimnisse erwähnt hat.«

Wieder blickte er zu Fife hinüber, der plötzlich aufstöhnte.

Rob bedeutete dem Chevalier hastig, sich wieder beim Tor auf den Boden zu legen, während sich Adela neben den Earl kniete.

»Habt Ihr ihn schwer verletzt, Mädchen?«, fragte Rob sanft.

Als sie erschrocken aufblickte, sah sie sein Lächeln, doch freundlich war es nicht. Offensichtlich hatte er einen Plan, daher antwortete sie: »Ich wollte ihm nicht wehtun, Sir. Das schwöre ich!«

»Er wird verstehen, dass Ihr ihn nur von mir ablenken wolltet, Liebste. Aber vielleicht solltet Ihr jetzt nach oben laufen und einige von seinen Männern zu Hilfe holen. Erklärt ihnen genau, was geschehen ist, und dann werden wir die Folgen auf uns neh…«

»Nein!«

Fife zuckte zusammen, doch seine Stimme klang schon wieder recht kräftig. Langsam fasste er sich an die Stirn, wo sich bereits ein hässlicher Bluterguss bildete.

»Lasst mich Euch beim Aufstehen helfen, Mylord Earl«, sagte Rob beflissen, während er eine Hand unter Fifes Ellbogen legte und ihm half, sich aufzusetzen.

Fife schüttelte sie ab. »Ich kann allein aufstehen. Wo ist mein Schwert?«

»Im Fluss, fürchte ich«, sagte Rob. »Als Ihr gestolpert und gegen die Wand gestoßen seid, flog es Euch aus der Hand und durch das Ausfalltor hinaus. Doch wenn Ihr unseren kleinen Wettstreit fortsetzen möchtet, finden wir bestimmt ein anderes für Euch. Oder wir warten, bis Ihr Euch besser fühlt.«

Fife, der jetzt aufrecht saß, aber noch ziemlich verdattert schien, blickte mit gerunzelter Stirn zu Boden und murmelte mehr zu sich selbst: »Ich bin nicht gestolpert. Jemand hat mich gestoßen.«

Indem sie einen Blick mit Rob wechselte, sagte Adela zaghaft: »Ich fürchte, das war ich, Sir. Ich hatte Angst, Ihr würdet den armen Rob töten, und da … da bin ich auf Euch losgegangen, um ihn zu retten. Er ist doch schließlich mein Gemahl, den ich sehr gern habe.« Als sie erneut Rob anblickte, erkannte er in ihren Augen die Wahrheit dieser Worte.

Fife stützte sich mit einer Hand ab, während er mit der anderen seinen schmerzenden Kopf hielt. Dann blickte er auf und sagte grimmig: »Sehr lobenswert, wahrhaftig, Madam.«

»Ganz meine Meinung«, erwiderte Rob leichthin. »Ihr wirktet geradezu mordlüstern, Mylord, und wenn man bedenkt, wie schwer es mir fiel, an diesem verdammten Seil hochzuklettern, hätte ich ein bisschen mehr Anerkennung für meine Leistung erwartet. Doch meine Lady hat mir berichtet, dass Ihr sie irrtümlich furchtbarer Verbrechen beschuldigt habt. Da kann ich mir gut vorstellen, dass Ihr nicht gut auf uns beide zu sprechen seid.«

»Damit wollt Ihr wohl sagen, dass alle diese Anschuldigungen falsch sind.«

»Ja, so ist es. Und dass wir verheiratet sind, haben wir Euch zu verdanken. Wenn Ihr nicht gedroht hättet, das arme Mädchen auf der Stelle gefangen zu nehmen, dann hätte sie den Heiratsantrag eines Taugenichts wie mir niemals angenommen.«

»Dann seid Ihr also tatsächlich verheiratet?«

»Schon beinahe vierzehn Tage«, antwortete Rob. »Der Abt von Holyrood persönlich hat uns getraut, was er Euch gewiss gern bestätigen wird. Und was den Mord an Ardelve angeht, so habe ich niemals auch nur ein Wort mit dem Mann gewechselt, und die Lady habe ich auch erst kennengelernt, nachdem er schon tot war.«

»Und das soll ich Euch glauben, wo ich doch weiß, dass Ihr bei Sir Hugo Robison auf Roslin gedient habt, bevor Ihr Euch entschlossen habt, Euch zu erkennen zu geben und Euer Erbe einzufordern?«

»Dann muss Euch auch klar sein, wie unwahrscheinlich es ist, dass ich der Lady geholfen hätte, ihren Gemahl umzubringen. Nicht nur, dass mir Ardelve unbekannt war, Sir Hugo hätte einen einfachen Gefolgsmann wie Einar Logan auch nie und nimmer seiner Schwägerin vorgestellt. Das hätten Fürst Henry – Verzeihung, Orkney – und seine großartige Mutter auch niemals zugelassen.«

Fife verzog das Gesicht. »Das sind stichhaltige Argumente, die Ihr gern vorbringen dürft, wenn …«

»Mylord, seid Ihr noch da unten?«, unterbrach eine Stimme sie.

»Helft mir hoch, verdammt noch mal«, knurrte Fife und streckte Rob die Hand hin, bevor er zurückrief: »Ja, was ist denn?«

»Da kommt ein ganzes Heer, Mylord, unter dem Banner der Douglas.«

»Ruf unsere Männer zusammen!«, brüllte Fife.

»Ach, Sir, die meisten von ihnen sind noch vor dem Tor, in Reichweite der feindlichen Pfeile! Jetzt kann ich auch noch das Banner von Roslin erkennen, Sir. Es sind schrecklich viele!«

»Sagt Euren Männern, sie sollen sich ruhig verhalten«, sagte Rob. »Ihr wisst doch, dass Douglas Euren Befehlen nicht gehorcht.«

»Was zum Teufel will der denn hier?«

»Er stellt natürlich ein Heer auf, um die verdammten Engländer von unserem Land fernzuhalten. Dabei solltet Ihr ihm helfen, falls Ihr Wert darauf legt, weiter ein Land zum Regieren zu haben. Oder möchtet Ihr vielleicht lieber gleich hier und jetzt gegen ihn und die Sinclairs kämpfen?«

Fife warf ihm einen wütenden Blick zu, dann befahl er seinem Mann oben an der Treppe, das Gefolge zu sammeln und zum Aufbruch bereitzuhalten. An Rob gewandt knurrte er: »Die Douglas und noch einige andere sollte mal jemand in ihre Schranken weisen.«

»Vielleicht könntet Ihr das ja übernehmen«, erwiderte Rob liebenswürdig. »Soll ich Euch die Treppe hinaufhelfen?«

Fife lehnte das Angebot schroff ab und schickte sich an, die Treppe hinaufzusteigen, als er de Gredin sah, der noch immer auf dem Boden lag. Ohne Vorwarnung versetzte er ihm einen kräftigen Tritt.

De Gredin stöhnte und tat so, als käme er soeben zu sich, doch Fife fuhr ihn an: »Auf die Beine, Mann! Wir ziehen ab.«

Da trat Adela vor und sagte: »Aber Mylord, Ihr wollt Euch doch bestimmt nicht mit ihm belasten. Ihr seht doch, dass er nicht reiten kann. Er kann gern hier bleiben, bis seine Verletzungen verheilt sind. Immerhin ist er böse gestürzt.«

Fife, der selbst vor Schmerz zusammengezuckt war, nachdem er de Gredin getreten hatte, widersprach ihr nicht.

Als sie ihm die Treppe hinauffolgten, drückte Rob liebevoll Adelas Arm, doch sie reagierte nicht darauf. Sie war froh, in Sicherheit zu sein, ärgerte sich jedoch noch immer, weil er die Tür zu den Höhlen abgeschlossen hatte. Außerdem war sie nicht davon überzeugt, dass bereits alle Schwierigkeiten ausgestanden waren.

Im Burghof rannte alles in heller Aufregung durcheinander, doch Fife gelang es trotz offensichtlicher Schmerzen und Schwäche, wieder Ordnung in seine Truppe zu bringen. Dann stieg er, nur mit der Hilfe eines Stallburschen, auf sein Pferd und ritt an der Spitze seines Gefolges zum Tor hinaus. Er schaute sich nicht mehr um.

Mit vor Spannung angehaltenem Atem sah Adela ihm nach. Da erblickte sie eine große Anzahl Reiter, die am Waldrand südlich der Burg Aufstellung genommen hatten.

Zu jeweils acht nebeneinander warteten sie in langen Reihen, deren Ende sich im Wald verlor. Beim Anblick des abziehenden königlichen Trupps schwenkten sie ihre Lanzen,

Schwerter und Banner, doch erst als der letzte von Fifes Männern hinter der nächsten Hügelkuppe verschwunden war, lösten sich einige der Anführer, die die Banner der Familien Douglas und Sinclair trugen, aus der Gruppe und ritten auf die Burg zu.

Adela, die Sir Michael unter den Reitern erkannte, suchte mit den Augen die Reihen nach weiteren vertrauten Gesichtern ab. Dabei versuchte sie sich zu erinnern, wie der Earl of Douglas aussah, den sie nur einmal kurz bei Hofe gesehen hatte.

Plötzlich blieb ihr vor Überraschung der Mund offen stehen. »Die Gräfin! Und da sind ja auch Isobel und Sidony! Sie reiten direkt hinter ihr!«

Isobel lächelte, und selbst die stille Sidony wirkte sehr zufrieden mit sich.

Michael sprang aus dem Sattel und beeilte sich, der Gräfin zu helfen, deren Bewegungsfreiheit von ihrem Kettenhemd und den Lederhosen, die sie trug, sehr eingeschränkt war. »Wir haben alle Pferde eingesetzt und dazu jeden einzelnen Mann, jede Frau und jedes Kind, alle, die sich im Sattel halten können, im weiten Umkreis zusammengetrommelt«, erklärte er Rob und Adela. »Und wer kein Pferd hatte, sollte irgendetwas zur Hand nehmen und ebenfalls mitkommen. Gott sei Dank hat sich Fife entschlossen, von einem Kampf abzusehen.«

»Henry müsste auch bald hier sein«, sagte Rob. »Er wird seine Freude an dem Anblick haben.«

»Wie bist du in die Burg hineingekommen?«, wollte Michael wissen.

»Wir sahen das Seil, das aus dem Ausfalltor hing. Daraufhin gingen wir ein Stück flussaufwärts zu einem Punkt oberhalb der Burg. Von Henry gesichert, schwamm ich durch den Fluss und kletterte dann am Seil zum Ausfalltor hinauf.«

»Das klingt leichter, als es wahrscheinlich war«, sagte Michael.

»Ja, sicher, aber nachdem Adela so freundlich gewesen war, das Tor zu öffnen und das Seil hinunterzuwerfen, wollte ich die Gelegenheit nicht ungenutzt lassen. Zuerst bekam ich einen Mordsschreck, weil ich dachte, sie wäre bei dem Versuch, sich abzuseilen, hinuntergestürzt. Aber dann bemerkte ich de Gredin.«

»Der war also auch da.«

»Ja, Gott sei Dank. Er hat meinem Mädchen wahrscheinlich das Leben gerettet. Und als ich mitten im Fluss gerade nach dem Seil greifen wollte, sah ich auch Fife. Er hielt Adela über den Abgrund und drohte, sie ins Wasser fallen zu lassen. Wenn er sie nicht festgehalten hätte, hätte er mich wohl entdeckt.«

»Fife ist ein böser Mensch, Michael«, sagte Adela. »Er wollte mich zwingen, ihm etwas über ...« – sie warf einen Blick auf Rob – » ... über so manches zu erzählen. Ich kann es noch gar nicht fassen, dass er einfach so abgezogen ist. Er sagte, ich stünde unter Arrest! Noch nie hatte ich so eine Angst.«

»Wirklich noch nie?«, fragte Rob.

Sie dachte daran, wie klar ihre Gedanken gewesen waren. »Es war seltsam«, erwiderte sie schließlich. »Die ganze Zeit überlegte ich nur, wie ich seine Pläne vereiteln und fliehen könnte. Und Ihr, mein Herr Gemahl«, fügte sie streng hinzu, »seid schuld daran, dass es mir nicht gelungen ist.«

»Tatsächlich, mein Schatz?«, erwiderte er und legte den Arm um sie. »Sobald wir die ganzen Leute hier los sind, könnte Ihr mir dafür den Kopf waschen.«

»Ihr glaubt wohl, ich meine es nicht ernst«, entgegnete sie knapp. »Macht Euch lieber auf etwas gefasst.«

Er blickte sie augenzwinkernd an und öffnete den Mund, um etwas zu sagen. Doch dann überlegte er es sich offensichtlich anders und drehte sich stattdessen zu Michael um.

Rob hätte am liebsten laut aufgelacht, als er Michael zu seiner erfolgreichen List gratulierte, doch Adela hätte nicht verstanden, dass er nicht über etwas lachte, sondern vor Erleichterung, weil sie in Sicherheit war. Und außerdem hatte er gespürt, dass sie wirklich wütend auf ihn war.

Sie freuten sich beide über den errungenen Sieg, und Rob hoffte nur, dass Adelas Albträume nicht wiederkehren würden. Er hatte die Erfahrung gemacht, dass Männer, die eine Niederlage erlitten hatten, sich wieder erholten, sobald sie siegreich aus einem Kampf hervorgingen und von Neuem Vertrauen in die eigenen Fähigkeiten fassten. Doch wenn sie sich tatsächlich über ihn ärgerte, mussten sie darüber reden. Allerdings erst, wenn sie allein waren.

»Wenn ich die Blicke sehe, die du deiner Frau zuwirfst, glaube ich, dass du uns möglichst schnell loswerden möchtest«, sagte Michael. »Also wird es wohl besser sein, wenn wir nicht alle zum Abendessen bleiben.«

»Ich suche Henry«, erwiderte Rob. »Wir haben noch einiges zu erledigen, und das sollte im Verborgenen vonstatten gehen. Ich traue Fife mittlerweile noch weniger über den Weg als zuvor.«

»Henry will heute Abend noch nach Edinburgh zurückkehren«, sagte Michael. »Aber ich schicke ein paar Männer, um alle Zugänge zur Schlucht zu räumen und zu bewachen, obwohl ich kaum glaube, dass Fife zurückkommt, solange er befürchten muss, hier auf Douglas zu stoßen.«

»Wo ist Douglas überhaupt, und wie hast du ihn alarmiert?«

»Ich habe keine Ahnung, wo er ist. Henry sagt, er hätte Edinburgh verlassen. Doch das Kriegsbanner der Douglas ist einfach ein rotes Herz auf weißem Grund. In der Zeit, die ich brauchte, um meine Truppen aufzustellen, ließ meine Mutter mehrere davon fabrizieren.«

Adela unterhielt sich mit ihren Schwestern und der Gräfin. Zweifellos musste sie zahllose Fragen zu ihrer Heirat und den Geschehnissen der vergangenen Tage beantworten. Plötzlich fiel Rob etwas ein, womit er sie besänftigen könnte. Leise sagte er zu Michael: »Ich nehme Adela mit, wenn Henry und ich noch einmal zu dieser Felsspalte reiten. Du musst also unbedingt dafür sorgen, dass wir dort sicher sind, Michael.«

Michael biss kurz die Zähne zusammen, dann seufzte er

und sagte: »Dich hat's ja wirklich erwischt, mein Freund. Wie könntest du sonst nur annehmen, ich würde Euer aller Leben riskieren? Du weißt doch, dass unsere Männer zuverlässig sind.«

»Jemand hat Fife verraten, dass Einar Logan und ich ein- und dieselbe Person sind«, erwiderte Rob. »Aber das muss ja nicht unbedingt einer unserer Männer gewesen sein. Und was meine Gefühle für meine Lady angeht, so hast du recht. Als ich sie in Fifes Armen sah, geriet ich völlig außer mich.«

»Das verstehe ich«, sagte Rob, wobei er jedoch nicht Adela, sondern seine eigene Frau ansah.

»Da ist noch etwas«, setzte Rob hinzu. »Ich möchte nicht, dass sich außer uns noch jemand in der Schlucht aufhält, und es soll auch keiner wissen, dass wir dort sind. Aber für den Fall, dass ich heute Abend noch fortreiten muss, soll sich ein starkes Gefolge bereithalten.«

»Du hast dich offensichtlich gut in deine Rolle als Baron eingelebt«, erwiderte Michael mit einem schiefen Lächeln. »Es soll alles geschehen, wie Ihr befehlt, Mylord. Darf ich fragen, welchem Zweck das alles dient?«

»Falls ich finde, wonach ich suche, möchte ich mich mit dem guten Abt von Holyrood unterhalten. Und wie ich mein Mädchen kenne, wird sie unbedingt mitreiten und auch mit ihm sprechen wollen. Und nach dem, was sie heute geleistet hat, hat sie das auch redlich verdient.«

# 20

Es dämmerte bereits, als Adela, Rob und Henry sich einen Weg in die überwucherte Felsspalte gebahnt hatten, doch dann ging alles ganz schnell. Die gewaltige Felsplatte in der Mitte ließ sich leichter als erwartet zur Seite ziehen und gab den Blick auf eine ein Meter breite Öffnung im Berg frei.

»Du lieber Himmel, seht euch das bloß an!«, murmelte Henry, während er den Rand der Öffnung von innen abtastete. »Die Platte ist mit Scharnieren an dem anderen Felsen dort befestigt.«

»Nimm die Fackel hier, Henry«, sagte Rob und reichte sie ihm. »Wir stecken meine an und halten dafür deine vorerst in Reserve.«

Während er in den Gang trat, um seine Fackel zu entzünden, blickte Adela in die Richtung, aus der sie gekommen waren. Rob hatte ihr versichert, dass Michael und seine Leute alle Zugänge zur Burg und zu diesem Teil der Schlucht bewachten, und sie wusste, dass man sie hier in der Felsspalte noch nicht einmal von den Zinnen aus sehen und bei dem Rauschen des Flusses auch nicht von Weitem hören konnte. Dennoch war sie unruhig, gleichzeitig aber auch gespannt darauf, was sie finden würden.

»Eigentlich sollte einer von uns hier draußen Wache halten«, sagte Henry. »Aber ich werde es ganz gewiss nicht tun, und ich nehme an, du hast auch keine Lust dazu und würdest auch Adela nicht allein lassen.«

»Wir verlassen uns eben auf Michael«, erwiderte Rob und schritt mit hoch erhobener Fackel voraus.

Adela ging ihm nach, dicht gefolgt von Henry. Im Vergleich zum ersten Mal, als sie in einer Höhle gewesen war, erschien es ihr heute nicht so beängstigend, zumal sie schwerlich einen Überraschungsangriff zu befürchten hatten.

Als Rob stehen blieb, wurde es ringsum totenstill.

»Hier zweigt ein anderer Gang ab«, erklärte er und hielt seine Kopie der Karte ins Licht. »Wenn ich mich nicht irre, müssen wir uns an dieser Stelle nach links wenden.«

»Ja, stimmt«, bestätigte Henry und blickte auf seine eigene Karte.

Je weiter sie gingen, desto größer wurde ihre Gewissheit, dass sie sich auf dem richtigen Weg befanden. Der Gang war künstlich erweitert worden, und auch der Boden war fast völlig eben. Innerhalb kürzester Zeit bogen sie dreimal um die Ecke, bis Adela nicht mehr wusste, wo sie sich befanden. Die beiden Männer schwiegen.

Unvermittelt weitete sich der Gang zu einem größeren Raum.

Rob hielt die Fackel höher, worauf sich das Licht in funkelnden Kristallen brach. »Wartet«, sagte er. »Der Weg endet hier, und vielleicht gibt es ja Fallgruben.«

Adela hörte tropfendes Wasser.

»Steht auf der Karte nicht ein Symbol am Ende dieser Linie?«, fragte sie.

»Nur ein kleines Viereck«, antwortete er.

»Wie eine Schatztruhe?«, fragte Henry.

»Eben einfach ein Viereck, Henry. Das kann Gott weiß was bedeuten.« Er entfernte sich langsam von ihnen, wobei er die Fackel am ausgestreckten Arm vor sich hielt. Als er den Raum zur Hälfte durchquert hatte, blieb er plötzlich stehen. Er stand nur da und sagte kein Wort.

»Was ist denn?«, fragte Adela leise.

»Seht Euch das an«, flüsterte Rob.

Rob hörte die Schritte der beiden hinter sich, doch selbst wenn Fife höchstpersönlich aufgetaucht wäre, hätte Rob seinen Blick nicht von dem Stein wenden können.

Es war ein kniehoher dunkler Block aus poliertem Marmor oder Basalt, etwa anderthalb Meter lang und einen Meter breit. In seine vergoldete Oberfläche waren Muster eingemeißelt, die im Schein der Fackel unheimlich glänzten – Spiralen, eine Harfe, ein piktischer Eber und ein Löwe. Daneben fanden sich kaum lesbare Inschriften, die wie Gälisch oder Latein aussahen. Der Stein stand auf runden Füßen; die hinteren waren wie Adlerklauen geformt, die vorderen Beine waren geschwungen, als wären sie denen von Reptilien, vermutlich Eidechsen, nachempfunden.

»Was ist das hier?«, fragte Adela und berührte einen der beiden nach unten gebogenen Haken an der ihr zugekehrten Seite. Auf der entgegengesetzten Seite befand sich ein ebensolches Paar.

Rob und Henry blickten sich an, dann sagte Rob: »Ich nehme an, die beiden Hakenpaare waren für zwei kräftige Tragestangen gedacht.«

»Dann ist das wirklich der echte Stein von Scone?«

»Ja«, antwortete Rob. »Seht euch mal den Sitz an. Ich glaube, da ist ein Fußabdruck.«

»Wie bei dem Krönungsstein auf den Inseln«, sagte Adela.

»Es heißt, die beiden Steine wären sich sehr ähnlich«, erwiderte Henry. »Und der hier sieht so aus wie die Abbildungen auf den Siegeln an alten Krönungsurkunden.«

»Ich kenne den anderen Stein«, erklärte Rob. »Am Tag seiner Einsetzung hat Donald seinen nackten Fuß in den Abdruck gestellt. Aber auf diesem Stein hier hat man wohl eher gesessen, trotz des Fußabdrucks.«

»Vielleicht stimmt beides«, gab Adela zu bedenken. »Es wäre doch denkbar, dass der Thronanwärter zuerst seinen Fuß in den Abdruck stellen musste, bevor er auf dem Stein Platz nehmen durfte.«

Henry lächelte. »Ich glaube kaum, dass ihr Fuß wirklich in den Abdruck passen musste. Aber manche Leute glaubten eben, dann würde der gewählte König ein noch besserer Herrscher werden. Was willst du mit dem Stein machen, Rob? Ich könnte mir denken, dass er hier nicht mehr sicher ist.«

Rob runzelte die Stirn und sagte nachdenklich: »Seit man den Stein hierher gebracht hat, war er das, doch dank de Gredin ist Fife jetzt davon überzeugt, dass sich der Templerschatz in Schottland befindet und die Sinclairs wissen, wo er ist. Von Adela wollte er herausbekommen, ob ich auch etwas darüber weiß und über etwas noch Wertvolleres, das ihm die schottische Krone verschaffen würde. Damit meinte er wohl den Stein.«

»Ja, bestimmt«, erwiderte Henry. »Es wäre natürlich großartig für Fife, wenn er den Templerschatz fände, doch der schottische Adel würde deshalb noch lange nicht seine Thronansprüche gegenüber Carrick unterstützen. Im Gegenteil, wenn Fife noch reicher würde, könnte der Widerstand gegen ihn noch wachsen. Wenn er jedoch den Stein fände, könnte er behaupten, das von Bruce eingeführte Thronfolgerecht sei falsch, und nicht der älteste Sohn, sondern derjenige, der den Krönungsstein findet, wäre der wahre Thronerbe. Die meisten Adeligen sind ohnehin der Meinung, Fife würde einen fähigeren König abgeben als Carrick. Sie mögen den Earl zwar nicht, doch wenn er den Stein vorweisen könnte, wäre ihm ihre Unterstützung gewiss. Ich verstehe nur nicht, wie er darauf kommt, dass du das Versteck des Steins kennst.«

»Vielleicht glaubt er ja, der Stein befände sich am gleichen Ort wie der Templerschatz«, mutmaßte Adela, und als sie sah, dass Rob und Henry einen Blick wechselten, fügte sie hinzu: »Denkt doch nur an die Worte des Chevaliers, Sir. Angeblich hat Fife zu ihm gesagt, er sei in zwei Wochen schon der zweite, der ihm von einem Geheimnis erzählt hätte.«

Rob verzog das Gesicht. »Das muss Will gewesen sein! Bestimmt wollte er sich mit diesen Andeutungen irgendwelche Vergünstigungen verschaffen. Ich weiß nur nicht, warum er so lange damit gewartet hat.«

Henry zuckte die Achseln. »Bis zum vergangenen Jahr, als

er immer mehr Aufgaben für den König übernahm, war Fife gar nicht in der Lage, Vergünstigungen zu gewähren.«

»Und der König wäre ganz gewiss nicht auf so einen selbstsüchtigen Speichellecker wie Will hereingefallen«, fügte Rob grimmig hinzu. »Aber wahrscheinlich hast du recht, Mädchen, und Fife glaubt, der Stein und der Schatz gehören zusammen.«

»Und deshalb sollten wir den Stein von hier wegbringen«, sagte Henry. »Wenn Fife sich ernstlich auf die Suche macht, wird das Tal von Roslin sein erstes Ziel sein.«

»Aber wie sollen wir den Stein denn transportieren?«, fragte Adela.

»Jemand hat ihn doch auch hergebracht«, erwiderte Rob.

»Wie auch immer. Heute Abend schaffen wir es jedenfalls nicht mehr. Was habt Ihr jetzt vor?«

Rob blickte Henry an. »Willst du wirklich heute noch nach Edinburgh?«

»Entweder heute Abend oder morgen früh. Michael hat mir gesagt, du hättest um ein großes Gefolge gebeten – oder vielmehr eins gefordert, wie er es ausdrückte.«

Rob nickte. »Wie unternehmungslustig wird Fife wohl sein, wenn er weder Douglas noch Sinclair fürchten muss?«

»Ganz schön unternehmungslustig«, erwiderte Henry augenzwinkernd.

»Das habe ich mir auch gedacht.«

»Und was habt Ihr Euch sonst noch gedacht?«, fragte Adela Rob mit milder Stimme.

Sein zerknirschtes Lächeln verriet, dass er genau wusste, wie ärgerlich sie noch immer auf ihn war. Doch er sagte nur: »Ich denke, Euer galanter Chevalier sollte mit Henry nach Edinburgh zurückreiten.«

»Du glaubst doch hoffentlich nicht, dass ich mich in seiner Gegenwart besonders wohl fühle«, erwiderte Henry.

»Ich gedenke, ihn ins Vertrauen zu ziehen«, erklärte Rob. »Ich werde ihm sagen, es soll ein Ablenkungsmanöver sein, falls

Fife uns beobachten lässt. Ich werde de Gredin mitteilen, dass ich mit dem Abt über etwas reden will, das ich auf Lestalric entdeckt habe.«

»Du glaubst, er erzählt es Fife, und der wird annehmen, du hättest den Schatz oder den Stein oder beides gefunden«, schlussfolgerte Henry. »Aber es ist doch möglich, dass er de Gredin hinterher umbringt, nicht wahr? Er ist ja jetzt schon ziemlich mordlüstern.«

»Dann nimm de Gredin doch mit nach Orkney«, schlug Rob vor. »Falls möglich, wäre es gut, wenn du schon in ein paar Stunden in die Stadt reiten würdest. Adela und ich kommen nach.«

»Ich kann aufbrechen, wann immer du willst, aber ich hatte eigentlich vor, von Fife unbemerkt nach Leeds zu reiten und dort mein Schiff zu besteigen«, erinnerte ihn Henry.

»Ja, aber ich brauche deine Hilfe.«

»Ihr seid ganz schön dreist geworden, Sir«, erwiderte Henry in strengem Ton.

»Noch dreister als früher?«, fragte Rob.

Da musste Henry lachen.

»Mach dir keine Sorgen, Henry. Selbst Fife wird es sich zweimal überlegen, bevor er sich mit dir anlegt. Aber jetzt kommt, ihr beiden. Wir müssen den Zugang wieder versperren.«

»Aber was willst du denn nun mit dem Stein machen?«, wollte Adela wissen.

»Darüber müssen Henry und ich uns noch beraten. Aber nicht jetzt«, erwiderte Rob.

Sie nickte und lobte sich im Stillen selbst, weil sie ihn nicht weiter bedrängt hatte. Außerdem hatte sie ihm nicht vorgeworfen, dass er ihr vorher nichts von der geheimnisvollen Höhle erzählt hatte, aus Angst, er würde sie weder auf die Suche noch später nach Edinburgh mitnehmen.

Sie nahm sich jedoch vor, ihm später die Meinung zu sagen.

***

Rob war nicht besonders überrascht darüber, wie gern sich de Gredin bereit erklärte, mit Henry in die Stadt zu reiten. Dabei versicherte ihm der Chevalier so eifrig, kein Sterbenswörtchen von Robs Plänen zu verraten, dass Rob am liebsten gesagt hätte, er könne nach Herzenslust darüber reden. Doch er verkniff sich die Bemerkung, da er dem Chevalier noch immer nicht über den Weg traute. Schließlich sollte ihm de Gredin als Köder dienen.

Später, als sie aufbrechen wollten und Rob Adela in den Sattel hob, fragte er sich, wann sie ihm wohl die Leviten lesen würde. Obwohl sie beim Abendessen freundlich mit ihm geplaudert hatte, war ihm ihre Anspannung doch nicht entgangen.

Irgendetwas nagte an ihr, und wenn er auch nicht wusste, was, war er doch ganz sicher, dass sie es ihm zu gegebener Zeit schon mitteilen würde.

Auch heute lag der Mond wieder hinter Dunstschleiern verborgen, doch allmählich wurden die Nächte milder.

Als Rob sich in den Sattel schwang, stellte er fest, dass seine Schulter trotz der Anstrengungen des vergangenen Tages kaum noch schmerzte. Adela hatte die Wunde noch einmal mit der Salbe eingerieben, doch Isabellas Trank aus Weidenrinde brauchte er nicht mehr.

Henry war mit großem Gefolge geritten, und auch Rob und Adela hatten ein Dutzend wohlbewaffneter Männer bei sich, unter ihnen auch Archie Tayt, den Rob nun vorausschicken wollte.

»Halte dich vom Hauptweg fern und sieh dich vor«, riet er ihm. »Schließlich wollen wir herausfinden, ob uns jemand auflauert. Auch wenn wir keine Fackeln dabeihaben, sind wir gut zu erkennen, zumindest solange der Mond scheint und der Nebel nicht dichter wird. Ach, und bevor du losreitest, Archie, sag den anderen, sie sollen ein wenig zurückbleiben.«

»Ja, Sir.«

»Also, Mädchen«, begann Rob, sobald sie außer Hörweite

der anderen waren. »Dann legt mal los. Was habe ich falsch gemacht?«

Überrascht blickte Adela ihn an, um herauszufinden, ob er streitlustig oder nur neugierig war. Selbst im bleichen Licht des dunstverhangenen Mondes konnte sie das belustigte Funkeln in seinen Augen sehen.

»Lacht Ihr etwa über mich, Sir?«

»Nein, Mädchen. Es ist nur, weil Ihr so ruhig und heiter wirkt. Dabei weiß ich genau, dass Ihr mich am liebsten in der Luft zerreißen würdet. Nicht, dass ich mich darauf freue, aber wenn ich etwas getan habe, das Euch verärgert, dann sollte ich es wohl erfahren, nicht wahr?«

»Es geht wieder einmal um Eure Geheimnisse«, erwiderte Adela. »Ihr habt mir die Tür zu den Höhlen unter der Burg gezeigt, aber mir nicht gesagt, wie man sie aufbekommt. Und als mir klar wurde, dass ich nicht an diesem Seil hinunterklettern konnte, um Fife zu entkommen, war mir der Fluchtweg versperrt.«

»Ich nehme nicht an, dass Ihr zu der Grube wolltet«, sagte er.

Sie blickte ihn nur an.

»Nein, vermutlich nicht.« Er zog eine Grimasse. »Ihr seid zu Recht zornig, Mädchen. Das war wirklich ein schlimmes Versehen, und ich entschuldige mich dafür. Ihr könnt Euch ja nicht vorstellen, welche Gedanken mir durch den Kopf gingen, als ich das offene Ausfalltor und das Seil sah. Wenn Ihr bei einem Fluchtversuch abgestürzt wäret, hätte ich mir nie verziehen, dass ich Euch das Seil gezeigt habe. Dass ich Euch noch stärker in Gefahr gebracht habe, als ich vergaß, Euch den Trick mit der Tür zu verraten, kam mir gar nicht in den Sinn. Sobald wir wieder auf Hawthornden sind, zeige ich Euch, wie es geht.«

Angesichts seiner Reumütigkeit legte sich ihr Zorn, und sie sagte: »Ich weiß ja, dass man Gewohnheiten nur schlecht ablegen kann.«

»Trotzdem bin ich nach wie vor der Meinung, dass Ihr nicht alle meine Geheimnisse kennen müsst. Doch darüber lässt sich streiten. Ich könnte mir ohnehin vorstellen, dass ich Euch mehr verraten werde, als ich eigentlich wollte.«

»Meint Ihr?«

»Ja, weil Ihr so zauberhaft seid, Liebste. Ich bin Wachs in Euren Händen.«

»Als Ihr und Henry mich nicht auf die Suche mitnehmen wolltet, wart Ihr das keineswegs.«

Er kniff prüfend die Augen zusammen. »Möchtet Ihr das wirklich noch einmal zur Sprache bringen?«

Bei der Erinnerung daran, wie sie ihm Schüssel und Servierplatte an den Kopf geworfen hatte, schüttelte sie den Kopf.

»Ich glaube nicht.«

Dann wechselte sie rasch das Thema: »Meint Ihr, Fife erwartet uns schon an der Abtei?«

»Nein. Er wird wohl eher damit rechnen, dass wir nach Roslin reiten, wo wir vor ihm sicher sind. Von unserem Aufenthalt in der Abtei wird er erst erfahren, wenn de Gredin oder seine Spione es ihm berichten. Auf jeden Fall will ich eine Begegnung mit ihm im offenen Gelände vermeiden, solange Ihr bei mir seid, und deshalb werden wir den Weg durch den Wald zur Abtei nehmen. Dann haben wir auch Zeit, mit dem Abt zu sprechen, bevor Fife uns aufspürt.«

»Wenn er uns überhaupt findet«, entgegnete sie.

Nun wechselte er das Thema und plauderte mit ihr über Belanglosigkeiten. Plötzlich sagte er: »Seht mal dort!«

Sie hatten den Höhenrücken erklommen, der sich über der bewaldeten Ebene vor der Stadt erhob, und sahen die Lichter von Edinburgh wie Edelsteine in der Ferne schimmern. Die Burg wirkte silbern auf ihrem dunklen Felsen.

»Das ist schön«, sagte sie. »Aber bei der Abtei ist alles dunkel.«

»Der Kirchhof wird beleuchtet sein, und der Abt ist bestimmt da.«

Kurze Zeit später kamen sie am Arthur's Seat vorüber und ritten in den Abteiwald hinein. Alles war still, bis auf das leise Klirren der Pferdegeschirre und das dumpfe Geräusch ihrer Hufe auf dem morastigen Pfad. Als sie von der Rückseite auf den Kirchhof ritten, wartete Archie Tayt bereits auf sie. Mit erhobener Hand ließ Rob seine Männer anhalten.

»Hast du Bruder Joseph gesehen?«, fragte er Archie.

»Ja, Sir. Ich soll Euch von ihm ausrichten, dass der Abt Euch noch vor der Nokturn sehen möchte. Sie haben noch nicht geläutet, aber er sagte, es würde nicht mehr lange dauern.«

»Wo ist Lord Orkney?«

»Er ist geradewegs durch die Stadt geritten, Mylord, hat aber nur die Hälfte seines Gefolges mitgenommen. Ich habe mit einem von seinen Männern gesprochen, als wir durch den Abteiwald ritten, und von ihm habe ich gehört, dass seine Lordschaft und der Chevalier beschlossen haben, Eurem Wunsch gemäß möglichst viel Aufsehen zu erregen.«

Mit einem Kopfnicken sprang Rob aus dem Sattel und half Adela beim Absitzen. Als sie sich eilig auf den Weg zum Eingangstor machten, flüsterte er ihr zu: »Mir scheint, Henry vertraut de Gredin mehr, als er sollte. Ich kann es ihm ja nicht übel nehmen; schließlich hätte ich dem Chevalier auch beinahe verraten, dass ich Fife dazu verleiten will, uns zu folgen. Ich hoffe, so weit ist Henry nicht gegangen.«

»Aber de Gredin hat uns doch geholfen«, erinnerte ihn Adela.

»Ja, schon, Mädchen. Trotzdem traue ich ihm nicht über den Weg. Wenn er meint, er wäre in Gefahr, kann er ja mit Henry nach Orkney fahren, wo er sicher ist. Mir tut es leid, dass Henry bei diesem Zusammentreffen nicht dabei sein kann.«

»Wir sind aber nicht nur hergekommen, um dem Chevalier auf den Zahn zu fühlen und Fife eine Falle zu stellen, oder?«

»Nein, aber möglicherweise war unser Weg umsonst.«

* * *

Sie betraten die Abteikirche und gingen durch den von Kerzen erleuchteten Vorraum ins Kirchenschiff, wo sie die massige Gestalt des Abtes erblickten. Er kniete auf dem gleichen Platz wie bei ihrem ersten Besuch.

Indem er ihr die Hand auf den Arm legte, bedeutete Rob Adela stehen zu bleiben. Dann schlang er den Arm um ihre Schultern und zog sie dicht an sich, wobei sein Körper wie immer sofort auf sie reagierte. Dabei fragte er sich, was nur aus ihnen werden sollte. Er hatte keine Angst vor Fife, fürchtete jedoch, dass der Earl Adela etwas antun könnte. Für ihre Sicherheit würde Rob alles tun. Die Orkneyinseln waren ein sicherer Zufluchtsort, nicht nur für de Gredin.

»Ich habe schon einmal alles aufgegeben und könnte es wieder tun.« Als sie ihn erstaunt ansah, wurde ihm klar, dass er laut gedacht hatte. »Ich führe nur ein Selbstgespräch, nichts weiter«, sagte er.

Doch natürlich war es nicht »nichts«, denn im gleichen Augenblick, als er die Worte aussprach, wusste er, dass er auch seinen Besitz Lestalric nicht verlieren wollte. Obgleich er seinen Vater oder Will nicht geliebt hatte, empfand er doch große Zuneigung zu seinem Großvater und wollte das ehren, wofür Sir Walter stand. Für Rob war Lestalric immer mit Sir Walter verbunden gewesen, und nun gehörte es ihm und würde eines Tages an seinen Sohn übergehen. Es war seine Pflicht, es zu bewahren und dafür zu sorgen, dass Fife es nicht in die Finger bekam. Doch selbst für dieses Ziel würde er Adelas Sicherheit nicht aufs Spiel setzen.

»Was kann ich für Euch tun, mein Sohn?«

Rob löste den Blick vom schönen Antlitz seiner Frau und sah, dass der Abt auf sie zugeschritten kam. Da ließ Rob Adela los und fragte: »Können wir hier irgendwo ungestört reden, Sir?«

»Ja, aber nur kurz«, erwiderte der Abt. »In weniger als einer Viertelstunde läutet es zur Nokturn. Stimmt etwas nicht, Sir Robert?«

»Das weiß ich nicht, Sir. Aber mehr kann ich Euch nur sagen, wenn uns mit Sicherheit niemand belauscht.«

Mit den Worten: »Ich verstehe. Dann kommt mit in diese Kammer«, öffnete er eine Tür. »Die Tür hat kein Schloss, doch wenn die Lady so freundlich wäre, Wache zu stehen, brauchen wir auch nicht abzuschließen. Die Brüder kommen erst mit dem Glockengeläut in die Kirche.«

Als Adela zögerte, verstand Rob sie auch ohne Worte. »Ich möchte, dass meine Lady alles mitanhört«, sagte er. »Ich könnte mir vorstellen, dass Ihr etwas dagegen einzuwenden habt, aber …«

»Nein, mein Sohn. Im Verständnis der Heiligen Kirchen sind Mann und Frau ein Fleisch und Blut. Daher soll es sein, wie Ihr wünscht. Sie kann von innen an der Tür Wache halten. So bekommt sie alles mit, was wir sagen, und kann uns trotzdem warnen, falls jemand die Kirche betritt. Also nun«, fügte er hinzu, indem er Rob in die Kammer führte, »worum geht es?«

»Wir haben heute in der Nähe von Hawthornden Castle etwas überaus Wertvolles gefunden.«

»Aha.«

Die Miene des Abtes blieb ausdruckslos, doch die Tatsache, dass er nicht nachfragte, bestärkte Rob in seiner Gewissheit. Vielleicht war der Abt ja einfach kein neugieriger Mensch, doch Rob hatte das Gefühl, er fragte deswegen nicht nach, weil er schon Bescheid wusste.

»Ihr wart während des letzten Einfalls der Engländer nach Schottland schon hier in Holyrood, nicht wahr, Sir?«

»Ja. Damals war ich der Stellvertreter des Abtes, so wie Bruder Joseph heute mein Stellvertreter ist.«

»Und ihr kanntet doch auch meinen Großvater, oder?«

»Ja, sehr gut sogar, ebenso wie mein Vorgänger.«

Rob zögerte. Seit der Entdeckung des Steins hatte er sich immer wieder ausgemalt, was er dem Abt sagen wollte, doch nun, da es so weit war, verspürte er wieder diese altbekannte Hemmung, zu viel zu verraten.

Er schaute zu Adela, doch die beobachtete durch den Türspalt aufmerksam das Kirchenschiff.

»Dieser Gegenstand, den Ihr gefunden habt, Sir Robert – was, wenn ich fragen darf, habt Ihr damit vor?«, fragte der Abt vorsichtig in die Stille.

Rob blickte ihm in die Augen. »Darüber wollte ich mich mit Euch beraten, Mylord.«

»Ich verstehe. Vielleicht könntet Ihr mir sagen, welche Farbe der Gegenstand hat.«

»Schwarz oder dunkelgrau. In dem schwachen Licht konnte ich das nicht genau erkennen.«

»Und seine Größe?«

»Einen Meter lang, etwa sechzig Zentimeter breit und kniehoch.«

»Steht er auf Beinen?«

»In gewisser Weise schon. Die vorderen sehen aus wie Reptilienbeine, und …«

Der Abt nickte. »Dann brauchen wir nicht mehr zu sagen. Lasst uns den betreffenden Gegenstand auch nicht beim Namen nennen, denn das habe ich mir vorgenommen, um die Abtei zu schützen. Bei dem Gespräch, das der ehemalige Abt und ich seinerzeit mit Eurem Großvater führten, ging es ebenfalls um die Sicherheit von Holyrood.«

»Also befand sich der Gegenstand hier?«

»Ja, beinahe von Anfang an. Der Abt von …«, er zögerte, »… einer anderen Abtei wandte sich um Hilfe an den hiesigen Abt, da er damit rechnete, dass die Eindringlinge geradewegs zu seiner Abtei ziehen würden. Unser damaliger Abt, müsst Ihr wissen, stammte von Lestalric und war seinem Land ebenso treu ergeben wie seiner Abtei. Er sagte nie die Unwahrheit, aber die Wahrheit zu verschweigen kommt einer Lüge selbstverständlich so nahe, dass es ebenfalls Buße und Absolution erfordert. Jedenfalls rettete er diese Abtei und zugleich den Gegenstand.«

»Dann kamen die Engländer wieder«, sagte Rob.

»Ja. Aber vergesst nicht, dass sie von 1296 an diese Gegend besetzt hielten, bis Bruce sie in der Schlacht von Bannockburn vertrieb. Als er fünfzehn Jahre später im Sterben lag, drohten sie, erneut in unser Land einzufallen. Sie überschritten die Grenze und richteten in der Abtei Melrose und weiteren Klöstern großen Schaden an. Es konnte keinen Zweifel geben, dass sie das Gleiche auch hier vorhatten.«

»Was habt Ihr getan?«

»Wir wandten uns an den König. Robert the Bruces Sorge um das Geschick Schottlands war über jeden Zweifel erhaben, und er tat alles, um sein Land zu beschützen. Seiner Meinung nach durften wir es nicht wagen, unser Wissen preiszugeben, bevor der schottische Thron nicht in sicheren Händen war und von den Engländern keine Gefahr mehr drohte. Allerdings riet er uns, das Geheimnis zwei Männern anzuvertrauen, deren Namen er uns nannte und die ihre Treue zu ihm unter Beweis gestellt hatten. Später opferten diese beiden ihr Leben in seinem Dienst.«

»Ich weiß, wer sie waren«, erwiderte Rob und setzte hinzu: »Orkney war auch dabei, als wir den Gegenstand fanden.«

»Dann werdet Ihr ja wissen, dass sowohl Sinclair als auch Logan ihr Wissen an ihre Söhne weitergaben, bevor sie sich auf den Weg machten, um Bruces Herz ins Heilige Land zu bringen.«

»Was war mit Douglas?«, fragte Rob. »War der gute Sir James nicht ebenfalls eingeweiht?«

»Nein, denn obgleich Bruce ihm vertraute, wusste er doch, dass die Familie Douglas es selbst auf die schottische Krone abgesehen hatte. Und außerdem war der Clan schon damals mindestens genauso zerstritten wie heute. Bruce vertraute nur Sir James.«

»Aber es müssen noch andere gewusst haben«, wandte Rob ein. »Zwei Männer allein hätten es niemals geschafft, den Gegenstand auch nur einen Meter weit, geschweige denn von Holyrood zu seinem jetzigen Versteck zu tragen.«

»Ja, gewiss«, erwiderte der Abt leichthin. »Aber es gab da eine Organisation besonders tapferer Soldaten, die bei Bannockburn getreu an Bruces Seite gekämpft hatten. Von denen wählte er mehrere aus, damit sie Sinclair und Eurem Großvater helfen sollten.«

»Eine Organisation?«, fragte Rob, der aus dem Augenwinkel sah, dass Adela sich umgedreht hatte. »Ich glaube, davon habe ich schon einmal etwas gehört, Sir.«

Der Abt erwiderte fest seinen Blick. »Das glaube ich gern«, sagte er, »aber uns bleibt nicht mehr viel Zeit. Ihr habt mich um meinen Rat gefragt, also werde ich Euch verraten, was Bruce damals zu uns sagte. Mindestens drei Männer sollten das Versteck des Gegenstandes kennen, doch darüber hinaus sollte es ein Geheimnis bleiben, dass er sich in Schottland befindet, bis zum dem Tag, da der schottische Thron gesichert wäre. Angesichts der Zwistigkeiten innerhalb der königlichen Familie und eines erneut drohenden Angriffs der Engländer würde ich vorschlagen, wir lassen alles beim Alten, solange das Versteck sicher ist.«

»Ja, gut, aber ich bin fast davon überzeugt, dass der Earl of Fife ...«

Ein entferntes Geräusch unterbrach ihn.

»Da kommt jemand!«, rief Adela.

Fife trat als Erster durch den Torbogen zum Vorraum. Als Adela seine grimmige Miene sah, erschrak sie, doch Robs warme Hände auf ihren Schultern und die Anwesenheit des Abtes erinnerten sie daran, dass sie nicht allein war.

Mit gezücktem Schwert betrat Fife das Kirchenschiff, gefolgt von einigen ebenfalls bewaffneten Männern. Da schob Rob Adela sanft beiseite, öffnete weit die Tür und trat hinaus. »Sucht Ihr mich, Mylord Earl?«

Mit klopfendem Herzen blickte Adela hinaus.

»Ihr steht unter Arrest, Lestalric, und Eure Lady auch«, fuhr Fife ihn wütend an. »Ich weiß, dass sie hier bei Euch ist.«

»Betretet Ihr eine Kirche immer mit dem blanken Schwert?«, erkundigte sich Rob in gelangweiltem Ton.

Fife erstarrte. Offenbar war er kurz davor, die Fassung zu verlieren. »Zieht auch Ihr Euer Schwert, dann bringen wir die Sache gleich hier zu Ende«, sagte er.

»Ich ziehe meine Waffe nicht in einem Gotteshaus«, entgegnete Rob mit einem bedauernden Unterton, wie Adela fand. »Aber wenn Ihr wollt, treffen wir uns auf dem Kirchhof.«

»Wo ist Orkney?«

»Was? Habt Ihr Angst vor Henry? Der ist wahrscheinlich schon an Bord seines Schiffes und kann Euch nichts mehr tun.«

»Ich weiß genau, dass er sich bis vor Kurzem noch mit einem großen Gefolge in der Stadt aufhielt.«

Über ihren Köpfen begann die große Glocke zu läuten.

Fife fuhr herum und schnauzte einen seiner Männer an: »Sag ihnen, sie sollen gefälligst mit diesem Lärm aufhören, bis ich hier fertig bin!« Der Mann machte sich schleunigst davon.

In diesem Augenblick spürte Adela, wie sich erneut Hände auf ihre Schultern legten, doch da sie wusste, dass sie dem Abt gehörten, erschrak sie nicht.

Wie zuvor Rob schob auch er sie beiseite und ging hinaus, woraufhin Adela sofort wieder ihren Beobachtungsposten einnahm.

Noch immer dröhnte die Glocke, während die Mönche, die Kapuzen über den Kopf gezogen, hereinkamen und ihre Plätze im Chorgestühl einnahmen.

Das Schwert noch immer in der Hand, ging Fife auf Robert zu, ohne ihn aus den Augen zu lassen. Den Abt hatte er entweder nicht bemerkt, oder er beachtete ihn nicht.

Mit jedem Schritt, den Fife näher kam, schien Robs Spannung zu wachsen, bis es Adela vor Angst fast den Atem nahm. Endlich griff auch Rob zu seinem Schwert, doch der Abt hielt seine Hand fest. Dann trat er vor Fife hin, wartete, bis das Läuten aufgehört hatte, und sagte streng: »Steckt Eure Waffe weg, Sir!«

»Geht mir aus dem Weg, alter Mann!«, blaffte Fife mehr als unbeherrscht.

»Ich habe mir sagen lassen, dass Ihr – bei all Euren Fehlern – doch ein gottesfürchtiger Mann seid, mein Sohn. Wollt Ihr als Prinz dieses Reiches etwa Sein Haus durch Gewalttätigkeiten entweihen?«

»Dieser Mann dort und seine Frau stehen unter Arrest wegen Tätlichkeiten und Mord. Wenn sie sich mir noch länger widersetzen, werde ich sie mit Gewalt wegschaffen und aufhängen lassen.«

»Das werdet Ihr nicht tun, mein Sohn, denn das hier ist eine heilige Zufluchtsstätte. Solltet Ihr jemanden gegen seinen Willen von hier fortbringen, so werdet Ihr exkommuniziert. Wollt Ihr für alle Ewigkeit in der Hölle schmoren? Steckt das Schwert weg!«

Zögernd blickte sich Fife zu seinen Männern um, die ihm gefolgt waren, und machte noch einen Schritt nach vorn. Plötzlich entstand Unruhe im Chorgestühl.

Adela drehte sich gerade rechtzeitig um, um zu sehen, wie die Mönche ihre schwarzen Kutten abwarfen, unter denen Robs zwölf bewaffnete Männer zum Vorschein kamen. Noch hatten sie ihre Schwerter nicht gezückt, doch es bestand kein Zweifel, dass sie es im Notfall tun würden.

Der Abt war womöglich noch verblüffter als Adela. Seine Augenbrauen schossen in die Höhe, doch er ließ sich nichts anmerken und sagte ruhig zu Fife: »Eine solche Freveltat – denn das wäre es – würde auch Eure Familie nicht gutheißen. Ihr wisst genau, dass weder Sir Robert noch seine Lady die von Euch erwähnten Verbrechen begangen haben.«

Ohne Fife aus den Augen zu lassen, sagte Rob: »Er glaubt, ein Freund von ihm würde das Verbrechen bezeugen, das er meiner Lady zur Last legt. Darüber hinaus ist er davon überzeugt, ich hätte, um sie zu beschützen, diesen Freund am letzten Dienstag, als die Glocke zur Nokturn läutete, angegriffen.«

»Letzten Dienstag?«, fragte der Abt mit gerunzelter Stirn. »Glaubt Ihr das wirklich, mein Sohn?«

»Ja, weil es stimmt«, knurrte Fife.

»Nein, das tut es nicht«, entgegnete der Abt. »Am letzten Dienstag habe ich nämlich Sir Robert und seine Lady in Anwesenheit aller Brüder dieser Abtei getraut. Gerade als sie die Kirche verließen, begann es zu läuten. Wo geschah dieser Angriff?«

»Nahe St. Giles«, stieß Fife wütend hervor.

Der Abt blickte Rob an. »Könnte die erwähnte Person etwas gegen Eure Lady vorbringen?«

»Nein, darauf gebe ich Euch mein Wort.«

»Dann werde ich, weiß Gott, zehn andere finden, die es tun«, knurrte Fife.

Der Abt bedachte ihn mit einem strafenden Blick. »Mit einer solchen Aussage verratet Ihr Euch selbst, mein Sohn. In Wirklichkeit gibt es weder ein Verbrechen noch eine Anklage. Ich würde vorschlagen, Ihr geht jetzt nach Hause.«

Einer von Fifes Männern kam leise herbei und flüsterte ihm etwas ins Ohr, woraufhin der Earl sich auf dem Absatz umdrehte und wortlos die Kirche verließ.

Adela starrte ihm nach. »Meine Güte, ich hätte nicht gedacht, dass er so ohne Weiteres geht«, sagte sie.

»Wahrscheinlich hat er seinen Fehler eingesehen«, sagte der Abt.

»Sein Gefolgsmann hat ihm wohl eher Bescheid gesagt, dass Henry und seine Männer auf dem Kirchhof sind«, erwiderte Rob grinsend. »Und seine eigenen Leute wissen inzwischen, dass Fifes Anklagen falsch sind. Sein sogenannter Freund, der Chevalier de Gredin, wurde von niemandem anderem angegriffen als von Fife selbst. Der steckte auch hinter dem Überfall auf mich in der Nähe von Lestalric. Aber jetzt haben wir ihm hoffentlich den Wind aus den Segeln genommen.«

»Meint Ihr, wir sind jetzt vor ihm sicher?«, fragte Adela zweifelnd.

»So sicher wie man vor einem rachsüchtigen Fürsten sein kann«, erwiderte Rob. »Aber dieses Gefecht haben wir jedenfalls gewonnen. Es tut mir leid, dass sich unseretwegen Eure Andacht verzögert, Mylord Abt.«

»Hütet Euch, mein Sohn«, erwiderte der Abt. »Der Earl of Fife mag kein großer Krieger sein, doch er ist verschlagen und daher gefährlich.«

»Ich hoffe nur, er lässt uns genügend Zeit, um Vorkehrungen zu unserem Schutz zu treffen«, sagte Rob. »Doch ich weiß, Ihr müsst nun die Andacht halten, und ich danke Euch vielmals. Wir werden es Euch nicht vergessen.«

»Ebenso wenig, wie man in Holyrood Lestalric vergessen wird«, erwiderte der Abt herzlich.

Auf dem Hof, außer Hörweite, wartete Henry geduldig mit einem großen Trupp Männer. Von Fife war nirgends etwas zu sehen.

»Was ist mit de Gredin?«, fragte Rob.

Henry grinste. »Der müsste mittlerweile an Bord meines Schiffes sein. Vorher hat er noch eine Nachricht an Fife geschickt, die besagt, dass er ihn lieber nicht wiedersehen will.«

»Ich traue dem Chevalier immer noch nicht über den Weg, Henry.«

»Meine Männer werden ein Auge auf ihn haben«, antwortete Henry und fügte mit einem Kopfnicken in Richtung Kirche hinzu: »Ich nehme an, da drin ist alles gut gegangen.«

»Ja, durchaus«, erwiderte Rob und berichtete ihm kurz, was vorgefallen war.

Als er geendet hatte, fragte Adela: »Aber was habt Ihr beide denn nun mit dem Stein vor?«

»Das müssen wir uns noch überlegen«, erwiderte Rob.

»Ich könnte ihn ja mit nach Orkney nehmen«, schlug Henry vor, als Rob Adela aufs Pferd hob.

»Um Himmels willen, Henry, sie vermuten doch schon, dass

du den Schatz hast. Ich würde mich nicht wundern, wenn Fife Orkney angreift, um ihn zu bekommen.«

»Das wäre eine Kriegserklärung an den König von Norwegen«, erklärte Henry.

»An Norwegen denkt er vielleicht gar nicht«, sagte Rob. »Aber auf den Inseln gibt es noch jemanden, der mächtig und zuverlässig genug ist, dass wir ihm den Stein anvertrauen könnten.«

»Der Lord der Inseln?«, vermutete Adela, während sie zusah, wie Rob sich in den Sattel schwang.

»Nein, Mädchen«, entgegnete Rob. »Ich habe keinen Grund, an Donalds Ehrlichkeit zu zweifeln, doch er ist der Enkel des Königs und Fifes Neffe. Wir können uns nicht darauf verlassen, dass er ihnen nichts verrät. Doch Ranald von den Inseln ist einer der ehrenhaftesten Männer Schottlands. Und außerdem« – er warf Henry einen Blick zu – »ist er ein Mitglied dieser Organisation besonders tapferer Soldaten, die bei Bannockburn ihre Königstreue bewiesen haben, wie der Abt es ausdrückte.«

Henry nickte. »Ja, das stimmt, und es ist eine gute Idee von dir. Aber wie sollen wir es anfangen?«

»Wir haben genügend Zeit, darüber nachzudenken«, antwortete Rob. »Auch wenn Fife den Verdacht hegt, dass ich etwas über den Stein weiß, könnte er ohne die Unterstützung anderer einflussreicher Adeliger kein Heer gegen mich aufstellen, zumal ich nicht lange brauchen würde, um meine Männer auf Lestalric zu mobilisieren. Es wäre natürlich etwas anderes, wenn Seine Gnaden ein eigenes Heer besäße wie die englischen Könige.«

»Ja, denn das würde sich Fife, wie so viele andere Dinge, auch im Handumdrehen unter den Nagel reißen.«

»Aber so, wie die Dinge liegen, muss der König der Schotten seine Adeligen überreden, ihm Männer für seine Streitmacht zur Verfügung zu stellen«, sagte Adela.

»Genau«, erwiderte Rob. »Und das bedeutet, wir können

den Stein vorerst an Ort und Stelle lassen, wo er von den Sinclairs bewacht wird. Was mir mehr Sorgen macht, ist eine noch immer drohende Invasion der Engländer. Mir wäre es lieb, wenn der Stein vor ihnen sicher ist; er ist einfach ein zu bedeutender Teil der schottischen Geschichte.«

Henry nickte. »Wir werden darüber nachdenken. Kommt ihr mit mir?«, fragte er, während er sein Pferd zum Tor der Abtei lenkte.

»Ja, zumindest ein Stück«, antwortete Rob.

»Aber reitet Henry denn nicht nach Leith?«, fragte Adela erstaunt.

»Doch, mein Schatz«, sagte Rob lächelnd. »Und wir reiten nach Hause.«

# *Epilog*

*In der Nähe des Hafens von Leith, sechs Wochen später*

Da drüben«, sagte Rob und deutete auf eine Reihe von Felsformationen am Ufer des Firth of Forth. »Hinter dieser Landzunge liegt ein Felsvorsprung, auf dem wir vor dem Wind geschützt sind. In der Nähe gibt es auch einen Streifen Grasland, wo die Pferde weiden können.«

Der Vorsprung war breit genug, um bequem darauf zu sitzen, und an den Felshang dahinter konnte man sich gut anlehnen, wie Rob von zahlreichen Ausflügen als Junge in Erinnerung hatte. Dieser Platz war sein Versteck gewesen, wohin er sich zurückzog, wenn er allein sein wollte. An diesem abgeschiedenen Fleck hatte er gern gesessen und nach Schiffen Ausschau gehalten. Jetzt wollte er ihn mit seiner Frau teilen.

Sie lehnten sich mit dem Rücken gegen den felsigen Hang, der bis zu den Wellen abfiel, blickten in den sonnigen blauen Himmel über ihnen, an dem duftige weiße Wölkchen zogen, und fühlten sich wie in einer eigenen Welt zwischen Himmel und Meer.

»Gefällt es dir hier, Liebste?«, fragte er.

»Ja, es ist sehr schön«, antwortete Adela, »aber ich habe ein schlechtes Gewissen, weil wir hier herumsitzen, Rob. Sie können jetzt jeden Augenblick eintreffen, und wir sollten sie begrüßen.«

»Seit vierzehn Tagen denkst du an nichts anderes als an das Wohlergehen unserer Gäste«, erwiderte er. »Dank Henrys Vertrauensmann und meinen eigenen übermenschlichen Anstrengungen haben wir nun einen eigenen Haushofmeister, einen Burgvogt und eine anständige Burgbesatzung. Außerdem ist Fife in sicherer Entfernung im Grenzland und tut so, als würde er den Douglas helfen, die Engländer abzuwehren. Und darüber hinaus«, setzte er hinzu, »wissen wir jetzt, dass Tam Geddes uns nicht bestohlen hat. Mein Vater hätte einfach schlecht gewirtschaftet, sagt Henrys Mann.«

»Das werden wir besser machen«, erwiderte sie.

»Ja, denn ich hatte das Glück, ein Mädchen zu heiraten, das sich, im Gegensatz zu mir, auf die Führung eines großen Haushaltes versteht. Doch auch wenn ich in erster Linie zum Ritter und nicht zu einem Bauern oder Geschäftsmann ausgebildet wurde, lerne ich rasch, was ich wissen muss. Und deshalb kann ich mir jetzt auch einen friedlichen Nachmittag mit meiner Frau gönnen.«

»Aber was ist mit unseren Gästen?«

»Unsere Gäste werden staunen, was wir alles bewerkstelligt haben.«

»Die Gräfin staunt nie über etwas.«

»Ja, das stimmt schon. Und ich wette, Lady Clendenen wird für alles und jedes noch Verbesserungsvorschläge haben.«

»Sorcha ebenfalls. Glaubst du wirklich, sie und Hugo treffen heute in Leith ein?«

»Er hat es gesagt.«

»Wirst du ihnen von dem Stein erzählen?«

»Das werden wir wohl müssen. Wir teilen mittlerweile so viele Geheimnisse, die damit in Zusammenhang stehen, dass es unmöglich wäre, etwas davon für sich zu behalten. Darüber hinaus brauchen wir die Hilfe der übrigen Templer, um den Stein fortzuschaffen.«

»Fife wird Henrys Schiffe beobachten lassen, meinst du nicht?«

»Ja, aber es wird schon einen Weg geben«, antwortete er zuversichtlich.

»Hier wird Hugo uns nicht finden. Sollten wir nicht hinunter zum Hafen gehen?«

»Nein, Liebste. Bis zum Abendessen werden wir wohl noch

genug Gesellschaft haben, und unsere Gäste wollen immerhin zwei Wochen bleiben. Jetzt wünsche ich mir ein Stündchen nur mit meiner Frau. Und ich möchte, dass sie sich entspannt und alle ihre Pflichten vergisst, bis auf eine.«

Sie lächelte. »Und die wäre, Sir?«

»Ihren Gatten zu lieben und zu ehren.«

»Das tue ich, das weißt du doch«, antwortete sie mit sanfter Stimme.

Er seufzte. »Ich erinnere mich noch, wie du zu Fife gesagt hast, du hättest mich sehr gern.«

»Und das habe ich auch so gemeint, das weißt du doch«, sagte sie.

»Ach ja?« Er tat so, als müsste er nachdenken. »Wenn ich mich recht entsinne, warst du damals ein bisschen ärgerlich auf mich.«

»Das hattest du auch verdient.«

»Mag sein. Aber jetzt verdiene ich es, geliebt zu werden.«

»Na gut«, sagte sie und lehnte sich an ihn. »Ich würde ganz gern noch ein Weilchen die Sonne und den Wind auf meinem Gesicht spüren. Ich glaube, ich mache ein wenig die Augen zu.«

Sie schwieg, und er lehnte sich zurück, genoss die Wärme und beobachtete müßig den Flug der Möwen am Himmel. Als er sie erneut anschaute, waren ihre Augen noch immer geschlossen und die Lippen leicht geöffnet. Sie wirkte rundum zufrieden.

Durch die Sonne waren ihre Wangen noch ein wenig rosiger als sonst, und auf ihrer Oberlippe standen winzige Schweißperlen. Sie atmete tief und gleichmäßig, und ihre weichen Brüste hoben und senkten sich verlockend nahe.

In einem Augenblick erschien sie ihm wie ein unschuldiges Kind und im nächsten wie eine verführerische Frau.

Sein Verlangen nach ihr wurde geradezu übermächtig, doch da war noch etwas anderes, und plötzlich wusste er genau, was er für sie empfand. Er hatte immer gedacht, er brauchte jemanden, für den er sorgen konnte, eine eigene Familie. Doch das allein genügte nicht. Er musste Liebe geben und empfangen.

Seine Schulter schmerzte schon lange nicht mehr. Also stützte er sich auf den Ellbogen und betrachtete Adela ausgiebig. Von dem schwachen Pulsieren an ihrem Hals ließ er seinen Blick erneut zu ihren weichen Brüsten wandern. Dann beugte er sich über sie, bis sich ihre Lippen beinahe berührten.

Sie schlug die Augen auf und sah ihn an.

»Du hast dich ja gar nicht erschreckt«, sagte er leise.

»Nein, vor dir doch nicht. Niemals. Ich liebe dich so.«

»Das weiß ich. Ich spüre es jeden Tag.«

»Und du?«

»Ich glaube, ich habe mich schon in dich verliebt, als ich dich damals auf Orkney erblickte«, antwortete er.

»Stimmt ja gar nicht.«

»Na ja, vielleicht nicht gleich im ersten Augenblick, aber spätestens, als ich hörte, dass du Hugo eine Schale mit Weihwasser über den Kopf gegossen hättest.«

»Ihr macht Scherze, Sir, aber die Liebe ist eine ernsthafte Angelegenheit.«

»Tatsächlich, Liebste? Ich muss gestehen, ich habe nicht damit gerechnet, jemals viel von Liebe zu verstehen.«

»Aber nun tust du es doch, und zwischen uns darf es keine Geheimnisse mehr geben.«

»Nie mehr«, erwiderte er.

»Ein Geheimnis will auch ich dir verraten«, sagte sie.

Das Herz ging ihm auf, denn er brauchte nicht zu fragen, was sie meinte. »Du erwartest ein Kind, Mädchen? Bist du sicher?«

»So gut wie sicher«, erwiderte sie. »Meine Dienstmagd ist jedenfalls davon überzeugt.«

»Dann muss es ja stimmen«, sagte er und gab ihr einen zarten Kuss.

Im selben Augenblick, als sich ihre Lippen berührten, schien sein Körper Feuer zu fangen, und es war um ihn geschehen. Er verlor keine Zeit, sondern löste eilig die Haken und Bänder an ihrem Kleid, wobei sie ihm nach Kräften half.

Dann schlang sie die Arme um ihn und drückte ihn an sich, bevor sie sich wieder an die Felswand lehnte, während er ihr Mieder und Hemd aufschnürte und sich an ihren zarten Brüsten weidete. Dabei malte er sich aus, wie ein Baby daran saugen würde.

Ihre Brustwarzen waren hart, die Haut an ihren Brüsten wie Seide. Er küsste und streichelte sie und saugte daran, bis er die Erregung kaum noch ertragen konnte.

Adela sah zu, wie er ihre Brüste liebkoste, streichelte ihm übers Haar und genoss die Empfindungen, die seine Lippen und Finger in ihrem Körper auslösten, der jetzt begann, auf seine Berührungen zu reagieren. Dabei wanderten ihre Gedanken für einen kurzen Augenblick zu Ardelve.

Ob er eines natürlichen Todes gestorben war oder nicht, wussten sie nicht, doch sie war froh, dass sie sich mit Zuneigung an ihn erinnern konnte, und davon überzeugt, dass er ihre Heirat mit Rob gutheißen würde. Er war ein guter Mann gewesen, und sie hatte ihn gemocht. Doch jetzt, da sie Rob liebte, war ihr klar, wie dumm es von ihr gewesen war zu glauben, dass Freundlichkeit und die Aussicht auf ein wenig Trost für eine gute Ehe reichten.

Als sie aufs Wasser hinausblickte, sah sie in der Ferne ein Schiff und fragte Rob, ob die Leute darauf sie wohl sehen könnten. Er antwortete nicht, sondern lächelte nur und ließ die Hände zärtlich über ihren Bauch und immer weiter hinunter gleiten. Dann schob er ihre Röcke hoch und liebkoste sie zwischen den Beinen, und plötzlich waren alle Gedanken an etwas anderes wie ausgelöscht.

Sie hatte irgendetwas von einem Schiff gemurmelt, doch er hatte nicht weiter darauf geachtet. Schließlich reagierte ihr

Körper und wölbte sich ihm entgegen, während sie entzückende kleine Schreie ausstieß. Jetzt gab es für sie keine Schiffe mehr, sondern nur noch ihn, denn er berührte sie an ihrer empfindlichsten Stelle und erregte sie damit immer stärker, bis ihre Spannung sich schließlich löste. Dann ließ er es langsamer angehen, denn er wollte ihr Zusammensein an diesem friedlichen Ort so lange wie möglich auskosten.

Er zog sie an sich, küsste sie erneut und ließ seine Hände nach Herzenslust über ihren herrlichen Körper wandern, sanft und zärtlich zuerst, doch schließlich immer fordernder. Dabei überlegte er, wie das Kind, das sie trug, wohl aussehen würde.

Würde es wohl ein Junge werden, der ihm ähnelte, oder ein hübsches kleines Mädchen wie sie?

Als die beiden Vorstellungen ineinander flossen und er ein kleines Mädchen mit einem Schwert in der einen und einem Dolch in der anderen Hand vor seinem geistigen Auge sah, musste er lachen.

»Worüber lachst du?«, murmelte sie.

Als er es ihr erzählte, schüttelte sie den Kopf. Dann sagte sie seufzend: »Die anderen sind bestimmt schon da. Wir sollten bald gehen.«

»Ihr solltet ausschließlich an Euren Gemahl denken, Madam. Küss mich, aber richtig, sonst muss ich dich bestrafen. Ich glaube, du hast mir einmal erzählt, dass du kitzlig bist.«

Sie lachte und gehorchte ihm nur zu bereitwillig. Als sie damit seine Erregung von Neuem anfachte, entschied er, dass Hugo und die anderen – ja, sogar die Gräfin – sich noch eine Stunde gedulden mussten … oder auch zwei.

# *Liebe Leserin, lieber Leser,*

ich hoffe, *Die Küsse des Highlanders* hat Ihnen gefallen. Historische Geheimnisse faszinieren mich schon seit Jahren, und daher reizte es mich besonders, gleich zwei davon in einer Geschichte miteinander zu verknüpfen.

Sir Robert Logan of Lestalric ist eine fiktive Gestalt. Zwar liegt ihr viel von der Lebensgeschichte des ersten Sir Robert Logan of Restalrig zugrunde, doch gibt es nicht den geringsten Hinweis darauf, dass dieser Gentleman ein Tempelritter war. Doch was die beiden früheren Logan-Brüder betrifft, die dabei waren, als Sir James Douglas und Sir William Sinclair das Herz von Robert the Bruce ins Heilige Land zu bringen versuchten, so ist es durchaus denkbar, dass sie, ebenso wie die Sinclairs, Verbindungen zum Templerorden hatten.

Bei den Recherchen zu diesem Buch befasste ich mich unter anderem mit der posttraumatischen Belastungsstörung (an der Adela noch längere Zeit nach ihrer Entführung und dem darauffolgenden Tod ihres Mannes litt) und erfuhr, dass im vierzehnten Jahrhundert ein Ritter angesehener war als ein Edelmann (der im Grunde lediglich ein Landbesitzer war).

Die Informationen über das Edinburgh des vierzehnten Jahrhunderts, Edinburgh Castle und die Abtei Holyrood entstammen verschiedenen Quellen, von denen eine der interessantesten Elizabeth Ewans *Townlife in Fourteenth-Century Scotland* (Edinburgh, 1990) ist.

Noch eine wissenswerte Kleinigkeit: Während zahlreiche Städte in England und auf dem Kontinent mit Mauern umgeben waren, deren Tore über Nacht geschlossen wurden, war das in Schottland anders. Im vierzehnten Jahrhundert verfügten nur Perth und Berwick über eine Stadtmauer, und das auch nur, weil die Engländer beide Städte gegen Ende des dreizehnten, Anfang des vierzehnten Jahrhunderts über einen längeren Zeitraum besetzt hielten und sie nach ihren eigenen militärischen Erkenntnissen befestigten. Die meisten schottischen Städte hingegen waren bei Gefahr auf den Schutz der nahe gelegenen Burg angewiesen oder besaßen keinerlei Mittel zur Verteidigung.

Bei der Beschreibung Edinburghs habe ich mich auch von einer Zeichnung anregen lassen, die zeigt, wie die Burg von 1377 (als Robert II. den großen Turm vollendete, dessen Bau 1367 von David II. begonnen worden war) bis 1571–73 aussah, als der Davidsturm während einer zweijährigen Belagerung durch Kanonenkugeln zerstört wurde. Der Turm war annähernd dreißig Meter hoch und umfasste drei Stockwerke mit königlichen Gemächern. Heute sind von der Ruine nur noch Teile des Erdgeschosses sowie ein Stück der Burgmauer vorhanden. Darüber hinaus besitze ich einen Plan der Königsresidenz mitsamt der Canongate, der einige Jahre später entstand. Diese beiden Quellen waren mir eine große Hilfe.

Ein Großteil der Beschreibungen des Steins der Vorsehung, seiner Geschichte und seines mutmaßlichen Verbleibs habe ich dem Buch *Stone of Destiny* von Pat Gerber (Edinburgh 1997) entnommen. Die Bücher des großen schottischen Schriftstellers Nigel Tranter, dessen Schilderungen weitgehend von Pat Gerbers Forschungen bestätigt werden, haben mein Interesse an dem Thema erst geweckt.

Mr Tranter hat sich intensiv mit der Geschichte des Steins beschäftigt und war persönlich an dem unglückseligen Unternehmen beteiligt, bei dem schottische Nationalisten im Jahr 1950 den Krönungsstein, den die Engländer in die Westminster Abbey verbracht hatten, wieder nach Schottland holen wollten. Wie die übrigen Beteiligten behielt auch Mr Tranter einen Splitter des Steins, den er »unter einer Miniaturnachbildung des Krönungsstuhls aufbewahrte« (Gerber, S. 184). Er fand es absurd, dass die Engländer einen dreißig Zentimeter hohen »Klumpen Perth-Sandstein« *(The Islesman,* Nigel Tranter, London 2003) für den echten schottischen Krönungsstein hielten, worin ich ihm recht geben muss.

Hawthornden Castle ist bekannt für die zahlreichen Höhlen in den umliegenden Hügeln, wo sich die Männer aus der Gegend tatsächlich versteckt hielten, um von dort aus während der englischen Invasion von 1335 Ausfälle gegen die Feinde zu unternehmen und ihren Nachschub zu behindern. Auch damals kannte man schon die nahe gelegene Wallace-Höhle, in der der schottische Freiheitskämpfer William Wallace einst Zuflucht fand.

Falls Sie mehr über die Tempelritter erfahren möchten, empfehle ich Ihnen wiederum die folgenden Titel: *Holy Blood, Holy Grail (Der Heilige Gral und seine Erben)* von Michael Baigent und Richard Leigh (New York 1982); *The Temple and the Lodge (Der Tempel und die Loge),* ebenfalls von Michael Baigent und Richard Leigh (New York 1989); *Pirates & the Lost Templar Fleet* von David H. Childress (Illinois 2003); *The Stone Puzzle of Rosslyn Chapel* von Philip Coppens (Niederlande 2004); *The Da Vinci Code Decoded* von Martin Lunn (New York 2004) und *The Lost Treasure of the Knights Templar* von Steven Sora (Vermont 1999).

Erneut gilt mein Dank Donal Sean MacRae, Laird of Kintail und Mitglied der Society of Antiquaries (Schottland), der dankenswerterweise stets bereit ist, mich an seinem umfangreichen Wissen über alles Schottische, insbesondere die Titel und historischen Gebräuche jener Zeit, teilhaben zu lassen. Und natürlich für sein alljährliches unbeschreiblich köstliches Festmahl mit Haggis und Athol Brose.

Und wie immer möchte ich mich auch bei meinen großartigen Agenten Lucy Childs und Aaron Priest bedanken sowie bei der Schnellleserin und aufregendsten Lektorin der Welt, Devi Pillai.

Bis zum nächsten Mal, herzliche Grüße und *Suas Alba!*
Ihre Amanda Scott